華文文學評論

第九辑

Review of World
Chinese Literature

学术顾问 (排名不分先后)	赵毅衡　李欧梵　王德威　黄维樑　金耀基　黎活仁 宇文所安（美国）　朴宰雨（韩国）　秦贤次　杨匡汉 古远清　陈子善　曹惠民　陈漱渝　白　灵　向　明 江宝钗　刘正伟　岳朝军　岳　湛　傅其林　干天全 龚明德　董宁文　李继凯
主　编	曹顺庆　张　放
副主编	陈思广　周　毅（执行）
主办单位	四川大学文学与新闻学院 985工程文化遗产与文化互动创新基地 四川大学文学与新闻学院华文教育基地
协办单位	四川师范大学文学院 贵州师范大学文学院
编　委 (排名不分先后)	李　怡　周维东　陈思广　周　毅　欧阳月姣　邹建军 赵黎明　谭光辉　管新福　蒋林欣　吴敬玲

四川大学出版社
SICHUAN UNIVERSITY PRESS

图书在版编目（CIP）数据

华文文学评论. 第九辑 / 曹顺庆，张放主编. — 成都：四川大学出版社，2022.9
ISBN 978-7-5690-5612-9

Ⅰ. ①华… Ⅱ. ①曹… ②张… Ⅲ. ①华文文学－现代文学－文学评论 Ⅳ. ①I106

中国版本图书馆 CIP 数据核字 (2022) 第 133152 号

书　　名：	华文文学评论（第九辑）
	Huawen Wenxue Pinglun（Di-jiu Ji）
主　　编：	曹顺庆　张　放
选题策划：	张伊伊
责任编辑：	张伊伊
责任校对：	毛张琳
装帧设计：	墨创文化
责任印制：	王　炜
出版发行：	四川大学出版社有限责任公司
地　　址：	成都市一环路南一段24号（610065）
电　　话：	(028) 85408311（发行部）、85400276（总编室）
电子邮箱：	scupress@vip.163.com
网　　址：	https://press.scu.edu.cn
印前制作：	四川胜翔数码印务设计有限公司
印刷装订：	四川省平轩印务有限公司
成品尺寸：	170mm×240mm
印　　张：	16.75
字　　数：	319千字
版　　次：	2022年9月 第1版
印　　次：	2022年9月 第1次印刷
定　　价：	88.00元

本社图书如有印装质量问题，请联系发行部调换

◆ 版权所有 ◆ 侵权必究

目 录

名家特辑·虹影

虹影：无限的阐释可能
　　——主持人的话 …………………………………… 赵黎明 / 1
从《月光武士》看当下华文文学写作的反思与突破 ………… 於　璐 / 3
用文学重返时间的河流
　　——虹影《月光武士》中的故乡叙事 ……………… 秦香丽 / 12
虚构、未定、否定与多重意蕴
　　——《月光武士》的四重"召唤结构" ……………… 林静儒 / 22
成长·爱情·渝地图景
　　——虹影小说《月光武士》的多重面相与哲思特质 …… 吴金梅 / 34
放逐、寻找与和解
　　——也谈虹影小说创作中的女性成长与救赎 ………… 杨华荣 / 45
流逝的风景　不变的人性
　　——评虹影长篇新作《月光武士》 ………… 项膑之　梁小娟 / 53
"引渡我们的/是永恒的女性"
　　——论女性在"月光武士"窦小明成长中的引领作用 …… 姚　亮 / 61

文学史·古远清

台湾"年代/年度诗选"的争霸战 ……………………… 古远清 / 69
古远清：世界华文文学研究的开拓者 ………………… 陈　铎 / 75
史料的发掘、整理、研究及其呈现方式
　　——当代文学史料整理与图书馆馆藏建设暨《当代作家书简》出版
　　座谈会综述 ………………………………………… 邹　茜 / 88

学术回声·黄维樑

"华文文学"短章集 ………………………………………… 黄维樑 / 95
艰险中多情奋进的作家作品述评
　　——读林曼叔《中国当代文学史稿》 ………… 黄维樑 / 103
黄维樑：香港文学、"余学"、"新龙学"研究的奠基者 …… 吴敬玲 / 117
从《大湾区敲打乐》谈黄维樑散文风格 ………………… 王国巍 / 129

台港文学研究

论洛夫《昨日之蛇》中的寻找情结 ……………… 杨尚雨　张叉 / 134
在语言"漩涡"中寻求经典的多样可能
　　——评《漂泊体验与政治无意识：洛夫诗歌研究》 …… 王琴琴 / 142
简析"麦坚利堡"主题下台湾现代派诗人的诗歌创作
　　——以罗门、洛夫、张默为中心 ………………… 卢思宇 / 148

海外华文文学研究

从"复数"记忆、双乡叙事到离散为"家"
　　——论马华留台作家钟怡雯的离散书写 ………… 赖秀俞 / 158
评《新马华文诗文中的生态书写（1976—2016）》 ……… 古大勇 / 170

跨境文学研究·艾芜

艾芜早年出境事略 …………………………………… 龚明德 / 178
《漂泊杂记》的政治地理学 …………………………… 张叹凤 / 188

亚裔文学研究

叙事暗流中的饮食人生
　　——论《喜福会》食物叙事的隐性进程 ………… 刘芹利 / 201

国内亚裔美国文学研究的最新进展
　　——评《亚裔美国文学批评范式与理论关键词研究》 …… 宋　杰 / 210

艺术观察

"本土性"抑或"混杂性"
　　——中国戏剧的马来亚"本土化"研究 ………… 胡星灿　聂麒冰 / 216
电影内外的欧亚跨国叙事
　　——以侯孝贤《红气球的旅行》为例 …………… 缴　蕊　王春桥 / 229

文史稽考

泰华作家冯剑南（甦夫）其人其事 …………………………… 熊飞宇 / 243

名家特辑·虹影

虹影：无限的阐释可能

——主持人的话

赵黎明[*]

大约在十二三年前，我在《小说评论》上给虹影做过一期专题，对其小说进行过一次系统观照，文章题为《"无法归纳"的写作》[①]，主要讨论其小说创作的"边缘特质"，认为不仅其文学母题、人物形象等处于边缘地带，就是作者的身位也置于"中心"的外围，总之是一种"无法归纳"的尴尬存在。十多年过去了，其间我虽没有再接触虹影的作品，但在不远处仍能瞥见其生活的轨迹：她有了自己的女儿，不仅把大量心力投入到孩子身上，还用奇幻的故事与孩子一同成长，她一口气写下的神奇少年桑桑系列奇幻小说可为明证。如今，她从"儿童文学"返回"成人文学"，创作出令人称奇的《月光武士》[②]。在我眼里，这是一部具有多重"虹影烙印"的新作，其中既包含作家惯用的"儿女叙事"因素，又有不少地域文化的印记，从文本的构成来看，甚至不乏"儿童-成人"文学的文体间性。

十多年前我指出虹影小说的"无法归纳"，主要是就其所写人群的离散性、所写人性的边际性而言的，当然也指作家在文坛无法正常"就座"的尴尬地位。实际上，正是善于游走边缘，才使她的小说具有了丰富的文化意蕴，进而产生了无限的阐释可能。近年来学界从女性主义、后殖民主义、地域主义、离散书写等不同视角进行的研究，正在将这种可能变为现实。《月光武士》无疑也是一部具有多重意涵的小说，本期所选的一组评论从多个维度揭示了它的复杂性。於璐的《从〈月光武士〉看当下华文文学写作的反思与突破》认为，该小说的复杂性就在于它的多重突破，既突破了传统离散文学的写作模式，又探索了女性文学写作新的可能，并在深化苦难叙事、探寻复杂

---

[*] 赵黎明，暨南大学人文学院教授、博士研究生导师。
[①] 赵黎明：《"无法归纳"的写作》，《小说评论》，2009年第5期。
[②] 虹影：《月光武士》，花城出版社，2021年版。

人性方面迈出重要一步。该文特别肯定了小说与中国文学传统关系的恢复，以及对此时此地经验能力的获得；认为正是这种对"当下问题"的敏锐回应，才使作品在更广阔的视野中获得了真正意义上的普遍价值。秦香丽的《用文学重返时间的河流》主要分析了小说"故乡叙事"的"常"与"变"。与《饥饿的女儿》一样，《月光武士》写的仍然是重庆的故事，不同的是，后者多了一个时间循环的维度，亦即增加了二十年（1976—1996）的时间转圜，这两个具有鲜明异质因素的时代遭际，既是"吊脚楼"与"高楼大厦"的相逢，也是"旧我"与"新我"的相遇。该文认为虹影小说的时间书写包含了"与自我的过往和解，当然包含着与故乡的和解"，是对作家既往"故乡叙事"的某种超越。项朕之、梁小娟的《流逝的风景　不变的人性》也论及小说主题的"变"与"不变"，变的是城市景观和时间之流，不变的是永久的人性，他们注意到了小说中时间流逝与道德沦失的张力关系。上述两篇文章都谈到了"时间"之于小说的重要性，可见它不光是时光之矢的线性流逝，还是事物变易的重要参照，而对于小说人物而言它还因为引发了性格变异而成为小说的有机构成。姚亮的《"引渡我们的/是永恒的女性"》继续在"成长性"方面做文章，特别强调了窦小明成长过程中"永恒的女性"的引领作用。在他看来，三位女性——秦佳惠、崔素珍和苏滟，分别以"理想人格之美""道德底线之善"与"生命本能之真"，引领着男主人公不断生长，使之从一个懵懂少年成长为一个顶天立地的男子汉。

　　在阅读虹影小说的过程中，我常常有这样一种感受，她的作品大多都因为意涵丰富而"横看成岭侧成峰"，具有丰富的阐释空间。《月光武士》当然也不例外。林静儒在《虚构、未定、否定与多重意蕴》中借用伊瑟尔的"召唤结构"理论，读出了《月光武士》的四重"召唤结构"。通过对小说的文本细读，她发现了文本间大量的结构性空白，发掘了小说丰富的情感意蕴。吴金梅的《成长·爱情·渝地图景》则从人物成长、爱情追寻与地域空间三个维度，探索了小说的多重面相及哲思特质。

从《月光武士》看当下华文文学写作的反思与突破

於 璐[*]

作为海外重要的新移民文学作家，虹影以其新作《月光武士》突破了传统的离散文学写作模式，探索女性文学写作的新可能，以更加包容的姿态深化苦难叙事主题，探寻人性复杂幽微的一面，是华文文学的新发展。作品立足"中国话语场"，试图恢复与中国文学传统的联系和对此时此地经验的意识能力，对当下问题进行回应，实现内生的历史性，从而在更为广阔的国际视野中产生真正意义上的普遍价值。

虹影常和严歌苓、张翎一起被称为海外新移民文学的"三驾马车"，以女性意识的探索、文化视野的拓展以及异域经历的对比为其创作的主要着力点。虹影在其作品中塑造出一批在绝望中挣扎、在困顿中求生的女性形象，如《饥饿的女儿》以私生女六六为主线勾勒了身为母亲的艰辛一生，《好儿女花》展现了女性自我认知的发展。多年来，虹影以其明确的女性意识、独特的离散写作经验在国内外获得好评，其作品的辨识度较高。新作《月光武士》在背叛与救赎、伤痛与温情方面沿用了其一贯的写作视角，以重庆市井生活为创作底色，探讨女性在困境中的挣扎和力量，但值得注意的是，这篇作品开始尝试突破传统华文文学中"中国书写"和"女性书写"的瓶颈，在更加开放的视野上探索人类情感细腻而幽微、复杂的一面。

一、从"中国书写"到"世界文学"

虹影的大多数作品不仅内容上紧贴中国现实，而且颇具现代性，因此得到国内外文坛的广泛关注，获得来自重庆、台湾，以及纽约和意大利等地的多个奖项。[①]《好儿女花》被《亚洲周刊》评为 2009 年全球中文十大小说之

---

[*] 於璐，文学博士，东南大学人文学院讲师。
[①] 《小说评论》杂志社：《虹影著作目录》，《小说评论》，2009 年第 9 期。

一，获纽约《特尔菲卡》杂志中国最优秀短篇小说奖、2005年意大利"罗马文学奖"。《英国情人》被英国《独立报》评为2002年十大好书之一。近年来，虹影的不少小说也被改编为电影，电影《上海王》改编自其同名小说，2021年娄烨执导的电影《兰心大剧院》的脚本来自其作品《上海之死》，新作《月光武士》的电影改编也在筹备和拍摄中。2009年虹影因其作品中突出的重庆文化特色和卓越的文学贡献被重庆市民选为"重庆城市形象推广大使"。值得注意的是，无论在创作初期还是后期，虹影都坚持用母语来进行写作，然而其作品的价值却依然可跨越语言得到海外的承认。虹影的多部作品被译为英语、希伯来语、荷兰语、意大利语、葡萄牙语、瑞典语、挪威语、德语、韩语、日语等30多种文字，在欧美、以色列、澳大利亚、日本、韩国等出版。我们不得不思考的是，在海外传播的过程中，除了虹影作为海外华人作家的身份，作品中还存在什么奥秘使其能够得到广泛的翻译和传播？

在中国文学海外传播和接受中的过程中，"中国性"是关注的重点之一。当下活跃于欧美华文文坛的作家以第一、第二代移民作家为主。他们的创作受强烈的"中国经验"的影响，更多呈现为单一视角的叙述样态，即停留徘徊于"原乡"与"异乡"间所激起的感怀愁绪。[1] 海外读者在看待中国作品时，首先会抱有一种对异域情调的文化期待。他们需要具有中国文化特点的作品，既满足其对地方色彩的追求，又不因其历史传统而影响理解。海外读者特别关注与社会历史进程有关的中国特色，比如国外诗坛对郑小琼等打工诗人的关注，将作品当作了解中国的资料，把作家作为时代见证者，或者对文化母题、古典传统的关注，满足文化差异性需求。与此同时，"海外的中国作家通常会面临四种困境：'原有的抵抗对象消失，原有的牵制似乎不复存在；对语言的焦虑，表现的愿望与表现的限制的矛盾——语言从古到今与作家的对峙；是被读者创造，还是创造读者；现代性与自我问题'"[2]。布罗茨基曾这样描述离散的状态："它那使人类和非人类都感到恐惧的远景，除了我们自身，我们没有任何尺度可以用来衡量这一远景。"[3] 在对离散困境的突围中，作家们有时会表现出自我夸张和自我中心问题。这些带有文化戏剧特点的"自我中心主义"作品，或夸大乡愁、创伤经验，或张扬"地方色彩"，一定

---

[1] 魏欣怡：《离散经验、中国叙事与世界想象：欧华文学的历史、现状及反思》，《烟台大学学报（哲学社会科学版）》，2020年第4期。

[2] 金丝燕：《合唱与隐潜：一种世界文学观念：论中国当代文学的态度》，钱林森：《法国汉学家论中国文学》，外语教学与研究出版社，2009年版，第66页。

[3] 布罗茨基：《我们称为"流亡"的状态，或浮起的橡实》，布罗茨基：《文明的孩子：布罗茨基论诗和诗人》，刘文飞等译，中央编译出版社，2007年版，第52页。

程度上符合接受视野中对"可译性"和"中国性"的重视，容易在国际上获得成功。对中国传统或者即将消失的历史的怀旧书写，被认为是寻根式的文化认同，也会赢得国内资本市场和文化市场的欢迎。

在《月光武士》之前，"中国书写"一直是虹影作品的显著特点，其女性书写背后更重要的是以女性叙事展开对中国形象尤其是重庆的想象。虹影的文化基点在其故乡重庆：《饥饿的女儿》中对时代背景和故乡回忆的书写，既满足了西方读者对中国历史和文化的想象，促进了其作品在海外的传播，也满足了中国读者对离散文学的期待，兼具对历史的反思和对故乡的怀念。《孔雀的叫喊》以三峡大坝为背景，穿插了一些历史故事，显示出浓厚的时代特色和人文关怀。《好儿女花》关注中国城市化进程，既有对城市文明的批判，又有对古老传统文明的怀念。《燕燕的罗马婚礼》中女主人公燕燕的父母在20世纪80年代的诗歌热潮下因共同热爱诗歌而相识，父亲之后下海经商，她的家庭"正好表现了改革开放的历史"①。这种现代怀旧与很多其他离散文学写作一样，本质上是为了"推迟现在的到来"，是"在面对当前的现实或将来的未知时的失败"。②"本土性"成为一种文化投机主义的叙事策略和商业手段，迎合了西方读者对他者和文化差异性的需求，但是在根本上却偏离了我们所期望的文学承担：重获面对现实、处理现实的能力和品格。③ 然而，虹影的新作《月光武士》可谓对华文文学创作瓶颈的一次突破。作品立足"中国话语场"，试图恢复与中国文学传统的联系和对此时此地经验的意识能力，对当下问题进行回应，实现内生的历史性，从而在更为广阔的国际视野中产生真正意义上的普遍价值。

《月光武士》以日本民谣命名，冲淡了"中国故事"的色彩，也暗示着写作路径的新拓展。小说在一些细节上暗示了故事发生的背景，小说主人公的命运也与时代密切相关。我们可以从带有日本血统的秦佳惠一家的悲惨遭遇窥见特殊历史形态，从苏滟南下经商的过程中感受改革开放带来的生活巨变，但这些历史进程在叙述中仅仅作为一种底色。虹影更关注的是在"中国话语场"中此时此地经验的探寻。虹影将重点落在了底层人民的普通生活，以随处可见但又颇具重庆特色的小面馆为中心，展开对人世百态的描摹和对复杂人性的探寻：没有经历网络信息爆炸时代的少年懵懂的青春情感体验和对未

---

① 虹影：《专访虹影：我所有的小说都可以用"私生女"来解释》，《新京报》，2019年12月10日。
② 金丝燕：《合唱与隐潜：一种世界文学观念：论中国当代文学的态度》，钱林森：《法国汉学家论中国文学》，外语教学与研究出版社，2009年版，第68页。
③ 王家新：《阐释之外：当代诗学的一种话语分析》，《文学评论》，1997年第2期。

来的想象；早年失去丈夫、独自拉扯孩子长大的单身母亲的艰辛、精明与坚韧；家暴下女性的困境与挣扎；受到不公待遇的知识分子的隐忍与坚持。虹影试图探寻生活的本质，进而上升到对人性的探索。作品中的修鞋老人秦源曾经是大学里教日文的教授，与日本富家小姐相恋结婚，在特殊历史背景下因不愿离婚而失去了教职，妻子也被遣送回日本，从此失联二十年。可是虹影并没有让这样一位沦为修鞋匠的知识分子像伤痕文学中惯用的书写方式那样去控诉历史，而是以一种隐忍的、平静的姿态对待所受的伤害，默默将手头的修鞋工作像教书研究一样做得精致、优雅、专业，并绝口不提自己身上的苦难，倔强地保持着作为人的尊严。此时的沉默与平静比控诉更显示出力量，这不仅是个人对历史的超越，也是人类对苦难的超越。

在"历史书写"方面，虹影将重点从"大历史"转向"小历史"，通过普通人的生活来探寻人性幽微、复杂的一面。本雅明指出，记忆是一种媒介，试图接近自身被埋没的过去，而自己担任的是挖掘者。[①] 虹影通过挖掘重庆记忆和时代历史，在对时代与社会的个体承受和诗学处理中，对人类根本命运展开思考，从而恢复文学与社会整体的话语实践之间互动的审美维度，是对真正的"世界文学"的努力和尝试。

二、对女性文学写作的突破

虹影的大多数作品将历史叙事与女性书写结合起来，展现历史中的女性命运，书写女性自我的历史主体性，重构女性记忆和历史，从而"为世界华文女性写作提供自我认同和反省的精神镜像"[②]。而《月光武士》不仅代表着虹影个人创作的成长，也是对传统女性文学写作的突破。

20世纪八九十年代，中国女性文学有了重大突破，铁凝、陈染、林白、卫慧、棉棉等作家在作品中充分彰显性别差异，并且以鲜明的性别立场来书写女性，以达到区别于男性话语实践的目的。生理差异和感受便成了最容易的突破口，因此出现了"身体写作"的大胆尝试，描述女性的私密感受，将女性文学引向女性私人生活和心理的写作。陈染的《私人生活》、林白的《一个人的战争》、卫慧的《上海宝贝》、棉棉的《黄酸情人》等作品浓墨重彩地渲染女性的身体、性心理及其体验。然而，这些女性书写存在着难以突破的

---

① Michael William Jennings （eds.），*Walter Benjamin*：*Selected Writings*，Cambridge：Harvard University Press，2005，p. 47.
② 王艳芳：《历史想像与性别重构：世纪之交世界华文女性写作之比较》，《中国比较文学》，2007年第4期。

瓶颈：女性话语和自我展现来自潜意识中与男性之间的对立，努力想要从男性世界中分离出独立的女性空间。弗吉尼亚·伍尔夫在《一间自己的房间》中就已经指出："对于一个从事写作的人，若是想到自己的性别那就是毁灭性的。对于一个不折不扣的男人或女人来说，它是毁灭性的：人必须具有女子气的男人或者具有男子气的女性……因为带着那种有意识的偏见而写出的任何东西都注定要死亡。"① 因此，伍尔夫把"双性同体"作为一种解构男女性别二元对立的根本方法。双性同体在心理学上指兼具两性人格特征，兼有强悍与温柔、果断与细致等性格。伍尔夫期望两性调和最终能够创造出一个和谐而有序的世界，表达了对两性调和的愿望和信心。双性同体具有包容性，不排斥任何一方，而且认为两性在交互中会产生无限的活力，是创作力的源泉。② 女性文化谱系的建构等"女性写作"观，被后来的法国女性批评主义所继承和发展。在《美杜莎的笑声》中，埃莱娜·西苏进一步指出"如果妇女一直在男人的话语'之内'活动，那她就应该打乱这种内在的秩序，该炸毁它，扭转它，抓住它，变它为己有，包容它，吃掉它，用她自己的牙齿去咬那条舌头，从而为她自己创造出一种嵌进去的语言。然后你就会看到，她将怎样从容自如地从那'话语'之内向前弹跃，口若悬河，她将盖过大海。而过去她是怎样昏昏沉沉地蜷缩在那话语'之内'的啊"③。寻求与男性话语的和解，并生发出具有女性独立价值的话语，是后女性主义时代探寻的问题。

虹影的早期作品，如《康乃馨俱乐部：女子有行》《K：中国情人》等，仍然存在着男女二元对立的模式，以夸张、大胆的笔触写出女性的性经验和心理，但在《好儿女花》之后，虹影自认为开始转成"后女性主义者"，"比较宽容、理解男性，而不是用敌对的姿态对待他们"④。虹影对世界和两性的关系产生了新的看法，试图理解男人的世界，同时从男性的视角来理解女性的感受，以此探求人性的复杂和多面，而《月光武士》便是一次成功的尝试。虹影设置了一个少年窦小明，通过这一男性角色来完成女性话语的建构。这一身体觉醒而性别意识未完全觉醒的少年，还未进入男性权力的角斗场，也还未能清晰感知到性别角色的差异，拥有伍尔夫所说的"双性同体"的特征。窦小明既代表着少年男性的视角，又代表着秦佳惠、母亲和苏滟的视角。窦小明对秦佳惠、母亲和苏滟的"看"，不再是男权视角下的"看"，而是带着

---

① 乔继堂等：《伍尔芙随笔全集》（第二卷），王义国等译，中国社会科学出版社，2001年版，第584页。
② 袁素华：《试论伍尔夫的"雌雄同体"观》，《外国文学评论》，2007年第1期。
③ 高奋、鲁彦：《近20年国内弗吉尼亚·伍尔夫研究述评》，《外国文学研究》，2004年第5期。
④ 虹影：《女性的河流：虹影词典》，作家出版社，2021年版，第119页。

理解、包容的姿态，甚至成为女性声音的发出者。在他眼里，火炮妈不仅有着单身母亲的坚韧、独立与泼辣，也有着女性对情感的心理需求。当秦源去世后，母亲悲怆而隐忍的心理是由窦小明的观察展现的：母亲在棺材旁"没有眼泪"，"这回母亲在世界上最看重的男人死了，秦伯伯甚至比自家男人分量还重，母亲居然没哭"①。她之所以没有哭，是不愿让外人看出她对秦伯伯的深情，维持着作为单身母亲的尊严。而回到家以后，看到儿子拎着秦伯伯的遗物，被竭力压抑的情感才释放了出来："她眼睛红了，泪水决堤似的涌出。她边哭边说饿，但是吃不下。"而第二天早上，母亲却异常平静，"一反平日狂躁火爆的性格，看上去那么安静，显得脸上的五官好看"，"悲痛让母亲变了一个人"②。母亲似乎在死亡面前对人生、情感有了新的理解，以一种更加平静的方式去对待生命的不公和苦痛。寥寥数语，就展现出儿子眼中单身母亲的情感体验。母亲的情感需求是常常被忽略的。一个女人一旦成为母亲，尤其是单身母亲，似乎作为个体的女性便死去了，从此只有"母亲"这一角色的身份，甚至女性自己也认可了这一身份，并引以为豪。窦小明的母亲"不喜欢别人叫她崔素珍，叫她火炮妈、窦妈妈、崔孃孃，她都高兴"③，连面店的名字也不忘加上自己的身份——"老妈小面馆"。窦小明的视角将被母亲身份掩盖的女性独立意识展现了出来，她不再是一个少年的母亲，也不再是意外去世船工的遗孀，更不是老妈小面馆的老板，她是崔素珍，她有自己的情感需求，有一个女性自己的话语世界。女性写作为避免男性视角的"看"，往往会以女性为视角，虹影反其道而行之，找到了一个恰当的切入点，通过一个少年的视角建构起了属于女性的世界，给予更多理解。从这点上看，在中国的女性书写中，虹影的创作走得更远、更彻底。

通过窦小明的眼睛，虹影将目光聚焦于在家暴中挣扎的女性。近年来，文学作品中对于家庭暴力的关注开始增多，《驯子记》《瓦城上空的麦田》《母亲》《爱恨情仇》等小说开始涉及女性在家庭暴力中的困境，或站在审视的角度来批判女性的软弱和男权的强势，或表达出对遭遇家暴的女性的同情和怜悯。有学者尝试从孝文化的角度窥探代际、亲子权力关系不平等中的家庭暴力和权力游戏，与社会性别理论突显的性别权力关系不平等的家暴研究形成对话。④ 总体看来，描写家暴的作品不多，而能够细致描绘家暴中女性心理的

---

① 虹影：《月光武士》，花城出版社，2021年版，第115页。
② 虹影：《月光武士》，花城出版社，2021年版，第157页。
③ 虹影：《月光武士》，花城出版社，2021年版，第10页。
④ 张智慧：《当代文学中的家庭暴力叙事研究（1978—2015）》，中国文化教育出版社，2020年版，第23页。

作品更少。虹影敏锐地捕捉到这一群体的呼声，但她的观察点并不在探寻社会问题上，也不在性别叙事上，而是以细腻的笔法探寻家暴下女性的心理。通过窦小明的视角，虹影展现出了家暴中女性复杂选择背后的心理细节，不是站在社会学的角度冷峻剖析原因，或站在女权主义者的角度指责家暴中不愿离开的女性，而是以一种平等、理解的姿态探析女性最幽微的心理变化。

  同样，秦佳惠的挣扎与苦痛是通过窦小明的观察展现出来的。虹影设置了如白月光一般存在于少年心里的秦佳惠，给她安排了一个温柔如水但又所遇非人的形象。在少年眼里，秦佳惠是山城重庆一号桥地区公认的大美人，"五官周正、额头饱满""带着黄葛兰的香气""睫毛很长，脖颈线条光滑"[1]，她温柔善良，符合男性对女性美好形象的认知。这样一个安静美好的女性却有一个作为当地恶霸的丈夫，除了对人凶狠，也会对秦佳惠动粗。虹影没有站在道德制高点上对秦佳惠的丈夫钢哥的家暴行为进行批判，也没有站在女权主义的立场上对秦佳惠表示怜悯、同情或指责其不争，而是通过少年的视角，从侧面探寻秦佳惠微妙的心理变化，体悟其在婚姻中的甜蜜和隐忍，理解她离开的冲动和不离开的迟疑。通过少年的眼睛，看到了秦佳惠额头上的红肿，听到了她心里的声音："钢哥是我生命里很重要的人，他是我丈夫！""他有时很好……他并不像你看到的那样，遇见他的第一天，我的生活才变了，才有了意义。"[2] 秦佳惠不将苦痛示于外人，甚至是她自己的父亲，却把内心世界展现给了窦小明。她谈起了自己的日本血统，和在那个特殊的年代中钢哥如何为了她和家里决裂。从小被母亲抛弃和因美貌和日本血统被孤立和欺辱的阴影，让秦佳惠在谈论中频频露出不安全感和对钢哥的依赖，"我不要离婚，除了爸爸，我只有他这么一个亲人"[3]。无论是为钢哥开脱还是将家暴责任揽在自己身上，秦佳惠只是为自己的痛苦作出注解，来缓解生活的绝望，而这种绝望感是通过反向视角中对少年的认知来体现的，秦佳惠将少年视作自己的"月光武士"："月光武士救了一个误入魔穴的小姑娘。可是小姑娘不想活下去，月光武士带小姑娘去看月光下的江水、月光下的山峦，月光下开放的花朵，大自然美丽依旧，让小姑娘改变了心意。"[4] 虹影用这个"月光武士"的传说，以一种潜隐的方式，透露出了秦佳惠对于生活的绝望，也和后面她的自杀作出呼应。"月光武士"的设置不仅是一个传统、世俗的救赎故事，而且表达了虹影对性别叙事的新突破。

---

[1] 虹影：《月光武士》，花城出版社，2021年版，第25页。
[2] 虹影：《月光武士》，花城出版社，2021年版，第64页。
[3] 虹影：《月光武士》，花城出版社，2021年版，第65页。
[4] 虹影：《月光武士》，花城出版社，2021年版，第66页。

虹影没有用全知全能的叙事视角，而是通过男性的视角去理解、包容女性的心理、感受，消解了传统的二元对立式的女性书写模式，尝试达到两性之间的理解和包容，是对传统女性写作的一种突破。

三、深化苦难叙事

"中国话语场"必须在国际视野中才能被提出，集中体现当今世界话语的交汇与冲突，超越了"本土性"与精神家园回归，是一种自觉的文化建构和话语实践。只有立足自己的文化场域，用心感受和思考时代与社会，并探索中国文化所带来的汉语语言潜能和人性探微，才能在更为广阔的国际视野中获得共鸣，而不是拘于迎合汉学家的国际写作风格。

虹影跳出了"中国书写"和"女性叙事"的窠臼，深化了苦难叙事的主题，其同情、开放和包容的姿态使其新作《月光武士》具备动人的力量。虹影的作品不仅在书写重庆的历史，也通过重庆人去探寻"人"的历史，突破了传统的历史书写和女性书写瓶颈，探寻人性更加幽微的一面，体现出更强的理解性和包容性，是迈向"世界文学"的努力和尝试。

虹影不再仅仅探讨女性的命运，或者历史对人的戕害，而是探寻人生的根本。结尾处虹影提出："人只有忘掉旧痛，才可重新开始，但旧痛仍在，啮人骨髓，他将如何重新开始？"[①] 这句话看似是窦小明的迷茫，实际上全文已经给了一种回答：生命中那些温暖的力量足以让我们带着旧痛一起前进，人生本就充满创痛，旧痛并不一定非要忘掉，人生也并不一定需要重新开始，带着旧痛，带着生命中温暖的力量，继续前行，是人生中坚韧的一面。那些力量来自他人，更来自自己。无论是秦家惠、火炮妈，还是苏湛、秦源，他们都是自己的月光武士，又互为对方的月光武士。每个人的生命中都会经历苦难，而很多时候，这些苦难是不能为外人道，也无法为外人所理解的，他们深陷漩涡之中，无法自拔，怎样挣扎也可能逃脱不了，只能带着伤痛一起生活，努力维持着正常的生活，而这时候，人性之间最本真的理解，似乎就是给漩涡中的人一根稻草，给黑暗摸索前行的旅人一道微弱的光芒，足以让人领略世间的美好和力量。比如火炮妈与秦源之间心照不宣的关心，来自遥远日本的未知挂念，支撑着曾经是大学教授的秦源一直兢兢业业、一丝不苟地做着修鞋匠的工作；窦小明之于婚姻漩涡中的秦佳惠则是一束黑暗隧道尽头的光。比他人救赎更重要的，是自我救赎。虹影想要突出的是来自自身的

---

① 虹影：《月光武士》，花城出版社，2021年版，第372页。

"月光武士"。这道黑暗中的光实际上是自己内心射出的光芒,哪怕是通过他人才会看见。女性在时代和历史中,在内心生发出自己的"月光武士",保护着女性"自己的房间"。失去丈夫的火炮妈,以坚韧、泼辣撑起作为传统母亲的天空,并勇敢追求自己的情感;爱而不得的苏滟在新时代中寻求着自己的事业价值。他们身负苦难,而又勇敢前行。虹影以"月光武士"这样一个浪漫的传说,深化了苦难的意义,也以一种更加包容和理解的方式书写芸芸众生。

虹影的《月光武士》最为精妙之处便是设置了窦小明这样一个少年的视角,整个作品大多来自少年的"看"。这样的视角打破了男女二元对立的话语模式,开拓了女性写作的新可能,以男性的视角来理解女性的世界,在和解的基础上形成新的独立女性话语。而女性话语的建立又根植于历史书写之中。在《月光武士》中,虹影的历史书写找回了现实感,恢复对此时此地的经验的敏感,并利用语言体察和转换存在的感觉和理解,成为传达被解放的想象力和纯粹的人类情感的载体。这种书写方式将中国历史中的复杂经验和感受,用鲜明突出而又细致幽微的方式展现出来,回应当下问题,处理个人与大历史之间的张力,是对内嵌于华文文学的抒情模板的一种突破。《月光武士》不仅深化了苦难叙事,而且在女性书写和历史书写上都探寻了新的可能,为华文文学突破瓶颈提供了新的尝试。

用文学重返时间的河流

——虹影《月光武士》中的故乡叙事[①]

秦香丽[*]

虹影的新作《月光武士》以其故乡重庆为叙事蓝本,选择当代中国社会转型的1976年为叙事起点,在20年的时空错位中书写窦小明与秦佳惠的爱情悲剧和山城重庆的历史蜕变。作为一名新移民作家,虹影究竟从怎样的角度和立场去书写"故乡"这一流动的概念,又以怎样的方式让其打上主体意识的"故乡"得以留存?庆幸的是,虹影找到了自己的方式,她写出了巨变中的重庆,并认为"书写"是保持重庆记忆的重要方式。

一、时间的河流:1976年的"相遇"和1996年的"重逢"

《月光武士》分为上下部,上部开篇是《相遇》,下部开篇是《白驹过隙》,构成了一个相对完整的"久别重逢"的故事。对窦小明来讲,"相遇"是偶然的,也是生命中短暂的一瞬,刚"相遇"就面临着离别;对秦佳惠来讲,亦复如是。而20年后的重逢,物是人非,虽历劫重生,但秦佳惠的不辞而别,使得重逢再次成为离别。

虹影将故事的起点放在1976年:

> 回想1976年,一号桥一带的人四分之三的时间都过得不太顺心,先是几位国家领导人去世,大家都忧心忡忡,后有唐山大地震,死了那么多人,邻居们夜里睡不踏实,都在露天搭床扔张席子睡。[②]

除了直接的年份标识,虹影还借助口号标语、画像、歌曲,以及秦源的家庭悲剧等来还原历史。然而,呈现历史的真实目的在于洞察普通人的日常

---

[*] 秦香丽,文学博士,南通大学文学院副教授,硕士研究生导师。
[①] 本文系国家社科基金后期资助项目"移民文学视野下的农民工形象研究"(项目编号为19FZWB090)阶段性成果。
[②] 虹影:《月光武士》,花城出版社,2021年版,第108页。

生活和审视历史中的人。虹影是用"人"来为时代命名的，按照后文的推理，70年代是"钢哥的时代"。钢哥本名杨钢邦，是一号桥的"操哥头子"，长得人高马大，五官周正，风流倜傥，经常斜挎着军大衣，走路吹着口哨，鼻孔朝天，目不斜视，嘴里叼着香烟，痞气十足。他为人仗义，重情义好面子，但脾气暴躁、心狠手辣，不达目的决不罢休。可以说，杨钢邦的身上混杂着正义与邪恶的气息，他前呼后拥地享受着兄弟情谊，玩世不恭地游戏人生。与之对应，在"钢哥的时代"，整个社会处于无序状态，崇尚暴力，强者为大，充满了戾气，大到不同地段流氓之间的黑吃黑，小到青少年之间的打架斗狠欺凌弱小。虹影将宏阔的历史淹没在逼仄的生存环境中，物质匮乏而又暴力横行，城市生活晦暗不明，大人们忙着养家糊口，根本无暇顾及孩子们的精神世界。上学路上的欺凌，课堂上的不学无术，情感的荒芜，时刻伴随着他们。他们想当大男人，模拟成年人的世界，抽烟、对着美女画像产生性幻想，逃学，离家出走，迷乱而又骚动。12岁的窦小明，丧父，母亲强悍，骚动的青春，孤独的内心，无法安放的远方，在他身上奇妙地纠结在一起。在这种情况下，他与秦佳惠的相遇便具有了非凡意义。秦佳惠是光，是美和善的化身，满足了他对母性和异性的渴望与追求。也正因为如此，虹影一再用悠长的语调诉说"如果不是那天早上"起始的相遇故事，并将之视为所有人爱情故事（窦小明与秦佳惠、窦小明与苏湉）的原点。可惜的是，刚认识不久，秦佳惠就出国了。她的出国意味着窦小明的情感开始禁锢，成为"装在套子里的人"。

　　从对称美学来讲，"钢哥的时代"之后是"龙哥的时代"。但事实上，小说还有一个"留白"的80年代。从小说的情感叙事线索来看，可简化为少年蜕变为青年，依然矢志不渝地追寻着远方的梦中情人。虹影简短地交代了窦小明的人生经历：高中毕业，考上医科大学，毕业后被分到九龙坡区医院当药剂师。不过，历史的时空依然穿行在每一个人的生命里，天南海北的人们以诗会友，召开各种诗歌聚会。80年代也是一个欲望觉醒的年代。从小在物质和精神上都倍感匮乏的窦小明，与改革开放和思想解放不期而遇，起初尚能独善其身，后因与苏湉的邂逅开始释放身体欲望，与各色的文艺女青年发生萍水相逢的爱情故事，并声称绝不承担"婚姻的重负"。

　　当历史行进至90年代，"龙哥的时代"到来了。"龙哥"本名苏晓龙，是九龙坡的混混头子和水泥沙坝建筑工地的头目，讲义气、事故精明，为人风雅、精通笔墨，其势力曾被杨钢邦一举端掉，但又能再次跻身名流。小说中，颇带巫神色彩的宾爷给苏晓龙的判词是"九龙九龙，江里窝，行到半生猛回头！"时代是飞驰的时代，一切都在变，也就是苏湉所说的"新时代来临"

了：在海南掘得第一桶金的苏晓龙跻身地产名流，收罗各色人物，重回人生顶峰，势力远超当年的杨钢邦；曾因《少女之心》被抓捕的罗老师，摇身一变成为宝隆洋行亚洲业务的供货商；远赴日本的杨钢邦倒卖起了日本旧衣服；顺势而为的苏滟从建筑设计院辞职，下海单干，买地卖地……市场和资本疯狂地席卷了每一个人。此时的窦小明是两个孩子的父亲，拿到了硕士学位，想出国，逃离家庭。他看透了资本的疯狂，但无能为力，成为一个彻底的无用之人。

时代的更迭再正常不过，就像芳芳说的，长江水不会倒流！当杨钢邦从酒店纵身一跃时，他终于承认"我知道我的时代已过了，龙哥顺时而生，我是个失败者，我只能当他的一条狗！"[①] 属于钢哥的时代谢幕了，但属于窦小明的时代从未到来。有着血气之勇的窦小明是弄潮儿，但也是失败者。他是最早一批停薪留职下海经商的人，同时拥有三家"老妈小面馆"和两家"老妈火锅馆"，很早就过上了出入健身房和高档酒吧的生活。在常人看来，窦小明当然是成功人士，但包括他在内的所有人都觉得，他变了。在幼时同伴的眼里，这是个捞金的时代，窦小明守着母亲、火锅店和重庆，实在是没出息。事实上，窦小明在混乱的年代坚守，而在欲望横行的年代依然坚守和清醒。只不过，他丢掉了窦小明之为窦小明的东西，那就是混杂着尊严、莽撞、无惧无畏的精神。

理想主义和实用主义的交锋，让窦小明和苏滟的婚姻变得千疮百孔，成为二人均想逃离的围城。正在这个时候，秦佳惠回来了。重逢的时间是1996年的4月5日——清明节，这是一个凭吊故人的节日。按照俗套的爱情模式，窦小明当然可以诉说自己如何在青少年时期为秦佳惠守身如玉，又如何荒诞地对待感情和婚姻，但虹影没有，她让他梦寐以求的东西再次落空——由于杨钢邦从中作祟，秦佳惠根本就不知道他的用情至深。这个看似可以修成正果的感情，并没有因"心生好感""相互慰藉"而终得圆满。"重逢"再次成了生命的一瞬和对往事的凭吊。两人除了相遇和重逢，别无交集。或许正因为如此，1976年才显得格外重要。

《月光武士》的故事时间跨度是20年，在这20年，天翻地覆的社会变迁隐没在普通人的日常生活和心灵感受中，历史节点与人物命运的沉浮变迁，汇聚成一段美好而又短暂的爱情故事。

[①] 虹影：《月光武士》，花城出版社，2021年版，第362页。

二、"吊脚楼"与"高楼大厦"：重庆的两副面孔

"城市是都市生活加之于文学形式和文学形式加之于都市生活的持续不断的双重建构。"① 利罕讨论的是城市与文学的关系，从这一角度出发，经常拿来做比较的成都似乎比重庆的文学场更为重要。尽管重庆在近代凭借地理优势成为通商口岸，有着独一无二的陪都经历，后来又有"小香港"之称。不可否认的是，无论是"白帝城托孤"还是统战文化，重庆的文学形象是与其山水名城、历史文化名城有些出入的，力图打捞重庆文化、追怀重庆历史的作家并不多。这倒不是有意拔高专写重庆的虹影，因为在我看来，一个作家写自己的故乡近乎天职，但将记忆中的故乡与现实中的故乡真实地呈现出来并非易事。

毫无疑问，《月光武士》也是一部重庆的发展史（1976—1996），即从"文化大革命"结束到重庆成为直辖市之前的历史。接续前文的时代分野，可将重庆的发展分为两段：70年代、八九十年代。在此基础上，分别从小说中撷取两个关键词来定义重庆，那就是"吊脚楼"与"高楼大厦"。

选择"吊脚楼"作为70年代重庆的时代面孔，是因为彼时，它是重庆的标志性建筑。那时的重庆，市中心狭窄，仅有一号桥，道路崎岖多阶梯，正如张恨水所言的"上下难分屋是楼""出门无处不爬坡""不堪风雨吊脚居"，带有很浓厚的乡土底色。"山城重庆一号桥地区，吊脚楼临嘉陵江顺山势延续，灰暗的屋顶层层叠叠，窄小昏暗的窗，人像缩在火柴盒里，动弹不了。"② "一号桥一带虽属于城中心，但并不繁华，住户大多是平民百姓，相比解放碑、朝天门、千厮门、重庆饭店周围那些老银行高层建筑，即使有水泥大楼，也没有超过十层。这儿吊脚楼依山坡而建，随便哪个角度都可看到若瑟堂的哥特式钟楼，尤其是那尖顶的十字架。"③ "中心街有七大段，每一段有二十四级石阶，相隔五级大平步，很宽敞，两侧要么是住家，要么是小店铺，街顶头就是马路。"④ 除此之外，小说还浓墨重彩地书写了重庆的码头文化和江湖文化。重庆地据长江和嘉陵江交汇之处，水陆相接，所谓一方水土养一方人，"码头"就是当时重庆人赖以生存的"江湖"。小说中，人们体面的工作是轮

---

① 利罕：《文学中的城市：知识与文化的历史》，吴子枫译，上海人民出版社，2009年版，第3页。
② 虹影：《月光武士》，花城出版社，2021年版，第3页。
③ 虹影：《月光武士》，花城出版社，2021年版，第20页。
④ 虹影：《月光武士》，花城出版社，2021年版，第26页。

船船员，杨钢邦的父亲因是东方红15号大轮船的大副而受人尊敬，卖票的人可以对无票的轮船员工家属网开一面。当然，还有大量的棒棒军、挑夫、水手，这些码头最底层的劳动者居住在沿江棚户区，过着卑微而又粗鄙的生活，人们操着各种粗话，有着生气淋漓的人间烟火气。小说还提及重庆的移民文化。居民中有不少外地人，来自江浙、广西、陕西、宁夏、湖北等地，他们带着各自的乡音进入重庆，共同铸就了70年代的城市形象。

八九十年代的重庆，是现代中国的缩影。在快速城市化的进程中，重庆和其他城市一样，瞬息万变。置身其中的人，犹如行走在后现代的迷宫，往往会产生迷失感，萌生出"这不是我的重庆"之感。80年代的重庆，到处都在"拆"，人们开始趋新求异。市规划局将长久未修的棚户、吊脚楼打上"拆"字，一号桥的邻居们四散在不同的地方，纷纷从棚户区搬进了新房。石阶变成了石子路，千厮门、朝天门等沿江码头停泊的船只吨位变大，曾经辉煌的水运修理厂仓库门前杂草丛生，一片狼藉。美容按摩院、婚纱摄影室和时装店如雨后春笋般出现，街道上摩托车、小轿车多了起来，港台流行歌曲回荡在街头巷尾。90年代的重庆，继续行驶在80年代快速发展的轨道上，比80年代走得更远。天堑变通途，人们不再有过江之烦恼，汽车成为最基本的交通方式，坐轮船过江反而成为体验生活的方式；高楼大厦拔地而起，钢筋水泥取代了吊脚楼，杨钢邦与秦佳惠的家成为废墟，窦小明与秦佳惠初次相遇的区医院彻底改造……城市化进程带来的矛盾之一就是"拆迁"，而"拆迁"就意味着往日的重庆不复存在。

诚如汪民安所言，城市乃"问题场域"。有关城市的任何言说，均有现实的介入，都包含着人们的怀旧心理、现实期待乃至未来愿景。虹影写90年代的重庆是为了凭吊，是在过去与现在的对照中，呈现一个朴素的道理：只有与地方建立刻骨铭心的关系，城市才能打上鲜明的个体烙印，才能成为名副其实的"我城"。虹影安排秦佳惠在清明节前夕回到重庆，凭吊父亲和凭吊重庆融为一体。同样，杨钢邦也有一种无处安放的迷失感，他很遗憾地发现，"凡是我喜欢的，都没了"。所以，他用"恨"的方式来唤醒记忆："我走走这些老地方，试一试，恨它们，只要我恨它们，它们就会存在。""仇恨"当然调不出记忆中的重庆样子，只有"痛苦"才是真实的。杨钢邦那种表面的强势与内心的软弱、人到中年无所作为的无奈乃至时代陡转的落寞形成了鲜明对比。虹影在这里很真诚，无论你是爱故乡还是恨故乡，故乡的面孔一直在变。

2009年，虹影被重庆市民评选为"重庆城市形象推广大使"。但重庆的形象是什么样的呢？是变动的。在时间和历史的洪流中，面对日益变幻的重庆，窦小明、秦佳惠、杨钢邦不约而同地发出感叹:"这不是我的重庆!"普通人物的命运遭际与历史变迁和时代发展息息相关,重庆亦复如是。我想,吊脚楼的重庆是有两个戏剧性的长镜头的——瘦弱少年窦小明与操哥头子杨钢邦搏斗和窦母崔素珍棒打杨钢邦。此时,虹影用电影的手法呈现重庆:满是石阶的山城,满是熟人的山城,人言足以令黑社会头子生畏;而高楼大厦的重庆,则是陌生人社会,尽管它有着仪式般的老邻居聚会,但更多的是散落在各地,朝夕不相闻。虹影对苏滟这个人物明显持褒扬态度,但苏滟代表的城市发展观点,她未必认同。在这个程度上,我们可以说八九十年代的重庆部分丢失了重庆之为重庆的东西。但虹影的故乡叫"重庆",那里的方言、嗜辣的口味、火爆的性格,都已扎根在她的心底。

在既往的小说中,虹影的小说空间常常放在重庆长江南岸野猫溪六号院子那一带,也就是她童年记忆的所在地。《月光武士》的空间是"一号桥",是虹影表姨居住的地方。但一号桥和南岸并无大的分别,表姨和虹影母亲一样都是身怀秘密而又性格坚韧的女性。因此,虹影用"顽强"来形容重庆的性格,这大抵是从女性的角度出发的。虹影说:"我是把重庆当成一个人来写。"① 无论是杨钢邦、苏晓龙还是窦小明,他们都没有崔素珍和苏滟更能代表重庆的性格。崔素珍的形象是与虹影母亲的形象重叠在一起的,她的火爆脾气与坚韧、粗粝、善良、不屈服于命运、敢为儿子搏命的性格像极了虹影的母亲,特别是那句如出一辙的话:"你妈不傻,若是生对了人家,受了教育,我是教授的料!"② 苏滟至纯至真,敢爱敢恨,又懂得进退。无论是童年的贫穷与屈辱,还是对待爱情与婚姻,乃至商场的激烈角逐,她都是清醒而又理智的。同为"大粉子",与秦佳惠不同的是,苏滟是自足的,她不需要男人来庇护。尽管崔素珍和苏滟二人并不足以阐释虹影笔下神秘而又顽强的重庆性格,但在二人身上,我们的确能触摸到重庆的神经。

每个城市均会选中某个作家成为它的代言人。马克思曾盛赞英国现实主义作家狄更斯等人的写作:"现代英国的一派出色的小说家,以他们那明白晓畅和令人感动的描写,向世界揭示了政治和社会的真理,比起政治家、政论家和道德家合起来所做的还多。"③ 正如狄更斯的作品与伦敦构成了相互索引的关系,虹影的《月光武士》也在时空的变换中塑造了当代重庆的城市影像。

---

① 虹影:《"我打开那个窗户让你进"——漫谈一本在烫衣板上写的小说及其他》,《清明》,2021年第3期。
② 虹影:《月光武士》,花城出版社,2021年版,第94页。
③ 《马克思恩格斯论艺术》(第2卷),人民文学出版社,1960年版,第402页。

三、故乡与远方：唯有写作才能抵达

在某种程度上，《月光武士》又是一段绵长的回忆。在《女性的河流：虹影词典》中，虹影认为写作就是回忆①，她将自己界定为一个自剖性的作家，将童年记忆视为写作的源头②，将写作的过程视为"救赎"的过程。在虹影看来，"救赎"的最好方式就是和解③，不断地和自己、亲人、重庆和解。"和解"顺理成章地成为虹影晚期作品的一个关键词，她的《饥饿的女儿》《好儿女花》是和亲人的"和解"，而《月光武士》是和重庆的"和解"。"和解"并不意味着逃避，而是以回归的姿态敞开自我，建构理性的秩序来涤荡早年的非理性冲动。此外，"和解"也是一种重构，将过去的故事再写一遍，只不过重写时的心境和叙事的节奏大为不同。在某种程度上，"和解"使虹影从"自传性"作家、欲望写作的漩涡中抽身而出，汇入当下中国文学"故乡"叙事的潮流中来。

在小说中，"和解"集中体现在秦佳惠身上，以贯穿始终的"月光武士"意象体现出来。"月光武士"可理解为保护者、守护者、精神引导者之义。对秦佳惠而言，父亲秦源、丈夫杨钢邦、母亲千惠子是其生命中显性的月光武士，窦小明属于精神层面的月光武士。作为父亲，秦源有责任和义务成为秦佳惠的月光武士，但在时代的洪流中，他无法左右自己的命运，更不能为秦佳惠做些什么，唯有沉默以对。作为丈夫，杨钢邦以"英雄救美"的方式出现在秦佳惠的世界里，他身上混杂着袍哥做派和戾气，的确可以为秦佳惠带来庇护。所以，她声称杨钢邦是她的"月光武士"，爱他、敬他，卑微到尘埃里去。但杨钢邦对秦佳惠的爱是带着征服欲望的，他可以英雄救美，可以义无反顾与家庭决裂，可以心甘情愿为其打理生活琐事讨其欢心，但绝不允许秦佳惠违背他的意志。"家暴""出轨"带来的肉体与精神的折磨，也便成了秦佳惠婚姻生活的常态。直到最后一刻，秦佳惠才意识到杨钢邦不可能是她的"月光武士"。作为母亲，千惠子在中日建交四年之后便将秦佳惠接到日本，让其衣食无忧。但毕竟人到暮年，又被杨

---

① 参见虹影：《女性的河流：虹影词典》（作家出版社，2021年版）中"回忆的方式""饥饿中的母亲们""回忆录"等词条。
② 参见虹影：《女性的河流：虹影词典》（作家出版社，2021年版）中"生从死开始""童年的内核""在国外""情人"等词条。
③ 参见虹影：《女性的河流：虹影词典》（作家出版社，2021年版）中"共生和解竞争""时间""灵感"等词条。

钢邦所害，她也只能庇护秦佳惠一时而不是一世。窦小明从 12 岁开始就渴望成为秦佳惠的月光武士，然而毕竟年龄相殊、时空相隔，又有太多的现实牵绊，这种愿望只能安放在心里。因此，重回重庆的秦佳惠意识到，只有自己才能成为自己的月光武士。无论是秦源、杨钢邦、千惠子还是窦小明，他们都是"大他者"，会让她丧失某种主体性。所以，她用双脚抚摸过熟悉的重庆土地后毅然回到了举目无亲的日本。

与自我的过往和解，当然包含着与故乡的和解。尽管《饥饿的女儿》《好儿女花》《孔雀的叫喊》等作品中的重庆、长江、三峡等地域名字依然出现在《月光武士》中，但这一次，与"故乡重庆"并置的还有"远方"。"远方"是充满诱惑的，是苟且现实生活的人们的希冀。"人属于远方"，这是秦佳惠的生活宣言。但人走向"远方"总会有这样那样的羁绊，窦小明最初的羁绊是自己的寡母，后来的羁绊是年幼的孩子。他能堂而皇之抵达的"远方"，只是青年时期到忠县给外婆上坟以及返程途中的小三峡之旅。在这里，虹影并没有走出"缺父"的童年创伤记忆。窦小明的父亲在他八岁那年去世，秦佳惠的父亲因拒绝说话而成为一种无言的存在。这样的设置预示着历史的隐遁，以及与过去联系的切断。这就造成了两种截然不同的对待"远方"的态度，窦小明是徒有向往而无法抵达，秦佳惠则是义无反顾。此外，小说还设置了"还乡"这样的情节，秦佳惠和杨钢邦从日本回到重庆，窦小明重返旧地等。但"还乡"并没有缓解他们的思乡之情，更为苦恼的是，他们记忆中的故乡荡然无存。

故乡与远方，成为一对互为能指又相互架空的符号。于是，虹影让"写作"出场了。曾有记者问她："故乡对你意味着什么？"她只说了两个字："写作。""我写了布拉格、纽约、伦敦、武汉，其实是为了再现重庆这个城市在我童年中的记忆和认识而已。"[1]《月光武士》讨论文学的地方有两处：一是罗老师强调文学之与人类、历史的重要性。他说："文学代表人的梦想，我的成长，你们的成长，都被剥夺掉好多东西，包括记忆。为此，我们需要文学，如同需要自由一样，人若是拥有文学，便可从一个弱者变得强大起来。……书籍有一天消亡了，历史就会化为乌有。"[2] 二是窦小明写作时对小说的认知，他认为小说是作家情绪的出口，可以弥补现实的遗憾，"现实不可能，但是小说可以"。源于此，医科大学毕业、经营数家餐饮店的窦小明开始了写作，改写了他和秦佳惠的故事。有关"文学的讨论"，书信、歌曲和小说等副文本，

---

[1] 李原、虹影：《关于伦敦、关于作品：虹影访谈录》，《山花》，2008 年第 15 期。
[2] 虹影：《月光武士》，花城出版社，2021 年版，第 255 页。

使得我们有理由相信《月光武士》的真正主角是文学，而窦小明则是虹影的化身。

"城市不单是一个拥有街道、建筑等物理意义的空间和社会性呈现，也是一种文学或文化上的结构体。它存在于文本本身的创作、阅读过程与解析之中。"[1] 窦小明的改写和虹影的重写使得重庆成为名副其实的"文学的故乡"，契合当下的时代潮流，那就是用文学的方式建造故乡的博物馆。

结　语

现如今，全球化、城市化进程虽因疫情有所减慢，但不可否认，"国际移民"与"国内移民"已成常态，"故乡"渐渐成为空洞的能指符号，"故乡叙事"便应运而生。

在某种程度上，虹影的《月光武士》可谓正当其时，其故乡叙事打破了城乡思维定式和乡愁牧歌情调的书写模式。目前的"故乡"叙事基本上以乡土作家为主，而乡土作家多是农裔身份，这导致大家默认农村为故乡，而忽视了城市也是故乡的事实。当然，这里面有快速城市化带来的乡土消逝的现实考量，但不可否认的是，2011年至今，城镇人口是大于农村人口的，出生城市的作家群体是越来越大的，城市日新月异的变化也需要文学的见证。在这个意义上，虹影的《月光武士》以重庆的历史为书写对象，散落其间的地方风物、掌故与饮食文化，打破了城乡思维定式的故乡叙事，为我们提供了城市故乡书写的范本。此外，"故乡"叙事大致有鲁迅的《故乡》和沈从文《边城》两种模式，但由于怀旧心理，沈从文的牧歌情调更受欢迎。虹影既有相当长的国内漂泊和国外旅居生涯，目前又在北京、伦敦两地过着双栖生活，这使得她的故乡叙事既非戳破乡愁旧梦，又非牧歌情调，更不是陷入全球化时代的无地彷徨，而是直面现实，真诚地书写，为时代留下一份佐证。

作为新移民作家的虹影，写"离散"自然有着得天独厚的优势。故乡叙事在移民作家这里往往是与"故土"纠缠在一起的，人物设置上的华裔身份或移民身份，情节架构的还乡隐喻等是惯有的策略。所不同的是，《月光武士》并没有升华重庆作为故乡的地理空间意义，而是依然回到虹影的小径上——无论你是留下还是离开，故乡永远在那里，它是生命的源头和写作的发源地。

综上，虹影的新作《月光武士》以其故乡重庆为蓝本，借助历史变迁中

---

[1] 张鸿声：《"文学中的城市"与"城市想象"研究》，《文学评论》，2007年第1期。

的心灵震颤、时空错位的爱情悲剧，以及记忆与现实无法对接的无奈，书写 20 世纪 70 年代和八九十年代重庆的不同风貌。她打破城乡思维定式和乡愁牧歌情调范式，在与故乡、记忆和解的基础上，洞察重庆的"变"与"不变"，为时代留下了故乡叙事的佐证。

虚构、未定、否定与多重意蕴

——《月光武士》的四重"召唤结构"

林静儒[*]

《月光武士》是虹影最新推出的长篇小说，讲述了窦小明与"女神"秦佳惠的故事。20世纪70年代的重庆一号桥地区生活着一位中日混血的美丽女子秦佳惠，她的母亲于50年代被遣返回日本，她与父亲相依为命。长大后的她因美貌遭到许多人觊觎，是混混头子杨钢邦保护了她。因此，她选择嫁给杨钢邦，以为找到了自己的月光武士，谁知却由此堕入深渊。少年窦小明拥有一颗至善的心，他因为英雄救美而受伤，在医院里认识了护士秦佳惠，从此秦佳惠便刻在了他的心底，成为他青春期所有的向往与幻想。当他得知秦佳惠婚姻的不幸之后，他就下定决心，要做秦佳惠的月光武士，保护她远离丈夫的家暴与折磨。可是人性的多面、爱的复杂与生活的残酷对于12岁的窦小明来说还过于沉重与晦涩。秦佳惠移民日本投奔母亲，不辞而别，20年来杳无音信。窦小明慢慢长大，事业有成，他仿佛坐在一艘驶向未来的船，却无休止地梦回过去，梦回那段有秦佳惠的少年时光。

《月光武士》中，虹影在虚构与写实之间游走，牵引着读者跟随作家一起去完成心灵的追寻与救赎。虹影对这些技巧的熟练使用导致众多空白与不确定因素充斥于文本，而文本中的不确定与空白恰好是伊瑟尔提出的召唤结构实现的两个重要条件。可以想见，在《月光武士》当中，擅长设置悬念的虹影不断地邀请着想象读者，并且一早便设置了诸多"空白"，牵引着读者充分发挥创造性与独特的想象力来将其填补。文本如何解码，答案已先行暗设于小说之内。由此，一种特定的文本的"召唤结构"便形成了。虚构性、未定性、否定性和多重意蕴是《月光武士》小说文本召唤性之所在，虹影正是基于对此四重召唤结构的事先布设，"召唤"文本的"隐含的读者"来填充《月光武士》中的大量意义空白与"未定点"，进而增强小说的艺术感染力。

---

[*] 林静儒，南京大学艺术文化学专业硕士研究生。

一、虚构性："诗性的"历史

虹影善于虚构，对于重塑历史兴趣浓厚。在虹影的笔下，历史仿佛一块可以任意捏圆搓扁的泥团，一点缘由、一个发现抑或一个老故事，虹影就能将它塑造成一个令人拍案叫绝的故事，真实的历史材料与刻意的虚构夹杂在一起，使人真假难辨。据虹影说，《月光武士》的故事灵感源自她的母亲，母亲曾向她讲起日本混血美人蒋姑娘，蒋姑娘的母亲是个美丽的日本女人，50年代末按照当时政策被遣返回国，在她离开的那一天，她的三个女儿、她的丈夫紧紧地追在其后，不忍离去。蒋母身着和服，走在吊脚楼林立的中学街上的背影一直盘旋在虹影的脑海中，她说"蒋家姑娘一家是一个传奇，说这个传奇的人，就是我母亲，而今天我把这个口述的传奇，用文字表现出来"[①]。

母亲口述的有关蒋家的历史本身并不完整，充满了需要阐释的空白点，给予了虹影无尽的自由想象的空间，因此，虹影在蒋家故事的框架中虚构了少年窦小明，虚构了他与书中的"蒋家姑娘"秦佳惠之间一种刻骨铭心却又注定没有结果的爱情，并且生动刻画了医院护士、小学生、面馆掌柜、修鞋匠、混混头子、黑帮人物等一系列市井人物，精心绘制出一幅鲜活的重庆市井生活画卷，让读者沉浸其中，更加深刻地感受那个激情飞扬的时代，那种弥足珍贵的爱情。正如海登·怀特所说："历史的深层结构是'诗性的'，是充满虚构想象和加工的、有多少理论的阐释就有多少种历史。"[②] 虹影对于蒋家历史做了全面的改写，她的目的不在于将书中的秦家与历史中真实存在的蒋家对号入座，她笔下复杂的历史因缘只是用来烘托她的爱情观、亲情观、性爱观，用以展示时代变迁下人性的多面与精神的苦闷。

虹影生于重庆，长于重庆，重庆在虹影的生命中留下了无比深刻的烙印。同时，蒋家的故事也曾在重庆这座城市上演。因此，重庆成为《月光武士》中一个相当重要的主角。尽管《月光武士》的故事来自虹影对历史的虚构，但小说整体其实就是重庆的真实写照，是对重庆两江三岸独特的市井风貌以及一些社会历史背景的生动刻画，书中呈现的实际上是1976年到1996年真实的重庆社会、中国社会。

在阅读中，读者时常会感到真实与虚拟界限模糊，难以区分小说所述经历是属于故事中虚构的人物还是源自虹影自身的真实过往，由此产生的种种

[①] 虹影：《"我打开那个窗户让你进"——漫谈一本在烫衣板上写的小说及其他》，《清明》，2021年第3期。

[②] 王岳川：《后殖民主义与新历史主义文论》，山东教育出版社，1999年版，第204页。

不确定性一方面令读者感觉小说情节真实可信，一方面又感到故事与现实并不靠近，于是读者便在虚构与真实间徘徊，游走在虹影笔下虚实相生的艺术世界中。读者唯有积极地参与阅读活动，发挥主观能动性来进行故事的建构，才能体会到更多的阅读的乐趣，更能深切地感受到世事的沧桑变幻和秦窦二人绝望又缠绵的情感。

二、未定性：文本的再创造

虹影的《月光武士》运用了许多技巧，这些技巧的使用使得小说产生了大量的空白，许多故事情节不是特别明确，需要读者运用自己的经验、通过自己的想象去完成对故事情节的填充。这恰恰是召唤结构的重要组成部分。在小说的上部，虹影通过对秦佳惠的父亲老秦收到国际挂号信后，面馆众人的动作、语言、神态描写，邀请读者加入石梯下众人的讨论中。接收到作者的召唤后，读者自然会对挂号信产生疑问：秦佳惠母亲千惠子被遣返日本后多年来杳无音信，为何老秦会突然收到日本的来信？信件的内容是什么？是否真的像邻居们猜测的那样是关于秦母的丧事或者秦母的归来？随后，虹影通过描写钢哥出狱后对秦佳惠态度的巨大转变，秦窦二人在区医院门前的谈话，揭示了挂号信的寄信者以及写信缘由——千惠子想要接老秦一家去日本团聚。空白在读者的种种推测以及虹影的叙述中得到填补，同时，读者与作者的文学交流活动也得以完成。在接下来的章节中，围绕秦家前往日本的事件，虹影也处处留白，给读者留下诸多参与的空间。秦佳惠启程前，老秦的突然离世、窦小明躲在秦家厨房壁柜无意间听到的钢哥等人的密谋，秦窦二人约定江边告别，秦佳惠的爽约，窦小明与程三等人的偶遇；秦佳惠去日本后，窦小明坚持多年给其写信，却总是因"查无此人"而被退信、窦小明遇见苏晓华和苏滟后心情起伏不定，不知不觉中走到老屋，正欲开锁进屋却发现门上插着钥匙，以及窦小明在船上勇斗劫匪，劫匪中刀落海后的下落……这些"空白"成功激发起读者强烈的探究欲望，召唤着读者结合自己的生活阅历和丰富的想象力进行填充。小说下部，秦佳惠回国，虹影通过秦佳惠与小汪的对话、秦佳惠的回忆、秦窦二人会面、龙哥与钢哥的较量等描写给予读者种种提示，让读者在零散的、片段性的故事情节中自然找到答案。

故事的最后，钢哥跳楼被救，决心往后跟随龙哥；秦佳惠留下一封信后不辞而别；窦小明回到苏滟身边，他明白"人只有忘掉旧痛，才可重新开始"，但紧接着他陷入迷茫，"旧痛仍在，噬人骨髓，他将如何重新开始？"至此，高潮落幕，小说中的汹涌波涛已渐趋于平静。

然而，小说结局看似圆满，却依然引得读者疑问丛生：窦小明与秦佳惠以后还会见面吗？钢哥会继续纠缠秦佳惠，报复窦小明吗？窦小明与苏滟能否真正重归于好，他们的未来又会怎样？对于故事的结尾，虹影并未做任何提示。这种结尾的不确定性将一种可能性变为多种可能性，最大限度地增加小说的信息量，让读者充分发挥想象力去感受与理解，以挖掘小说文本的内涵，让读者凭自己的理解完善这部小说，达到了言有尽而意无穷的艺术效果。

虹影在《月光武士》中巧妙安排小说结构，故意将小说中某些真相隐藏起来，这些"空白"和不确定性制造出悬念，给读者带来丰富的想象空间，使读者好奇不已，想要一探究竟。并且因为读者本身存在着个体差异，对于"空白"的想象有所差别，所以不同的读者得到的阅读体验也是不尽相同的。作品的接受过程就是一个加工处理再创造的过程。《月光武士》中丰富的"空白"与未定性使其价值与意义愈发醇厚。

三、否定性：对期待视野主体的反驳

虹影在《月光武士》故事的叙述过程中，并非使用传统的平铺直叙的方式，而是将情节设置得波澜起伏，引发读者期待的同时，又不断打破这种期待。读者时而因为故事情节与自己所料不差而心中暗喜，时而又不禁为出人意料的情节发展而拍手称快，于是便拥有了独特的阅读体验，收获了无穷的惊喜与乐趣。

小说一开始便通过窦小明的视角向读者展示了他眼中的秦佳惠，拥有令众生倾倒的美貌成了读者对于秦佳惠的第一印象。

> 不管天下有多少女人，相比大粉子秦佳惠，轮得上叫粉子，外来的本地的，都只是小粉子。传闻秦佳惠嘴唇和下巴那儿有颗小小的美人痣，她毒药般大粉，勾魂夺魄，路经之处皆有一股浓郁的黄葛兰香。

接着，虹影对窦小明在医院初遇秦佳惠、秦佳惠为窦小明治疗的经历以及秦佳惠外貌的描写，更加细致地勾勒出一个工作体面、文静优雅、温柔美丽的女子形象。随着故事的发展，读者对于秦佳惠身世背景的了解也更加深入：尽管秦母被遣送回日本，但秦父一直深爱秦母，不肯离婚，放弃大学教授的工作，以修鞋为生，与女儿相依为命，将女儿抚养成人。至此，读者的脑海中便浮现出一个在为人宽厚且学识渊博的父亲的教导下长大的、美貌善良又自食其力的秦佳惠。如此美好的一个女子，在遭到混混骚扰时，又遇上了英雄救美的钢哥。钢哥家境优渥，曾当上车间副主任，且在一号桥地区势

力庞大，一手遮天，对秦佳惠更是无比深情，为了娶秦佳惠不惜违抗父母命令，与家里断了联系。基于对秦佳惠形象的刻画以及对秦佳惠与钢哥相识、相恋过程的叙述，读者脑海中已有的社会意识规范和审美经验就会唤起某种期待，期待秦佳惠与钢哥的美满婚姻，期待秦佳惠将有一个幸福的人生。然而，出乎读者意料的是，婚后钢哥并没有珍惜秦佳惠，而是动辄打骂，专制蛮横，甚至与其他女人偷情并打算与秦佳惠离婚。当读者对钢哥的行径感到无比愤怒，为秦佳惠打抱不平、惋惜同情时，洗心革面、仿佛换了个人似的钢哥不禁又让读者内心升起一丝希望，对秦佳惠去日本后的生活有着较高的预期。从拘留所出来后的钢哥先是诚心乞求秦佳惠的原谅，"他的话没有花言巧语，说得真诚，那双眼睛流露出来的情感不是装的"，后来又十分尊敬地向起过冲突的窦母道歉，"钢哥一向多横多凶，在这几条街，之前只要他走在路上，所有的人都得闪开，给他让道。现在的他，知分寸，谦虚，知礼，敢承担！"给读者造成了新的期待视野。但是接下来虹影又笔锋一转，去日本后，秦佳惠仍然生活在钢哥的阴影里，被控制，被恐吓，被家暴，在遭遇了流产、母亲车祸去世等厄难后，独自一人逃回中国。读者意识到，先前钢哥的转变不过是假象，是为了乞求秦家带他一起去日本的权宜之计。秦佳惠的人生走向完全脱离了读者原本的预期。因此，随着读者阅读的深入，这种心理期待便被改变，被重新确立。读者开始思考，暴躁易怒的钢哥对于妻子的擅自离家出逃，他会做出怎样的反应？逃离钢哥后的秦佳惠与窦小明会发生什么样的故事？面对钢哥的欺凌，她什么时候才能真正强大起来，成为自己的月光武士？读者的期待视域集中在按照传统的叙事方法应该会对秦佳惠回国后在窦小明等朋友的帮助下逐渐坚强，勇敢反抗钢哥、摆脱钢哥这一极具温情与力量的环节的描写上，但虹影却反其道而行之，将秦佳惠的转变过程略去，因为在下文情节中秦佳惠的"顿悟"与"爆发"更具有叙述价值，对读者更具震撼和启迪。

此外，《月光武士》中还有许多故事情节与读者的期待南辕北辙，不断地引起读者的阅读兴趣。比如窦小明第一次发现钢哥与芳芳偷情时，读者联想到窦小明对秦佳惠的迷恋，对钢哥的恨意，认为窦小明一定会向秦佳惠告发钢哥，秦佳惠看清钢哥的真面目后将不会带上钢哥一起前往日本。谁知，窦小明在江边遇上秦佳惠时，她"人逢喜事精神爽"，整个人沉浸在家人即将团聚的快乐之中，窦小明不忍心打破这份快乐，便将此事藏在了心底。秦佳惠被蒙在鼓里，仍在感念钢哥出狱后对她态度的好转，回味钢哥曾经待她的好，因此与钢哥一同去日本投奔母亲。再比如窦小明火锅店遭打劫事件，对于打劫者的身份，虹影先是给予读者种种提示："窦小明心里默了一下，自己没有仇家，又仔细地想了想所有认识的人，钢哥远在日本，不可能，想到龙哥，也不可能，跟他没直接交道""不知为什么，窦小明感觉此人他认识"以及"窦小明突然想，没准这事跟程三有关。这个感觉钻出来，他笑了一下"将线索指向程三，再联系窦小明与程三的新仇旧恨、程三势力壮大，成为新的地头蛇的情节，读者心中已经有了一个肯定的答案。出乎意料的是，这个答案在接下来的情节中却被"否定"了。打劫者竟是在船上被窦小明刺伤后落水的劫匪何二，而帮助窦小明制服何二的却是程三及其手下。读者预设中的打劫者反而成了救人者，使读者在心理落差中，收获独特的审美体验。

四、多重意蕴：寻觅已久的声音

《月光武士》写于新冠疫情期间，小说中展示出关于生命意义、自我价值的困惑和疑问，展示出个体在时代的强烈席卷下内心的矛盾挣扎，身体的扭曲。传统小说中，读者通常是在作者的帮助下发现故事背后的实质，而在《月光武士》中，小说主题的多样化模糊了表象与本质的差异，导致很多不确定因素的存在，读者也无法在小说中得到一个清晰明确的答案。同时这些主题并非各自独立，而是彼此缠绕交织，紧密相连，又一次形成了召唤结构，生成诸多空白、未定与否定，邀请读者积极加入文本意义层面的建构，以此更加深刻地领会小说的内涵，于更深层面实现小说的审美价值。

1. 女性的突围与复归

在历史和现实生活中，女性性别意识的表述往往受到种种禁忌的束缚，这意味着女性对自己生存与成长体验的言说往往被男性权力话语遮蔽。虹影在《月光武士》中对女性主体意识的觉醒做出了大胆而执着的探索，但在小说中，她并没有直接评价什么，或是抱怨什么，而是一再加以暗示，在情节的片段和细节的刻画中，通过三个侧面展现与诠释其女性主义思想，表现出对平等、和谐的两性关系的殷切追求。

一是对男权文化的反抗。虹影在《月光武士》中彰显了男权文化对女性的迫害。结婚前的钢哥，不仅在秦佳惠受到小混混骚扰时勇救她于危难之中，还对秦佳惠温柔备至，为与秦佳惠结婚宁愿断绝与家里的关系。虹影在小说中并不回避关于混混头子钢哥对于秦佳惠的珍惜爱护以及二人温情时刻的描写，然而，虹影也在暗示读者：钢哥深情面具的背后更多的是为了满足自己作为男性的虚荣心，"（秦佳惠）在众人注视下，上了钢哥的摩托，抱着他的腰，他很骄傲地在男人们嫉妒的目光下驶离"。美貌动人的秦佳惠是男人的镜子，她是男人的审美对象，反映着男人的审美理想；她还是男人的财产，标志着男人的贫富。美人配英雄，钢哥将秦佳惠据为己有，彰显着自己在一号桥地区的身份与地位。婚后，得到了秦佳惠的钢哥逐渐露出了他的真面目。他自私、虚伪、暴力，肆意打骂秦佳惠，疯狂出轨其他女性，长期控制着秦佳惠的人身自由。在这里，虹影也并未过多地铺陈渲染钢哥的种种暴虐行为，而是将描述多集中在秦佳惠受到的创伤和反应，使读者意识到，在以钢哥为典型的男权社会中，女性仅仅是被男性霸权文化所塑造的符号，她们被凝视，被束缚，被禁锢，被剥削，被掠夺，她们是彻彻底底的弱者，是随时可以抛弃的对象。

　　虹影在《月光武士》中还塑造了一系列不称职的男性形象，间接地表达了对男权社会的失望与反抗。第一类是缺席的父亲形象。《月光武士》中男主人公窦小明幼年丧父，母亲开面馆抚养他长大，窦小明的世界里不存在一个能遮风挡雨的至高无上的父亲，不存在一个能为他充当"月光武士"的父亲；秦佳惠的父亲老秦虽然健在，也深爱女儿，但他的爱是沉默的，自从秦母千惠子被遣返回日本后，二十余年老秦就只通过纸条与女儿交流，当女儿遭到钢哥欺凌时，他仍保持沉默，不愿参与女儿女婿的事。可以说秦父的角色在小说中看似存在，但实际上极少出席。第二类则是卑劣猥琐的男性形象。钢哥的手下程三胸无大志，庸俗好色，心中总是想着老大的女人，对秦佳惠的美貌十分迷恋，趁钢哥被关押在看守所，就立刻去找秦佳惠想要占点便宜。哪怕二十年后再见秦佳惠，程三的眼神仍是"色迷迷的，丝毫没变"。不仅如此，程三还心狠手辣，毫无道义可言。当程三遇到在江边等待秦佳惠的窦小明时，仗着身体上的优势对少年拳打脚踢，其后还将受伤的少年抛入江中；带着手下打劫客轮，当遇到紧急情况撤退时，为了自己逃命抛弃重伤的同伴何二；在何二侥幸活下来，回到重庆勒索窦小明时，程三又断何二双手立威……如此卑劣的男性形象既是虹影对男性话语主宰下的社会无比失望与不满情绪的表达，也是男性霸权文化坍塌的象征。虹影在《月光武士》中虽未明确地对她笔下的男性形象进行批判，但没有直接说明不代表不说，她通过男性形象的丑化与矮化，在字里行间表达对男权文化的反抗，凸显女性主体的个性。

　　二是对女性独立价值的追求。虹影在《月光武士》中刻画了一些独特鲜明的女性形象，她们的女性意识逐渐觉醒，不再成为他者和附庸，而是做自己人生的主角，从而表达出对女性独立价值的追求。

　　在《月光武士》中，虹影通过书写秦佳惠在男权制社会中的生存现状与现实困境，彰显了她顽强独立的人格魅力。秦佳惠从一个渺小的、面对钢哥欺辱无能为力的柔弱女子一步步走向自我觉醒，她意识到"这么多年，我一直为别人活着,成为男人的一部分,男人总在我的生活中安排我的命运,从未问过我内心的想法"。因此,她大胆反抗夫权,下定决心"要为自己而活,想要成就自己,首先我就得成为自己的月光武士,这一生才没有白活",实现了精神的独立。

《月光武士》中的苏滟坚强独立、敢爱敢恨、充满激情。她有知识,有能力,事业有成,思想独立且自由,在与窦小明结婚后,她不甘心成为窦小明背后的女人,努力与他并驾齐驱。窦小明对秦佳惠的爱恋更是使得自尊要强的她备受打击与伤害。幸而经济与精神的双重独立给予了苏滟巨大的勇气,令她敢于冲出家庭、婚姻的束缚,依旧保持个人独立的人格与价值。

秦佳惠与苏滟最终都实现了身体与精神上的独立,成为守护自己的月光武士。这一安排是虹影为读者提供的框架与提示,召唤读者深入秦苏二人追求独立价值的过程当中,深刻体察其中蕴含的女性主体力量和主体生命意识。

三是女性欲望的张扬。虹影向来不回避对欲望的书写,在《月光武士》中也是如此。她将自身对于"性"的评价与看法渗透进文中,将笔墨积聚于女性自身的感觉、渴求和本能等内在方面,让女性身体的美通过"性"得以绽放。秦佳惠身上有着东方女性特有的沉静内敛,但她在和钢哥的性体验中并不像传统女性那样羞涩与被动,而是与钢哥一起享受性爱带来的极致快乐。泼辣直爽的水运修理厂女工芳芳为寻求爱欲的满足,甘愿做钢哥的情人,在与钢哥的一次次密会中不顾一切地享受着激情、欢愉的性爱过程带来的独特快感。窦小明与苏滟的恋情也起于一场场奔放又缠绵的性爱,虹影将苏滟被压抑的本能欲望还原为一种疯狂的、自然的本真状态,他们"不断地亲吻,不断地冲击,只是为了到达一个不可企及的地方,一次又一次攀上云端,最后终于像两发燃烧的火箭,射向对方,两个人都虚脱了,一动不动,仿佛生命都结束"。

读者在阅读过程中虽能时时感受到虹影对于女性欲望的态度,但又是看不见摸不着的,因为在《月光武士》中,虹影正是借助张扬恣意、感性冲动的女性欲望描写表现秦佳惠、芳芳、苏滟等觉醒的新女性对正常、健康情欲的正面肯定,体现出她们对于精神与肉体完美融合的和谐平等的两性关系的憧憬与向往,以此抒写自己的性爱观,表达了对女性身体经验的完整建构以及女性的人格独立性的追求,同时也留下诸多不确定性与空白,召唤着读者去思考、构建自身关于女性性欲的看法与观点。在"谈性色变"语境下,这有助于我们正确对待"性"这件事,有助于女性性自由、性解放的实现。

2. 追寻生命的力量与灵魂的救赎

虹影深受萨特"自由"精神哲学理论的启发,为了获得自由,找到自我,她一次又一次地探寻，探寻孤独，也探寻爱。正如她的《发现》一诗所说："她寻觅已久的声音/锯齿一样尖利，割向那张纸。"①

自觉追寻的孤独。虹影追求一种幽雅恬谧的孤独，她渴望找到一个能够与自己独处的环境，在其中随意自如地进行文学创作，于她而言，这便是她存在的意义。她将这份孤独凝聚在笔端，勾勒出《月光武士》中窦小明的形象。当 12 岁的窦小明第一次在医院遇见秦佳惠的那刻起，秦佳惠美丽的脸庞、身上自然的鲜花香味便使他再也难以忘怀。哪怕秦佳惠去往日本，二人相隔千里，哪怕白驹过隙，20 年的时光转瞬即逝，窦小明心中也从未停止过对秦佳惠的爱恋，这样的感情"会让他激动，会让他昼夜不安，会让他热血沸腾，会让他忘却一切。外国小说、诗歌都是这样说，像大海一样汹涌澎湃，像宇宙一样神秘莫测，像花儿一样细腻柔软，会怦然心动"。在如此浓烈的感情之下，"什么人能在他心里存下来，除非，除非那个人有那种花香的气味"。于是，窦小明主动有意地寻求着独处，以孤独的姿态小心珍藏着那份爱慕。然而，窦小明也真真切切地承受着这份孤独、这份无望的爱情带给他的痛楚。他企图改变自己孤独的状态，开始交往各种各样的女朋友，"他乐在其中，他得解放他的身体，释放以前的压抑"。后来又与苏滟组建家庭，但他感受到婚姻给不了他内心真正渴求的东西，幸而写作深深地慰藉了他。"写小说让他感到刺激，弥补了现实的遗憾，写小说的快感，消减了内心的痛苦""将封闭在内心的东西写下来，给更多的人看，将一个人的抑郁分散开，它便构不成致命。"

在写作中，窦小明可以隔绝外界的纷扰，"不必把身体躲藏在暗黑之中"，只是书写自己内心的声音，倾诉自己心中的爱与痛，外界的人与事仿佛都变得很遥远，与世隔绝，他只要独自一人在一个仅属于他的空间里自在从心，或者在想象的世界中恣意遨游。

从渴望、压抑到宣泄、空虚，再转向其他事物寻求慰藉，想必很多读者都有过相似的焦灼起伏的心路历程，读者在阅读小说的过程中会不自觉地将个人过往的情感与经历投射其中，融入字里行间，建构起承载自己情感的新的思想意境，继而将迷茫孤寂的窦小明放置其中，勾勒他的模样，想象他曾经的挣扎、内心的矛盾斗争，理解窦小明对孤独的自觉追寻。

追寻生命的本质与自我。《月光武士》中的秦佳惠置身于生命的困境中，中日混血的尴尬身份、母爱的缺失、父爱的不动声色、婚姻中被动受辱的地位……这些生活的重压并没有使她走向沉寂，而是激发出她的反叛精神，柔

---

① 虹影：《伦敦，危险的幽会》，中国文联出版社，1993 年版，第 3 页。

弱的身躯显露出不可被打倒的一面。

秦佳惠在最美丽的年纪拥有着最动人的美貌，然而美貌为她吸引众多关注的同时，也为她招来祸端。母亲缺席、父亲无力保护，秦佳惠为美貌而担惊受怕。这时，钢哥及时出现，成为她的月光武士，她以为自己找到了精神的归宿，谁知却坠入深渊。后来，窦小明走进她的世界，保护她的身，守护她的心，一次次让她看到人性善和美好的一面，成为刻在她心里那个无畏的、了不起的月光武士。这样的恋情带给秦佳惠精神的依托、自主的力量，她渴望从这段与窦小明的非常规恋情中汲取力量，于泥潭中走出，于绝望中自拔。因为无法挣脱世俗的束缚，这段感情无疾而终。秦佳惠在留给窦小明的信中写道："日月更新，命运多变，你不可能永远保护我。"她意识到，寻找到自我，为自我而活，才能获得重生的力量。她最大的敌人不是钢哥，而是自己，是自己的习惯，她习惯了和钢哥一起生活，习惯了忍受，恐惧改变，恐惧新的、未知的生活。在经历了充满矛盾与焦灼的自我搏斗过程之后，她明白了自己的境地，愤恨、厌恶种种情绪喷发而出，她终于面对钢哥大声地宣告他们之间关系的终结，毫不留恋地转身离去。从小说开始，读者便一直期待着秦佳惠的爆发，期待着她勇敢地成为自己的月光武士，可是秦佳惠一次又一次地对钢哥妥协，读者的期待被一次次否定。因此，小说终章秦佳惠决心与过去的自己决裂，从家暴中挣脱就显得更加有力量，读者内心积蓄的情感随着秦佳惠的决裂一起达到了高潮。

从深渊中自拔，尽管自身的力量弱小，也要坚定地走一条自我救赎之路，不畏艰险，化茧成蝶，她实现了由一个柔弱怯懦的女子到一个坚韧勇敢的跋涉者的巨大转变，为自己的人生找到一个新的起点。秦佳惠远走高飞，去实现未完成的心愿，找到了自己的路，读者也会不自觉地进行人生的思考，关于生命的本质，关于追寻自我的途径，答案当然因人而异。

3. 关爱弱者的悲悯情怀

《月光武士》不仅是一部秦佳惠与窦小明纯洁又缠绵的爱情史，更是弱女子秦佳惠的觉醒史。她的觉醒是令人动容的——需要作为弱者的她付出更多的努力与代价。比起"阳光"般的苏滟，虹影更偏爱气质近似"月光"的秦佳惠，因为"下层生活造就"[①]的虹影想要用笔代替秦佳惠向世界发出声音，拯救她，改变她的命运。

虹影笔下的"弱者"，不仅是指身世背景特殊，性情柔和，在婚姻、社会

---

① 俞悦：《虹影：双重的饥饿 迷惘的传奇》，虹影：《饥饿的女儿》，漓江出版社，2001年版，第301页。

中都处于弱者地位的秦佳惠,更包括整个社会的弱势群体,他们不受关注,被遗忘在城市的角落。而贫农出身、有着特殊成长经历的虹影,将目光聚焦于这群被忽视甚至被漠视的最边缘、最底层的群体,以悲悯的情怀,给在社会底层挣扎、城市夹缝求生的边缘人们提供一个被他人关注与倾听的平台。

《月光武士》中钢哥的手下袁七与王小五是典型的城市边缘人。在钢哥去日本后,他们为了赚钱养家,干起了贩卖白粉的生意,害得自己连带家人都染上了毒瘾,被抓进了戒毒所。出来后,王小五又遭遇了妻子的背叛、被骗光积蓄等种种打击,从一号桥跳下去想要自尽,被救后变得神志不清,只能被送往疯人院。

还有"疯女人"黑姑,总是穿着旧的红色高跟鞋,一丝不挂,赤裸着黑乎乎的身体在江边游荡,想遇到曾经抛弃她的人。许多男人打她的主意,使她怀上孩子,她生下孩子后就送人。监牢不收她,疯人院也嫌她麻烦,最后她还是回到江边,成为江边的一道风景。

开面馆且只养育一个孩子的窦小明家也十分拮据,"家里洗澡,因为水和煤金贵,所以只是烧一盆滚烫的开水,再放冷水,这样水位在木盆底一根手指那么高的地方"。这样的洗澡方式在窦小明的母亲看来已经很奢侈了,"好多人家孩子多,只能洗冷水澡,或直接到江边去解决问题"。到澡堂子花一角钱洗个淋浴对母亲来说都是奢望,她只在结婚那个特殊的日子去过一次,"父亲走了,那母亲更是不会花一角钱去那里。街上的澡堂子当然对母亲是一种特殊的记忆"。

虹影就是这样通过对各个小人物的刻画将思想情感层面上的召唤性建立了起来,在时代的乱象中看见小人物的摸爬滚打,体会作者对于弱势群体的关注,对于天生弱者地位的无尽同情与怜悯,同时更加深刻地感受到城市的变迁,更加珍惜当下的幸福生活。

虹影曾说:"我很喜欢巴赫金的狂欢节理论,而且我有所推演:文学艺术只是人摆脱庸常的方式,是世界这个大工厂的安全出口,我们——全世界的作家们,就是安全出口的看门人。我们经常做些招引人注意的动作,有人说是作秀,但是有多少人在工厂里埋头一辈子,就是不看我们的手势。总有一天,你会从工作台上抬起头来。摆脱庸常,那是多么美好的事!"[①] 在《月光武士》中,虹影正是根据自己"摆脱庸常"的意图去做的。她运用大量的写作技巧,在小说中有意地创造出了大量的空白和不确定因素,在故事进程、故事结局、思想情感等方面为读者提供了各种形式的审美空间,其虚构性、

---

① 张洁:《成长小说 如影如虹》,《人民论坛》,2003年第8期。

未定性、否定性和多重意蕴构成了小说的四重召唤结构，激发和调动了读者进行创造性的填补和想象性连接的再创作用，使得《月光武士》成为一部极具审美价值的作品。

综上，《月光武士》作为虹影最新推出的长篇小说，构思新颖，结构精巧。虹影将其视为与读者进行交流的媒介，在文本中留下了大量的结构性空白，并通过对读者阅读范式的否定，形成一种召唤结构，吸引读者发挥想象并参与到作品意义的生成活动中。小说中隐含着四重"召唤结构"：虚构性——"诗性的"历史，未定性——文本的再创造，否定性——对期待视野主体的反驳，多重意蕴——寻觅已久的声音。本文以接受美学中的沃尔夫冈·伊瑟尔的"召唤结构"为理论基础，对《月光武士》中独具匠心的叙事策略、丰富多样的情感意蕴等层面体现出的召唤结构进行分析，更加深入地从接受美学的角度去发掘《月光武士》独特的艺术魅力。

成长·爱情·渝地图景

——虹影小说《月光武士》的多重面相与哲思特质

吴金梅[*]

著名华人女作家虹影的长篇小说新作《月光武士》，一改其小说以女性传奇书写见长的特点，在细腻的渝地图景描绘中书写人生成长际遇，思索探寻爱情真谛的多重面相，呈现一种深邃哲思特质。虹影以曲折的故事启迪读者思考，并将自身对世事、人生、情感与现实的理解和感受融注于文字，在跌宕起伏的叙事中呈现大千世界，世事变迁，人情冷暖与爱恨悲欢，意蕴丰厚。

一、人生叩问与思考中的成长

《月光武士》虽只讲述了短短20年的故事，却蕴含丰富的人生成长与生活经历。这部关于人生与成长的小说，讲述了1976到1996年间的人生变化与时代变迁。这是中国社会变化巨大的20年，也是故事主要人物少年至青年，青年至中年，或中年至老年的人生历程。短短20年，并非沧海桑田，但世事无常，岁月变迁，物是人非抑或物非人是，变化的时代，成长的人，是人生缩影，也是历史缩影。一方水土一方人，变化的是人，是一座城，不变的亦是人，和一座城。

故事开始于12岁的五年级小学生窦小明，写至20年后两个孩子的父亲、药剂师、餐饮业老板窦小明，一个要尝试开始成为鞋匠和成为作家的窦小明。20年间，从懵懂孩童到成家立业，窦小明依然有很多人生困惑。

> 他一直是迷失的，属于一生只爱一个人那种人，就算现在找到写作，他空荡荡的内心，填了一丝儿东西，但这远远不够，也许更迷失。谁都

---

[*] 吴金梅，文学博士，大连大学文学院副教授。

知道，作家是所有人中问题最多的人。①

窦小明找到了写作，这会带来更多问题，也把窦小明带向更为深邃的心灵时空。

少年窦小明，是一个被秦佳惠称为有一颗"善良美丽的心"的人，他经常打抱不平，为陌生女孩苏滟被打破头，也为佳惠姐姐和家暴她找外遇的钢哥一次次较量，带着自己的"尊严"，毫不畏惧，并发誓要一直保护佳惠姐姐。

在窦小明的成长中，母亲是他唯一的亲人，让他踏实，给他关爱；秦佳惠教他做善良勇敢的月光武士，好好学习；秦伯伯教他用心做事；罗老师教他追求自由，带他走入文学，这些人都是窦小明成长的指引者和陪伴者。

为谁活？怎样活？命的结果是什么？人生的意义是什么？这些是窦小明的追问。

一次惹祸出走后，窦小明体会到了深深的母爱，决心以后做一个好儿子。

遇到温暖美丽善良的秦佳惠后，窦小明觉得要为佳惠姐姐而活，成为月光武士。

当秦佳惠去日本后，窦小明依然疑惑：罗老师被抓，秦佳惠的离去，在这儿活，在别处活，是不是都一样？他们的命，结果是什么？人生的意义，事情的对错，都是窦小明的问题。秦伯伯留给他《老古玩店》《白鲸》《战争与和平》《悲惨世界》，以及但丁《神曲》、海涅诗歌等名家名作，使窦小明可以不断阅读，思考。

十年后，作为药剂师、小面馆老板、首个万元户的窦小明还在疑惑"挣钱是人生的目的吗？"他"这辈子只想看看闲书，做做自己感兴趣的事"。

> 面对生命，无意之中在空间和时间里延伸其中一种丧元素。艺术是谜，那生活也是谜，有艺术的生活呢，更是谜，一种无力，甚至害怕的感觉，聚集在身体里，他感到少年时的满腔豪情和壮志已离自己越来越远。（第250页）

什么可以解开窦小明心中的谜呢？多年后，他再次听罗老师讲文学的作用和意义：

> 文学代表人的梦想，我的成长，你们的成长，都被剥夺掉好多东西，

---

① 虹影：《月光武士》，花城出版社，2021年版，第370页。以下未加注释的引文均出自该书，故不另行说明，必要时只随文标注页码。

包括记忆。为此,我们需要文学,如同需要自由一样,人若是拥有文学,便可从一个弱者变得强大起来。……在孤儿院,在牢里……如果没有文学,他活不了。书籍有一天消亡了,历史就会化为乌有。(第 255 页)

但这依然不能解决窦小明的问题,他"内心的冰越来越大",直到与秦佳惠不期而遇,窦小明终于明白了自己的问题所在,那个无畏、自信的少年回归了,不再迷茫。因为爱情,心中的冰破裂、溶解,但秦佳惠不辞而别,窦小明的心再次破碎。

人只有忘掉旧痛,才可重新开始,但旧痛仍在,嗜人骨髓,他将如何重新开始?(第 372 页)

但窦小明终于还是"向前走"了,虽然步子"缓慢而犹疑"。人生总得向前走。

小说中秦佳惠的故事,从 20 岁讲到 40 岁,40 岁的秦佳惠在经历了 20 年的暴力婚姻折磨后,终于意识到自己的生活和思想都需要改变:

我发现,这么多年,我一直为别人活着,成为男人的一部分,男人总在我的生活中安排我的命运,从未问过我内心的想法。

我不想这样再度过我的下半生,现在我要为自己而活,想要成就自己,首先我就得成为自己的月光武士,这一生才没有白活。(第 368 页)

要为自己活,要安排自己的命运,要首先成为自己的月光武士,四十不惑的秦佳惠幡然醒悟,深深体悟到了人性的复杂,"人有时是魔鬼,有时是天使"。

是什么使人成长?读书?经历?情感?似乎,只有思考才能让人真正成长。

《月光武士》所展示的,是一个变化中成长的人生和世界。世事变迁,思绪万千,窦小明和秦佳惠的思考一直在继续,所有的人都在思考,爱与恨,悲与欢,离与聚,沉与浮,如何对待他人,如何在世事纷纭中自处?都需要思考。是思考让窦小明和秦佳惠各自明白了自己的内心和情感追求,让他们成长和成熟。

作者虹影说,这是一部尚未完结的创作。或可说其未完成也正是人生成长和思考的未完成。三十而立的窦小明和四十不惑的秦佳惠,和现实生活中的无数个我们一样,人生正长,世事纷繁,文学,情感,那些让心灵得以安稳栖息的所在,对于每一个人而言,都值得追寻,都弥足珍贵。

二、爱情的纠缠与关于爱的思考

《月光武士》中，复杂的情与爱在字里行间跳宕隐现。窦小明对秦佳惠的刻骨铭心，秦佳惠与钢哥的爱恨纠缠，苏滟对窦小明的一往情深，佳惠父母的至死不渝，小明妈对秦伯伯的关心敬慕，诸多情感缠绕羁绊，近在咫尺又远在天涯，有情人终成眷属又难成眷属，诸般情感，无不令人感慨唏嘘。

什么是爱情？24 岁的窦小明还没有清晰感受过，却充满期待，他觉得：

>（爱情）会让他激动，会让他昼夜不安，会让他热血沸腾，会让他忘却一切。外国小说、诗歌都是这样说，像大海一样汹涌澎湃，像宇宙一样神秘莫测，像花儿一样细腻柔软，会怦怦心动。不，这绝不是爱情，爱情是梦想，是深渊，他宁愿为她粉身碎骨。（第 203 页）

《月光武士》中，最为刻骨铭心的是窦小明对秦佳惠的情感。12 岁的窦小明因打抱不平受伤，在医院遇到"大粉子"护士秦佳惠。心地善良的秦佳惠看着窦小明的眼睛告诉他不要怕，让窦小明安心。秦佳惠还为"一根筋"总与大人"反着劲"脏兮兮的窦小明洗手，剪指甲，安静温柔。窦小明被母亲打骂时，秦佳惠一边告诉窦母不能打孩子一边还为窦母的粗鲁言行开脱。她给窦小明买他最爱吃的花卷，夸赞窦小明画画得好，告诉窦小明学习好"才有本事做自己想做的事"。窦小明出院时偷偷撕下秦佳惠照片珍藏，敬在心里奉为女神。秦佳惠说自己只有爸爸和钢哥时，窦小明说自己也是她的亲人。这让年轻的秦佳惠觉得少年窦小明像故事中的月光武士：

>小小年纪，却侠义勇敢，黑夜里，月光之下，一身红衣，骑着枣红马，闯荡世界，见不平事，就拔剑相助。有一次月光武士救了一个误入魔穴的小姑娘。可是小姑娘不想活下去，月光武士带小姑娘去看月光下的江水，月光下的山峦，月光下开放的花朵，大自然美丽依旧，让小姑娘改变了心意。（第 66 页）

窦小明也觉得自己好幸运，佳惠姐姐会不顾一切地去保护他，本不想离婚但为了他居然对钢哥说同意离婚。窦小明暗暗写下这样的话：

>佳惠姐姐，我要当你的月光武士。其实你是我的月光武士，让我感觉到了温暖。（第 97 页）

当秦佳惠和钢哥要去日本时，窦小明虽然不舍但很高兴，他知道第三者芳芳因此会和钢哥一刀两断，他认为秦佳惠会幸福。秦佳惠到日本后，窦小明曾写去很多信，但一直杳无音信，两人的联系中断。

十二年后，窦小明在要拆迁的旧房子里看到了佳惠的照片，感到心像被"利刃戳入"，觉得一切像幻影，自己被遗忘，善良、坚定、美丽的形象黯淡了。窦小明只能将佳惠尘封心中。后来，窦小明面对钢哥的质问，坦言真情：

> 我 12 岁时不是，老天作证，我只是把佳惠姐姐当作姐姐。现在，我整个人被她点燃，心里闪耀着焰火，我告诉你，我想离婚，我想娶她，我要给她所有该得到的一切。……佳惠姐姐，我爱你，一生不变。（第 356 页）

窦小明请求秦佳惠留下，要给秦佳惠"所有的爱"，并坚信两人"一起会幸福"，但秦佳惠说两人"不合适"并离开，只是以信笺告诉窦小明：

> 请记住，我爱你，以我的方式，在我心中，你永远是那个无畏的、了不起的月光武士。（第 368 页）

面对秦佳惠的再次离开，窦小明再度陷入伤痛，不知如何忘掉，怎样重新开始。

> 他爱佳惠姐姐，年少时，为了她，他可以去拼命。现在，为了她，他不惜一切。可是她推开了他。人只有忘掉旧痛，才可重新开始，但旧痛仍在，噬人骨髓，他将如何重新开始？（第 372 页）

深爱至此，但人生总有距离难以逾越，就像窦小明和秦佳惠，二十年光阴倏忽，深情依然，却敌不过岁月变迁，人再也难以回到过去，爱而不得，只能远离。这正是作家虹影着力想表达的"绝望而缠绵"的爱情，刻骨铭心，令人动容。

《月光武士》中还有苏滟对窦小明的一往情深。窦小明 12 岁时救下苏滟，苏滟铭记在心，窦小明却不以为意。当窦小明被钢哥手下要沉江淹死时，苏滟因表哥龙哥不肯相救，说如果不救会恨龙哥一辈子，并坦言"他是我最喜欢的人！"

十二年后，苏滟在窦小明母亲为他相亲时，来到窦小明面前，玩笑着直接问：

> 还不晓得你刁钻古怪的窦小明，能不能看得上平平常常的我？我想

我会自讨其辱！是不是？（第202页）

"认定的事不会变"的苏滟认定了窦小明，但窦小明却对苏滟无感。在一次偶遇中，窦小明说"我身上都是洞""这洞还会变成墙，围着我，我习惯一个人在里面沦陷"。苏滟则说自己"有信心，补洞""两个人，沦陷的速度要慢得多"。窦小明认为苏滟对自己不是爱情，"是感恩"。苏滟却认为感恩也并无不可，并表达对窦小明的日思夜想与祈祷相遇"让佛保佑我，遇上你"。痴情如许，窦小明听得心里又痒又疼，但依然拒绝，苏滟决绝表示"全部的你，只要是你，是好是坏，我都不拒绝"。而两人认可"人会随时间变，甚至比时间变得更快"。窦小明和敢和自我以及"从小到大认定的真命王子挑战"（第228—230页）的苏滟纠缠几天后，没有任何约定地离开。此后，窦小明在经历了很多女人后，有一天突然很想念苏滟，联系苏滟才发现，他们已经有了一个女儿，两人结婚。但几年后，窦小明和苏滟的分歧争吵越来越多，这让窦小明重新思考婚姻：

婚姻是什么？就是彼此发现对方的缺点，彼此折磨，让化学作用麻木，又让这种关系一直存在，让彼此痛不欲生。他讨厌婚姻。（第257页）

想读书、想陪孩子和妈妈、想做鞋子的窦小明，和想做大事挣大钱的苏滟分歧争吵不断。苏滟抱怨窦小明不说爱她也没补办婚宴，认为窦小明只有兽性没有爱情，并且心里只装着秦佳惠，把她当作陌生人。说她曾爱他胜过爱自己，现在也爱但不再喜欢了，对窦小明很失望。窦小明则觉得苏滟是在用一件想象的事来伤害自己，并再一次思考与苏滟的关系，质疑自己是否真的爱苏滟。两人的情感最终因秦佳惠的离开或可继续，但是否也正如"红玫瑰与白玫瑰"？爱，是复杂的，不爱，也是复杂的，而当爱情与恩情纠缠在一起，爱与不爱更难以说清。

《月光武士》中还有秦源与千惠子，窦母与秦源，秦佳惠与钢哥的情感故事。

秦源与千惠子生离死别却一往情深。千惠子被遣送回日本，秦源因不肯和千惠子在法律上有一纸离婚书而被单位开除，宁愿一辈子修鞋养活女儿。秦源相信千惠子会记得他们，一直写信，相信会有回信。千惠子也相信丈夫心里只有她一人。但当一家人终于可在日本团聚时，这个沉默的父亲和丈夫却选择默默离开人世。人生憾恨，此事古难全。沉默的秦源，却如此深情，无声胜有声。

窦母对秦源同样敬慕，经常让窦小明去给秦伯伯送面，即使她没开小面馆，这让窦小明觉得母亲这份照顾"有点过分"，猜测母亲没准"喜欢秦伯伯"。窦母有时会给秦源送一壶小酒："老秦，快点吃面呀，面软了不好吃。脏衣服带来了吗？"（第56页）秦源只摇摇头继续修鞋。窦母欲言又止。但即使邻人取笑，窦母也依然故我。她明白秦源"跟这一街的人不一样，喝过墨水的人，胸中拥有另外一个世界"（第57页）。窦母敬佩秦源坚强、隐忍、宽容，也同情秦源孤身一人。当得知秦源父女要去日本一家团聚时，窦母觉得是"天大的好事"。而一向对窦母的关心照顾不做回应的秦源，在众目睽睽下，跪在地上为窦母换上自己亲手做的皮凉鞋，对周围人的反应视而不见听而不闻，一向不说话的他向窦母致谢，"一直受你照顾，举手之劳，不成谢意"。窦小明终于知道"不光是母亲心里装着秦伯伯，秦伯伯心里也装着母亲"。这样的深情厚谊，却又云淡风轻，或许正像张爱玲的《爱》，唯有一句"哦，原来你也在这里"。

恩情与爱情，似乎难以分清，志同道合，心有灵犀，执子之手，怎样才是真正的爱，殊无定论。曾经沧海，除却巫山，身无彩凤，廿年生死，"我爱你，以我的方式"，秦佳惠如此是对是错，只能留待读者思考。

《月光武士》对于种种爱情的叙事及其呈现，开启了广阔的思索空间，这也正是这部作品深邃思想表现之一。

三、渝地风情与象征性、寓言性文本启示

《月光武士》讲述发生在重庆的故事，作者虹影言称要"将重庆当作一个人来写"①，字里行间呈现出一个山光水色与人影交织，情愫缠绵的重庆。

地貌与众不同的一号桥充盈着生机勃勃的烟火气息，山势蜿蜒，江水涨落，船舶往来，春秋荏苒，民风泼辣，一切似乎都在恒常与变换间。

> 吊脚楼临嘉陵江顺山势延续，灰暗的屋顶层层叠叠，窄小昏暗的窗，人像缩在火柴盒里，动弹不了。一号桥仅是一座桥时，冬天枯水期，孩子们在礁石和沙滩上奔来跑去；春来江水绿绿的，江边蹲着泼辣的洗衣妇，骂着脏话；夏天江水暴涨，浊黄中露出半个桥墩，停靠着一些货船；秋天水由黄转绿，屋前屋后悬挂着衣物，很是壮观。（第3页）

而嘉陵江、长江的交汇入海，以及不同于较场口十八梯的中心街及其小世界，同样是山城的生动图景，故事中的每个人，都是这生动图景的画中人与制造者。

---

① 虹影：《"我打开那个窗户让你进"——漫谈一本在烫衣板上写的小说及其他》，《清明》，2021年第3期。

> 中心街不像别的街巷污水横流，宽阔的石阶清扫干净，孩子爬在石阶上玩，一级级往下挪。地上一个烂菜叶子和一团脏纸，会被人捡起。为什么呢，这儿是大家的脸，重庆话里连说高兴事也带脏字，可是重庆人爱光面子。中心街就是大家必经之地，好多人眼睛盯着。山坡下，嘉陵江静静地流着，在朝天门融入长江往东，经过三峡到武汉，在上海吴淞口，流入东海，到太平洋。（第20页）
>
> 中心街有七大段，每一段有二十四级石阶，相隔五级大平步，很宽敞，两侧要么是住家，要么是小店铺，街顶头就是马路，离医院不远。这儿是当地人的一个小舞台，每出戏在这儿上演，观众也是演员，人人都是导演，一戏接一戏，过得活色生香，自成一个小世界。（第26页）

山城景致生动，更是生机勃勃的人间浮世，男女老幼，衣食住行，活色生香。

山城还有独特的地方饮食——小面，窦小明母亲经营着一家"老妈小面馆"，那里是百姓聚集的地方，俚语方言，家长里短，有着浓浓的烟火气息和人情味。小面佐料琳琅满目，令人垂涎。窦小明后来更是将小面佐料配菜丰富至20多种：

> 小面作料有辣椒、花椒粉、蒜、葱、咸菜、酱油、盐、味精和醋，小面是带碱的湿面，洗净的空心菜摘成小段。（第27页）
>
> 有油辣子，干辣椒面，咸菜、榨菜和泡菜，不仅有黄豆末，还有花生末。葱有沙地小香葱、普通小葱二种，臊子是鸡杂、肥肠、牛腩等，也有白糕、叶儿粑等小吃。（第196页）

而故事人物满口独特的重庆方言俚语，"大粉子""虾爬崽崽""惹祸包包""棒棒""臭杂碎""傻麻花""龟儿子""砍脑壳的"等，如此浓郁的山城气息，读来又如身临其境。尤其是当窦小明被钢哥欺负时，窦母拎着擀面杖，满街追骂暴打钢哥时，渝地中年女性泼辣的性格与直率的语言得到了生动的展现：

> 告诉你这龟儿子杨钢邦，你以为你称王称霸惯了，告诉你这个丘八王大哥杨钢邦，在我崔素珍面前，你这鸡巴蛋就是个空壳，今天我打你，就是打祸害，打一条蛆！我家祖奶奶不怕你，我这祖孙子更不怕你！阎王会抽你的筋，剥你的皮，今天，我代阎王教训你这鸡毛臭屁股看，我变成灰也要灭了你！（第89页）

恰似宋元话本中"快嘴李翠莲"的气势与憨直，渝地泼辣母亲的形象跃然纸上，栩栩如生。而当面馆的男食客惊诧于窦小明母亲的勇敢时，女食客却明显认为这是一个母亲最正常最该做的事情，哪个母亲遇见儿子被欺负都会勇敢忘我，为母则刚，窦小明对母亲更有了新认识。这个普通的女性无意间还将生活的真谛告诉了懵懂好奇的窦小明。

窦小明曾问当年离家出走追随父亲的母亲很多问题，关于钱，生活和成长：

"没有钱，能活吗？"
"能活，越穷的人，越顺风长。"
"自己能长？"
"绝对。"（第 24 页）

母亲斩钉截铁的话语一定鼓舞了勇敢的窦小明更坚定去做想做和认为对的事。窦小明也曾对秦佳惠说，老人说叹一口气就少一种福气，你对花笑花就会笑等，这样看似不经意说出的话语，却是人生和生活至理，呈现一种热爱生活的达观。

在渝地图景与风情之中，《月光武士》还具有浓厚的象征色彩与寓言意味。如"月光武士"勇敢善良的少年形象，也是秦佳惠窦小明心中的彼此，是两人珍藏的美好情愫，从相识到别离到后会无期。喜欢画画的窦小明，想要画出"月光武士"故事，作为礼物送给秦佳惠，鼓励彼此，装点彼此的生活。"月光武士"是窦小明，也是秦佳惠，更是世间无数勇敢、善良、热爱美好的人们。

窦小明为秦佳惠抱不平，面对高大的钢哥，钢哥笑他没棍没刀还敢叫板时，窦小明说"我当然带了东西"，"我带了——我的尊严"。这正是月光武士的写照。

《月光武士》中还有两个特别的人物，神秘兮兮的宾爷和疯疯癫癫的黑姑。

> 一个头发花白、一身黑衫，六七十岁的老头，吊着二郎腿坐在一个石坎上，双目紧闭，嘴里流着口水，戴着一顶裤腿做的黑帽子，一个大白鹅蹲在他的边上。他的面前摊了一张发黄的纸，搁了砚台、墨棒、毛笔和劣质宣纸，上面写着"知天命、代写信"。（第 21 页）

窦小明觉得自己常常看到宾爷，即使在宾爷去世后。宾爷常对他说奇怪的话，他明白或不明白的，听得清或听不清的，甚至只是一个眼神。宾爷像个预言家，常常引导犹豫不决的窦小明做出选择，帮助窦小明处理好遇见的各种麻烦。

天空现出一道彩虹，从山顶教堂倾洒下来，辉映江水，江水中有星辰，还有一轮残月。

怎么可能，这是白天。……宾爷说，江水星辰密布，看不见，是因为你不想看见。

……那是二十年前。就是那天，宾爷……说："运到东方怕四月，南方山水多凶破。"

当时他不懂这句话，现在……一切都是少年时埋下的根。深远的天空，浩渺宇宙肉眼能凝视的距离，不再漆黑，会是一种怎样的信念在心中？（第 372-373 页）

宾爷像一个时光的见证者，从窦小明的 12 岁到 32 岁，与其如影随形。与其说窦小明看得见宾爷，不如说宾爷就在窦小明心中，那些关于生活的哲思是宾爷告诉窦小明的，更是窦小明自己告诉自己的。宾爷是窦小明成长的见证者。

如果说宾爷是时光的见证者，黑姑则像爱情的验证者。黑姑同样常出现在窦小明的视野中。这个时而疯癫时而清醒，为情疯魔的女人，现实生活中却只有性没有情。她为情迷失，被深深伤害，却在性中沉迷，为周围人不齿和厌弃。但黑姑并不在意这些，二十年来依然故我，苦笑疯魔。黑姑是情的象征，为爱痴狂，也是性的象征。窦小明想远离黑姑，黑姑却在窦小明的生活中隐现。窦小明没像黑姑一样为情失去理智和自我，对于秦佳惠，虽刻骨铭心，却并未痴狂。如此叙事，使读者将黑姑与窦小明的情感对照思考，可对于爱情有更加深刻的思考和认识。

与宾爷一起出现的，还有一只飘荡在一号桥的红气球。故事开始时红气球坠下桥墩，转眼没影，故事结束时红气球色已陈旧，继而变成无色，静静悬浮空中，风吹不动。气球意象独特，轻盈，飘忽，红色，变色，风吹之后的坠下和不动，都如此特别，作者将其与神秘的宾爷并置出现，同样具有神秘寓意。

关于理想，关于远方，关于长大，《月光武士》在不断呈现中启迪思索，窦小明画一号桥，画江上的船，船上坐着的小男孩，那是窦小明自己。

窦小明 12 岁时曾和秦佳惠一起站在江边，看轮船驶过，谈论远方和亲人。二人都想乘船离开，窦小明还希望是两人一起。远方在两人心中充满未知，也带来希冀。秦佳惠说"人应该属于远方"（第 62 页），懵懂的窦小明从未听过想过这样的话，使其思考。远方，也是秦佳惠孤苦世界的一抹光亮。

窦小明，这个生活在渝地世俗中的少年，却又一直活在自己的心灵世界中，艺术、自由、文学等诗性存在，和开饭馆、做鞋子一起，共同构成窦小明的生活。他瞩目渝地山水画卷，遇见美丽善良的人，也遭遇邪恶的伤害和暴力摧残。

少年在风雨中成长，在成长中思索。武士持剑，红马驰骋，月光迤逦，山城旖旎。三十而立的窦小明走向四十不惑，四十不惑的秦佳惠幡然醒悟，要成为自己的月光武士。每个人要成为自己的月光武士，还要成为彼此的月光武士，人生与人间才能美好相伴，这正是《月光武士》的无言之言。

放逐、寻找与和解

——也谈虹影小说创作中的女性成长与救赎

杨华荣[*]

作为中国新女性文学的代表人物，虹影的创作始终关注着人的自我发现与成长。在其文学创作的前半段，虹影的作品毫不回避人性的幽微与复杂，她冷静客观地剖析着自我、他人及社会的原罪，同时也用不乏温情的文字去展现人性中的善良与光辉。在完成自我救赎以后，虹影将注意力转向儿童文学创作，试图用童心的纯真去疗愈人性的缺陷，实现自我的重塑，开启了超越苦难、走上人类精神救赎的创作路途。

虹影以诗歌步入文坛，却因小说创作声名鹊起；她在国外获奖无数，却又因为创作的惊世骇俗在国内饱受争议；她的成名之作《饥饿的女儿》用英文写成，却讲述着哀伤的重庆故事；她拒绝被看成海外作家，她坚称"我永远是一个中国人，我的根在中国"；她否认自己是女性主义者，却时刻关注着女性的成长与觉醒；当大多数读者被她不动声色的文字中流露出的苦涩所牵引，感慨于她独特而多舛的命运时，她却在转瞬之间完成了对自我的救赎，走出黑暗，用温暖与爱创作了光明浪漫的童话故事。

虹影试图以对"自我"的找寻去回答"我是谁？我从哪里来？我要到哪里去？"的哲学追问。在一种常态化的成长环境中，自我的确认无疑是明确与牢固的，而总有某些人类个体，在成长伊始就遭遇动荡、破碎的生活场域，难以顺理成章地建立起对自我与世界的认知，陷入对自我身份迷失的窘境，在与世界的磕磕碰碰中，无法构建是非判断的标准，无法实现个体精神层面的成长，终其一生都在主流社会的边缘徘徊。从这个意义来说，虹影无疑是勇敢与幸运的，她独特的成长经历成为其小说创作的不竭源泉，她的每一部自传体小说几乎都是对自我与周遭世界的重新审视与判断，是其跨越苦难、完成救赎、重获身份建构的有效途径。虹影不止一次在公开场合提到"是文学给我灰暗的童年打开了一扇门，改变了我的人生，让我从苦难走向了一个

---

[*] 杨华荣，海南师范大学博士研究生，重庆师范大学助理研究员。

充满爱的世界"。

一、无根之我：放逐与寻找

从《饥饿的女儿》开始，放逐与寻找便是虹影小说创作的重大主题。生活在重庆南岸贫民区的六六，在18岁生日那天洞悉了一个惊天的秘密。伴随着身世之谜的揭晓，六六过去所遭遇的种种不公似乎都能找到一个合理的解释：养父的客气与冷淡，母亲的爱恨两难，家里兄妹们明明白白写在脸上的厌恶与嫌弃，街坊邻居们背地里的指指点点，原来这所有的一切，这所有让六六感觉到不舒服的一切，在她出生之时，就早已种下因果。在那样一个家里，孤独始终如影随形，被孤立、被排斥，六六自始至终都觉得自己是多余的，"自己是他们的一个大失望，一个本不该来到这世上的无法处理的事件"①。在这小小少女敏感的内心，怀疑早就播下种子，她隐隐觉察到自己的与众不同，她一方面渴望着逃离这令她不舒服的一切，"只有逃离，我才会安宁"②，但另一方面，她却又固执地追寻着一个答案，"我必须弄清，或至少明白一点点从小就盘绕在心头众多的谜团与阴影"③，在绝望之前，她坚持着最后的坚持，依然向这世界汲取暖意，她感慨："母亲从未在我的脸上亲吻，父亲也没有，家里姐姐各个也没有这样的举动。如果我在梦中被人亲吻，我总会惊叫起来，我一定是太渴望这种身体语言的安抚了。每次我被人欺辱，如果有人把我搂在怀里，哪怕轻轻拍拍我的背抚摸我的头，我就会忘却屈辱，但我的亲人从未这样对待我。"④

然而这一切坚持伴随着身世之谜的曝光而失去意义，私生女的尴尬身份让六六陷入对自我身份的迷失。"我"既无父母，那"我"从何而来，过去、未来又与"我"有何关联，既然肉体之"我"已经切断了与父亲、母亲的牵连，那么精神之"我"就必将轰然坍塌。无法面对真相，更无从宣泄委屈，压抑和愤怒将过去还残存的些许温暖燃烧殆尽，逃离事件发生的现场就成为六六唯一可能的选择，就如同无源之水、无根之木，注定随波逐流。

虹影一路北上，渐行渐远，从重庆到上海到北京，再到英国的伦敦，空间距离的不断延伸似乎并不能淡化个体生命对亲情寻而不得的苦痛，但时间却能逐渐疗愈心灵的创伤。如果身份的焦虑是虹影自我放逐的动因，私生女

---

① 虹影：《饥饿的女儿》，四川文艺出版社，2017年版，第9页。
② 虹影：《饥饿的女儿》，四川文艺出版社，2017年版，第266页。
③ 虹影：《饥饿的女儿》，四川文艺出版社，2017年版，第79—80页。
④ 虹影：《饥饿的女儿》，四川文艺出版社，2017年版，第118页。

的身份让她在现实世界被剥夺话语权，她只能愤怒地喊出"这个世界，本来就没有父亲"，那么对《饥饿的女儿》的创作则开启了虹影对父亲的寻找。与历史老师那一段情感纠葛，是六六对父亲的第一次找寻，让她无所寄托的情感第一次扎根于土地，"终于我遇见了一个能理解我的人，他能站在比我周围人高的角度看着世上的一切"①，历史老师俨然成为父亲的替代品，成为六六在孤独无依状态下唯一想要依靠和信赖的人，"人人都可以欺侮我，你不能，你若欺侮我，我就把流血的伤口敞开给你看"②。因为爱的匮乏，些许靠近的暖意都能让这个女孩愿意付出自己仅有的一切。六六急切地想要通过献祭自己处女的身体，换取一个父亲一样的爱的庇护，去证明自己是被理解的，是值得被爱的。这一场畸恋中，六六耗尽青春之光，努力绽放刹那芳华，"我的皮肤像镀上一层金灿灿的光泽，我闻到自己身上散发出来的香味，像兰草，也像栀子花"③。而于历史老师而言，背负着那个时代的深重压力，自己何尝又不是这乱世中的浮木，又如何能成为承载少女倾心之恋的厚重大地。这一场不伦之恋注定成为他诀别人世前最后的贪欢。历史老师的自杀击碎了六六的青春迷梦，她终于明白"我在历史老师身上寻找的，实际上不是一个情人或一个丈夫，我是在寻找我生命中缺失的父亲，一个情人般的父亲，年龄大到足以安慰我，睿智到能启示我，又亲密到能与我平等交流情感，珍爱我，怜惜我"④。她悲伤地发现"三个父亲，都负了我：生父为我付出沉重代价，却只给我带来羞辱；养父忍下耻辱，细心照料我长大，但从未亲近过我的心；历史老师，在理解我上，并不比我本人深刻——这个世界，本来就没有父亲"⑤。

父亲的失位是虹影心里永远无法弥合的一个黑洞，即使是在自我放逐的岁月里，无论肉身如何沉沦，虹影也始终没有放弃对父亲的寻找。《好儿女花》里，那种不惜抛开一切的离开，伤筋动骨，内心不会安宁⑥，一个没有生命之根的人，将永远陷入迷失的绝望之海，难以自拔。虹影突然意识到，无论过去多少年，无论她逃离故乡有多远，无根之"我"注定永远只是那个苦苦寻找父亲，寻求爱与关注的孤独小女孩。

---

① 虹影：《饥饿的女儿》，四川文艺出版社，2017年版，第28页。
② 虹影：《饥饿的女儿》，四川文艺出版社，2017年版，第149页。
③ 虹影：《饥饿的女儿》，四川文艺出版社，2017年版，第210页。
④ 虹影：《饥饿的女儿》，四川文艺出版社，2017年版，第275页。
⑤ 虹影：《饥饿的女儿》，四川文艺出版社，2017年版，第275页。
⑥ 虹影：《好儿女花》，四川文艺出版社，2017年版，第54页。

二、救赎之途：罪人与罪己

中国的文学作品中从来不缺少母亲的形象，冰心的《我的母亲》、苏雪林的《棘心》、冯沅君的《慈母》、凌叔华的《杨妈》都赞美母亲之爱。作家们笔下的母亲，大多温柔慈爱，坚强乐观，勇于牺牲，品性完美，既具有母性的慈爱，又具有神性的光辉。而虹影塑造的母亲形象无疑是其中非常特殊的一类，颠覆了有关母亲叙述的所有既定模版，费勇评论道："这个母亲形象，不论是流言蜚语里的坏女人，无论是有很多情人，无论是坚强地生下婚姻外的孩子，还是晚年的捡垃圾等细节，都震撼我们的心灵，是中国文学史上从未有过的一个母亲形象：受难，爱，以及尘世的残酷、情欲与道德的波澜，都在这个形象里清晰地折射。"①

从某种意义上说，《饥饿的女儿》和《好儿女花》两部作品，是虹影对母亲的重新寻找与发现，最初她或许只是试图去重新塑造一个世俗意义上的完美母亲。虹影的母亲从来都不曾美丽过，"眼泡浮肿，眼睛混沌无神，眯成一条缝——她头发稀疏，枯草般理不顺，一个劲儿掉，几天不见便多了一缕白发——她的身体好像被重物压得渐渐变矮，因为背驼，更显得短而臃肿，上重下轻。走路一瘸一拐，像有铅垫在脚底。因为下力太重，母亲的腿逐渐变粗，脚趾张开，脚掌踩着尖石渣也不会流血，常年泡在泥水中，湿气使她深受其苦"②。母亲之于子女，从来都是爱与温暖的所在，母亲是"世界上最完美无缺的'女神'的化身：母亲的爱，成了天底下最值得赞叹歌颂的'善'的象征"③，而虹影回忆中的母亲却"一向对我蛮横、出奇冷淡，似乎她脸上总挂着一串冰柱子，与我隔阂，是前世后生都不可改变的，像一个后妈，不像别人的母亲那么宠爱孩子，呵护有加，表示亲热"④。"在我与母亲之间，岁月砌了一堵墙。看着这堵墙长起草丛灌木，越长越高。"⑤

虹影弄不明白的是，为什么自己的母亲会是别人口中乱搞男女关系的坏女人，大姐的生父袍哥头儿、养父、亲生父亲小孙、守礼大伯、蓟伯伯、船厂的管事，母亲那一段段看似荒唐却又残酷的情感纠葛，说到底也不过是在

---

① 虹影：《饥饿的女儿》，四川文艺出版社，2017年版，第8页。
② 虹影：《好儿女花》，四川文艺出版社，2017年版，第13页。
③ 钱虹：《论属于她们的真善美世界——论五四女作家群"爱的哲学"及其艺术表现》，《中国现代文学研究丛刊》，1988年第1期，第55页。
④ 虹影：《好儿女花》，四川文艺出版社，2017年版，第17页。
⑤ 虹影：《饥饿的女儿》，四川文艺出版社，2017年版，第14页。

那个特殊年代因生存而演绎的悲惨故事。母亲倔强有主见，仁义又不拘小节，她曾是那样刚烈、叛逆，为逃避做童养媳，她孤身一人逃离故乡；不顺从工头的欺辱甘愿忍受鞭刑毒打；冒着被沉潭的命运、带着女儿洗衣谋生也一定不忍受丈夫的花天酒地……她有典型的川渝女子的风骨，明媚、热烈、勇敢、决绝、光芒四射，美丽而不自知。

可在命运面前，当丈夫难以依靠，她别无选择，只能凭女子柔弱之肩膀扛起哺育一众儿女的责任。脸面、尊严、矜持、贞洁对一个女人而言是多么重要，可她是一个母亲，她自己可以不活，这个曾用生命捍卫尊严的女人何曾怕过死，可她得让自己的儿女活着，在命运面前，人生飘如浮萍，她的生活中没有自行其是的权利，她必须对自己的儿女负责任，你让她该如何跟命运说不？对一个母亲而言，为了保护儿女，贞洁、尊严、爱情甚至自我，都不值一提，又有什么不可以牺牲？宁愿我一人深陷地狱，也一定要护你万般周全，这或许是作为母亲的悲哀，但这更是一个母亲的伟大。"她也有过，必然有过丝绸一样的皮肤，一张年轻柔润的脸。"① 午夜梦回时，她的心里也一定有过怨、有过恨，有过期盼，有过绝望。"她的头发在脱落，腰围在增大，背在弯，肩上的肉包在长大，她的脸比她猜测的还飞速地变丑变老，她很快变成了我有记忆后的那个母亲。"② 假如她可以更自私一点，她的人生会不会有所不同？但终究她还是选择牺牲，忍辱负重，蹒跚前行。

事实上，在中国文学史上很少有母亲形象能塑造得如此丰满、厚重。她是重庆贫民区里最寻常不过的底层女人，但她仁义，对朋友、对亲人、对子女、对爱人、对知己，她力求事事周全；她宽容，批斗过她的同屋岳芸、恶语相向的居委会主任王眼镜、被人拐卖解救归来的五嫂，她都能以己度人，以德报怨；她豁达，无论生活曾给予过她怎样的重击，她依然相信太阳走、月亮出，人生没有过不去的坎。她知恩报恩，一生有情有义，就像那条奔流不息的长江水，虽藏污纳垢，却能自洁，虽随波逐流，却生生不息，蕴藏无限的母性力量。

写母女之间的隔阂，虹影并不是第一人，张爱玲的《金锁记》开创了母爱主题反向书写的先河。张爱玲的母亲黄逸梵或许更决绝地追求自我，她的出身与阶层决定了她会做出与虹影母亲截然不同的人生选择，选择其实无关对错，这世间儿女又有多少真正懂得过母亲百转千回的慈母之心。母女一场，是救赎也是修行，张爱玲一生都在怨恨母亲，连母亲临终都未曾一见，虹影

---

① 虹影：《饥饿的女儿》，四川文艺出版社，2017年版，第14页。
② 虹影：《饥饿的女儿》，四川文艺出版社，2017年版，第237页。

也一样，她从未真正靠近过母亲，她怨恨母亲的不检点，害自己困于私生女的身份，她埋怨母亲给的爱太少，在年轻、叛逆的时代，以为逃离是唯一的出路，却终究在人到中年，被世事磋磨，不堪其苦时才惊觉：原来无论她逃向哪里，不厘清自己的生命的来处，就始终无法与苦难的童年记忆握手言和，走上自新之路。

从《饥饿的女儿》到《好儿女花》，虹影把心底最压抑、最无法言说的苦痛，对父母、亲人最深沉的爱意都通过文字找到了宣泄的出口。在料理母亲丧事的过程中，关于母亲的过往经历经由不同的言说者娓娓道来，过去岁月横亘在母女之间的疑虑与隔阂似冰雪消融，虹影终于懂得了母亲的艰难与不易，她最终选择效仿母亲，选择宽恕与原谅，她不再归罪于人，虹影谁也不怪，要说有罪，那就是自己，自己才是罪的源头。从罪人到罪己，虹影用半生阅历终于懂得了人性的贪婪与欲望的复杂，没有谁比谁更高尚，母亲也好、虹影也好，在让人厌恶却无法摆脱的男权中心泥潭里，她们不过是身处泥泞，却依然美丽绽放的好儿女花。

三、成长的童话：救赎与和解

《饥饿的女儿》第一次在台湾出版时，虹影在书的扉页上写下：献给我的母亲唐淑辉，而等到《好儿女花》出版时，书的扉页则写着：献给我的女儿SYBIL。虹影自己说："从《饥饿的女儿》到《好儿女花》，我主要写了母亲的一生，她对亲人是爱和给予，对世界呢，是宽容和原谅。"[1] 在《好儿女花》的文末，虹影留下了一个光明的尾巴，此时，虹影已诞下孩子SYBIL，产房之中她做了一个梦，在宽阔的长江里，一个小蝌蚪对大蝌蚪说："前一世你是我女儿，这一世你是我母亲！我们俩永远在一起，永远不分离。"[2]

人过不惑，虹影从女儿变成了母亲，这不仅意味着虹影女性角色的转换，更隐喻了女性的自我成长与救赎。虹影早已不是当年那个"饥饿的女儿"，她已经摆脱了物质匮乏的桎梏，但在精神层面，却依然无法获得圆满。亲情的疏离，爱情的不可靠，命运的莫测，虹影内心那些童年黑洞并没有随着年岁的增长而被逐渐填满，当她始终停留在那个向外索取爱与关怀的状态时，就永远是那个饥饿的小女孩，又如何能够承担作为一个母亲的责任。母亲是一个女人一生中重要的身份属性之一，虹影最终通过《饥饿的女儿》《好儿女

---

[1] 虹影：《好儿女花》，四川文艺出版社，2016年版，第4页。
[2] 虹影：《好儿女花》，四川文艺出版社，2016年版，第361页。

花》完成了自己对父亲、对母亲的寻找，接纳了生父小孙，放下了初恋历史老师，她发现自己原来苦苦寻找而不得的"爱"其实一直都在，只因自己被怨恨遮蔽了双眼，才会辜负真正爱自己的人。虹影的传记体小说展现了一个失去现实身份的女性孜孜不倦地寻找自我的过程。母亲身份的获得从某种意义上标志着虹影自我成长的完成。如她自己所言："我有了女儿，一切都改变了。尘埃落地，菩萨低眉含笑。"① 她终于从那个缺爱的小女孩成长为一个有能力给予爱和保护的母亲。虹影重新建立起与母亲的精神连接，在此之后，她转而开始了童话创作，文字如水，恬淡沉静，与她早期诗歌创作风格大相径庭。

　　从2014年创作第一本奇幻小说《奥当女孩》开始，虹影陆续完成了"神奇少年桑桑系列"之《里娅传奇》《马兰花开》《新月当空》以及《米米朵拉》等多部作品，她不止一次地在公开场合谈及自己创作的初衷。女儿SYBIL的出生"改变了我的命运让我重新开始热爱这个世界，让我有勇气继续活下去"。从失爱的少女到伟大的母亲，女性身份的转换不仅让虹影重新找回了生活的意义，也促成其小说创作题材的转向，虹影的初衷是希望写一本讲给女儿听的故事书，让她了解自己的母亲曾有着怎样的身世，又来自什么样的一个国度。在写作过程中，虹影常常会参考SYBIL的意见进行修改，母女之间的亲昵互动何尝不是虹影从另一个角度对自己苦难童年的一种回顾，她由衷地感慨："我没有童年。但是很幸运，我有了孩子。上天让我重新过一次童年。"当历经半世沧桑，已过不惑之年的虹影，重新审视过往岁月中那些曾经经历的磨难，痛苦并没有令她的作品充满暴戾和仇恨，她选择让苦难沉淀，去凸显和表达人性的光辉与美好。"神奇少年桑桑"系列就以宽恕、勇敢、牺牲、忠诚、勤劳、无私等美好品质为线索，讲述着一个少年成长中的领悟。《米米朵拉》赞美了童真的美好与斗争的勇气，而《里娅传奇》则更多地是想要表达人与人之间珍贵美好的情谊。但虹影并非刻意去追求美好的事物，她的坦率一如当年，她用真实、客观的笔触描绘着这个世界，不回避人世的污秽，但也绝不放弃对希望的追寻。在她的儿童奇幻小说中，美与丑、善与恶、痛苦与孤独、美好与遗憾、复仇与宽恕、黑暗与光明如一体两面、相伴而生，虹影把自己对人生的理解，对生活美好的祈愿都融入创作中，呈现出天真与世故和谐并存的写作风格，丰富并拓展了儿童奇幻小说的创作领域。

　　虹影转向儿童文学创作并非另辟蹊径，她依然延续着一贯的创作主题，从《饥饿的女儿》到《米米朵拉》，虹影执着于讲述一个相同的故事：总有那

---

① 虹影：《好儿女花》，四川文艺出版社，2016年版，第14页。

么一个孩子，他是男孩或是女孩，孤身一人与命运抗争，在磨难中成长。邱华栋在《虹影的奇幻成长小说》一书中把虹影的儿童文学创作归类为"成长小说"。成长小说起源于德国，主要讲述主人公在遭遇各种现实困境后，思想和性格的发展变化，从天真无知到世故圆熟，并最终超越巨大的精神危机，走向自我的成长的故事。虹影的作品无疑具有成长小说的某些特质，也是小小少年在经历人生中某些重大变故之后，对生活有了新的理解与领悟。如果从作家创作史的角度来审视虹影的作品，单用"成长小说"不足以揭示虹影小说创作的深刻内涵，从创作《奥当女孩》开始，虹影的成长故事就已经摆脱了以往的苍凉的悲剧底色，无论是她的主旨立意还是行文风格，都一扫过去阴郁、苦涩的笔触，反而呈现出一派天真与诗意，有一种过尽千帆、历经磋磨仍坚守初心的返璞归真。这种创作历程显然与传统意义上的成长小说的心理变化轨迹背道而驰。

在中国现当代文坛中，虹影无疑是很特殊的一位，她出身底层，见惯世间百态，经历各种情感的纷争纠葛，但凡有半分的意志薄弱，都会永坠沉沦。罗曼·罗兰说："只有一种英雄才是真正的英雄——正视世界的一切，并且一如既往的热爱它。"[①] 虹影通过童话创作把自我成长过程中的苦痛、漂泊旅途的迷茫都转化为文字。她重新审视苦难、打破精神枷锁，选择与过去握手言和，也终于完成了对自我的救赎与新生。每个人对童话的理解不尽相同，大多数人把童话的"童"理解成儿童，而虹影的文本世界里，"童"其实应该是指最初的人，在这个虚构的真实世界里，当现实恶狠狠地扑向你的时候，"因为生活的沉重和可怕，畏惧犹豫到无法朝前迈步。这时我们看到孩子，才有了力量，继续朝前走"[②]。成年人的幸福往往取决于内心还保留了多少的童真与梦幻，当经历现实的种种磨砺，却依然坚守初心，不放弃对未来的希望与梦想，这大概是虹影童话创作最重要的价值与意义。

[①] 罗曼·罗兰：《最伟大的三大艺术巨人》，陈书凯译，哈尔滨出版社，2004年版，第49页。
[②] 虹影：《小小姑娘》，四川文艺出版社，2018年版，第169页。

流逝的风景　不变的人性

——评虹影长篇新作《月光武士》[①]

项脧之　梁小娟[*]

改革开放以来，山城重庆的经济得到高速发展，与此同时，这座城市也面临着由金钱诱惑引发的道德衰退危机。虹影注意到了这种人文关怀的逐渐缺失，试图在流逝的风景中找寻一种亘古不变的人性，以重构现代的生存方式。《月光武士》便是虹影找寻的结果，在其独具特色的叙事模式中隐含着作者深沉的文化隐忧。在一种充满了忧郁情怀的笔调中，《月光武士》以文学的方式重塑了老重庆的历史记忆，在文学书写中构建底层重庆人的文化精神，展现了人性的善良与美好。

19世纪中叶，在中西方的巨大差异中，一批先进的知识分子意识到了国人的愚昧与落后，开始奋起抗争，以改变中国的落后状态。中国自此发生巨大改变，尤其是改革开放之后，时空发生了强烈而迅速的变换。就像美国学者斯诺所说的，在20世纪以前，"社会变化"慢到一个人一辈子都看不出什么，现在，变化的速度已经提高到我们的想象力跟不上的程度。[②] 为了适应经济的高速发展，人与人之间的关系渐渐被金钱联系取代，人文关怀渐渐缺失，焦虑和失落情绪充斥于城市化发展之中。为了摆脱这种情绪，虹影试图在这段流逝的风景中，找寻一种不变的人性，以重构现代的生活方式。

一、消逝的重庆记忆

"建筑总能在缄默不语中道出千万本史书言所不及的故事，时间赋予它诉说历史、承载记忆的力量。但这种力量又是那么脆弱。看着崭新的高楼立起

---

[*] 项脧之，湖南科技大学中国语言文学专业硕士研究生；梁小娟，文学博士，湖南科技大学人文学院副教授。

[①] 本文为湖南省教育厅科研项目"新世纪以来中国女性小说的新变研究"（编号：20C0802）的研究成果。

[②] 托夫勒：《未来的冲击》，新华出版社，1996年版，第15页。

来，坚固的大桥架起来，蓦然发现我们身后是一片苍凉，而我们和我们的城市一同失去了记忆。"① 建筑由时间造就，同时也记录下了一座城市的历史与记忆。重庆，这座承载了几千年厚重历史的都市，每一个角落无不渗透着人们的记忆与情感。然而改革开放下的经济高速发展，西部大开发战略的迅速推进，很快就将这份厚重的历史记忆深深掩埋。在虹影的印象中，山城重庆应该是"吊脚楼临嘉陵江顺山势延续，灰暗的屋顶层层叠叠，窄小昏暗的窗，人像缩在火柴盒里，动弹不得"②，"每幢房子都是低矮的小木窗，嵌了木柱，一些房子有旧旧的木阳台，变成灰黑色的栏杆，挂着篓、扫帚和洗过的衣服，它们摇摆在风中"③。作为重庆人脸面的中心街一直保持着干净的状态，孩子们爬在石阶上面玩耍，一级级往下挪。然而白驹过隙，以商业为目的的旧城改造带来了大规模的城市拆迁，"很多长久未修的棚户、吊脚楼门上墙上打上'拆'，说是不能住人，将被拆掉，好多石阶变成可以通车的石子路"，"华一岗到华五岗几条街也在市里规划里，要拆。所有的居民统统搬家了，被各自安排在不同的地方"④。吴良镛先生曾称赞巴渝的几千年建筑文化"山川秀美，人文荟萃……形成独具特色之地域文化"，而现在却趋向于现代化的风格统一。为了适应这种现代化进程，急躁、浮浅、金钱至上的文化观念占据了主导地位。

　　经济的高速发展不仅改变了建筑，也影响着人们的饮食习惯。正所谓"一方水土养一方人"，由于生活环境的差异，各民族之间的饮食文化也千差万别。一个地区长期传承的饮食民俗有着很高的辨识度，成为一个地区人民习俗、情感和信仰的集中体现。在山城重庆，小面是这座城市独特的饮食文化的象征，老妈小面馆也就成为这座山城的文化符号。每天都会有一群人在老妈小面馆吃上一碗面然后去工作，周六的时候老妈小面馆更是热闹非凡，人们聚集在这里吃面，打长条纸牌，讨论这片不大的区域里的新鲜事。但伴随着城市化的来临，乡村的袅袅炊烟逐渐淡化在工业化的背景之下，属于山城重庆的独特的饮食文化也因此发生改变。就像马克思所说的，人类欲望起源于对商品的盲目崇拜。改革开放之后，各区域之间的联系日益紧密，加之网络的日益发达，各种各样的饮食民俗涌入重庆人的视野之中，一种对于未知的好奇驱使着重庆百姓走近这些陌生的饮食文化，而在无形中忽略和淡化了重庆本土的饮食习惯。在《月光武士》的下部，窦小明不再坐在老妈小面

---

① 毛昱莹：《失去记忆的城市》，《沪港经济》，2009 年第 5 期。
② 虹影：《月光武士》，《花城》，2021 年第 3 期。
③ 虹影：《月光武士》，《花城》，2021 年第 3 期。
④ 虹影：《月光武士》，《花城》，2021 年第 3 期。

馆里吃小面，而是"去厨房，热了一杯牛奶，烤了两片面包片，洗了一个苹果，坐在阳台的小桌子上吃饭"①。当秦佳惠从日本回来，窦小明请她吃的也是鹅肝沙拉、牛肝菌牛排、青豆奶酪汤等西式菜品。时间改变了这座城市人们的日常饮食，也改变了人们的文化观念。虹影试图在这种现代化中找寻散落的文化记忆，进而恢复被城市化所淡化的人文精神关怀。

媒介技术决定论者认为：日常生活的技术和媒介，不论其实际内容如何，他们重塑了时空结构，加强了文化间的传播，改变了人类感知和体验世界的方式与结构，从而导致了文化变迁。② 在经济全球化的大背景下，各地区人民的交往日益频繁，新的观念和生活方式冲击着某个地区传统的文化风俗，从而造成传统价值观念和传统生活方式的变迁。改革开放前的山城重庆，偏远而闭塞的地理环境带给人们的是单调而乏味的生活模式，街道上最热闹的娱乐方式莫过于礼拜六晚上在老妈小面馆门前的桌子上打长条纸牌，然后一起谈论最近发生的新鲜事。但随着人们生活水平的提高，可供选择的生活方式渐趋多样化。街道上"好多店铺和人家都搬走了，改成肉店、录像店、鲜花水果店和修鞋店。以前理发店，楼上住户走了，扩大了，楼上楼下装饰得亮丽，贴着港台明星的照片，有广州来的理发师，染着一头黄毛，穿着花衬衣，用粤语语调的普通话与做头发的年轻姑娘调着情，给她烫发"，"区医院大玻璃门原样，没变，周边增加了好些美容按摩院、婚纱摄影室和服装店，马路上摩托车多了，小轿车也多了"③。而窦小明的母亲终于在家里泡上了热水澡，"用浴缸那天，母亲尽情地泡了半个小时"④。现代化的生活习惯渐渐成为这座城市的主导方式，喧嚣而热闹的街道彻底将这座山城静谧而美好的记忆遗忘得无影无踪。

戴锦华认为："不言而喻的是，怀旧感及其表象的涌现，与其说表现了一种历史感的匮乏与需求，不如说是再度急剧现代化过程中深刻的现实焦虑的呈现；与其说是一份自觉的文化反抗，不如说是别一种有效的合法化过程。"⑤虹影对古老山城重庆的怀念，究其根本，是浮躁的都市生活带给人们的一种内心难以言明的失落与焦虑，为了摆脱这种焦虑，重构现代化进程中的人文关怀，虹影试图在社会环境、民族素质和文化传统等方面的巨大差异中去寻

---

① 虹影：《月光武士》，《花城》，2021年第3期。
② 谭华：《大众传播与少数民族社区的文化建构——对现代媒介影响下的村落变迁的反思》，《湖北民族学院学报（哲学社会科学版）》，2007年第1期。
③ 虹影：《月光武士》，《花城》，2021年第3期。
④ 虹影：《月光武士》，《花城》，2021年第3期。
⑤ 戴锦华：《想象的怀旧》，《天涯》，1997年第1期。

求一种不变的人性。

二、底层袍哥的义气

袍哥即川渝地区的哥老会，是对川渝底层群众生活产生过重要影响的一个秘密社会组织。据1946年的一篇文章记载，"单以重庆一地而论，至少也有半数以上的人参加这个组织，三教九流，简直无所不有"[1]。对于这样一个影响深远的社会组织，有人试图探讨过袍哥组织壮大的原因，发现"袍哥之所以具有坚强的团结力量，数百年而不绝，其原因乃是一个'义'字"[2]。依照沈宝媛的说法，"袍哥"取自《诗经》"岂曰无衣，与子同袍"，意即兄弟之间应有衣同穿，有饭同吃，有福同享，有难同当。忒奥在《活跃于四川的哥老会》一文中也指出："哥老会的会员，对外称'袍哥'，对内称'弟兄'。"[3]由此可见，在袍哥的人生信条中，极其重视"义气"。他们坚信"英雄（或关神）的到来，赋予他们一种力量、一种正义，或者一种合法性，和神产生一种精神的交融、义气的沟通"[4]。正如李沐风先生所说："袍哥界人士颇有平等思想，无阶级之分，首领与每一个帮内弟兄的关系是大哥和兄弟，因此特别能发扬义气。"[5]

窦小明是《月光武士》中非典型的底层袍哥形象，他并未加入过任何袍哥组织，但他的行为却完全符合袍哥"讲豪侠、重义气"的宗旨，并因此收揽了以吴亮和罗小胖为领头的五个少年。在虹影的笔下，窦小明就是一个摈弃了残忍凶暴的理想化的袍哥形象，他的存在让那个"误入魔穴"的小姑娘对生活"改变了心意"。

一开始，窦小明只是一号桥地区一个普通的小男孩，生活的全部内容就是上学和到老妈小面馆打调料。但是秦佳惠的出现，让窦小明和袍哥头子钢哥扯上了关系，打破了他原本平静而单调的生活。因为不满钢哥对佳惠姐姐的家暴，窦小明一直明里暗里地针对钢哥。看到钢哥当着佳惠姐姐的面跟"妖里妖气"的芳芳跳舞玩暧昧，窦小明恨得"差点要冲进去"，为了给佳惠姐姐报仇，窦小明在黑暗中用一根尼龙线绊倒了钢哥。看到秦佳惠身上被钢哥家暴留下的一块块青紫的痕迹，窦小明主动找到钢哥要和他决斗。他一直

---

[1] 拾得：《袍哥在重庆》，《吉普》，1946年第13期。
[2] 王笛：《袍哥：1940年代川西乡村的暴力与秩序》，北京大学出版社，2018年版，第45页。
[3] 忒奥：《活跃于四川的哥老会》，《民意月刊》，1941年第10期。
[4] 王笛：《袍哥：1940年代川西乡村的暴力与秩序》，北京大学出版社，2018年版，第103页。
[5] 李沐风：《略谈四川的"袍哥"》，《茶话》，1947年第12期。

记得佳惠姐姐给他讲的月光武士的故事,那个一身红衣,骑着枣红马,小小年纪却侠义勇敢,见不平事便拔刀相助的小小少年,在他心中深深扎根。窦小明决定当秦佳惠的月光武士,对他而言,佳惠姐姐是这个世界上对他最好的人,出于一种正义的激情和青春期懵懂的爱情,他本能地想去保护这个在婚姻中备受欺凌的女人远离丈夫的家暴和折磨。尽管当时的窦小明才12岁,但他一直默默地陪伴在秦佳惠的身边,听她诉说那段悲伤的往事,替她向钢哥讨回人性的尊严。就像多年后秦佳惠在信中所写的那样,"你多次挺身而出,保护我,让我一次次看到人性善和美好的一面"①。这是一个有着至善之心的小男孩英雄救美的故事,多年来窦小明一直念念不忘的,不仅是那份懵懂的爱恋,还有他对于美好人性的坚守。

当然,窦小明的这种义气并不是只针对秦佳惠一人,两次营救苏滟是他打抱不平精神的典型体现。第一次救苏滟的时候,窦小明还只是一个普普通通的小男孩,为了解救这个被四个不良少年欺负的小女孩,窦小明被砖头砸中了脑袋。第二次救苏滟的时候,窦小明已经成长为小有成就的老板,为了解救这个即将被抢匪强奸的年轻女人,和持刀抢匪大打出手。对窦小明来说,这两种情况下置身事外或许才是最安全的做法,但是他选择了挺身而出。二十年过去了,重庆早已物是人非,就算是曾经最亲近的佳惠姐姐,也离开了这座小城,但窦小明依然是曾经那个敢做敢闯的少年。岁月带走了这座城市的样貌,但带不走人们对于美好人性的坚守。

如果说窦小明还只是类似于袍哥的人物形象,那钢哥则是山城重庆典型的袍哥头目。一方面,他讲求哥们儿义气,身边"永远跟着一批小年轻,个个臂粗腰壮,手里提着棍棒,在街上耀武扬威",但一旦"小兄弟被外面来的混混打,钢哥会替小兄弟打回来"②。另一方面,又时而隐现着善良的光辉,看到秦佳惠受欺负,他敢于挑战袍哥头子龙哥的权威,和龙哥左膀右臂叶兵大打出手。为了娶秦佳惠,他不计前程,背离家庭。虽然婚后一直欺负秦佳惠,但同时也对秦佳惠很好,"家里脏活累活抢着干"。钢哥一直在善与恶之间游走徘徊,从某种意义上说,钢哥和虹影早先作品里面的底层人物是一脉相承的,他们有着相似的性格特征,人格都扭曲到变态。但同时,他们本性不坏,关键时刻我们能看到他们身上人性善的本质。钢哥是虹影塑造的一个复杂的人物形象,通过对钢哥的行为的揭示,展现了善恶二元对立中,善良人性的亘古不变。

---

① 虹影:《月光武士》,《花城》,2021年第3期。
② 虹影:《月光武士》,《花城》,2021年第3期。

当虹影有感于重庆风景流逝的时候,她将目光停留在了底层人物这永恒的人性上面。她描写着这类"很微小,很无辜,凭着直觉,不遵循世俗和传统地生活"的边缘人物,虹影同情他们的遭遇,"尤其同情他们在不容许边缘人年代的命运。任何历史容不下他们:他们在社会演变之外"[1]。但值得庆幸的是,生活的瞬息万变并没能抹去他们身上的人性,善良与美好依旧存在于这座城市之中。

三、人性的纯真与美好

随着经济的发展,社会正面临着巨大的改变,为了适应这个瞬息万变的社会,人与人之间的关系更多地被一种赤裸裸的金钱交易代替。当历经沧桑的虹影回首往事,对这个社会便有了更加明确而清醒的认识。《月光武士》中,虹影直面那段艰难的童年经历,以两个截然不同的历史时期做对比,记录下社会底层人物的悲伤与喜悦、努力与期待、屈服与抗争。她试着在这段历史演进中,找寻出一种永恒的人性,进而重构一种新的生存状态。

人性主宰的向度应该是美善,而非丑恶,在《月光武士》中,人文主义的光辉在小人物的身上闪闪发光。这种人性美首先体现在邻里之间。窦小明的母亲崔素珍是一位失去了丈夫的中年妇女,经营着一家小面馆,勉强维持母子二人的生计。尽管捉襟见肘,她依然坚持过段时间便给那个在街口修皮鞋的可怜男人送去一碗小面,给他带去这人世间的一丝温暖。钢哥的跟班程三在外面做白粉生意,亏了买卖,还不上贷款,房子被没收了,崔素珍不计前嫌帮助程三的父母花钱租房,照顾程家父母的生活。秦佳惠的父亲秦源过世后,中心街的邻居纷纷前来帮忙,也有邻居"坐在桌前,剥着瓜子,默默喝着老鹰茶水,给秦源守灵。同街邻居把自家的桌子凳子搬出来,给他们用"[2]。常言道,"远亲不如近邻",在这座小城,会有争吵,也会有钩心斗角,但当困难来临的时候,我们看到的是一颗颗善良的心。

这种人性美还体现在男女之间。《月光武士》不仅是一个英雄救美的故事,还是一个互相救赎的故事。二十年前,因见义勇为而受伤住院的窦小明第一次见到了秦佳惠,这个美丽的护士给他剪指甲,清理污垢,给他做他最喜欢的花卷,还教他写作业。后来为了保护窦小明不再被钢哥殴打,秦佳惠提出了一直不愿意提及的离婚。秦佳惠说,窦小明是她的月光武士,向她展

---

[1] 虹影:《你在逝去的岁月里寻找什么》,《绿袖子·鹤止步》,文化艺术出版社,2006年版,第149页。

[2] 虹影:《月光武士》,《花城》,2021年第3期。

示了人性的善与美，而秦佳惠又何尝不是窦小明的月光武士，她给他带来了温暖。从某种程度上说，《月光武士》中的窦小明就是虹影本人，他们都自小便缺乏来自父亲的关爱，而母亲又不能真正理解自己。是秦佳惠的出现让他们"在黑暗的世界里看到了光"。虹影试图告诉人们：尽管时过境迁，但人类善良与美好的本性依然存在。

这种人性美也体现在夫妻之间。尽管钢哥一直欺负秦佳惠，但不可否认，因为钢哥的存在，这个饱受摧残的女子不再被世人欺负。是钢哥带她走出了那段黑暗的历史，开启了一段崭新的生活。而在窦小明和苏沥的婚姻关系中，这种人性美体现得更加淋漓尽致。因为在小三峡发生的意外，苏沥怀上了孩子，但她并没有因此要挟窦小明和他在一起，而是选择一个人默默地生下孩子。苏沥有梦游症，每天晚上都会洗一盘水果作为第二天的早餐。即使是最后的离别和重逢，也是那样温馨和美好。这两对夫妻之间更多的是坎坷曲折，但我们看不到分离时的撕心裂肺，一切都是那么平静而祥和。感情难免曲折，但这种感情是一种优美、健康、自然而又不悖于人性的爱情形式。作者通过这一段感情经历，表现了一种纯朴的象征着"爱"与"美"的人性与人生。

莫言曾说过"饥饿是小说家非常独特的资源"。私生子的身份，父爱的缺失，家人的漠视，让虹影产生了一种强烈的孤独意识，给她的童年笼罩上了忧郁的气氛。以至于每每想到此，虹影的小说便不由自主地靠向这段悲惨的童年经历。就像虹影本人所说的，"每次开始一部新的小说，我就无法控制自己回到童年，那些阴影，那些可怕的记忆，并未因时间的消失而过去，也许一年比一年淡了，可是一旦有相关的事发生，那些记忆便扑面而来"[1]。因此，对于"温暖与爱"的追寻成为虹影创作中很重要的一个部分。她试着去找寻潜藏在这些边缘人物中的人文主义的精神关怀，发现这些底层人物身上永恒的人性，进而重构现代的生存方式。就像欧·亨利所说的："人生是由啜泣、抽噎和微笑组成的，而抽噎占了其中绝大部分。"[2] 对于这样一个在童年经受过重大创伤的作家来说，虹影对底层人物的痛苦与不幸有着更加深刻的认识，她试着改变这种糟糕的生活状态，用一种独特的视角去挖掘潜藏在这些小人物身上的闪光点，以此来展示人性美好的一面。所以尽管虹影笔下的这些小人物都生活在贫穷的市井街道，处于毫不起眼的社会底层，但他们的身上大都洋溢着一种质朴纯真的人性之美，闪烁着人情美和人性美的光辉。通过展现这些小人物的日常生活和情感纠葛，表达了作者对人生、人性的美好追求

---

[1] 赵黎明、虹影：《"我在黑暗的世界里看到了光"——虹影访谈录》，《小说评论》，2009年第5期。

[2] 瓦西列夫：《情爱论》，赵永穆等译，生活·读书·新知三联书店，1998年版，第23页。

和审美情感。这些边缘人物是虹影心目中美好人性的象征，是"善"与"美"的理想的化身，是虹影对于理想生命形式的一种追求。

英国学者斯图亚特·霍尔曾指出："身份从未统一且在当代逐渐支离破碎；身份从来不是单一的，而是构建在许多不同的且往往是交叉的、相反的论述、实践及地位上的多元组合。"① 张京媛也认为："散居的族裔身在海外，生活在所居处的社会文化结构中，但是他们对其他时空依然残存着集体记忆，在想像中创造出自己隶属的地方和精神的归宿，创造出'想像的社群'。"② 作为一名旅居英国的华裔作家，一方面，虹影竭力融入当地，但另一方面，她却无法忘怀自己的故国家园。这是一种植根于灵魂深处的民族身份认同，不会随着时间的流逝而消退，相反只会历久弥新。就像虹影在访谈录中所说的，"无论后来我到哪里，全国跑全球跑，我依然是长江的女儿，我始终感觉自己站在河流边上"③，山城重庆，是虹影记忆开始的地方，也是她的精神归宿。但改革开放以来，城市高速发展的同时，人与人之间的交往被一种金钱关系所代替，关于这座古城的传统记忆也随着时间渐渐消逝而去。对于虹影来说，这种变化对她的影响是很大的，尤其是人文关怀的逐渐缺失，让虹影产生了一种来自现实的焦虑与失望。她试图营造一个"边城式"的和谐自然的人性世界，以一种真正自由的创作姿态，重构她记忆中的重庆历史，进而重构现代的生存方式。《月光武士》便是虹影创造的一个自然与美的和谐世界，在这部小说中，虹影一改往常执着于书写人性的病态与扭曲的消极倾向，而将关注的目光放在了底层人物身上潜藏的永恒人性上面。在一种充满忧郁情怀的笔调中，重新建构了底层重庆人民的文化精神，向读者展示了日新月异的山城重庆中，善良与美好人性的亘古不变。

---

① 斯图亚特·霍尔、保罗·杜盖伊：《文化身份问题研究》，庞璃译，河南大学出版社，2010年版，第4页。
② 张京媛：《后殖民理论与文化批评》，北京大学出版社，1999年版，第6—7页。
③ 赵黎明、虹影：《"我在黑暗的世界里看到了光"——虹影访谈录》，《小说评论》，2009年第5期。

"引渡我们的/是永恒的女性"

——论女性在"月光武士"窦小明成长中的引领作用

姚 亮[*]

成长小说是一个重要的小说类型，有人认为其源头可以追溯至西班牙的流浪汉小说、德国的教育小说和法国的浪荡子小说等等[①]，但学界通常以德国教育小说（Bildungsroman）为其正宗。歌德的威廉·迈斯特系列作品是成长小说的经典代表作，展示了威廉·迈斯特从一个懵懂无知的青年逐步成长为一个具有独立人格、能够担当责任的个体的生命历程。在主人公的成长过程中，读者可以清晰地看到作者的观念："人绝不是所谓'命运'的玩具，人是可以进行自我教育的，可以通过自我教育来创造自己的生活，来充分发挥自然所赋予他的潜能。"[②] 而这种自我教育并不是闭门造车，乃是在主人公与社会的互动过程中完成的，他人成了锻造或者启发主人公的重要力量。

张国龙认为成长小说是"一种着力表现稚嫩的年轻主人公历经挫折、磨难的心路历程的小说样式"，并指出其故事"大致遵循'天真→受挫→迷惘→顿悟→长大成人'的叙事结构"[③]。《月光武士》不论内容还是情节结构都与成长小说十分吻合。小说讲述了主人公窦小明从12岁到32岁的成长历程。就《月光武士》而言，关于"受挫"的叙述实际上包含在"天真"阶段之内，"天真"和"迷惘"以秦佳惠的离去作为分界点，"顿悟"发生在船上与苏滟不期而遇的时候，秦佳惠的再度离去、窦小明去码头接苏滟回家标志着窦小明的长大成人。秦佳惠对窦小明的影响不仅贯穿始终而且分量最重，其次是窦小明的母亲崔素珍，最后是窦小明的妻子苏滟。小说的开头，这三个女性便被联系在一起：窦小明吃过母亲做的小面去上学，路上打抱不平、解救被

---

[*] 姚亮，博士，副教授，深圳市海外高层次人才（孔雀计划），深圳技术大学汉语国际教育中心主任。

[①] 杨亦雨：《19世纪法国成长小说中的自我形象及其变迁——以〈红与黑〉为中心》，《社会科学战线》，2020年第4期。

[②] 蔡莉莉：《蜕变与抉择：成长小说视野里的〈狂人日记〉》，《延边大学学报（社会科学版）》，2020年第6期。

[③] 张国龙：《成长小说的叙事困境及突围策略》，《当代作家评论》，2019年第3期。

不良少年欺负的苏滟,受伤去医院后认识了护士秦佳惠。这个安排大概不是偶然,从故事的发展也可以清晰地看到,在"月光武士"窦小明的成长过程中,三位女性对其人格的形成起了非常重要的作用,她们从人格之美、道德之善、生命之真这三个维度带领窦小明从天真走向成熟,或可用《浮士德》结尾的诗句"引渡我们的/是永恒的女性"[①] 来概括。

一、"女神"秦佳惠:理想人格之美

敏锐于美感是人的本能,追求美则是人的天性,从原始人在岩壁上的粗糙刻画以及远古部落土著的纹面、凿齿、以泥涂抹身体可见端倪,这大概是毋庸置疑的。希伯来文明将人归之于上帝的创造,且不是一般的作品,因为上帝"乃是照着他的形象造男造女"。这故事的深层意蕴在于,人与万物有别,其根本原因是创造方式的不同——人系"嫡出",有着作为真善美本体的至高者的形象,因而天然对真、善、美有内在的追求。中国也有类似的传说,应劭《风俗通义》记载:"俗说天地开辟,未有人民,女娲抟黄土作人,剧务力不暇供,乃引绳于泥中,举以为人。"鲁迅在《补天》里面稍申其义:女娲"伸手掬起带水的软泥来,同时又揉捏几回,便有一个和自己差不多的小东西在两手里","伊接着一摆手,紫藤便在泥和水里一翻身,同时也溅出拌着水的泥土来,待到落在地上,就成了许多伊先前做过了一般的小东西,只是大半呆头呆脑,獐头鼠目的有些讨厌"[②]。鲁迅的妙笔使历史记载有了更生动的细节,同时也引入了人和人的区分——有的与其创造者差不多,有的则"呆头呆脑,獐头鼠目的有些讨厌"。这分野的源头也在于创造方式的差异。或许这并不是巧合,以鲁迅对《圣经》的熟稔[③],恐怕是有意挪借了《创世纪》的造人意涵注入女娲造人故事中。

人类对真、善、美有一种本能性的自觉追求,12 岁的少年窦小明"凭本能"认出秦佳惠似乎不会有太大的失真之处。窦小明对秦佳惠早有耳闻,知道她是本地区最大的"粉子"(美人)——"传闻秦佳惠嘴唇和下巴那儿有颗小小的美人痣,她毒药般大粉,勾魂夺魄,路经之处皆有一股浓郁的黄葛兰香"。然而,他一直无缘得见,这便加深了他的痴迷——"窦小明从未闻到那

[①] 歌德:《神秘的合唱》,冯至:《秋日:冯至译诗选》,外语教学与研究出版社,2018 年版,第 31 页。

[②] 鲁迅:《鲁迅全集》(第 2 卷),人民文学出版社,2005 年版,第 358—359 页。

[③] 鲁迅对基督教思想的熟悉自不必说,更有意思的是,《野草》中的《复仇(其二)》直接改写自《新约·马太福音》第 27 章耶稣受难的故事。

香气，越发对她着迷。"作者在小说开头便如此这般浓墨重彩地强调了秦佳惠在少年们尤其是窦小明心目中的形象，一方面表现秦佳惠的美，另一方面（也是更重要的）以此突出窦小明的天真。后面的情节便顺理成章，他偷偷从医院的墙上撕下秦佳惠的照片私藏起来；他关心秦佳惠的生活，设计修理家暴她的钢哥，而钢哥是那一带的操哥头子；他对秦佳惠说要当她的"月光武士"保护她。这些在外人看来有些夸张甚至滑稽的做法，在一个12岁的少年心目中却是十分严肃和宝贵的，因为这是他生命的意义之寄托，是其心理和精神得以拓展和提升的重要事件。在对秦佳惠的迷恋中，他追求美、保护美、受美的熏陶与感染，把少年心中对美的热爱表现到了极致——"现在给自己分了一个区域，有一个专门的区域，供着佳惠姐姐，跟以前的她们（美女画片）不同，他心里得修一个高高的坎，敬着，因为她是他的女神。"天真的本性亲近美、追求美，这一行为又反过来提升了天真的本性，这是美以及爱美的意义之一。

然而，窦小明对美的追求并不仅仅停留在眼目的层次，因为秦佳惠也不只是徒有其表的花瓶。她美丽、温柔、脱俗、隐忍、带着淡淡的哀愁，这简直是内外兼修的美的化身。因此，她对窦小明的影响也是巨大的，她激发了窦小明对美的保护欲、骑士精神，令一个12岁的小男孩敢于向操哥头子叫板，设计为女神报仇。不仅如此，女神对窦小明在日常生活中的影响也比较明显，连上课都与此前不同了——"听任何一个字，都扎根似的记得，一丝儿也没有走神。有一双美丽的眼睛盯着他，那是佳惠姐姐。"可以说，窦小明是以秦佳惠为理想人格的模范，他的行为也因此而发生改变。他把应生理之急的美女画片与秦佳惠的照片分开存放，这一举动表明他对情欲与审美有明确的区辨，并自觉地保护美不受玷污，哪怕是象征性的，这是精神层面丰富的一个重要表现。

秦佳惠是窦小明心中理想人格的典范，是美的化身，窦小明对她的天真迷恋提升了他的人格和精神境界，而他所遭遇的挫折则从相反的方向强化其人格与境界。钢哥对小明心中女神的虐待和践踏，对他爱美之心与骑士精神的嘲笑和打击，乃至身体上的凌虐，不但没有让他放弃，反而坚定了他的追求、坚固了他的人格。这些挫折对于窦小明的自我有着强化作用，让他更加清晰地明白自己的追求、品格和立场。他者和世界是帮助他看见自己的"镜子"。因此，挫折与对美的追求一样，是一个人从懵懂无知的孩童成长为自我意识迅速发展和膨胀的少年必不可少的催化剂。只不过，由于年龄和阅历的原故，12岁的少年心智还不够成熟，难以理解成人世界的复杂性，比如秦佳惠对他说钢哥使她的生活有了意义。这也是挫折之一种，并且是当时无法克服的，然而也是成长的某种必不可少的动力，驱使他去锻炼更为复杂的心智和深刻的理解力。

当秦佳惠赴日与母亲团聚以后，窦小明的成长进入了漫长的迷惘期。他不断给佳惠写信，但是除了"查无此人"的退信以外别无回音。但是他仍然倔强地写信倾诉内心的隐秘，考上医科大学，毕业后做了药剂师（秦佳惠是护士），迟迟不愿意谈婚论嫁，无一不是秦佳惠对他强大影响的延续。十几年后尽管他已经明白"曾经的一切像幻影"，认定"远走高飞的人早就忘了他"，但依然难以释怀。当他在旅行途中与从小暗恋他的苏滟不期而遇，再次搭救她后，苏滟向他表白，而他则在酒后诉说对秦佳惠的记忆，"说着说着，身上那些重减轻了一些"。这减轻的一些足以让他过几年安生日子——娶了苏滟，生儿育女——但秦佳惠再次出现在他面前，一切尘封的记忆迅速死灰复燃，以至于他想与佳惠结婚。这种沉湎于过去是拒绝成长的典型症状，佳惠离开的二十年中，他对女性的情感几乎一直停留在佳惠离去的那个节点。于此可以清晰地看到天真与迷惘的纠缠，它们是硬币的两面，可以提升一个人，也可以禁锢一个人，正所谓烦恼即菩提。

作为理想人格的象征，秦佳惠并没有辜负"女神"这个称谓，她友善而理智地拒绝了窦小明的求爱。她感谢小明的守护，这些年并没有忘记，"我爱你，以我的方式"；她下半生"要为自己活"，"成为自己的月光武士，这一生才没有白活"。她已过不惑之年，受尽凌辱，依然卓尔不凡，再一次为窦小明树立了典范，带领他走出迷惘，洗去天真而走向成熟。虽然与过去的不成熟断开如同断腕，"旧痛仍在，噬人骨髓"，毕竟他已经迈出了新的步伐，去码头迎接归来的苏滟，重修旧好。他的目光从往事的烟尘中转到现实中，重新注视身边人，以至于苏滟都觉得惊诧："你才换了一个人，五天不见！"他的觉悟伴随着痛苦，这是成长的阵痛，无可避免。这痛苦也不是单纯的负面情感，而是带着新的契机，让他告别过去，面向未来，承担起自己的责任。是秦佳惠，又一次作为理想人格的典范，引领着他飞升。

二、母亲崔素珍：道德底线之善

如果说秦佳惠在窦小明的成长中以典范的方式展示了内外兼备的理想人格之美，母亲崔素珍则为他托起了道德底线之善。一个是焦点，一个是背景。虽然是背景，却也是框架，为他描绘了基本的道德轨范，使他不至于如脱缰的野马。这一抹生命的底色是他在挫折、迷惘时的恒定指引，尽管不如秦佳惠的光芒那般炫目，却也始终如一，像夜空的星火，守护着他的成长。秦佳惠对窦小明的影响是戏剧性的，如同暴风激流，时间虽然短，强度却很大，后果也很明显。母亲对窦小明的影响则是潜移默化的浸润，在日常生活的互动中一点点渗透。

窦小明似乎格外喜欢打抱不平，小说以他从三个少年手中救出被欺负的苏滟开场，他自己则被打到医院缝针，因而认识了秦佳惠；他立志保护秦佳惠，多次与操哥头子钢哥叫板；当他第二次从劫匪手中救出苏滟时，他收获了苏滟的芳心。这种急公好义到不顾自身安危的性情和美德并不是被环境逼出来的偶然和不得已，他完全可以选择像旁人那样缩头袖手，但是他没有，而是不假思索挺身而出，并且在救苏滟的时候他并不认识对方。因此，可以肯定地说，窦小明的急公好义是他的禀性，这是一种内在的品格。从小说的叙述来看，这种美德应该是受到母亲的影响。母亲崔素珍是一个泼辣能干、敢做敢为的重庆女子，作为寡母带着儿子独立生活，开一个面馆维生。小说中对她的个性有集中展示：当她得知钢哥在医院欺负窦小明时，她提着擀面杖奔过去，不顾一切地满街追击这个恶名在外的操哥头子，将其打得四处逃窜。也许有人会说这是出于护犊心切，固然不错，但是那份胆识和气魄恐怕不是每个护犊的人都有的，尤其是面对这样一个黑社会头子的时候，更多的估计是哀求、无助。虽然这是一个"极端"事件，但也未尝不是一个典型事件。母亲的"火炮"性格、耿直脾气、敢作敢为都深深地烙在成长的窦小明心上。因而，无论是少年时期还是成年以后，他好打抱不平的性格始终如一。

母亲对窦小明的影响还体现在对感情的珍视。她当年毅然离家到重庆跟随丈夫，丈夫去世后，她带着儿子独自生活，每每提起丈夫都充满深情，年年清明都去坟前祭扫。后来，秦佳惠的父亲秦源的儒雅刚正吸引了她，但她也只是默默在心中守候，在生活细节中关心他，并没有贸然闯入他的世界搅扰他的清静。当迷惘的窦小明深陷情感危机的时候，她告诫小明要坚守，不要离婚。这些言传身教在窦小明身上发生了深远而绵长的影响，包括他对秦佳惠的感情。表面看来，他似乎完全被秦佳惠的"完美"吸引，但是这种少年时期的梦幻般迷恋通常难以持久。更何况，秦佳惠与他的相识短暂、分别漫长，大概认识不到一年他们便分开了，此后是二十年的分离，仅靠女神般的光环是不能够支撑他对秦佳惠一往而深的爱慕的，毋宁说母亲对感情的珍视从小熏陶了窦小明择善固执。这种择善固执、认定之后便不轻易改弦易辙是一种难得的品格，是他成长过程中的一个支柱性力量。保持天真、抵抗挫折、应对迷惘，都少不了这种底线性的善在背后支撑。最后，当窦小明从迷惘中走出来，觉悟而成长的时候，也一定程度上得益于这种善的导引。虽然再次见到秦佳惠后他想离婚娶她，但这背后的原因不仅仅是情欲和爱慕，更是希望她幸福，就像他从小便要当她的"月光武士"保护她一样。所以，他在修理钢哥的时候，还在叮嘱他要对老婆好。这种矛盾心理折射出他的底线性道德坚守，内心纵然波涛汹涌，依然没有轻举妄动。秦佳惠拒绝了他的求爱，他很快答应母亲去江边迎接苏滟，并一反往常地注意且赞美苏滟的装扮和衣着，这种逆转乍看上去不大合乎逻辑，然而，细细思量并不突兀，就是因为母亲对他的道德示范与情感教育让他成为一个有人情味的人。秦佳惠的拒绝和母亲的熏陶让他走出迷惘——前者带给他第二次觉悟的激烈契机，使他从漫长的"奴役"中觉醒；后者则是助他成人的一贯性引领。

母亲所象征的善的力量看上去不如秦佳惠象征的美的力量那么外显，它是一种隐性的内敛性力量，深埋在人格的底层。表层的力量是震撼、刺激的，而底层的力量则是持续性、柔和的。美的力量如果是灯塔，善的力量则是河岸，它标示着河流的范围，引导着河水的流向，将船引导在安全的范围之内。因而，母亲对窦小明的成长是守护性的，她也是窦小明的"月光武士"。需要补充说明的是，母亲纵然有自己的想法，却没有强加于窦小明，哪怕她告诫小明不要离婚，最后还是表示万一他选择离婚也能理解。她的引导主要是身教，是潜移默化的涵养和化育，这是作为善的道德力量的突出特征。一旦道德强制化，往往会流于形式，使人变得虚伪。黄仁宇研究历史得出的结论或可作一旁证："中国二千年来，以道德代替法制，至明代而极，这就是一切问题的症结。"[①]

三、妻子苏滟：生命本能之真

人是一个灵与肉的结合体，从造人的故事亦可见一斑："上帝用地上的尘土造人，将生气吹在他鼻孔里，他就成了有灵的活人。"这口气/灵太重要了，但因其虚灵，视而不见，往往被人抛诸脑后。然而，弃掉了灵的人并不会更健全，只会更加残缺褊狭。佛家或者道家的修行虽然限制肉身的欲望，那只是一个方便，目的是为了去除不必要的搅扰。一个觉悟了的修道者，"看山还是山，看水还是水"。这一份理智的清明才是看待灵肉关系的辩证眼光，看待苏滟便需要这样的眼光。

苏滟这个人物容易引起误解，乍看上去她似乎只是一个"工具人"，是窦小明用来填补空虚和空缺的替代品，是其身体欲望的寄托。实际上，苏滟这一角色的"功用"远不止于此，她的独立人格吸引了窦小明，她是窦小明全

[①] 黄仁宇：《万历十五年》，中华书局，2006年版，自序第3页。

部精神与肉体爱恋的落实。秦佳惠对窦小明的干扰是"历史性的"记忆包袱，哪怕重见，情感并没有生长；他们并没有真正的爱情，而是一个懵懂少年对美和美好人格的崇拜。所以，当秦佳惠拒绝了他的求爱，他很快答应母亲去江边码头接苏滟，根本原因就在于历史包袱已经卸去，他能够完全回到现实中，正确地看待他的情感以及承担的家庭责任。被秦佳惠拒绝是他走出迷惘的契机，而迎接苏滟则是其完全成熟的标志。

苏滟和窦小明有很深的渊源和纠葛，小说开头叙述他从三个不良少年的围困中救出了苏滟，从此，苏滟就喜欢上这个好打抱不平的少年。然而，小明的注意力全在秦佳惠身上，对苏滟无多接触。多年后，窦小明顺流而下去旅行，在船上从劫匪手中再次解救了苏滟。大概这个缘分是"注定"错不开逃不过的。这趟旅行对于窦小明而言意义重大。首先，它发生在窦小明对关于秦佳惠记忆的反思之后。他明确地意识到少年时候的爱慕已经不可挽回地过去了，"那曾经的一切像幻影"，"佳惠姐姐的形象黯淡了，他的童年、少年时期已一去不返了"。他对此很痛苦，但现实生活和时间不可阻挡地将记忆一层一层剥蚀，成长的脚步无法阻挡。他一直在抵抗，拒绝长大，拒绝从曾经的梦幻中醒来，然而他却无法抵抗世事的变迁。所以，实际上，他在旅行之前已经在心理上明确地意识到了作为女神的秦佳惠是一去不复返了，他也必须从梦中走出面对现实了。只不过在情感上一时还难以接受，还带着最后的挣扎。这一趟旅行也就不是单纯的旅行，而是具有向过去告别的意味。其次，与苏滟的巧遇让他从残梦中走出来，走进实实在在的崭新生活中。苏滟的爱情、激情和温情将他洗濯一新，他"把闷了好多年的话全说出来"，这是一个很重要的信号，表示他向新人和新生活敞开心扉，这对于窦小明而言意义重大，因为他从小"性格很闷，不太合群，很多想法，都压在心里"。当他们分别一段时间后，他看到苏滟留下的铅笔画时，"突然很想念她"。

女神秦佳惠是被供着的，不食人间烟火，并且消失在岁月中杳无消息。然而窦小明却是普普通通的饮食男女，他有自然欲求，有被爱的需要，苏滟开启了他、满足了他、成全了他，将他从记忆的泥潭中救出，提升到开阔而鲜活的人间世界。此外，苏滟吸引窦小明的还在于她的独立人格。苏滟与他偶遇后怀孕了，但并没有告诉他，生下了女儿也没有告诉他，直到窦小明因为想念苏滟去找她才发现这个事实，"他对此五体投地"。苏滟并不想以孩子要挟他，而是要他的真心——"其实我这个人很简单，我只要你发自内心，百分之百的想跟我在一起。"也就是说，无论是窦小明，还是苏滟，都不是逢场作戏的人。苏滟的等待和窦小明的到来非常清楚地表明窦小明已经走向成熟，只是背后还有一点历史阴影，需要时间才能完全消除，秦佳惠的回来和再离去便帮助他彻底斩断过去，走出迷惘，完成心理和情感上的成长。

基于上述讨论，在此可以对苏滟之于窦小明成长的功用作一个总结：苏滟代表着生命本能之真，她把窦小明从虚幻的历史记忆中拉出来，让他面对具体可感的现实，正视自己的情感和欲望，也就是直面生命的本能。他们在船上的偶遇、倾诉和灵肉结合是窦小明第一次觉悟，开始从虚幻的想象和记忆中走出来，触摸现实。在苏滟的灵肉双重召唤下，窦小明苏醒过来，明白过来，积极拥抱生活，享受生活。

结　语

作为成长小说的《月光武士》将主人公窦小明的成长历程描绘得清晰而透彻。在他从天真、迷茫到觉悟的过程中，三位女性起了至关重要的作用。作为理想人格之美的秦佳惠是一个贯穿性人物，对他的影响最大。秦佳惠是他天真期的崇拜和爱慕对象，是他大部分挫折的根源，也是他迷惘的因由，当然，也是他第二次觉悟、走向成熟的关键人物——解铃还须系铃人。母亲崔素珍则象征道德底线之善，她的身教润物无声，使窦小明在道德上择善固执，这种底线性的坚守让他在成长中遭遇挫折时、迷惘无措时也能够行走在安全的范围，不至于过分出格。苏滟则代表生命本能之真，她将窦小明从天真与迷惘的幻境中拉到真切实在的生活中，让他从虚幻的精神恋爱的高蹈中慢慢着陆，进入灵肉合一的真实爱情与五味杂陈的人间烟火中。苏滟是窦小明第一次觉悟的引领者，也是他走向完全成熟所必须担当之责任的赋予者。这三位女性引领了窦小明的成长，让他从一个懵懂少年蜕变为一个独立担当的人。

文学史·古远清

台湾"年代/年度诗选"的争霸战

古远清[*]

台湾有很多不同类型的诗选，如诗社选、世纪诗选、主题诗选、性别诗选、地域诗选，其中年代诗选、年度诗选由于编者的诗学观与别的诗社不甚相同，最容易引发争论。由于嗜好编诗选洛夫等诗人便常常处在风口浪尖，成为别的诗社的靶子。而别的诗社为了抵抗"创世纪"诗社的"霸权"，便自己另编诗选，而这种诗选不过是以另一种诗歌权力对抗别一种诗歌权力的产物，不可能做到平理若衡、照辞如镜，又引发新的争论。一旦意识形态夹杂在其间，这种争论便呈现白热化状态，谁也不服谁。

一、《七十年代诗选》公正性何在？

据赵天仪的统计，在1965年之前，台湾出版过下列七种诗选：

1. 《中国新诗选辑》，张默与洛夫编选。这是台湾最早的一部诗歌选辑，鉴于当时台湾诗坛还没有裂土分疆，故选诗时注意到各方面的诗人，给人"大团圆"之感。该书由"创世纪"诗社出版。

2. 《中国诗选》，由彭邦桢和墨人编选。这"是第一部较重视水准的选集"，入选者有不少重要诗人，其作品可以代表台湾新诗播种期与繁荣初期风貌，但遗漏了郑愁予等重要诗人，本省诗人只选了白萩一人。该书由高雄大业书店出版。

3. 《十年诗选》，由上官予主编，入选者也是当时的重要诗人，由明华书店出版。

4. 《诗创作集》，这本书与《中国诗选》类似，由中国青年写作协会编辑出版。

---

[*] 古远清，中南财经政法大学教授，世界华文文学研究所所长。

5.《诗潮》,由菲律宾华侨、青年诗人云鹤主编,入选作品多为《诗潮》上刊登的文章,另有菲律宾华裔诗人和台湾诗人的作品。

6.《中国新诗之葩》,李霜主编。编者对诗坛不熟悉,有张冠李戴之处,如痖弦的作品被归到抗战时期,成了一大笑柄。

7.《六十年代诗选》,由痖弦、张默合编。入选的多为优秀之作,可以代表台湾近十几年来的成就。纪弦认为《中国诗选》是自由诗的代表作,而这本书则是现代诗的代表作。虽然该书仍以外省诗人的诗作为主,但也选了七位本省诗人的作品。

除了以上几本诗选外,另有余光中和叶维廉的英译本选集,和胡品清的法文译本选集。①

第八本是 1967 年 9 月,由张默、洛夫、痖弦三位主编出版了篇幅超过上述诗选的《七十年代诗选》②。该书收入 46 家 240 多首诗。其中蓉子、郑愁予、周梦蝶、羊令野、叶珊等人的作品有浓厚的抒情韵味,罗门等人的诗也有悲壮的气息,但该书选取的大都是"创世纪"诗社社员的诗,以超现实主义的诗作为主,而现实的、抒情的、明朗的诗作只是聊备一格,非该诗社社员的作品只占五分之一左右,这便引起一些作家的不满。他们的不满,皆源于下面的入选条件和标准:

1.《六十年代诗选》入选之作者,如在此六年内仍有其创造性纯粹性之作品问世,当列为优先入选对象。

2. 前因篇幅所限而未可入选《六十年代诗选》之成熟诗人,六年来创作不懈,且其作品日益精纯,均已纳入本选集。

3. 新崛起而确具有潜力之海内外新作者,尽管其诗龄甚嫩,我们亦将其作品作选择性之纳入。

4. 虽为外籍而能以中国文字、现代技巧表现我国现代精神之优秀作者,亦为我们邀选之对象。

这里强调的虽然是入选者的身份,其实,突出的仍是"创造性纯粹性"。台港诗坛自开展现代诗运动以来,在新技巧的实验和语言、形式的创新方面取得了重大成绩,但也带来许多问题,诸如过分迷信马拉美的"诗即谜语"信条,有人还把诗的语言等同于矛盾语法,这就给读者进入诗人所缔造的艺

---

① 赵天仪:《裸体的国王》,香草山书屋,1976 年版,第 37—38 页。
② 洛夫、张默、痖弦:《七十年代诗选》,大业书店,1967 年版。

术世界带来极大的障碍,《七十年代诗选》入选的作品便有这方面的弊病。[①]这本诗选用叶维廉《诗的再认》作为代序,认为诗只是一种"姿式",是"当代一种超脱时空的意识感受状态"。高準不赞成这种看法:"诗从来不是一种姿式,诗既以文字构成,每个文字莫不有其意义,故诗必有意义。"如果诗人成为"一种只关心'姿式'而绝不关心现实的,自以为'不食人间烟火'而实则是自欺欺人的极度苍白贫血的迷幻药之服食者"。小说家尉天骢也发表短文[②]评《七十年代诗选》,以碧果诗作为例指出现代诗的毛病,并劝告新诗作者应"扬弃这种病态的破坏性的作品,而努力建设一种诚恳的真正表现这一代人类心灵的作品"。余光中在《灵魂的富贵病》[③]中亦指出《七十年代诗选》的缺陷。他认为:

1. 诗必须先具有"国籍",即先要有民族性,才有国际性。
2. 许多现代文学工作者,已觉察到现代诗的弊病,开始加以批评。
3. 碧果的诗有严重的缺陷。
4. 诗的理论或批评都应该是澄清的过程。
5. 现代诗已出现了玄学化的不良倾向。

余光中所作的这些善意警告,仍然是出自保护现代诗的立场。洛夫对余氏的批评却不以为然,发表《灵魂苍白症》[④]和余光中针锋相对。他认为,碧果的诗并不像余光中说的那样糟。相反,在"现代诗人中,碧果是最具独创性者之一,他确有许多非凡的好诗"。但对碧果的个别实验诗,洛夫观点也有改变,认为"碧果这种实验并不太成功……他的诗中缺乏一种定影剂,没有定影剂又如何能显影呢?"

圈外人对《七十年代诗选》大都持批评态度。如叶珊、陈芳明、郑炯明对该诗选的内容和编选态度颇有微词。高準发表《〈七十年代诗选〉批判》[⑤],以激烈的词句抨击这本诗选具有"极度相互标榜自我吹嘘之虚骄性","以一小撮人的偏激作风而自命主流之虚伪性","力求暧昧晦涩、摒绝社会而观点紊乱之虚无性","排斥纯正抒情而发扬颓废思想之虚妄性"。高準的说法虽然过于夸张,但在某些方面的确击中了对方的要害。他综观此"诗选",将其归纳成一个"虚"字:"针对这种'虚弱'所需要的是一个'实'字。我愿诗坛

[①] 古远清:《香港当代新诗理论批评发展轮廓》,《中国海洋大学学报(社会科学版)》,2007年第6期。

[②] 参见《文学季刊》,1968年2月。

[③] 参见《大学杂志》,1968年7月。

[④] 参见《青年战士报》,1968年7月。

[⑤] 参见《大学杂志》,1973年9月。

上患了'虚弱症'的诸君，能以'踏实'对'虚骄'，以'诚实'对'虚伪'，以'现实'对'虚无'，以'切实'对'虚妄'，则庶几可望结出甘美可口、营养丰富的果实。"

这场论争在香港诗坛也有影响，如《盘古》的骨干作者古苍梧特地写了《请走出文学的迷宫——评〈七十年代诗选〉》[①]。

洛夫参编的选集所采用主流收编支流乃至吞没支流的做法，常常引起非议。这些批判者，难免带有"边缘抵御中心"的委屈情绪，因而有不够冷静和欠客观之处，但《七十年代诗选》乃至由洛夫参与编选的《八十年代诗选》[②] 以"正统诗选"自居，笔者认为确实欠妥：

> 在本诗选出版之际，我们还有一项重大声明，即本诗选是继《六十年代诗选》以降一系列发展下来的正统诗选（并非指诗之内容与风格而言），一支具有权威性、代表性的现代诗选主流。[③]

这里说的"正统"，说穿了就是"走超现实主义路线"才是"正统"，追求技巧的繁复才是"正统"，非"正统"则为抒情性作品。这样的选诗标准，确实存在着排他性，难免引火烧身。此外，所选的一些诗作刻意引录西方诗人名称和词句，用来模仿西方的表现风格，当然难以得到诗坛的广泛认同。

随着两岸频繁的文学交流，洛夫的名声在大陆乃至整个华语诗歌界越来越响。许多诗人认为台湾诗歌洛夫第一，余光中第二，但就脍炙人口这一点来说，余光中远远超过洛夫。洛夫早年追求诗的实验性和纯粹性，中期努力吸收中国古典诗词的长处，这样的双向经验得到众多读者的赞赏。到了80年代末，洛夫提出"大中国诗观"，用台湾诗人唐捐的话来说，"宣告了一种回归行动……是彼而言曰'归'，由此视之曰'放'，此间吊诡，颇耐寻思"[④]。

二、"年度诗选"的一场混战

有位青年诗人问老诗人一信："台湾有众多诗选，这诗是如何选出来的？"一信觉得这是很难回答的问题，因而只好重话轻说："你看过鸡、鸭、羊、狼

---

① 参见《盘古》，1968年2月28日。
② 该书由创世纪诗社筹划，由纪弦、洛夫、罗门、痖弦、张默等12人编辑，濂美出版社，1976年版。
③ 观哲（高準）：《〈八十年代诗选〉的"奥秘"》，《诗潮》，1977年5月。
④ 唐捐：《一个人的石室，一代人的诗》，《台港文学选刊》，2018年第4期。

吗？它们都是各自混在一起的。如果羊和狼关在一起，羊就被吃掉了。如果鸡鸭同笼，那就成为鸡同鸭讲了。"这个比喻是说台湾诗坛的生态也很复杂。据一信的观察，它由本土、西化、中本、新世代、网络世代五大板块组成。这些板块各出各的诗选，有的一年一选，如被一信讥之为西化板块的"年度诗选"。中本板块系弱势群体，出版有《中国诗歌选》。此外，也有不定期或与小说、散文合出的诗选，其共同点是各选各认同的诗人诗作，所以绝大多数每年均入选"年度诗选"的诗人，却从未入选"中国诗歌艺术学会"主编的《中国诗歌选》。同样的道理，每年入选《中国诗歌选》的作家，也从未入选"年度诗选"或"台湾诗选"。其他各板块诗人的情形也大致相同。据一信多年的观察，"台湾的'诗选'大致上是各选各认同的诗及诗人，或选来往比较密切的诗友。至于规定的选诗经过及评审过程等等，都是官样文章，是写给读者看的"①。

在台湾众多诗选中，以"台湾"命名的年度诗选较有权威性，影响也最大。相比之下，其他一些由于没有官方赞助，只好自掏生活费出版的诗选，其光亮度和影响力非常有限。

最富戏剧性的是1984年连续出现了三种"年度诗选"：一是萧萧编的（也就是一信说的"西化板块"）台湾1983年诗选；二是吴晟编的（也就是一信说的"本土板块"）《1983台湾诗选》；三是郭成义编的金文诗人坊丛刊《当代台湾诗人选·1983卷》。其中萧萧曾推荐十二首诗代表该年度的水平，可在同样标榜"优秀作品"的《1983台湾诗选》中全部落选。究其原因，除艺术标准的分歧外，另有意识形态的差异。其中有的批评者站在当局的立场，批评这本诗选不该选登丑化当局的作品，个别人还以文艺政策代言人自居。后来的指控者也是唱同一论调，如《秋水》主编涂静怡不再"唯美"转而强调要维护文学世界的纯洁性，等等。

参与论战的《葡萄园》诗刊认为，"我们要拥抱台湾时，也不该忘记，我们也要拥抱中国。此所谓爱乡也爱国，甚至爱乡更爱国也"②。基于这种观点，文晓村严肃批评《1983台湾诗选》的选稿标准有分离主义倾向："今天，文艺界有少数年轻人，受了某些分离主义分子的思想污染，企图……建立一个什么'台湾国'。"③徐哲萍的文章指出："吾人最反对的就是'分裂意识'！关怀乡土是美事，反映现实乃至不满现实都无不可，但如有分裂意识，那真是祖

---

① 徐荣庆（一信）：《"诗选"的诗是怎么选出来的？——兼论〈2005台湾诗选〉》，《诗报》复刊第4期，2006年8月。
② 文晓村：《政治归政治，文学归文学》，《葡萄园》，1985年5月。
③ 文晓村：《政治归政治，文学归文学》，《葡萄园》，1985年5月。

宗不容国人所共弃了！……吾人不只反对台独，且反对'一切独'！"①

到了1995年，未曾提出反驳的《1983台湾诗选》主编吴晟和前卫出版社，终于有代言人出现，即杂志《前进》在第95—97期和在第100期发表文章，文中认为朱炎等人的批评，是国民党政治势力在渗透文坛，批判者不是国民党的文化打手就是御用文人。张雪映、何捷、苦苓也曾撰文批驳《葡萄园》。《葡萄园》不甘示弱，在该刊总第90、91期又发表4篇文章进行批评的再批评，认为无论是《前进》还是《诗评家》的指控，均不能成立。后来对方没有再发表文章，这场论战也就画上句号。

《秋水》《葡萄园》和前卫出版社这场论战可谓是短兵相接，后来前卫出版社在出《1984台湾诗选》时，不再以政治意识区分诗作题材，也取消了那些招致批评、非文学性的"导言"，编者只是就诗论诗。这意味着负责编务的诗人和出版社，通过反思已在一定程度上有所改进。

吴晟后来回忆关于诗选所引发的论战或曰混战时检讨说："综合起来，关乎诗学的探讨，反而远比'意识心态'的挞伐要少。"② 吴晟说得对，关于诗选的论争主要从政治着眼，如果说有诗学，也是政治诗学而非审美诗学。这是由当时的文化生态所决定的。那时戒严还没有解除，双方都有一定的政治自觉和立场，争论起来难免受意识形态的影响。

---

① 徐哲萍：《无分裂意识就好》，《葡萄园》，1985年5月。
② 吴晟：《一首诗一个故事·诗选何罪》，联合文学出版社，2002年版。

古远清：世界华文文学研究的开拓者

陈 铎[*]

古远清的华文文学研究是从台湾文学起步的，他的台湾文学研究体现了敏锐的前沿意识、鲜明的问题意识以及独特的学术趣味。从台湾文学转入世界华文文学，古远清除了例行的撰文著述以外，还尤其注重研究年鉴和普及教材的编写。他的《世界华文文学研究年鉴》具有资料性与学术性并重的特点，既符合年鉴的编写体例，又具有鲜明的个人风格，弥补了世界华文文学学科研究年鉴缺位的遗憾；他编写的教材《世界华文文学概论》是对以往碎片化的研究成果的一次系统性的总结与更新，普及性与创新性兼备，是近年来世界华文文学研究领域的重要成果。

英国哲学家以赛亚·伯林（Isaish Berlin）曾将学者分为"狐狸型"和"刺猬型"两类，"狐狸型"学者兴趣广泛，会同时关注很多问题；"刺猬型"学者则专注研究一个问题，以此建立自己的思想体系。二者之外，也有些学者同时具有狐狸的广博与刺猬的精深，古远清就是一例。他从研究鲁迅短篇小说集《呐喊》《彷徨》起家，转而研究新诗，在出版了《台港朦胧诗赏析》之后转向台港文学及世界华文文学研究，从此一发不可收拾，陆续出版了《台湾当代文学理论批评史》（1994年）、《香港当代文学批评史》（1997年）、《世纪末台湾文学地图》（2005年）、《中国当代文学理论批评史：1949—1989大陆部分》（2005年）、《台湾当代新诗史》（2008年）、《余光中：诗书人生》（2008年）、《海峡两岸文学关系史》（2010年）、《当代台港文学概论》（2012年）、《从陆台港到世界华文文学》（2012年）、《耕耘在华文文学田野》（2015年）、《华文文学研究的前沿问题》（2016年）、《台湾新世纪文学史》（2017年）、《中外粤籍文学批评史》（2018年）等五十多部著作。无怪乎有学者说，"无论是数量、广度还是跨度，古远清的著述都十分惊人，属少见的当代学界的'劳动模范'"[①]。从这位学界劳模的出版轨迹约略可以看出，在台湾文学研

---

[*] 陈铎，文学博士，南京晓庄学院文学院讲师。
[①] 曹竹青：《一位"清远古韵"的台港文学史家》，《南方文坛》，2019年第4期。

究方面投注的精力与热情，凸显了古远清作为"刺猬型"学者的一面；而从台湾文学到世界华文文学，其学术兴趣的广泛则彰显了他"狐狸型"学者的一面。下文笔者以近年来古远清已出版或即将出版的几部作品为例，谈谈他的世界华文文学研究。

一、从事台湾文学研究的问题意识

毫无疑问，古远清的世界华文文学研究是从台港文学起步的，而台湾文学所占的分量更重一些。在我看来，最能体现古远清学术个性的也正是他的台湾文学研究，其敏锐的前沿意识、鲜明的问题意识，以及独特的学术趣味，都让他的台湾文学研究具备了浓郁的古式风采。

与"当代事，不成史"的既有观念不同，古远清的台湾文学研究具有鲜明的学术前沿意识，《台湾新世纪文学史》一书就体现了这一点。因为不满于陈芳明《台湾新文学史》中对"迎接新世纪的文学盛世"徒有虚名的空洞赞美，也为了填补海峡两岸学术研究的空白，在完成《世纪末台湾文学地图》一书之后，紧接着，古远清又开始了对21世纪以来的台湾文学的跟踪书写。2000—2013年台湾文坛的种种文学制度的裂变、文学事件的考察、文学论辩的辑录、文学创作的分析乃至文学巨星的陨落，事无巨细，都被这位学界的有心人一一登记在册。史界素来有"厚古薄今"的传统，学界又盛行着"一流学者搞古代，二流学者搞现代，三流学者搞当代，四流学者搞台港"的谑谈，如此说来，研究台湾文学，而且还是眼下的台湾文学，真可谓学术的西伯利亚了。撇开这些偏见或玩笑不谈，为21世纪以来的台湾文学修史，也注定是个吃力不讨好的工作，这些还不仅仅是因为资料寻觅的不易或身在局外的尴尬，还在于海峡对岸的本土文坛中一些人叫嚣着用"台语"取代"中文"、以"台湾意识"抵抗"中国意识"。如此一部由大陆学者撰写的台湾文学史，而且还是尝试着医治台湾文学"封闭症"和"独立病"的作品，遭到一些"本土派"学者的冥落与排斥也毫不意外。

不过，无论是跟踪观察当下台湾文坛的《台湾新世纪文学史》，还是描述台湾文学之南北对立的《蓝绿文坛的前世与今生》，古远清的台湾文学研究始终弥漫着深刻的问题意识和浓厚的阐释热情。解严以来尤其是20世纪末期以来，台湾政治严重地左右了台湾文学的走向。因为敏感于中华文化与国族认同在台湾社会遭遇的危机，并试图阻止台湾文学之于中国文学板块的漂移，故揭示台湾文学创作、文学理论、文学史所罹患的"台湾意识病"，便成了古远清台湾文学研究的问题意识之所在。他曾在文章中忧心忡忡地说道：

> 作为大陆学者，为对岸文学取得丰硕成果高兴的同时，也不免心生焦虑——焦虑的是台湾文学离中国文学越来越远，陈映真当年力图打造的"中国台湾文坛"随着他生病"失语"，仿佛人们已不记得乃至灰飞烟灭了。①

作为文学研究者，古远清从不讳言台湾文学与政治的复杂缠结，他将台湾文坛划分为"蓝营主流文坛""绿营文坛"和号称"超越党派"的第三势力三大板块，其中蓝绿文坛针锋相对，并以各自服膺的政治理念的不同而相互区别，第三势力因为处于党政集体力量的权力结构之外而位居弱势，并在2017年左右因刊物的停办和主帅郭枫返回大陆而渐趋星散。绿营文坛因为赞同"台独"路线、鼓吹本土文学，毫无疑问成为古远清集中火力攻击的对象，在《蓝绿文坛的前世与今生》中，古远清先是从报刊阵地、路线冲突、发展过程等方面对台湾文坛的"泛绿文学阵营"加以批判，戳破了他们在文学创作和学术研究假面下"文化台独"的政治诉求；他还吸收了游唤关于"南部诠释集团"的提法，对叶石涛、钟肇政、李乔、彭瑞金、宋泽莱、游胜冠等人的台湾文学论述进行逐一清理、各个击破；对于蓝绿通吃的陈芳明，则专门以两节的篇幅，先从其人其文入手分析陈芳明在文学与政治间辗转投机的变色龙行径，又指出了陈芳明编写的《台湾新文学史》存在的五十多处史料硬伤，从里外两方面为这位声名在外的"分离主义理论家"祛魅剃头。其材料的翔实、论述的泼辣，令人深为叹服。

正如古远清所说，"两岸的台湾文学研究，在某种程度上可说是一场暗中较劲的比赛"②。这场"较劲"，不仅在于研究成果的多寡或学术理念的差异，更是两岸在不同意识形态主导下政治文化想象的博弈。对于坚持"一个中国"原则的大陆学者而言，台湾是中国的一部分、台湾文学是中国文学的支流，这是基本的政治常识和文学常识；但在鼓吹"台湾意识"、打造"台湾国族"的一些人那里，上述论述却成了所谓亟待清除的"中国霸权"。他们从语言、文学、文论、文学史等多个方面对台湾文学进行篡改与"发明"，制造了许多话语泡沫来招摇撞骗、混淆视听。古远清的很多研究都是着眼于对这些言行的论辩与清算。例如《"三缘论"是定义台湾文学的理论支柱——兼评〈文学

---

① 古远清：《自序：用政治天线接收文学频道》，《台湾新世纪文学史》，花木兰文化出版社，2017年版，第2页。

② 古远清：《从"发现"到"发明"台湾文学——呈逆方向发展的两岸台湾文学研究》，《华文文学》，2019年第1期。

台湾〉的分离主义倾向》①一文，便直指《文学台湾》这一"南部文学"的大本营，对彭瑞金、郑炯明等人的去中国化言论重拳出击；在《从"发现"到"发明"台湾文学——呈逆方向发展的两岸台湾文学研究》中，古远清在充分肯定了台湾文学参与祖国文学建构所做的特殊历史贡献的前提下，对"激烈本土派"子虚乌有的"台湾民族论"，伪造"台独文学史"、发明"台湾语言"和"台湾文字"的做法予以严厉抨击；《台湾新世纪文学史》一书更是另辟专章，就台湾文学年鉴编写中的政党意识形态之争、陈映真与藤井省三就《台湾文学这一百年》引发的关于如何看待日据历史的争议、高行健访台引发的喝彩与喧哗、与中国文学系相区隔的"台湾文学系"设置、对所谓"'台语'文学"的推广等文化现象与文学议题进行了认真的梳理。② 这些议题无不与纷纭变幻的台湾文学现场紧密相关，具有强烈的当下性和现实感，这既是古远清独特的问题意识之所在，也体现了他作为大陆学者自觉的学术担当与不凡的学术魄力。

古远清的台湾文学研究有着敏感的"政治天线"，这一天线不仅指向对绿营文坛的批判，也体现为对蓝营文坛的清理，《蓝绿文坛的前世与今生》的第一章就是对戒严时代国民党主导下的"自由中国文坛"、文化清洁运动、文艺书刊查禁等历史问题的梳理。其中关于戒严时代国民党书刊查禁政策的研究已经写成十六万字的《台湾查禁文艺书刊史》，即将付梓，论者从文学制度的角度入手，对戒严时期国民党书刊查禁的社会背景、操作流程、查禁手段以及重要的文学文化事件等予以深度透视。书刊查禁政策本质上是当局动用权力对公民言论自由、出版自由的钳制，通过将文艺全面纳入政治掌控，以此来树立政党和政府的威权，这既是对作家创作自由、学者学术自由、读者独立思想的粗暴干预，造成对既有的文学生产体制的破坏，也是一种防民、御民和愚民之术，是戒严时代国民党对台湾的政治、经济、文化全面管控的一个缩影。在他笔下，戒严时代的文艺查禁与文化高压，和本土化以来台湾文艺自由的无度与无序，二者形成了颇有意味的对照。面对台湾作家向大陆文友所夸耀的"我们这里创作绝对自由，出版也绝对自由"，古远清同样心存质疑："当自由解构了台湾的强人政治，当自由超过了度而泛滥成灾，尤其是当'政治正确'变成某些评奖和某些报刊选稿标准时，这自由带来的是前进还是

---

① 古远清：《"三缘论"是定义台湾文学的理论支柱——兼评〈文学台湾〉的分离主义倾向》，《南方文坛》，2018年第1期。

② 陈铎：《新文科视野下世界华文文学的"中国性"问题》，《新文科教育研究》，2021年第3期。

后退?"①

事实上，古远清的台湾文学研究成果远远不止这些，"政治天线"没有也不可能取代"审美天线"对台湾文学的独特感知。《台港朦胧诗赏析》《台湾当代新诗史》《余光中：诗书人生》《台湾当代文学理论批评史》《海峡两岸文学关系史》《台湾新世纪文学史》《战后台湾文学理论史》……这些已出版和将出版的种种著作，从诗歌到小说，从文学到文论，从文学批评到文学史，从与香港文学的整合到与大陆文学的比较，古远清的研究触角已经深入台湾文学的方方面面。不过就笔者的阅读体验而言，我印象最深的，还是那些与海峡对岸的一些学者争夺台湾文学阐释权的争鸣与辩难之作，闪耀着论辩的激情与思想的锋芒，最能体现古远清独特的学术个性和滂沛的生命能量。

二、编写华文文学年鉴的史料意识

2012年《从陆台港到世界华文文学》一书的出版，标志着古远清的学术研究正式从台湾文学领域进入世界华文文学的广阔天地。世界华文文学学科设立较晚，其命名也经历了台港文学、台港澳文学、海外华文文学、台港澳暨海外华文文学、世界华文文学的曲折转变。名称的变化反映了大陆学界对世界华语文学创作的探索疆域的扩大，翻阅《从陆台港到世界华文文学》目次，大陆文学、台湾文学、香港文学和世华文学四章并列递进，可以视为古远清试图对中国及海外华文文学加以整合的初步尝试。而自2013年开始的世界华文文学研究年鉴编写（以及作为普及教材的《世界华文文学概论》，下节详述），则可以视作古远清自觉参与学科建设所做出的又一贡献。

许翼心曾在《作为一门新学科的世界华文文学》一文中总结了学科成立的六项必要条件：在研究对象上，要求具有一定数量的华文文学作品，可以广泛地对其进行研究和总结；在史料上，要有一定数量的资料、文献、研究成果的累积；在研究阵地上，要有为华文文学创作和研究提供媒介支持的专业杂志和报纸副刊；此外，还要求有具备相应规模的华文文学组织，要有具备一定影响力的学术活动，还要在国际国内高校设立相应的教学课程，等

---

① 古远清：《引言：三分天下的台湾新世纪文坛》，《蓝绿文坛的前世与今生》，笔者所阅为电子稿。

等。① 除此以外，在古远清看来，世界华文文学的史料建设和教材编写，同样要提上日程。正是着眼于此，才有了《世界华文文学研究年鉴》和《世界华文文学概论》的编写。

我们先看前者。文献史料是学术研究的基石，任何理论问题的探讨都必须基于已掌握的历史事实和文献资料才能有效开展，因此，"凡一门成熟的学科，都应当具备相对稳定的文献学基础"②。但是，单就世界华文文学学科而言，史料的搜集整理远远滞后于活跃的学术研究，就像陈贤茂所描述的，"研究人员往往要一边搞研究，一边搜集资料，给研究工作带来诸多不便"③。不同于大陆文学史料主要以体制管理的方式存在，世界华文文学的史料大多零碎而分散，不仅存在于与大陆截然不同的社会文化环境，而且它们彼此之间的差异也很大④，搜集整理的难度也较大。袁勇麟也表示，"研究台港澳及海外华文文学，毕竟不如研究大陆当代文学那么直接便利，突出存在的一个问题便是资料的欠缺。由于长期的隔绝，加上台港澳及海外华文文学卷帙浩繁，给研究工作带来相当大的难度。"⑤

为了改变这一现状，世界华文文学学科的史料建设提上日程。2004 年由袁勇麟主持的"世界华文文学史料学研究"课题，编选出版陶然、朵拉等作家研究资料，2015 年出版的曹惠民、司方维的《台湾文学研究 35 年（1979—2013）》，2016 年出版的由 11 位香港学者主编的 12 卷本《香港文学大系 1919—1949》，以及由古远清主持编写的《世界华文文学研究年鉴》等，无一不是对学界关于华文文学史料建设呼吁的积极呼应。尤其是年鉴的编选出版，更是填补了此前世界华文文学学科年鉴的空白。与其他学科比较，古代文学不仅有《中国古典文学研究年鉴》，还有《唐代文学研究年鉴》《宋代文学研究年鉴》等断代文学研究的年鉴；当代文学除了有《中国当代文学研究年鉴》，还有更为细化的《中国网络文学年鉴》和《中国儿童文学年鉴》等类型文学研究年鉴；与华文文学几乎同时起步的比较文学，也很早就有了《中国比较文学年鉴》。相比之下，世界华文文学学科研究的活跃与年鉴的缺位，无疑形成了很大的反差。

年鉴"集辞典、手册、目录、索引、文摘、史实、资料、指南、便览于

---

① 许翼心：《作为一门新学科的世界华文文学》，《香港文学的历史观察　许翼心选集》，花城出版社，2014 年版，第 19—20 页。
② 谢泳：《建立中国现代文学史料学的构想》，《文艺争鸣》，2008 年第 7 期。
③ 陈贤茂：《序》，古远清：《世界华文文学研究年鉴·2013》，2014 年版，第 2 页。
④ 吴秀明：《"文化中国"视域下的世界华文文学史料》，《文艺研究》，2015 年第 7 期。
⑤ 袁勇麟：《世界华文文学史料学的回顾与展望》，《甘肃社会科学》，2003 年第 1 期。

一身"①，是一种信息密集型的工具型书籍。以古远清的《世界华文文学研究年鉴》为例，举凡上一年度与华文文学研究相关的争鸣、对话、综述、书评、资料、刊物、机构、会议等无不收纳在内，全方位地展现了该年度学术发展的概况，可谓资料性和学术性并重。其中，"争鸣"部分收录了当年发表的讨论学科理论建设和华文文学走向的文章，也包括对华文文学重要的作家作品及学者论著的评论，是其中学术分量最重的部分。"对话""现场""小史""书评""悼念"等栏目，收录的都是完整的文章，可以视为"争鸣"部分的延伸和补充，都是对当下鲜活的文学现场的不同形式的记录。由于成果众多，不能通篇尽录，于是在上述栏目之外，另设"综述"专栏，对北美华文文学、欧洲及澳洲华文文学、东南亚华文文学、东北亚华文文学，以及台湾文学、香港文学、澳门文学等华文文学不同板块的研究概况进行年度巡礼；更有"资料"栏目，录入该年度与华文文学研究相关的学术著作、博硕士学位论文、期刊论文、科研立项名称；"目录"一栏，还收录了《华文文学》、《世界华文文学论坛》、《文学评论》（香港）、《中外文学》（台湾）等华文文学研究的重要期刊的目录以供索引；此外，编者还颇费心思地附上了大陆高校开设华文文学课程的概况，还有重要的华文文学研究机构的简介，年度召开的有影响力的学术会议也登记在册，史料搜集的功夫细致若此，阅之令人感佩。

在首本年鉴的结语中，古远清郑重写下，在编写《世界华文文学研究年鉴》时，他力图使其成为"既符合年鉴体例又具有个人风格的工具书"②，这里的个人风格，既强调所收录的成果所蕴含的研究者个人的思想锋芒与学术风格，更体现为年鉴编撰过程中编者本人的风格。先看前者。2018年年鉴的前两篇分别是杨光祖的《"芳华"后的苍白与空洞——严歌苓小说缺失论》和公仲的《为严歌苓小说鸣不平》，前者选自《长江文艺评论》，后者选自《红杉林》，二者对严歌苓小说的相反评价，不仅争鸣意味明显，也很能代表研究者个人的立场与态度。还有2017年年鉴中栾梅健的《李欧梵〈中国现代作家的浪漫一代〉的41个错误》、古远清的《给张爱玲戴的帽子太沉重——质疑〈中国文学批评〉的一篇头条文章》，2019年年鉴中詹丹的《一本向平庸致敬的红学著作——评〈白先勇细说红楼梦〉》、赵稀方的《视线之外的叶灵凤——叶灵凤"汉奸"问题辨疑》等，无不是充分彰显研究者个性锋芒的佳作。古远清曾表示，年鉴不应该只是年度资料的汇编，也是研究者心灵史的记录，《世界华文文学研究年鉴》"试图建构一个更加丰富多元的个性化文学年鉴形

---

① 陈贤茂：《序》，古远清：《世界华文文学研究年鉴·2013》，2014年版，第2页。
② 古远清：《"世界华文文学"要成为独立学科，戛戛乎其难哉！》，《世界华文文学研究年鉴·2013》，2014年版，第256页。

态,推进有个人锋芒和学术风格的研究"①,七本年鉴出版以来,有目共睹的是,古远清是无愧于当初立下的宏愿的。

除了研究者的个人风格外,年鉴的编写还洋溢着编者古远清本人的独特风格,整套书独树一帜的编写体例就是其最佳注解。一般来说,研究年鉴包括该年度学科研究进展、专题研究综述、研究成果选介、书籍选评、研究机构、组织、学术活动等方面,但古远清的研究年鉴不仅包括上述各项,更别出心裁地增加了许多新的条目,"争鸣""对话""现场"等栏目的设立,不仅增加了年鉴的学术含量,更赋予了年鉴以鲜活的文学现场意味;"小史"("刊物")一栏,是对如《华文文学》、《文讯》(台湾)、《文学评论》(香港)等创作和研究阵地之发展历程的追溯,更使得年鉴获得了一种深邃的历史品格;"悼念"一栏,将当年去世的华文文学作家、学者作为年度文坛大事件拎出来单独记述,也斯、纪弦、夏志清、陈映真、余光中、洛夫、金庸、林清玄等,对这些华文文学大家的哀悼与追缅,令年鉴在工具书的刻板面孔外依然散发出一种温柔敦厚的人文气质。此外,每本年鉴背后都有古远清独家撰写的"结语",或是有感于学科建设初期研究成果的单薄,喟叹"'世界华文文学'要成为独立学科,戛戛乎其难哉";或是自我调侃,将年鉴的编写自比于"绘制世界华文文学的学术导游图";或是事后检讨年鉴编写中的个别不妥与疏漏,或是纯粹分享在校对、阅读、研究期间的一些感触。这些"结语"串联到一起,同样构成了编者个人的心灵史,令整套年鉴都带上了古氏个人的情感与温度。"'年鉴'和文学本身一样,是充分个人化的事业,它不靠钻营,不靠趋时,不听从长官意志,……它完全取决于编纂者的独到评价和私家选择,以保持学术尊严和彰显个人风格。"② 由古远清独立编撰的《世界华文文学研究年鉴》,突破了年鉴编写的僵化模式,真正体现出了鲜明的个人风格。

从 2013 年算起,《世界华文文学研究年鉴》迄今已有厚厚七大本。最初面世的 2013 年年鉴只有 256 页,以后则逐年递增,到了 2019 年已经多达 795 页,几乎是 2013 年的三倍,成了一部名副其实的"词典"。古远清的年鉴编写得到了学界的热烈追捧,古大勇赞其"持重性和生动性结合"③,陈富瑞称

---

① 古远清:《"世界华文文学"要成为独立学科,戛戛乎其难哉!》,《世界华文文学研究年鉴·2013》,2014 年版,第 256 页。
② 古远清:《"百年身世华文业,莫负相逢人海间"》,《世界华文文学研究年鉴·2014》,武汉大学出版社,2016 年版,第 343 页。
③ 古大勇:《"学科建设"意识的自觉——评古远清〈世界华文文学研究年鉴·2014〉》,古远清:《世界华文文学研究年鉴·2015》,武汉大学出版社,2017 年版,第 330 页。

其"眼光独到，体例新颖"，"富含个性又不失客观"①，黄维樑也称年鉴反映了古远清修史一贯有之的"应褒即褒应贬即贬的个人风格"②。这既是对古远清编写年鉴所付出的辛勤汗水的认可，也是对世界华文文学史料建设实绩的肯定。不过，我们也要清醒地看到，世界华文文学的史料建设是一项庞大而系统的工程，它"包括文学思潮、社团流派、作家作品研究等专题性史料，作家辞典、文学大事记、报刊目录索引等工具性史料，创作回忆录、作家访谈等叙事性史料，文学大系和选集、作家全集和文集等作品史料，作家自传、日记、书信等传记性史料，文学活动实物、作家影音录像等文献性史料以及考辨性史料"③，等等，作为工具书的研究年鉴，其实只占其中很小的一部分，我们在充分肯定这项工作的重要意义的基础上，也呼吁更多的人加入到华文文学的史料建设中来，为推动研究工作的深入和学科的历史化转型共同努力。

三、建设世界华文文学的学科意识

在首本《世界华文文学研究年鉴》的后记中，古远清对世界华文文学的学科现状有着清醒的认识："学科研究队伍本身还不够强壮，青黄不接的现象较为严重，再加上资料的困扰，拥有华文文学博士授予权的高校屈指可数，师资培训和教材编写又严重滞后，便造成内地开华文文学课的高校始终集中在闽粤两地。在这种大环境下，华文文学专著的出版自然极为艰难。"在历数编写年鉴遭遇的种种阻力，如资料琐碎、人手不足、学科歧视等后，他感慨地写道："不消除学科偏见，不在资料累积上下苦功夫，不在学科名称上取得共识，不尽快编写出《世界华文文学概论》的权威教材，不把'华文文学研究史'的项目做精做细，不在'年鉴'编撰方面制定一个长远的规划，'世界华文文学学科'走向成熟更加遥遥无期。"④ 2021年，我们终于有幸见证这本为高校教学服务的普及教材《世界华文文学概论》的面世，这也是古远清为学科建设交出的又一份精彩答卷。

站在学术史的角度来看，古远清的《世界华文文学概论》是对以往华文文学研究成果的总结与更新。首先，世界华文文学学科内部并不缺乏地区性

---

① 陈富瑞：《眼光独到 体例新颖——评〈世界华文文学研究年鉴·2014〉》，古远清：《世界华文文学研究年鉴·2016》，武汉大学出版社，2018年版，第418页。
② 黄维樑：《古镜记：读古远清编纂的〈世界华文文学研究年鉴·2013〉》，古远清：《世界华文文学研究年鉴·2014》，武汉大学出版社，2016年版，第291页。
③ 袁勇麟：《世界华文文学史料学的回顾与展望》，《甘肃社会科学》，2003年第1期。
④ 古远清：《"世界华文文学"要成为独立学科，戛戛乎其难哉！》，《世界华文文学研究年鉴·2013》，2014年版，第255—256页。

的文学史,例如潘亚暾的《香港文学史》(鹭江出版社,1997)、陈贤茂的《海外华文文学史》(四卷本,鹭江出版社,1999)、刘登翰的《台湾新文学史》(三卷本,现代教育出版社,2007)等,都是佼佼者。相比之下,整合华文文学各个板块的系统性论述则相对匮乏,并且以单篇的、零散的论述为主。在有限的几部探讨世界华文文学的著作中,饶芃子的《世界华文文学的新视野》(中国社会科学出版社,2005)和李诠林的《台港澳暨海外华文、华人文学创作散论》(社会科学文献出版社,2012)均是个人的学术论文集,论述和思考都较为碎片化;公仲的《世界华文文学概要》(人民文学出版社,2000)是学科草创期的拓荒之作,但由于出版年代较早,很多新的文学现象和研究成果未能及时补充更新,同时还存在着多处史料硬伤;马森的《世界华文新文学史》(三卷本,台湾印刻出版社,2015),因其对当代台湾文学的轻忽而饱受诟病。[①] 相比之下,古远清的这本《世界华文文学概论》的优点就十分明显了,这是由个人独立撰写的华文文学研究专著,既有对前人研究成果的吸收,更有个人的学术创见,普及性与创新性兼而有之,符合教材编写的"守正出新"的原则,因而也更适合高校教学的需要。

从体例来看,《世界华文文学概论》可以分为史论与作家论两个部分,史论部分将世界华文文学学科作为一个新兴的学科,从学科的建立依据、发展历程、研究对象、话语体系、学科品格、文学贡献、文学版图等多个方面着手,把学科内部已经建立起的稳定性的知识成果介绍给读者。世界华文文学能否作为一个独立的学科?如何看待从"港台文学""台港文学""台港澳文学""海外华文文学"到"世界华文文学"的名称演变?世界华文文学学科的研究对象是否包含中国大陆文学?如何安放"华人文学"在世界华文文学中的位置?对于史书美、王德威的"华语语系文学"命名,我们应该如何评价?如何定位世界华文文学的学科品格?海外华文文学与新中国文学之间又有怎样的复杂关系?面对读者们在接触世界华文文学学科之初都会产生的疑惑,古远清在广泛吸取刘登翰、陈贤茂、许翼心、黄维樑、饶芃子、刘俊、沈庆利、梁丽芳等学人的研究成果之上,对这些问题一一做了回应。例如在学科的研究对象上,古远清认为,大陆文学作为世界华文文学的发源地与大本营,当然应该纳入世界华文文学的研究版图,不过主要是在参照意义上,把它作为与台港澳暨海外华文文学比较的对象;同样地,对于华人文学,不论是华人作者的非华语创作,或者是非华人作者的华语创作,也不论华人文学不管

[①] 相关评论如隐地:《文学史的憾事》,《华文文学》,2015 年第 4 期;古远清:《厚得像电话簿的〈世界华文新文学史〉——兼评台北有关此书的争论》,《华文文学》,2015 年第 4 期,等。

有无中译本，它们也都无一例外地应该成为世界华文文学的研究对象，体现出了科学的研究态度和开放的文化观念。在引介前人研究成果的基础上，论者也常有自己的新见，以对世界华文文学学科品格的探讨为例，公仲曾以"故土性、融合性、本土性"[①]来描述世界华文文学的特点，李诠林也以"边缘性、交叉性、殊异性"[②]来概括世界华文文学的本质特征，表述虽然不同，但着眼的都是华文文学的边缘身份和混杂属性。面对同样的问题，古远清则不拘于前，在"本土性"与"边缘性"的特征之外，还提出了华文文学"国际性""移动性"的诸种特征。世界华文文学的国际性，指的是华文文学创作、传播、研究等均是一项国际性的事业，还体现为华文文学作品对人类共同价值的追求及其具备的广阔精神气象；世界华文文学的移动性，指的不仅是华文文学作家的身体移民及心灵漂泊的经验，也指向世界华文文学学科疆界的移动性、模糊性。古远清还专门以一章的篇幅讨论了海外华文文学对新中国文学的贡献，从"新中国文学与台港文学交流的先行者""新中国作家队伍的板块结构的松动者""新中国文学经典建构的参与者""新中国文学的爱国主义内涵丰富者"的意义上肯定了海外华文文学存在的特殊价值。这也是以往的华文文学史较少关注到的。对这些问题的思考与回答，是古远清多年沉潜、观察、研究、总结得出的结果，也是该书的一个学术亮点。

该书的第二部分是作家论，是对世界华文文学领域的经典作家作品的串联，如果以文学史的标准来看或许失之粗浅，但以文学教材的标准来打量，其作为工具书的入门性、适应教学需要的实用性就十分明显了。首先，论者打破了台港澳文学、北美华文文学、东南亚华文文学、欧洲华文文学等地理区域的限制，而是按照文体的不同，对世界华文文学领域的经典作家作品加以引介。古远清以八章四十节的篇幅，依次从小说、诗歌、散文、文学批评四个方面为读者介绍了七十五位作家、批评家，充分显示了世界华文文学的创作实绩。其次，作家作品的选择和组织也体现了论者的独特匠心。以小说部分为例，因为小说创作在各个文类中比重较大，所以书中分三章，依次介绍了海外华文文学和台湾文学、港澳文学的杰作。在具体作家的编排上，论者以具体作家作品串联起世界华文文学的历史脉络，例如介绍海外华文文学作家的小说创作的第六章，第二节将聂华苓与於梨华并列，因为二者同属留学生文学，与第一节的林语堂一起，代表了早期海外华文文学的不同形态；第四节严歌苓与张翎，都是在海外坚持用汉语书写、继而"出口转内销"，对

---

① 公仲：《世界华文文学概论》，人民文学出版社，2000年版，第10—17页。
② 李诠林：《台港澳暨海外华文、华人文学散论》，社会科学文献出版社，2012年版，第18页。

大陆产生重要影响的作家，宣告了海外华文书写中女性写作的独特存在；第六节曹桂林的《北京人在纽约》和林湄的《天望》，都是大陆人在海外的故事，讲述了80年代以后旅美、旅欧华人的异质经验与心路历程；加上第七节创作微型小说的司马攻和黄孟文，和第八节马华作家金枝芒，看似散乱的作家罗列背后其实是整饬的文学史秩序，体现了编者的独特巧思。后面几章也无不如此。再次，在选取作家作品时，论者打破了严肃文学和通俗文学的壁垒，写历史小说的高阳、写言情小说的琼瑶、写科幻小说的倪匡、沉迷武侠的金庸、独沽网络言情的痞子蔡，还有争议巨大、口碑两极分化的木心，以及一向被视为通俗文学作家的三毛、林清玄等，与严肃文学作家一起平等地出现在世界文学的殿堂。这也体现了编者学术视野的开放性，毕竟，忽视拥有广大受众的通俗文学，本质上是一种精英主义的傲慢。最后，尽管篇幅有限，但在讨论具体的作家作品时，编者个人的学术识见依然贯穿始终。最典型的便是对张爱玲后期创作的评价。大陆学界素来将《秧歌》和《赤地之恋》定义为反动的宣传品，袁良骏更是直接撰文称其为"张爱玲的艺术败笔，毫无可取之处"[1]，但古远清则认为，这是研究张爱玲和了解20世纪50年代香港文学不能跳过的两部作品。从内容上说，古远清没有笼统地指摘这两部作品如何反动，而是以细致的文本解读证明了张爱玲的矛头所指并非新生政权，而是极左政治给人民带来的灾难；从艺术上说，古远清也肯定了其对农村和农民的生活的细致观察，认为她所写的内容尤其是农村风俗相当逼真，反驳了那种认为张爱玲不熟悉农村、不能书写小情小爱以外的广阔世界的陈旧观点。在谈李碧华的《胭脂扣》时，古远清也表示并不认同王德威等人认为该小说写得"失控""媚俗""原无足观"的观点，他表示，"李碧华刻画的人物，无论是《霸王别姬》中的程蝶衣，还是《胭脂扣》中的如花、《秦俑》中的秦俑，其吸引读者之处，不在于他们的执着与痴情，而在于他们的人生价值观，在资讯爆炸的时代已无法寻回。这种将传奇与当代爱情比较的写法，是对商业化社会极大的嘲讽。"这些论述，均显示出论者实事求是的学术态度和不落窠臼的学术锐气。

当然，作为一本教材，《世界华文文学概论》还称不上尽善尽美，在谈论具体作品时也有部分论述失当之处，不过瑕不掩瑜，古远清在退休后仍然心系华文文学学科建设，佳作频传，近期更有《世界华文文学概论》《台湾查禁文艺书刊史》《战后台湾文学理论史》等多部著作即将问世——这就不仅仅是"发挥余热"，简直称得上是"中流砥柱"了。正如有的学者所评价的，"他在

---

[1] 袁良骏：《张爱玲的艺术败笔：谈〈秧歌〉和〈赤地之恋〉》，《华文文学》，2008年第4期。

文学理论研究,特别是世界华文文学史及其专门文体文学史和中国港澳台文学史上所下的功夫,堪称'劳模',其成果之多、写作量之大,至少在国内个人治文学史方面恐怕几无出其右者。"[①] 古老寿登耄耋,可谓"古而不老,老而不古",尤其在晚年所爆发出蓬勃的学术生命力,令晚辈深为叹服。有这样的前辈在先,我们还有什么理由懈怠偷闲呢?

[①] 牛学智:《另类的文学史家——古远清印象》,《名作欣赏》,2020年第5期。

史料的发掘、整理、研究及其呈现方式

——当代文学史料整理与图书馆馆藏建设暨 《当代作家书简》出版座谈会综述

邹 茜[*]

2021年6月18日，当代文学史料整理与图书馆馆藏建设暨《当代作家书简》出版座谈会在中南民族大学双子楼举行。座谈会由华中师范大学邹建军教授主持。会议围绕《当代作家书简》的编选背景、编选体例、编选特色、史料价值和学术价值进行讨论，并对当代文学的创作、评论、出版和传播问题进行了广泛而深入的讨论。

主持人首先请中南财经政法大学古远清教授对《当代作家书简》的来历与选编过程进行了简要介绍。古老师说，自己从七十岁时就开始编，一直找不到"婆家"，这次终于"嫁"出去了，衷心感谢华中师范大学出版社。编此书有两大难题，一是写信人的授权，不可能全部做到，好在许多学者如胡秋原、余光中、谢冕、洪子诚等均大力支持。二是在这些信件中作家的隐私如何处理？去世的作家比较好办，如刘心皇说苏雪林曾经追求过鲁迅一事。健在的作家，则以删节或隐其人名方式来处理。这些信件中有不少信息有较大的学术价值，如克家老人提出的诗歌界有"北大派"，"古余官司"的意义及内幕消息，一场未引爆的"严（家炎）袁（良骏）官司"，台湾诗人洛夫的《创世纪》为什么排斥涂静怡的《秋水》诗刊，北京某教授在华师开会时发生的"故事"，均用隐语带过。这不只是八卦，而是当代中国"学术江湖"里值得探讨的重要事项。

华中师范大学范军指出，把古、孔两位的"书简"拿来简单类比，甚至说古编远远超过孔编，恐怕并不恰当。两本书编选方法完全不同，特点也很不一样，其价值和意义自然也是各不相同的。古老师交往的华文作家不少是集创作和编辑于一体的，有些人还是职业出版人，加上古编书简（36万字）篇幅远超过孔编书简（14万字），因此这些书札中还是涵括了大量文学出版史

---

[*] 邹茜，文学博士，武汉理工大学外国语学院日语系副主任。

料。据古老师自己说，他从珍藏的数千封来信中，选取了近700封信函，写信者不少都是现当代文学史上的著名作家、诗人、编辑家和出版人，如李何林、胡秋原、余光中、陈映真、纪弦、王鼎钧、易中天、余秋雨等，其中关涉出版掌故、文坛趣事，还有作者纠纷、笔墨官司等。我们还可对该书所具有的文学出版史料价值做更深入的挖掘、整理与研究。

武汉大学樊星认为这本书是当代文学研究的重要收获。他说，文学是人学，而人学就应该包括对于作家的生平、日记、书信、传记、回忆录的全面研究，以呈现作家性格的丰富性与复杂性，从而显示文本深处的人本意蕴，而不只是对于作品的文本研究。从《当代作家书简》中可以了解到各位作家对许多文坛争议问题的不同看法，进而看到作家个性的某些方面。例如关于苏雪林为什么骂鲁迅、与余秋雨打官司引发的各种说法，还有钱理群对当代"才子加流氓"横行的轻蔑……都还原了当代文坛的热闹与纷乱。许多纠葛后来成为过眼云烟，也有些争议，其实深藏着历史的玄机。例如洪子诚关于文学研究"如何挣脱那种意识形态的拘囿，也是我们都要面对的问题"的感慨至今没有过时，因此再一次深感文坛水深、人心叵测、风云多变。由此，我也想到随着电脑和网络的发达，书信已经渐渐日薄西山了。虽然现在的博客、微博中也有丰富的文学史料，然而还有多少像古先生这样的文学史研究、文学史料保存的有心人？同时也有多少鲜为人知的史料，已经湮没在了忘川之中？因此，这本书的出版也为人们关注文学史料的发掘敲响了警钟。希望此书的出版，对于推动文学史料的收集、整理起到示范作用。

湖北大学刘川鄂认为古远清先生是一个了不起的学者。《当代作家书简》进入当代文坛的前沿现场，介入当下文坛，成为当代文学活动史的一部分。该书从十余个国家和地区的上百位当代著名作家和文化名人的2000多封书信中精选出700余封，对于文坛交往、恩怨、历史事件、史实、作品和评论的诞生，都有生动的记载，是当代中国文学的鲜活历史。每一个过来人都能够找到共鸣点，每一个后来者都能够借机进入历史现场，感受文坛情景，是相关作家作品研究、传记写作、文学思潮和文学史研究的重要文献和必读书目。该书有重要的史料价值，也具有特殊的当下意义。

武汉大学金宏宇在发言中，认为作家书简有"文类三性"。古远清先生的《当代作家书简》收集了现当代作家、学者给他的几百封书简，就具有作家书简的"文类三性"：应用性（信息交流）、文学性（可作为杂文学的一种）和延异性（尤其从私人信件变成公共出版物时有删节），当然更为重要的是具有文学史料价值。如从刘心皇的信件中，可以获知他对苏雪林与鲁迅、胡适关系的评述，他自己的著述目录等。这本书具有重要的学术价值：一是这些书简体现了古远清在现当代文学尤其是海外华文文学方面的史料抢救之功。他是史料研究的先觉者,很早就开始了与作者、学者们的纸上访谈和对面访谈。二是他为这些书简都作了简要的注释,丰富了史料信息,使书简注释成为现当代文学研究一种特殊的著述形态。

武汉大学陈建军在发言中,认为《当代作家书简》是一部"史无前例"的书信集,是值得载入中国图书出版史上的一件大事。不少人(包括古先生在内)将《当代作家书简》类比于1936年9月由上海生活书店出版的《现代作家书简》,其实二者虽然有一定的可比性,但在性质上是有重要差别的。由收件人自己编辑的多人写给他的书信集,而且书信集出版时,收件人还健在的,目前大概只有古远清先生的《当代作家书简》。因此,从中国图书出版史的角度来看,《当代作家书简》堪称一部"史无前例"的书信集。古先生具有自觉的史料意识和强烈的历史责任感。收入《当代作家书简》中的李何林、邹荻帆、唐湜、流沙河、邵燕祥、胡秋原、余光中、洛夫、痖弦、刘以鬯、董桥、纪弦、彭邦桢等200多位作家的近700封书信,绝大多数是首次公之于世。研究某一作家及其作品,编纂某一作家的年谱、事录、传记,编写当代文学史特别是台港澳文学史、海外华文文学史,《当代作家书简》自是一部不可忽视甚至是绕不开的重要参考书。《当代作家书简》中,编注者对书信的作者,对书信所涉及的人名、作品名和文坛事件等"今典",几乎一一作了或略或详的注释,既有助于读者阅读和理解,也免除了研究者考释之苦。有的内容,只有写信人和收信人知道,是非加注不可的,这些地方如果不加注说明,若干年以后,就会成为一个个"疑案""悬案"。《当代作家书简》也有美中不足之处:其一,哪些文字删掉了,哪些地方作了技术性改动,书中并没有逐一交代。其二,《当代作家书简》的编排尚有值得改进的地方。其三,《当代作家书简》是根据手迹整理排印的,可惜未将手迹一并影印出版。

武汉大学萧映认为,古远清先生编注的《当代作家书简》是一部史料与史识结合,知识性与趣味性兼具,具有浓郁的生命气息的书籍。钱理群先生在《中国现代文学编年史》的"总序"中曾谈道:文学场域,也是生命场域,是作者、译者和读者、编辑、出版者、批评家……之间生命的互动,正是这些参与者个体生命的互动,构成了文学生命以至时代生命的流动。《当代作家书简》所收录的近700封书信,呈现出作家个体生命的特别性、偶然性,通过可触可感的细节,将个体文学生命的故事连缀而成。读者在这些书信中寻找由一系列"特别""偶然"组成的谱系,用"生命史学"观照个人写作与社会文化的关联,探索另一种展现丰富性和叙述的多种可能性的方式。古老师在座谈会开始时谈道:读书、写书、出书、开会是他长寿的秘诀。这正是一位写作者与研究者展现丰富的生命气息的方式，是在真实的文学生活中的真实"在场"。

华中师范大学邹建军认为，对于学术研究而言，史料本身极其重要。史料是多种多样的，凡人类和自然界所存在过的所有的东西，都是史料，天上地下，人天龙鬼，无所不包。因此，对于学术研究而言，所有的物质化的和非物质化的东西，都是史料，都是有价值的。包括一些伪造出来的东西，也不可一概否定、丢弃。这就是广义的史料观。面上史料和面下史料，要有所区分，但需要一视同仁，相比之下，面下史料尤其珍贵。所谓面上，即公开出版和发行的报刊、图书、影视、电子文献、政府文件等，这些东西对全社会公开，人人皆可查阅，面世三十年之后，即可成为史料。而面下史料，即指未能公开的所有东西，如书信、日记、回忆录、传记、笔记、文学作品手稿、艺术作品手稿等。这部分东西因不易得，一般人没有见到，并且本身可靠，又具高度的私密性，说服力更强，所以更加宝贵。而学术界对这一部分史料，不够重视。面上和面下也是相互转化的，史科收集和整理的复杂性在此。面上的东西可转化为面下，如中国历史上的焚书坑儒、文字狱等。面下的东西也可转化为面上，如古老师这本书。手稿极具史料价值，作家、学者、艺术家、书法家，乃至一般的人，手泽留香，千年传统。可惜在电子时代，极其稀少了。科技之便造成文化之变，为人文传统之痛也。

中南民族大学杨秀芝认为，深厚的学养造就了古先生这样一位真正的学者。到目前为止，他完成专著43种，编著27种，研究内容涉及海峡两岸文学史、诗学、港台文学、海外华文文学。《当代作家书简》是一部好看又有价值的史料。首先，它是书信之美的示范。其次，它是学术性与趣味性兼具的文学史料。该书收集的书信涉及20多个国家和地区，上百名作者，内容包括文坛是非恩怨、两岸文学交流、历史事件的原貌、文艺现象的讨论等，内容宏富，落笔细微，读来十分有趣，有时不经哑然失笑——原来心目中的大人物，他们也计较，也会生气，也认真地讨论序言、稿费的处理问题。通过书信，我们看到了公众难以见到的作家们的表达方式、性格与态度。《书简》还有很强的可读性，同时又有很强的史料价值，为现当代作家作品、文学流派、学术论争的研究提供了原始资料。

武汉理工大学邹茜认为，《当代作家书简》与过往所读作家之往来书信有所不同。这本书在时间维度、空间维度乃至往来对象上都有着相当大的跨度。书信再现了华文文学近四十年来在国内外的发展过程，也向我们呈现出作家的文学思考、处世态度，乃至疫情下的感悟。书中的"作家"既是文学创作之家，也是做学问的大家，甚至包括并未投身文学领域，但对文学报以热忱的众家。这些书信既为普通读者提供了有趣的阅读内容，也为文学研究者提供了翔实的史料和广阔的视角。古教授作为编注者，是书信往来的直接参与人，也是书中的解谜之人。书信中作家的自传、友谊的传递、事件的交涉，注解中的"自述"与"引证"，让身处解谜过程中的读者沉浸其中。当然，"过程"所提供的是解开疑问的线索，而答案，仍须在每一位读者的心中各自找寻。

武昌首义学院彭珊珊认为，古老师的勇气成就了《当代作家书简》别开生面的格局。首先，该书以生动的作家交往，打破了作家研究中的刻板印象。书信中流露的真性情、幽默、争论都成为我们侧面认识作家的一个非常好的机会。我们之前认识的作家大多是课本里被束之高阁的名人。而当我们看到《当代作家书简》里的作家时，他们好像就在我们身边和我们闲聊，和我们耳语，聊着知心话。我们凝望着他们的双眼，听着他们诉说，看到他们的内心，直抵他们的心灵。其次，"书信"这种形式妙不可言。全书收录了700封古老师和作家往来的书信。书信是一种非常奇妙的形式，你说它是书面的文字，但是它并不呆板，里面时不时总有作家流露出来的奇思妙想。所以，即使是在书面，执笔人写着写着也欢脱了很多，时不时自我的另一面就流露于笔下。而你说，笔者又完全脱离了束缚吗？其实，留置于文字的特性，笔者又时不时被书面文字的板正规训着。这种书信形式的"妙"，也造就了认识作家以及作品的"奇妙的机缘"。最后，该书展现了编者不避争议的胸襟。书中屡次提到"古余之争"。而古老师曾说"与余秋雨打官司是我的文娱生活"。文学中、学术中有所争论是常事，而古老师的不避讳、直言袒露，这样的气度，则是我等后辈要好好修炼的境界。

华中师范大学王冠含认为，《当代作家书简》具有宝贵的史料价值，本身也是一种史料成果。古老师治学的一大特色，就是对史料的重视和大量搜集。古老师即将出版的《台湾当代文学事典》更突出地体现了史料的丰富性和多样性。这部书接近1000页，涉及台湾各种文体的作家、作品、社团、报刊、出版社、文学论争、文学奖项等，林林总总、方方面面，是其见过的文学史料最丰富最翔实的一部大作，刷新了其对文学的研究视野的认识，印象非常深刻。古老师为什么能收集到如此宏富的文学史料，让史料变成了一种成果呢？大概有以下几点原因：首先，好读书，更好买书。几十年下来，他自己积累了大量报刊书籍，在家里就可以坐拥私人图书馆。其次，以文会友，广交文友。《当代作家书简》中提到的文人学者就有170多位，通过文友馈赠或帮忙，也得到不少珍贵的书籍、材料，包括报刊、文章、书信、一些港台或国外出版的图书等。这在《当代作家书简》中可以读出来。最后，笔耕不辍，健笔凌云，特别爱写，特别勤奋。上次开研讨会得知，古老师已出版的著作有60多部，数量惊人。因为要写，就有了读材料、查史料的内在需求，因此会推动他不断地搜集、发现新的材料。反过来，读材料的过程，又会激发新的写作灵感。因此，读和写就形成了良性循环。

武汉大学杨霞认为，跟古代、近现代作家书信集相比，当代作家书信集相对较少。古老师这本《当代作家书简》难能可贵，具有重要的文献价值、文学价值和学术价值，为我们研究现当代作家及其作品提供了第一手的文献。有几个疑问需要请教：一是"作家"概念的界定。名为《当代作家书简》，但书中涉及李何林、臧克家、邹荻帆、唐湜等现代作家，他们跨越现代和当代，以后如果出版增订本时是否有必要在《编选说明》中略作说明？交代所收录的是他们写于1949年后的这部分书信。二是目录中关于"写作时间"的标注。近年来，新出版的很多书信集都是以收信人为单元，然后在收信人名字后加小括号，括号内使用6位数字来标记写作时间。其中，前两位数字指年份，中间两位数字指月份，后两位数字指日期，比如，今天是2021年6月18日，就可以标注为210618。如果同一天有多封书信，则可以按作家日记所载的顺序，在6位数字编号的右上角另加圈号。2005年版《鲁迅全集》的书信卷就是这样处理的，这样可以极大地方便读者阅读和研究。三是如何处理手迹和释文的问题。因影印本成本太高，如果以后出版增订本时释文和手迹并存，这就涉及如何处理内容敏感、含有隐私的这部分书信的问题。如果采取穿插影印的方式，需要仔细筛选哪些书信可以影印。另外，非常期待古老师再编一本往来书信集。一封书信都会牵涉不少的文人文事，收集、整理、出版一本书信集，更是不易。

中南民族大学蒋士美认为，书信作为一类重要的文学史料，意义不言自明，《当代作家书简》一书的出版，其丰富的史料价值，为我们进行当代作家作品研究提供了新的路径和视野。《当代作家书简》同时也让人想起中国现代文学史上的一件轶事（或者成为"憾事"更加贴切））——"八宝箱"事件。"八宝箱"中原本保存着徐志摩的《康桥日记》和《雪池时代日记》，其中记录了1921—1922年间徐志摩与林徽因相恋时的情感故事，但就在徐志摩因飞机失事罹难之后不久，林徽因通过各种方式最终从八宝箱的保管者、徐志摩好友凌叔华手中拿走了这两本日记，并从此让它永不见天日。这两本日记对于研究徐志摩（尤其是他写给林徽因的情诗）的重要意义自不待言，事实上，目前国内的徐志摩研究进入了一个瓶颈期，难有新的突破，在很大程度上便是由于这两部日记的佚失。文学史料的缺失，在很大程度上制约了学术阐释的精准性与深刻性。粗略翻阅古远清先生的《当代作家书简》，便能获得众多新的学术启发，古老交友广泛，此书收录了众多著名作家、学者的书信。总而言之，古远清先生的《当代作家书简》一书，具有极其重要的史料价值，为我们现当代文学研究者进行文学思潮研究、文学流派研究、作家作品研究打开了一扇新的窗户，也提供了一些新的学术增长点。

华中师范大学祝丰慧认为，书简具有重要的文学史料价值。古老师是一直走在时代前端的学者，他广交文友，以笔会谈，书简中记载着许多广为人知或不为人知的文坛要事。我们对文学的研究，少不了对时代背景的观照，也少不了汇集百家之言，从中生发出自己的文学思想。书简正记载着不同文人对相同或不同的文学事件的看法，为我们回顾历史、展望未来提供了重要的参考。其次，有专家建议出一部影印本，将诸多信件的手稿影印出版。可以选择一条折中的方式——选择性地影印。书简中包罗了上百位文人的书信，每一位文人的信件可以影印出其中的一封，以图片的形式附在该位文人信件之后，供读者阅读和欣赏。如此一来，既可以以图片的方式带给读者更为直观的审美感受，又可以减少成本，提高可行性。

最后，主持人邹建军进行了会议总结。他说，在古远清教授八十大寿之际，在他的《当代作家书简》出版之际，在中南民族大学图书馆专题文献建设高峰时刻，我们举办这样的会议专门讨论相关问题，不仅是对古远清教授的祝贺，也不仅是对中国当代文学研究的促进，同时也是对图书文献建设的推动。在当代中国，加强文学文化建设已极为重要，提高民族文化素质，推动中华民族的全面伟大复兴，我们任重而道远，必须长期坚持，一直努力再努力。

学术回声·黄维樑

"华文文学"短章集

黄维樑[*]

前 言

华文文学指中国大陆以外用华文（中文）写作的文学。对华文文学我素来关注，长长短短写过很多篇评论，余光中更是我的重点研究对象。这里辑录 2019 年秋以来所写的十篇短章，直接或间接，或多或少，涉及华文文学的几个面相、一些问题。

一、文学批评的"贫富悬殊"

华文文学指中国大陆以外用华文（中文）写作的文学。多年来华文文学的研究，几乎被小说这个文类所垄断。小说研究中，以对严歌苓小说作品的研究最火，2019 年出版的《世界华文文学研究年鉴·2018》，让我们看到严歌苓真是"热"得火上加油。对这位北美华文小说大家的研究，种种期刊发表的大量论文不算，光是 2018 年国内高校的相关硕士论文就有 16 篇。复旦大学教授郜元宝有篇文章《好像不看小说，就不是人似的》，我改用其题：《好像不研究严歌苓的小说，就不是研究者似的》。

小说自兴起以来，其受读者欢迎程度，一向胜于诗和散文。读者多、影响大，自然值得研究。20 世纪的理论如心理分析、叙述学、后殖民等，又为小说研究增开了门径，于是它渐渐变得一门独热，诗和散文则门庭冷落。小说研究者又喜欢跟风追星，乃有近年的严歌苓现象。严的小说及其改编的电影，我观

---

[*] 黄维樑，香港中文大学学士，美国俄亥俄州立大学博士；曾任香港中文大学教授，中国大陆、中国台湾以及美国多所大学客座教授。有著作三十余种。

看过一些,她才华横溢,是讲故事高手。我指出这个现象,对她毫无贬低之意。我心悲凉的是"趋炎附势",这个学术界的偏颇,已导致文学研究的生态失衡。

古与今,中国都是诗之国,也是散文之国。就以华文文学中的香港文学而言,我书架上所存放,如胡菊人、陈耀南、岑逸飞等的杂文集,各具特色与成就,作者才华横溢,值得华文文学研究者深入研究,"发潜德之幽光"。专栏杂文是香港文学的重镇,对众多香港读者有细水长流般的影响。华文文学研究应保持生态平衡,要避免批评的"贫富悬殊"。

二、美国儒林的二"八"史料

夏志清给哥哥夏济安写信,无所不谈,表示欣赏鲁迅的《朝花夕拾》,高评艾芜的小说……又和哥哥商讨"反击"欧洲汉学家普实克(Prusek)的策略,事关其《中国现代小说史》出版后,曾大受普实克批判。其信中包含诸多信息,如耶鲁教授 Brooks 有何新著出版;美国华人学者陈世骧、施友忠如何赴伦敦参加"中国当代女性书写"研讨会,借此游览名城。夏志清也点评来自中国台湾地区的留学生,如陈若曦、白先勇,谓后者为人 pleasant(讨人欢喜)。他对当时美国总统加以指责,对当时著名诗人艾略特(Eliot)则感到亲切。

夏济安在信中大谈"追女仔",例如,B 小姐是窈窕淑女,他送她艾略特的书,附字条说请她用美丽的眼睛看看,措辞真婉转。兄弟二人滔滔论恋爱的多封长信,有心人大可整理编写出一本"恋爱中的男人",此书一定不会比罗伦斯(Lawrence)的《恋爱中的女人》逊色。

夏济安的情事可成为正经八百的恋爱心理研究对象,也可作为夏教授的"八卦"谈资。兄弟都"八卦"。弟弟告诉哥哥,L 君"追到一位 19 岁美国美女,Indiana 同学,我已去信劝他结婚"。我认识 L 君,这里姑隐其名。另一封信写道:"李田意在 N.J. 结婚,隔日 N.Y. Times……有新娘照片,新娘……生得可算美艳。"李结婚时是耶鲁大学教授,其结婚消息得到《纽约时报》报道,可谓殊荣。李是我的老师,我要让在美国的师母看看夏这封信。

以上相关资料,都引自六百多页的《1962—1965 夏志清夏济安书信集》第五卷,2019 年由香港中文大学出版社出版。

三、"我是十大诗人之首"

这是一则小小的信史,关于 Y 和 L 两位近年已作古的诗人。我客观叙述,不加议论,不添文采。

台湾有好几次"十大诗人"之类的选举。十多年前的一次，由台北某大学的陈教授及杨君负责筹办。我当时在台湾教书，Y、L、陈、杨诸位，深浅不同，我都认识。聊天时，陈告诉我选举的办法是：筹办者开列台湾当代二百多个诗人名单，作为选票；把选票寄给名单上的二百多人，请各人圈选最多十个名字，可圈选本人，然后把名单寄回给筹办者。

我时不时和Y通电话，一次偶然谈及这桩近事。我问Y会不会投票选"十大诗人"。Y说最近好像收过这样的选票，信件太多，一时不知道放在哪里；而且，对这玩意没什么兴趣。（附注：Y发表过文章，题为《我是YGZ的秘书》，言外之意是日常处理各种书信文件极忙。）

过了两三个月，主办者在台北某报纸上公布选举结果。公布的资料包括被选者名单及其所获票数，还有寄回选票者的名单。我注意到：L获得29票，Y得28票；L成为台湾"十大诗人"之首。我还注意到：寄回选票者的名单中，有L，没有Y。

过了几年，我看到某报纸上刊登了对L的专访。记者问L与Y有来往否，对Y看法如何。L说有些来往，然后话锋一转，说："台湾选十大诗人，我所获票数最多，为第一名。"记者又补充说，Y的诗被选入小学和初中的教材，L的诗则被选入高中和大学的教材。

类似的诗坛、文坛轶事，古今中外都有。以上是我知之甚详的一个"内幕"。

四、在"孝子"和"浪子"中间

在评论余光中的文学成就时，我曾说：他"在新诗上的贡献，有如杜甫之确立律诗"。杨宗翰不同意此说。我如此赞誉余光中，是带有解释的，杨可能没有注意到。我说：余建立了"半自由体（或半格律体）格式：诗行不很整齐，也不过分参差；押韵，但不严格……还擅于营造长句。"（见拙作《璀璨的五彩笔：余光中作品评论集（1979—1993）》）这是一种"创体"。

五四时期出现了豆腐干式的格律新诗，以后还有他类格律诗，如周策纵提倡的"太空体"；30年代出现了以艾青诗作为代表的诗行长短参差、不押韵的自由诗，此后这样的自由诗颇为流行。"分行散文""打翻了铅字架后胡乱拼凑出来的东西"等，是对某些新诗的贬称。王蒙在《中国玄机》中对新诗没有"成熟的程式与格局"表示遗憾，道出众多人的心声。

严守格律，则新不起来；打破一切诗律，则变得怪异不经。余光中曾用"孝子"和"浪子"来形容半个世纪之前台湾文化界的两种人：固守传统者和崇洋趋新者。我借用其名词，来比喻这里说的两种新诗形式。

余光中的新诗，形式在半"孝"半"浪"之间，他可说是个"中子"。他数十年创作了一千多首新诗，在形式上大多"唯务折中"。他的作品题材广阔、情思深邃、技巧高明，他维护以至增益了新诗的声名。他的"唯务折中"是一种确立。唐代杜甫大量写作情采并茂的律诗，确立了律诗这个体裁，在这一点上余和杜可相提并论。

表示异议的杨宗翰的文章收于古远清编著的《世界华文文学研究年鉴·2018》，一起面世的还有古远清的《余光中传》。余先生逝世已两年，纪念大诗人之际，我对他的成就稍作补充说明。古远清的《世界华文文学研究年鉴》是赫九力士式的大编著，我道及其书，顺便致贺。

五、听者读者如在云端

各地常举办国际诗歌节，有时难却友人热情相邀而躬逢其盛，到了诗歌朗诵节目，我通常会静观"前卫"诗人们各种新潮的样貌服饰，然后闭目静听。我听到普通话抑扬顿挫，但诗意和诗艺并不入脑。我听到英语的轻音和重音在起伏连绵，听到响亮的西班牙语或者意大利语（声音很 sonorous）……我仿佛在雾里，在云端。对，在云端。粤人听不懂别人说的话时，就说：好像"一'gao'（团）云"。

即使朗诵的诗作在场刊印出来，或者现场投射出来，我仍然在云雾里。有与会者看来比我聪颖，一脸的心领神会；会后交谈，他说听朗诵的音乐性不就很好了吗。我压抑心声，没有这样说：听音乐性就好？何不直接欣赏古琴、吉他，欣赏《田园》《梁祝》？

读也好，听朗诵也好，很多现代诗的难懂，已成为一个"古老"的问题。月前我认识的现代诗人杨先生去世了。从前我教新诗、评新诗，对杨先生的作品极少触及，因为他的很多"名作"我读不懂。两年多前辞世的诗人余先生与杨相识，余乐道人善，却从来不见他怎样评论杨诗，或征引杨诗作为诗论的例证。当年我好奇，就此相询，余说杨的诗他读不懂，如何评论。

1922 年，英籍美国人艾略特发表《荒原》，为现代主义立了"诗碑"。其诗用典生僻、意象繁杂、手法刁钻，诗意晦涩难明。借着英文这一强势语言，以及他诺贝尔奖桂冠的光环，其诗风披靡，中华诗界晦涩之作大兴，甚至曾成为主流。崇洋诗、醉洋酒者众，以致诗作不知所谓仍得好评者亦众。然而，我不想在游行街道上对着"皇帝的新衣"鼓掌喝彩，不想在云雾里打滚，虚掷光阴。

六、抑扬马悦然

瑞典的马悦然先生于 2019 年 10 月辞世，朋友圈出现一篇 2014 年发表的访问记。谈话中，常见马悦然直率的褒贬。他斥某欧洲"汉学家"为二三流人物，极为痛快；他论及诗人 B 先生，则让我啼笑皆非。

马欣赏 B 的诗，翻译过其诗作，推荐过他候选诺贝尔文学奖。后来 B 写散文，马说："要不得，我不要看。他还是应该写诗，因为他是诗人。"在我看来，B 的诗晦涩难懂，散文则明朗可读。这反映了马"喜晦恶明"的一贯态度，还是他认为是诗人就应该一生写诗，不应"不务正业"？若是后者，则这样的"忠贞"思想要陷多少诗文兼写的作家于不义？马又说曹乃谦是个"天才作家"，这让我记起此前他对曹的极好评。当时记者问他理由，马答曰："曹的小说写乱伦。"

2014 年的访问中，记者问他推举的作家，其作品好在哪里。马答曰："我只能说我爱读的文学就是有价值的好的文学！"这又让我想起 1999 年马在台北与沈君山等人的谈话。沈是科学教授，重客观讲标准，一再询问诺贝尔奖评奖的标准，马一直含糊其词。在沈的追问下，马只得说："《西游记》的作者如生于今天，可获诺贝尔奖。"

20 世纪我在香港见过马先生。他的普通话相当流畅，儒雅可亲的风仪让人顿生好感。马翻译过古今很多作品，对传播中国文化有贡献。1985 年起，他成为瑞典学院的成员，此学院负责诺贝尔文学奖的评审。作为学院唯一懂汉语的成员，他对文学评价的态度如上述这般。因此，对汉语作家有谁可获此奖，我们是不能有"客观公正"的期待的。现在马离世，这样的期待仍然不容乐观。

七、瑞典学院评选诺奖

瑞典学院负责评选诺贝尔文学奖。学院有 18 位成员，在其中选出 5 位同仁成立"诺贝尔委员会"，任期 3 年。获提名竞逐诺奖者，每年约有 350 个，诺委会在 1 月底收齐提名者资料，经过初步遴选，在 4 月向学院提交入围名单，约 20 个。夏天学院成员休假前，名单经过淘汰，剩下约 5 个。学院成员研读讨论 5 个候选作家的作品，在 10 月达成结论；当选者，必须得到过半的学院成员支持。

我于 2019 年 10 月下旬在学院官网查阅，成员的 18 个名额中，有 4 个暂缺待补。14位成员中，有诗人、作家、文学史家、语言学家、历史学家、编辑、法律专家；任职于大学的有好几位，却没有看到标明是文学批评家的。唯一懂汉语的似乎还是那位时年95岁的马悦然（但他不是诺委会的委员）。

诺奖评选是特大型的文学批评行动。瑞典学院的全部成员中，有多少是通晓多国语言、博览文学经典、态度客观兼容而又眼光锐利独到的，愿意且实际上花费巨大精力阅读以至细读参赛作家作品的（被提名的作家多是著作等身）……我们该问谁呢？

20世纪开始的"先锋""前卫""实验"而因此十有八九是晦涩难读的种种文学，基本上都源于欧洲的英语、法语、德语作家。我发现数十年来，获得诺奖的，就多有先锋前卫实验者，也就是晦涩难读者。另外，获得青睐者常常是有"异议"色彩的作家。

马悦然曾经是诺委会的委员。十多年前，他所到之处，很多汉语作家都热情接待他。汉语作家们，要跟风成为"先锋"、要引发"异议"，然后有若干分之一的机会可望戴上桂冠！

八、汉语文化自信

汉语新文学的成就如何，高低褒贬往往"喧议竞起，准的无依"。曾有人说，我们当代的文学当然比不上西方，因此，中国作家必须好好用功，苦干个十年八年，这样或有作家可得诺贝尔文学奖。言犹在耳，在2000年，后来在2012年，就先后有汉语作家获得诺奖。

"不如西方"论者，若非钱锺书所说的"文盲"，就是不知道诺贝尔文学奖如何评奖如何运作，或就是对汉语文化缺乏自信。

我们查阅资料，乃知诺奖评审诸公，并非都是当行本色的文学批评家，其中懂得汉语的更绝无仅有；他们的视野难称广阔，且评奖时常常戴着有色眼镜。对于诺奖的文学批评可信度及其客观公正性，我们一定要打个折扣。何况，文学批评根本就难以真的"客观公正"。

至于"文盲"该如何"医疗"，古代的刘勰已开出了"药方"，那就是"圆照之象，务先博观"；对于古今中外作品的阅读，以至种种知识，越广博越好。当然还得有慧眼有卓识。文学大师难得，文学批评大师同样难得。

至于汉语文化自信，则与国家的"硬实力"和"软实力"都有关系。70周年国庆日前两天的隆重授奖仪式上，荣获"国家荣誉称号"的有三位"人民艺术家"，其中一位是作家。这位作家是王蒙，而不是得过诺奖的莫言。我认为这件事象征一种汉语文化的自信。汕头大学将举行"第四届华文文学研究高端论坛",以"华文文学和汉语文化自信"为主题,我将在会上发言,就正于方家。上文为发言旨趣。

九、群英会香江

2018年香港成立"香港地方志中心",主持首部《香港志》的编纂工作。该中心的冯先生负责文学艺术部分,月前和我作访谈,谈改革开放以来内地与香港的文学交流。我说,20世纪80年代中期以来的十几年,交流真频繁,借用古人的话,可说是"丽典新声,络绎奔会"。

两地的文学交流,有史料可稽,我曾发表过文章缕述其盛况。最近无意中看到一照片,正好为证。照片拍摄于1993年夏天,地点是《香港文学》的编辑部,九个人亲密地坐在一起,其中四位是香港的编辑、作家,五位是内地学者:严家炎、谢冕、李元洛、古远清、徐志啸。严与谢来自北京大学,李来自长沙作协,古来自武汉中南财大,徐来自复旦大学。

徐是《楚辞》专家,兼研比较文学。谢和李都是诗歌评论家,李更是"诗文化散文"名家。严的专长是现代小说,一篇《一场静悄悄的文学革命》(1994年发表)引发了对金庸武侠小说的争鸣。古则是文学评论家、史家。

那十几年,学府如香港中文大学和岭南学院,社团如香港作家联会,对举办交流活动热心且大力。严谢李古徐五位,分别应邀来港作短期或较长时间的访问。一下子,大江南北的学界群英络绎奔来,古代文学的"丽典"、现代文学的"新声",与香港的同行共聚交流。拍照的那一天,很可能还有(甚至有不少)其他南来的学界文坛访客在香港活动。

十、茶在"七件事"置顶

古人说"早起开门七件事,柴米油盐酱醋茶",茶叨陪末席。现今家家用煤气或天然气,柴火煮食的情景只出现在民俗博物馆。吃米饭淀粉容易致胖,健美男和纤体女多吃蛋白。地沟油已绝迹,健康食谱都明令禁油腻。少油与少盐同保健康,盐商之名已不存在,卖盐更不能致富。就餐要清淡再清淡,酱醋在高级食谱中地位低下。茶的身价地位迥然超越前面六者。

粤人早上在茶楼"一盅两件"叹早茶;街上与朋友或街坊相遇,曰:"几时一起饮茶啊?"在潮汕的雅舍饮工夫茶,已乏新意;在高铁车厢里饮工夫茶才是引领风骚。米有蓬莱、五常诸品种,但与大红袍白牡丹碧螺春凤凰单枞等茶的大家族相比，不及十一。

茶从陆海丝路西传，比诗词昆曲等国际化得多。国人西化，"饮早茶"之外，多了个"饮下午茶"。喜欢中英语夹杂的一些香港人，对自己不喜欢的事物说是"not my cup of tea"。自从陆羽《茶经》面世，茶道、茶文化勃然而兴。茶文化博物馆五湖四海处处有，茶文化研讨会各地时时开。茶的种种书写和报道，多如神州各地的无数茶园；香港报纸有定期出刊的《茗声》，我想是要让茶的名声传得更广远。

开门七件事的茶，从前叨陪末席，现今应该置顶了，这可象征百姓生活从温饱到文雅的提升。此刻我想起四川流沙河先生的对联"新潮你喝拉罐水，保守我饮盖碗茶"，文雅的盖碗茶，是"my cup of tea"。

艰险中多情奋进的作家作品述评

——读林曼叔《中国当代文学史稿》

黄维樑

引言：纪念林曼叔兄

林曼叔辞世倏忽将两年了。前年就有朋友约我为文纪念，我说，我写过长文评述林曼叔的一本重要著作，这应该是最好的纪念了。日前张叹凤教授也邀我撰文，我的回应相同。下面这篇文章，曾在香港发表[①]，如今在内地重刊，也是一种纪念。正文之前，还是加上几句，略述和曼叔兄交往的事。

我们之间，主要是编者和作者的关系。林曼叔多年来主编《文学评论》（曾名《文学研究》），他厚爱邀稿，我尽力支持；有时我主动投稿，他慷慨刊登。遇到长文，他照登不误，最多是连载而已。《文学评论》由香港特区政府的艺术发展局支持，每一两年就得重新申请资助。大概是三四年前吧，评审时委员说刊物销量小，过不了关，资助停了，刊物自然出版不了。

林曼叔编刊物，年过七旬，本来就有点意兴阑珊，现在正好休息。但我觉得，他对《文学评论》仍然有感情，当老编有当老编的好处。2019年春天某日，他说艺发局一位行政人员建议他申请新年度的资助，《文学评论》或可望恢复出版。他决定申请，而且提出新构想：要我来当刊物的总编辑，他转任社长。我婉拒，他一再力邀，我只得答应出任社长，换言之，我不用负责编辑实务。于是填表签名，二人若干日后到艺发局办事处，陈述申请的理由并接受询问。过了几个星期，我收到消息——却是和申请无关的一个噩耗：曼叔兄往生了。差不多此时，又有消息传来，说是《文学评论》的申请资助获得通过。然而，总编辑有疾而终，刊物没有了头，就只好无疾而永终了。

原来曼叔患病多时，我完全不知道。他去世前那一两年，偶然聚会，我总觉得他精神不够奕奕，说话间流露悲观情绪。我不知道他何时确诊染病，

[①] 原载香港《文学评论》双月刊第53期，2017年12月。

他去世前的几年间，自己编的《林曼叔文集》已分为五卷陆续出版，在 2018 年还出版了周蜜蜜编著的《林曼叔作品评论集》。他享年 78 岁，于今来说，不算长寿。然而，"修短随化，终期于尽"，夫复何言！古人谓人生短暂，其没也忽；"富贵子孙总无足恃，独此诗文翰墨长留天壤，其名在即其人在，是为真子孙耳"（明代金俊明语）。曼叔的文章翰墨已编好出版，希望能留存。留存多久远，在这个书海墨浪汹涌的时代，却无人可担保。我评他的《中国当代文学史稿》长文，在 2017 年 11 月完成后发表，当年曼叔看到读到，知道有文友体会到他的辛劳，肯定其表现，应该感到欣慰。这篇拙作是对他的一个很实在的纪念。

一、独力撰写文学史是极大的挑战

十余年前，在广东增城举行的一个华文文学研讨会上，遇见林曼叔先生，我几乎劈头第一句就是："真佩服你独力写成《中国当代文学史稿》这本书。"（以下简称《史稿》）该书在 1978 年出版，36 年后的 2014 年，由香港文学评论出版社再版，收入《林曼叔文集》的第一卷。① 1976 年我从美国取得博士学位后，回香港教书，教学内容涉及现当代文学（名称应从朱寿桐教授的"汉语新文学"较佳），林的《史稿》在当时出版不久，正好列为课程的参考书。此后好多年，购买《史稿》不易，而我原来的一本可能因借阅者没还，也可能因为辗转搬家，竟也不知所踪了。2014 年新版面世，让我有重温的机会。

1985 年我的《香港文学初探》出版后，多年来不少同行都建议我一鼓作气撰写一本香港文学史。虽然《香港文学再探》以至"三探"都出版了，甚至"四探"也要来了，我却一直没有魄力和动力独自撰写一本香港文学史。我不为此事，甚至对想要独力撰写现当代文学史（包括香港文学史）的人，都泼冷水；因为相关的作家极多作品极多，撰史者若非极为"博观"，怎能有"圆照"（《文心雕龙·知音》有云"圆照之象，务先博观"）。古人已叹书海无涯，今人自然千百倍地叹息。

月前我曾写道："文章真是不朽之盛事？在年产数万种书刊的时代，你去计算令作者知名、令书册不朽的或然率吧！"平常的一本书，读者都少得可怜，往哪里找知音求不朽？一位文友读了拙作后，在其文章中引而用之；他不知道我说的"数万种"乃大错：我把大海当作小湖。读今年 8 月赵玉山等

---

① 本文下面提到或引述《史稿》的内容，如果所在章节明显，就不加注页码；如需加注页码，直接在文内标明。

执笔的一篇报告,原来只算 2016 年中国大陆出版的图书,就达 49.99 万种,其中人文社科类图书达 34.5 万种;印数总量更高达 54.5 亿册,其中文学类书籍所占比例极高。[1] 我最少十倍地谬误。[2] 当代的文学史难写,因为作家极多作品极多,撰史者个人极难"博观"。文学史是文学作品实际批评的扩充和延长,论述时所涉知识范围极广,独力撰写文学史是极大的挑战。颇有一些独力撰写的文学史,曾惹来不少恶评。[3]

二、史论与史料

撰写文学史,涉及史学理论。理论似乎很多也很复杂,其实不尽然。文学作品为一种传播媒体,其形成有作者的因素,有社会的影响,也有其对读者的影响,当然有其本身质量的优劣高下。艾布拉姆斯(Abrams)把文学研究的重点分为四个:社会、作者、作品、读者,也就是刚刚提到的四个元素。文学史的撰写,离不开对这四个元素的兼顾,以及其相互的关系。[4] 当然,不同的撰写者,很可能有不同的侧重点。韦勒克(Rene Wellek)和沃伦(Austin Warren)1950 年代出版的名著《文学理论》(*Theory of Literature*)的最后一章论文学史,介绍不同西方国家不同时代的文学史书籍,作者不同,重点不同,但都离不开上述四个元素,对作品的介绍和评论,则必然是重要的项目。中国的史学发达,相关的论著极多;《文心雕龙》这部文论经典,就有《史传》篇,论的正是怎样书写历史。《史传》篇的理论也适用于撰写文学史,因为文学史也是历史,它是通史、分期史、分类史等诸种史书中的一种。《文心雕龙》中亦有文学史:一篇约一千七百字的文学史纲《时序》。《时序》篇的内容及其实际的写法,简直可作为现今我们撰写文学史的范本。

---

[1] 北京师范大学出版科学研究院副院长赵玉山的文章刊于 2017 年 8 月 22 日《中国出版传媒商报》第 3 页、第 6 页。目前中国经济的 GDP 仅次于美国;我猜想,中国在文学研究方面的 GD "P" 已超过美国了。这里的 "P" 指出版物(publication)。

[2] 司马长风的《中国新文学史》错误甚多,我在《香港文学初探》中曾"不客气"地指出来。马森 2015 年出版三大册《世界华文新文学史》(据说长达一百万字),引起隐地和古远清的"酷评",弄得马先生的一位高足要撰文为老师美言辩护。马森先后居住在温哥华和维多利亚城,曾称誉温城,说它"最接近天堂这一个境界"。马先生 70 余岁时从台湾的大学退休后,为什么要在"天堂"独力撰写(或继续独力撰写)文学史?这不啻是炼狱式甚至地狱式的苦工。

[3] 也许天公降下一个"超人"批评家,专心致志,少眠少休,少吃少喝,撸起袖子加油干,干个十年八年,或可把当代某个短时期的重要作品读遍,然后执笔评论,写出一本有分量的文学史。若无"超人"而只有极为辛勤的批评家,则成组成队地苦干个三年五年,也应能成事。

[4] M. H. Abrams 在其 1953 年出版的名著 *The Mirror and the Lamp:Romantic Theory and the Critical Tradition*(《镜与灯》)中提出这样的理论。

巧妇难为无米之炊，巧匠难为无料之物。修史先要搜集史料。《史传》篇这样叙述修史的准备工作："在汉之初，史职为盛。郡国文计，先集太史之府，欲其详悉于体国，必阅石室，启金匮，抽裂帛，检残竹，欲其博练于稽古也。"① 刘勰强调史料的重要，林曼叔这样述说搜集资料的过程：

> 这是在极为困难的条件下完成的一部书。要编写这样一部史书最重要的是要有充足的材料……幸好我在《展望》杂志工作多年，写了不少有关大陆作家和作品的评论，一点一滴积累了不少资料。在香港大学图书馆、中文大学图书馆、友联研究所和自联研究所均有收藏现当代文学，或借阅或影印了一些，但并不多，此外，就只好到港九的旧书店去搜寻去挖掘，为搜集资料可谓上穷碧落下黄泉，其中甘苦实不足为外人道。（参见《史稿》的"再版前言"。）

三、"寻繁领杂"，决定纲目

搜集整个时期的作品和种种有关的资料，阅读之，消化之，接着是《史传》篇说的撰史主要法则："寻繁领杂之术，务信弃奇之要，明白头讫之序，品酌事例之条。"② 把这四者转化为撰写文学史的主要法则，就是：1. 从繁杂的作家作品和种种文学现象中，选取重要的作家作品、突出的文学现象，作为书写的重点。2. 文学史的种种数据，必须翔实无误。3. 清楚交代文体、风格的发展先后。4. 品评作家和作品应有标准、有原则。

林曼叔斟酌损益，几经修订，定出全书的纲领，也就是成书时全书的目录，符合上述四个原则中第一个原则"寻繁领杂之术"。《史稿》的目录为：绪论；第一章 文艺政策与作家组织；第二章 文艺界的思想斗争；第三章 对"胡风集团"的斗争；第四章 "百花齐放，百家争鸣"与"反右斗争"；第五章 "革命现实主义与革命浪漫主义相结合"的创作原则与修正主义文艺理论；第六章 反映农村生活的小说；第七章 反映工业建设与工人

---

① 这里引录牟世金的语译（见其《文心雕龙译注》一书，齐鲁书社，1995年版）："在汉朝初年，史官的职务较为隆重。各州郡和诸侯国的档账目，首先要集中到编写史书的太史府，以求史官能详细了解全国的重大规划；还必须阅读国家珍藏的档史料，搜检一切残旧的帛书竹简，以求史官能广泛而熟练地考察古代史迹。"关于《文心雕龙》与文学史的编写，可参考黄维樑：《文心雕龙：体系与应用》（文思出版社，2016年版）的第四章。

② 这里根据牟世金的语译，将四者罗列如下：1. 从繁杂的事件中，抽出纲要来统领全史的方法；2. 力求真实可信，排除奇闻异说的要领；3. 明白交代起头结尾的顺序；4. 斟酌品评人事的原则。

生活的小说；第八章　描写战士生活与边疆风貌的小说；第九章　描绘历史风云的小说；第十章　军事文学；第十一章　几篇大胆干预生活的小说；第十二章　诗歌；第十三章　散文；第十四章　话剧和新歌剧；第十五章　历史剧；第十六章　儿童文学；第十七章　少数民族作家。

受西方的影响，现在我们通常把文学分为诗歌、散文、小说、戏剧四个文类。《史稿》照此分类，四者都有。林曼叔的分类细致，把小说细分为五六种；戏剧则再分为话剧、新歌剧和历史剧三种。这里做些抽样比较。由二十二院校编写组编写、陆士清任责任编委、1980—1985年先后出版的《中国当代文学史》第一至第三册（由福建人民出版社出版），其第一和第二册论述1949—1965年的文学，分类就大而化之，基本上只有诗歌、散文、小说、戏剧四种。2003年由王庆生、王又平、杨振昆等编写出版的另一本《中国当代文学史》（高等教育出版社出版），其第一编"20世纪50—70年代中期的文学"的分类较为细致：小说据内容分为四类，新诗分为三类。新诗的分类比《史稿》细致，小说则基本上不出《史稿》的那几种。

四、儿童文学和少数民族作家专章论述，戛戛独造

分类上让读者觉得《史稿》戛戛独造的是：它除了上面所说分类细致之外，还设立专章论儿童文学（第十六章）和少数民族作家（第十七章）。内蒙古呼和浩特市有全国著名的少数民族文学馆，我参观过。《史稿》论及的乌兰巴干、玛拉沁夫等多位作家，馆内都有展示，可见林曼叔所选有其史识。《史稿》有多章论小说，其第七章第八节，评介的是陆俊超的海洋文学（所论包括陆氏的短篇小说和散文特写）。我在张放（张叹凤）教授《海洋文学简史：从内陆心态出发》[①]的序言中指出：

> "西洋"的"洋"字可圈可点，由古希腊史诗《奥德赛》，至19世纪以来的《海的女儿》、《白鲸记》、《冰岛渔夫》、《占勋爵》（又译为《吉姆老爷》）、《老人与海》等，西"洋"古今的"海洋"文学非常发达，海域奇遇，怒海余生，碧海掣鲸，浪漫惊险壮观兼而有之。中国文学里，几乎没有这类作品。

诚然，中国的这类海洋文学并不发达。林曼叔慧眼识新品，在《史稿》中纳入"陆俊超的海洋文学"，包括其《惊涛骇浪万里行》和《九级风暴》。这一

---

① 张放：《海洋文学简史：从内陆心态出发》，巴蜀书社，2015年版，序言。

节所占篇幅只有四五百字，却尽显其独到之处。这一节开头说："在中国的文学史上，海洋文学创作还是一片空白。"他指的是我曾说的西洋的海洋文学。

《史稿》第十六章"儿童文学"的第六节论"科学文艺"，也让读者眼睛一亮。王庆生等的《中国当代文学史》不设儿童文学章节。二十二院校编写组的第一编第三章第十二节论述"儿童文学创作"，然而并没有关于"科学文艺"的内容。这又是《史稿》的戛戛独"论"处。"科学文艺"相当于后来出现的"科普文艺（文学）"；"科普"之外，还有"科幻"文学，两者是文类的近亲。"科幻"文学近年非常发达，像刘慈欣等特别受欢迎，刘氏的《三体》名扬中外。《史稿》注意到对少儿教育意味浓厚的"科学文艺"，令人再一次佩服撰史者的眼光。《史稿》论及这方面的著作，写道："它们不但带给孩子们极为丰富的科学知识，更重要的是激起孩子们对科学的兴趣，引导他们为人类的未来去幻想，去探索，去战斗"（352页）。自改革开放以来，我国非常重视科学教育和发展科技，有"科教兴国"思想和政策。林曼叔撰写文学史的时候，重视"科学文艺"，我想和他热爱中华民族、重视少儿教育的思维分不开。

五、社会环境影响作家

时代风潮影响文学创作，这是老生常谈。20世纪人文及社会学科的思潮，如马克思主义、心理分析学说、存在主义、女性主义、反殖民主义等，或显或隐，都在西方东方诗文小说戏剧作家的书写里出现。《文心雕龙·时序》篇的名句"文变染乎世情，兴废系乎时序"道尽一切。西方的文学史理论家，认为撰史者"应注意文学作品的生成以及作品与历史现实的关系"（genesis of literary works and their relationship to the historical reality）[1]，正基于这个道理。文学受社会环境的影响，撰史者莫不知晓。王瑶在《中国新文学史稿》中开宗明义这样说："中国新文学的历史，是以'五四'的文学革命开始的……五四运动是发源于反帝的。"朱栋霖等主编的《中国现代文学史1917—1997》开篇就说："中国现代文学，是中国文学在20世纪持续获得现代性的长期、复杂的过程中形成的。在这个过程中，文学本体以外的各种文化的、政治的、世界的、本土的、现实的、历史的力量都对文学的现代化发生着影响。"[2] 林曼叔的《史稿》，花费很大的篇幅作这方面的论述。其"绪论"的首节"政治支配下的文学创作时代"，开宗明义指出政治对文学的重大影响。

---

[1] 黄维樑：《文心雕龙：体系与应用》，文思出版社，2016年版，第98页。
[2] 黄维樑：《文心雕龙：体系与应用》，文思出版社，2016年版，第98页。

"绪论"的余下部分，以及正文第一至五章，具体细腻地描绘出当时文学创作的时代背景，从一些关键词可以看出，当时的创作环境是如何的不平静。然而，正如林曼叔所说，虽然作家"处于史无前例的艰辛时期"，但他们"是那样痛苦地承担这时期的历史使命"。

六、研究者的"偏见"

林曼叔写作《史稿》，乃"得到巴黎第七大学东亚研究中心的支持"，这使我想起夏志清获得洛克菲勒基金会支持，在 1952—1955 年研究、写作 *A History of Modern Chinese Fiction* 的事（此书后来由刘绍铭等翻译成中文，书名为《中国现代小说史》）[1]。一些西方学术机构拨出经费，请华人学者研究和撰写中国文学的分析和评论，主要目的是通过文学作品了解中国大陆的社会现状，至于文学作品成就的高下，他们基本上不关心。有"欧洲中心"或"美国第一"之偏见的白种人，更可能"未审（读）先判"，认定中国人写不出上乘作品。某些白人自大，某些华人则自卑，对所研究的国内作品也"偏见"起来。何况文学批评常带有评者个人的喜恶，"知音"实难。古人的话"作文难，论文尤难"，人所共知。

支持夏、林两位做研究的机构，其主事人的背景和想法如何，不便揣测。至于研究者，夏志清在《中国现代小说史》中自言批评家的责任是"卓越作品之发现和评审"（the discovery and appraisal of excellence）；他在小说史中对鲁迅、张天翼、吴组缃都加以好评，对鲁迅评价尤高[2]，夏氏可说尽量压下了他的"偏见"。而林曼叔在《史稿》中也并未对国内当代文学作品采取通通

---

[1] 夏著在各地出版过多个版本，最新版由香港中文大学出版社 2015 年推出。
[2] 学术界有不少人说：夏志清论现代文学，认为张爱玲比鲁迅伟大；夏氏之论偏颇不当。其实夏氏没有这样的说法，是批评夏氏的人粗心了，或者"信伪迷真"（《文心雕龙》语）了。夏志清的名著《中国现代小说史》（英文原著在 1961 年初版）中，没有用"伟大"（great）一词称颂张爱玲；其评价鲁迅倒是用了这个词。鲁迅专章的第一句是"鲁迅……被公认为最伟大的现代中国作家"，接着，夏氏并没有对这句话提出商榷或挑战。小说史对鲁和张都好评，但它没有比较鲁张二人的成就谁高谁低。论《狂人日记》，夏志清说此篇"表现了精绝的技巧"。论《孔乙己》："用字经济，写法克制，有海明威的一些尼克·亚当斯故事的特色。"论《药》："是传统生活方式的真实揭露，是革命的象征性寓言，也是父母因子女而悲伤的动人故事"，"鲁迅尝试在小说中经营复杂的涵义"，末尾老妇人和乌鸦的"象征性场景，涉及革命的现在和未来，想象力丰富，是中国现代小说的一个高峰"。论《社戏》："是作者儿时的叙述，美妙迷人。"论《祝福》《在酒楼上》《肥皂》《离婚》："小说中，探索中国社会最为深刻的作品，有这几篇。"请注意：夏氏所谓的小说，可指古今中外的所有小说。论《祝福》："封建和迷信在这里变得有血有肉。"论《肥皂》："是非常精彩的讽刺作品。"论《狂人日记》到《离婚》诸篇："是（新文学）第一阶段的最佳小说。"夏志清论中国现代小说，虽因立场不同而有其成见，但对鲁迅的成就，他还是高度肯定的。

贬抑的态度。

从另一个角度来观察研究者或有的"偏见"：如果对作家作品通通贬抑，则文学史岂不是成为劣品批判书，对渴望获得指引阅读佳作的读者何益？研究者花费多年时间，苦读劣品，对身心又有什么好处？事实上林曼叔不为无益之事；他和夏志清一样，发现了很多优秀的作品而赞誉之。

七、看林曼叔怎样好评杨朔、秦牧、流沙河等的散文和诗

《史稿》析论散文时，先略说中国散文艺术的深厚传统，近代鲁迅、冰心等人的建树；他跟着指出，1949—1965这十七年间，散文作者虽多，但"算得上名家，算得上名作的委实寥寥可数"。他认为"像邓拓、吴晗、秦牧、杨朔、魏巍等就曾写下颇有值得一读的东西的"（271页）。《史稿》论杨朔，谓其作品在诸作家中相对地"内容深厚些而主题也宽广些"，其成就可说是"首屈一指的"。又谓其散文大多采用"托物言志""借景抒情"的手法，有"良好的艺术效果"；特别表扬杨朔"着力于诗的意境的创造"。《史稿》所评论，允为知言。林曼叔列举杨朔多篇作品为例证，如《石油城》《蓬莱仙境》《樱花雨》等。《茶花赋》极具杨朔散文的种种艺术特色，而且入选教科书，可惜《史稿》却没有提及。

秦牧是林曼叔另一个点评的重要散文家，其"散文创作的独特创造性"获得嘉许。秦牧散文"连类广阔，知识性强"，且往往是"苦心经营"得来的；作者擅于把枯燥无味的问题写得"具体化，趣味化"，譬喻（比喻）是其手法之一。林曼叔所言甚是。他评论秦牧的文艺随笔集《艺海拾贝》，指出它很受"广大读者喜爱"。这使我想起秦牧论比喻的名言：在《譬喻之花》一文中，他说："美妙的譬喻（之）花，照耀着文学；它又像是童话中的魔术棒，碰到哪儿，哪儿就产生奇特的变化。"《史稿》出版后两年，即1980年的11月，秦牧访问香港中文大学，我亲耳听到他演讲时提到其《艺海拾贝》一书，说它累计印了五六十万册。[①] 这真是个惊人的数字，且印证了《史稿》中此书获得"广大读者喜爱"的说法。

林曼叔评论秦牧的手法，与评论杨朔略异，就是评论前者时多了对个别篇章的具体析评。例如，他指出秦牧《菱角的喜剧》和《赞渔猎能手》两篇寓言式短文的"讽喻"："简单化、绝对化的思想方法把人害得好苦，只知道一般道理，不掌握事物的复杂性、多样性，常常是我们做事摔跟头的原因。"

[①] 参见拙著《大学小品》，香江出版公司，1985年版，第115页。

所言甚是。联系到《史稿》时期的社会背景，我们可以指出，文学创作有其复杂性、多样性；即使当时的创作环境中，政治限制多、教条色彩浓，作家仍然有其天地，发挥其才华，写出可观的作品。杨朔和秦牧等都是例子。《史稿》还论及邓拓和吴晗等"有骨气"、是向"黑暗的势力……挑战"的杂文家。林曼叔用"伟大气质""高贵的性格""杰出的杂文大家""文字……清丽脱俗""令人（肃然）起敬"等语词形容他们。

二十二院校编写和王庆生等人所著两本文学史，对吴、邓等的杂文都加以肯定。诗歌方面，流沙河于1979年获平反，而上述二史，只有后者提了流沙河一句，实在有所疏忽。林曼叔的《史稿》，自然对郭沫若、艾青、臧克家、郭小川、贺敬之、闻捷、邵燕祥等老诗人、青年诗人有所评介，却也论及流沙河（1931年出生）这位当时的青年诗人，这使人佩服撰史者的眼光。

至1957年为止，流沙河主要出版了诗集《告别火星》和发表了散文诗《草木篇》，《史稿》只给了他约300字的篇幅，但评论精到，言简意赅。林曼叔指出流沙河的诗"多从日常的小小断片或细节去揭示一点引起人们深思的道理"，其《草木篇》"深刻地表现了一个诗人在恶劣环境中那种坚忍不拔的精神和孤高的性格"。林曼叔引录了《白杨》：

她，一柄绿光闪闪的长剑，孤伶伶地立在平原，高指蓝天。也许，一场暴风会把她连根拔去。但，纵然死了吧，她的腰也不肯向谁弯一弯！

《白杨》是《草木篇》的第一首，在《草木篇》题目下，流沙河先引了唐代白居易的诗句"寄言立身者，勿学柔弱苗"以明志。

《史稿》说流沙河"颇有才华，但可惜在政治摧残下消逝得太早，并未能产生多少成果"。《史稿》出版于1978年，翌年流沙河获得平反，复出写作，此后诗歌、评论、杂文和语言文化论著，成果甚丰，十分出色。其《故园九咏》组诗，写生活之苦却不失温柔敦厚，读来令人低回，章法严谨有致，可称杰作。诗之有《故园九咏》，正如散文之有杨绛的《干校六记》，可相提并论。林曼叔如续写其文学史，应会赞同我说。《史稿》析论其他诗人作品，大抵都能说明其特色和成就所在，褒贬也有分寸，克尽撰史者的责任。

八、林曼叔：王蒙的小说《组织部新来的青年人》"极为优秀"

小说论述占了《史稿》最多的篇幅，有五六章，所论包括"反映农村生活的小说""反映工业建设与工人生活的小说""描写战士生活与边疆风貌的小说""描绘历史风云的小说""军事文学""几篇大胆干预生活的小说"。我这方面的涉猎甚少，对其"长篇""大论"（这里指"长篇"小说，撰史者从"大"处着眼的评"论"），只能略为翻阅后就放下。大致上林曼叔讨论的，都是受瞩目的不同年龄段重要小说家，人数众多，作品繁富。他论述时总是与时代政治结合，而且能做纵的观察，即先介绍中国这种文类的传统表现。他对诸多作品予以肯定褒扬，以"反映农村生活的小说"为例，《史稿》写道：很多作品有高度成就，"富有浓厚的民族特色"，"表现在人民语言的运用上，大大地丰富了文学语言的表现力，同时也表现在地方色彩所焕发出来的芬芳和民族精神特质的高度表现上"。赵树理、周立波、梁斌等人的作品，获得肯定。以下看《史稿》对王蒙小说的评论，算是一个抽样观察。

《史稿》第十一章题为"几篇大胆干预生活的小说"，论的是刘宾雁、王蒙、方纪和宗璞的作品。林曼叔没有开宗明义解释何为"干预生活"，而是在夹叙夹议中，让读者理解到所谓干预生活乃是"揭露……生活的阴暗现象"，包括"……官僚主义"。①

第三节论王蒙的《组织部新来的青年人》，长约一千字。② 此篇的"典型人物"刘世吾正是官僚主义者的代表，林曼叔认为王蒙用"锋利的笔尖……深刻地暴露（和）批判"这种官僚主义。撰史者具体分析人物，引述了王蒙原文不少字句：

> 刘世吾是区委的组织部长，官僚主义的机构的风气滋长了他对一切都满不在乎的冷漠态度，是与非，缺点与成绩，都不过是"就那末回事"，来者自来，去者自去，他却无所激动，不加干预，他只是机械地办他不得不办的事。他是一个看透一切的"哲学家"，一个冷眼旁观的人。他慨叹自己过去是多么年青，多么热情，如今是"甚么都习惯了，疲倦了"，"我处理这个人和那个人，却没有时间处理自己。"他有不满自己的时候，但他并没有正视造成自己这种情况的原因，他把它归纳于"忙"，归纳于"职业病"，却并不企图去改造自己的生活态度，还是"就那末回事"地听之任之。

近年来"撸起袖子加油干"成为名言，国家社会要发展要进步，人人都

---

① "干预生活"这词语最初在中国作家讨论几部苏联文学作品时出现，称苏联作家有"勇敢干预生活的精神"。

② 王蒙这个短篇原名是《组织部来了个年轻人》，发表时改为《组织部新来的青年人》，一般论著从后者的名称。笔者认为原名更佳，原名指的是事情，小说内容是关于这件事引起的种种问题；改后的篇名指的是人，此非小说内容焦点所在。

要如此。那个年代的刘世吾,可说是现今这句话的"反面人物"。林曼叔称赞王蒙"有现实主义的修养",写得真实,"人物形象……颇为鲜明突出……作品的思想意义……显得格外深刻",他显然高度评价这篇小说。林曼叔评论文学,一向服膺现实主义,在整本《史稿》里,这个观点一以贯之。

相比之下,我们发现《史稿》和二十二院校编写的《中国当代文学史》,以及王庆生等人编写的《中国当代文学史》对此小说的褒贬不太一样。后二者在王蒙对刘世吾的刻画塑造方面,评价与《史稿》基本一致。不同在于对作品中另一个重要角色——新来的年轻人林震——刻画塑造的评价。后二者肯定了林震的精神和理想,更说王蒙这篇作品"真实成功表现了林震成长的开端";而《史稿》对林震的刻画有微词:

>那个青年人林震,对生活美妙而浪漫的憧憬,纯洁的心灵和热情充沛的性格都给人印象尤深,不过对其内心世界,其感情活动的复杂内容还表现得不够,也缺乏独特的个性,因而其形象还不够丰满和充实。

讨论林曼叔这个评价的正误得失,要花费不少笔墨,这里打住。我想到的是:《史稿》与两部《中国当代文学史》对林震这一人物产生不同看法,其原因在哪里?除了文学评价难求一致这个"老生常谈"之外,还可能因为《史稿》较为重视文学的评判功能、揭露社会阴暗面的功能,认为"反面人物"刻画得成功,故大加赞叹;后二者认为文学在揭露阴暗面的同时,也应该反映社会的光明面,故对"正面人物"的刻画也予以肯定。

说到"光明面",在本文涉及的三本文学史中,对《组织部新来的青年人》最后的句子都没有注意评论,有点可惜。王蒙的作品极为丰富厚重,是小说大家。他22岁所写的这一篇,出手不凡,很有用"形象"来"思维"的功夫。其末段如下:

>隔着窗子,他(林震)看见绿色的台灯和夜间办公的区委书记的高大侧影,他坚决地迫不及待地敲响领导同志办公室的门。

区委书记夜间仍然办公,可见其勤劳奉公;侧影高大,象征其品格不低微;合起来衬托出这位区委书记,不像被批判的刘世吾之类官员。林震"坚决""迫不及待",见其择善固执且行动敏捷。这一切都是与官僚主义相对的正面形象和作为。夜间绿色的台灯绽放光明,绿色更是有生命、可通行的暗示。结尾是一个光明的暗示——又光"明"又"暗"示,大概文学面对的就是这样复杂以至矛盾的人生社会。《史稿》对此小说的总评是:"无论如何,这篇小说所接触的生活深度,和对刘世吾这一人物形象的典型性来说,它仍然是一篇极为优秀的作品。""极为优秀"一语是极高的评价,林曼叔认为这是一篇思想性与艺术性俱胜的作品。此后出版的当代文学史,无不对王蒙这篇小说给予高度评价。

九、与夏志清《小说史》略作比较

"作文难,论文尤难。"连欣赏文学也要讲条件,何况评论文学。曹植《与杨德祖书》说"有南威之容,乃可以论于淑媛;有龙渊之利,乃可以议于断割"。李元洛论欣赏,引证意大利克罗齐的说法:"要了解但丁,我们就必须把自己提高到但丁的水平。"① 评论文学史,论者须具多种条件,才有可能论得称职:有文学批评的素养与能力;该文学史所论述的作家作品,曾大量涉猎;细读过该文学史的全部,至少是相当多的部分。我自问未能具备上述诸条件,因此写作这篇对《史稿》的评论,只能用"读后感"之名。我大致通览过《史稿》,细读过部分章节,对林曼叔的散文、诗和小说论述作上面的抽样析评。至此这篇读后感已写得长了,本拟抽样析评《史稿》的戏剧论,譬如他对老舍《茶馆》等诸剧的评论,只能作罢。

文首我引述《文心雕龙·史传》的史书撰写原则,用诸文学史的撰写,即:1. 从繁杂的作家作品和种种文学现象中,选取重要的作家作品、突出的文学现象,作为书写的重点。2. 文学史的种种数据,必须翔实无误。3. 清楚交代文体、风格的发展先后。4. 品评作家和作品应有标准、有原则。关于第一点,我认为林曼叔基本上做到了。关于第二点,从我抽样的部分论述看来,我没有发现什么错误失实的资料。关于第三点,《史稿》涵盖的时期是十七年,作家作品虽然很多,但年期不长,难以明显看到发展的轨迹;至于不同文体和作家间不同风格的分析说明,《史稿》已做到。关于第四点,林曼叔服膺现实主义,评论时内容与艺术并重,已彰彰然见于其书。《文心雕龙·时序》提供了文学史书写的一个范式,即撰史者应探讨政治、社会、学术文化对文学创作的影响,以及彼此的关系,我认为林曼叔在这些方面已或多或少做到。

上面屡次提到夏志清的《中国现代小说史》,夏著和《史稿》有可以相提并论的地方。《史稿》是通史,用中文写作,夏著是小说这种文类的专史,用英文写作,但二者都是中国大陆境外作者所写的同类史书中的首部,二者都有研究机构的经费支持。二位作者的教育背景不同,学术经历也不同,但其

---

① 李元洛:《诗国神游:古典诗词现代读本》,中华书局,2017年版,第2页。

书都是独力完成的。① 两本书的"接受史",也可以说是二书发挥的影响,则并不相同。夏著对钱锺书和张爱玲推崇备至,用专章大篇幅高度评价二人的小说,后来的"钱学"和"张学"兴起,夏著有其作用。《史稿》对个别作家如邓拓、吴晗,极力赞扬,用了"伟大气质""高贵的性格""杰出的杂文大家""文字……清丽脱俗""令人(肃然)起敬"等语词形容他们,但没有像夏志清对钱锺书和张爱玲那样,大褒之外,还用大篇幅详加析论,也因此少了一种"赫然触目"的效应。

无论如何,这两本史册,都有其先锋的地位。

十、《史稿》好评渐多,值得向学者推荐

近年学术界对《史稿》颇为重视,评论它的文章渐渐多起来,《史稿》就附录了古远清、张军、徐爽三篇评介。我在"写"了上面文字之后,停止敲键,转而阅读三篇评论,发现自己的看法,和其他论者有不少相同或相近之处,也有他们看到而我注意不及的地方,当然也有我的"独到之见"。这里只举例略道相同或相近的几点。古远清指出《史稿》"十分重视文艺运动和文艺思潮的论述",这和我所说林曼叔极为关切文学深受时代思潮和社会背景的影响相通。古远清以《史稿》对浩然的评价为例,认为《史稿》"对作家作品的评论比较公允",我在上文说过,撰史者如果从单一视角或褒或贬,就有欠客观全面,这正是应力求公允之意。张军指出"林曼叔最为重视现实主义原则",又"以艺术成就的高低对作家作品进行剔抉与阐释";我读《史稿》,也有类似的发现。徐爽指出《史稿》将"儿童文学"与"少数民族文学"纳入论述范围,此外还有"海洋文学",撰史者的做法"有与众不同之处"。这是我曾指出的:我通过《史稿》与二十二院校与王庆生等人编写的《中国当代文学史》的比较,看到前者的特色。张军和徐爽指出《史稿》与内地学者编写的文学史有不同的立场和视角,此诚然,我通过林曼叔评论王蒙小说和其他例子,说明《史稿》的"立场"特色。张军认为《史稿》批判内地文艺思想时,"存在较多的偏颇与歪曲",但对此应该体谅。我没有细读《史稿》这方面的评判,不过,上文我有过泛泛之论,认为撰史者因为自身的背景,以及对中西文化的理解不同,其言说立场可能偏颇。然而,所谓不偏颇,所谓客观公正,我们只能"力求"罢了。

---

① 作为《林曼叔文集》第一卷的《史稿》,其扉页写着"林曼叔 海枫 程海 著",但其"再版前言"说林曼叔"独力承担编写工程,前后花了近四年的功夫……每个字都有我的汗水"。

《史稿》"再版前言"指出《史稿》所涵盖的时代，文学处于"艰辛时期"，而作家"痛苦地承担这时期的（创作的）历史使命"，徐爽认同其说。此诚然，"再版前言"的话，上面我引述了。我曾在香港中文大学新亚书院读了四年大学，新亚校歌里"艰险我奋进，困乏我多情"两句励志的话，校友都记得。《史稿》那个时代的作家，在艰难甚至凶险的年代，凭着对国家人民和文学本身的关爱和深情，即使困乏痛苦，仍奋力创作。"文章合为时而著，歌诗合为事而作"，他们留下时代、社会、个人、民族的记录，延续文学的薪火。《史稿》在艰困的环境中奋力四年成书，撰史者以现实主义为文学创作的大道，力求客观公正记述和评论1949—1965年间的文学创作成果，阐释文学与时代思潮、社会背景的关系。此卷成绩斐然，是香港地区第一本关于内地当代（1949—1965）文学史的著作，具有特殊意义。70年代末，我教学时列此书为学生重要的参考书。目前"中国当代文学史"的种种著述，满架且充栋；我也已退休了，如有人相询，仍然会郑重推荐此书。

黄维樑：香港文学、"余学"、"新龙学"研究的奠基者

吴敬玲[*]

黄维樑编著的《火浴的凤凰——余光中作品评论集》1979年在台北出版，论者谓此书为"余学"奠基之作。黄维樑在1983年开始发表"龙学"（《文心雕龙》研究）论文，指出《文心雕龙》的"大同诗学"（common poetics）意义，以及其对于文学实际批评的价值，论者称誉黄维樑为"龙学新开辟领域的先驱"。黄维樑在20世纪七八十年代发表数量可观的香港文学论文，其《香港文学初探》1985年在香港出版，是第一本香港文学研究的专著，其多种论点颇具影响力，奠定了香港"余学"与"新龙学"研究的基础。

黄维樑先生曾是沙田文学群落中的少壮派，在"沙田四人帮"中年龄最小，但其文学成就和作品数量并没有因为年轻而减少分毫。他和众多沙田文友一起在"文学的沙田"上辛勤耕作，"连星期天都与文字为伍，可曾向文学请过假？"[①] 他们在20世纪七八十年代的香港传承并弘扬中华文化、坚持并倡导中文文学创作、守望并建设中国文学的生态家园。十余年的沙田相聚，终于把这块"沙田"变成了文学的良田，在香港文学史上留下了短暂而壮观的"盛唐气象"。

> 维樑出身新亚中文系，复佐以西洋文学之修养，在出身外文复回归中文的一般比较文学学者之间，算是一个异数。他动笔既早，握笔又勤，于文学批评不但能写，抑且敢言，假以时日，不难成为现代文坛一个有力的声音。[②]

这是余光中写于1978年12月的散文《沙田七友记》（"七友"指宋淇、乔志高、思果、陈之藩、胡金铨、刘国松、黄维樑）中对黄维樑的描述。此

---

[*] 吴敬玲，四川大学文学博士，曲阜师范大学讲师。

[①] 黄维樑：《银禧式的回忆——1970-80年代香港的一畦文苑》，《迎接华年》，文思出版社，2011年版，第27页。

[②] 余光中：《沙田七友记》，《余光中集》（第六卷），百花文艺出版社，2003年版，第184页。

时的黄维樑刚过而立之年，在"沙田七友"中虽最年轻，但也已经出版了第一本诗学论著《中国诗学纵横论》，夏志清主动为此书作序。黄维樑凭此书在台湾和香港的学术界崭露头角。余光中之于黄维樑，亦师亦友，"动笔早""握笔勤""不但能写，抑且敢言"，三言两语就把这个晚辈朋友的创作现状和评论特点陈述清晰。

余光中更是一个预言家："假以时日，（黄维樑）不难成为现代文坛一个有力的声音。"《沙田七友记》写作一年后的1979年，黄维樑的《火浴的凤凰——余光中作品评论集》出版，此后陆续出版了多部著作：1981年的《清通与多姿——中文语法修辞论集》；1982年的《怎样读新诗》；1983年的《突然，一朵莲花》；1985年的《香港文学初探》和《大学小品》；1988年的《我的副产品》；1994年的《中华文学的现在和未来——两岸暨港澳文学交流研讨会》和《璀璨的五彩笔：余光中作品评论集（1979—1993）》；1995年的《至爱：黄维樑散文选》；1996年的《中国古典文论新探》和《香港文学再探》……不到二十年的时间，黄维樑的创作和学术成果一本本和读者见面。每一本都掷地有声，他用自己独特的评判标准和敏锐视角为香港文学、中国文学发声；用具体行动实现了余光中当年文中的预言，在香港学界和文坛站稳了脚跟，并切实成为港内港外"现代文坛一个有力的声音"。

黄维樑1947年出生于广东澄海，成长并受教育于香港，深造于美国。他兼通中西，融汇古今，和其他沙田文士一样也写情采并茂的散文，而更擅长写评论，文学评论的成就及影响也更大。他1976年美国留学归来，回母校香港中文大学任教直至2000年秋季；比诸余光中、梁锡华和黄国彬，他在沙田工作，时间最为长久。他不但致力于文学创作，还从事《沙田文丛》、余光中评论集、香港文学评论集等编辑工作。他将大量时间精力投入到"沙田文学"的建构、香港文学的研究和辩护、香港文学与大陆和台湾等地文学的沟通交流上。余光中研究和《文心雕龙》研究也是其学术开垦的主要领域。他富有浓烈的香港本土意识和中国情怀，这些情感都默默渗透在他的每一篇文章、每一本著作当中。情与文融为一体，也让他的散文和评论性文章读起来少了一些枯燥，多了一些温情。沙田情怀、香港意识、中华情结和世界视野是黄维樑和其他一些沙田文学作家所共有的特质，也是他作品中一以贯之的人文核心。这种特质和精神的体现，与他的成长经历很有关系；在新亚书院读书和在美国长达七年的留学体验，更是不可忽视的因素。

一、游子归来话香江

黄维樑1965—1969年在香港中文大学新亚书院中文系就读，1969—1971年在美国俄克拉荷马州立大学新闻与传播学系攻读硕士，1971—1976年在美国俄亥俄州立大学攻读博士，1976年获得博士学位后即回母校香港中文大学任教。在新亚书院和美国的经历对他后来的文学创作和学术研究产生深远的影响。新亚的经历促进他对传统文化的热爱和熟悉，七年留美经历增益其对现代文化的学习和感悟，这些都成为他日后文学创作和教学、治学的宝贵财富。

（一）黄维樑与新亚书院：香港意识和中国情怀

新亚书院的创始人钱穆，怀着为将来新中国培育人才和为中国文化延续命脉的精神，在极其艰苦的环境中创办新亚书院。1963年成立的香港中文大学（由新亚、崇基和联合三个书院组成），无疑延续了新亚书院"一方面要照顾中国的国情，一方面要照顾世界学术文化的潮流"的教育精神。在香港中文大学新亚书院求学的黄维樑，怎会不深深地受这种精神和文化的熏陶和感染？怎能不融入其中参与这一宏伟教育目标的实现？"我在新亚求学时，创校校长钱穆先生已退休，但人不在而书在，精神在。"[①] 精神的力量潜移默化影响着新亚的学子，"求学时期我的同窗、文友，谈论时，撰文时，常常涉及中国前途、中国文化。谈远必自迩，我们在谈论中国文化之际，也往往关心眼前的香港文学、香港文化"[②]。

黄维樑2009年在新亚书院60周年校庆时写的回忆文章，题目就是《新亚与我：中国心、香港心》，文章饱含深情地表达了新亚对他的培养以及他对新亚的感情。作为一个在新亚书院求学和教书前后长达二十八年之久的老新亚人，其思想和治学，其对中国文化和香港文化的关怀，延续传承了新亚书院创办时的一个重要目标：继承和发扬中国文化。他在文中进一步论及自己的治学和"中国心""香港心"的关系：

> 我数十年来治学，用力较多的有三方面：香港文学、余光中、《文心雕龙》。研究香港文学基于一颗香港心。研究《文心雕龙》，发扬1500年前中国这部经典的文学理论，让雕龙成为飞龙，则基于一颗中国心。研究余光中，似乎跟这二心无关，细想不然。阐释余光中的作品，指出其

[①] 黄维樑：《新亚与我：中国心、香港心》，《迎接华年》，文思出版社，2011年版，第32页。
[②] 黄维樑：《新亚与我：中国心、香港心》，《迎接华年》，文思出版社，2011年版，第34页。

卓越的成就，此事或许蕴含我不自觉的动机：20世纪的文学，不止有西方的叶慈、艾略特、乔艾斯、海明威、佛洛斯特、沙特、卡缪他们，还有咱们中华的杰出作家如余光中。这样说来，我的"余学"也藏有一颗中国心。①

在文章的结尾，他发出这样的感慨：

  居于香港的中国知识分子，关怀中国文化和香港文化，本来是寻常事；而我之为香港文学、文化辩护，我之努力"让雕龙成为飞龙"也非单纯由于受到母校某一人某一事或某本书的启发。即使如此，我认为自己的学术取向，与中国文化气息浓厚的新亚书院，有一种亲密的关系。我在"薰浸刺提"中得到母校精神的感染。而新亚精神，特别是现在来说，应该就是这样的一种精神：比一般中华的大学更重视中国文化，包括香港文化。②

香港有浓郁的英式气息和声色犬马的庸俗文化，却也时时处处都有书香飘逸。在香港生活几十年，他这样看待香港：

  尽管香港有诸般不是，我爱香港！我在八九岁时来港，小中大学教育都在香港完成。少年时家境清寒，在大学读书，靠的是香港政府的奖学金。留美七年后回港教书，享受的是受薪阶级中良好的待遇。我经常参与香港的文化活动，在此地有很多朋友，有很多学生。我忍受着噪音和废气，看见她一天一天繁荣、成长起来。香港是我青梅竹马的伴侣，是我的恋人，也是我的妻子。这个妻子并非十全十美，但我们彼此相爱，我对她好，她也对我好。③

爱香港，当然也爱香港的文学。在和古远清的一次谈话中，黄维樑这样回答自己对香港文学感兴趣的原因：

  我长大于香港，受教育于香港，看到这里文人才士辈出，作品很多，读了书，写点评论，是自然的事。看到鲤鱼门内外的"香港是文化沙漠"论，我义不容辞要为香港辩护，乃有一连串评论香港文学的文章的写作

---

① 黄维樑：《新亚与我：中国心、香港心》，《迎接华年》，文思出版社，2011年版，第35页。
② 黄维樑：《新亚与我：中国心、香港心》，《迎接华年》，文思出版社，2011年版，第35－36页。
③ 黄维樑：《爱不爱香港？》，《大学小品》，香江出版有限公司，1985年版，第160页。

和发表。①

这就是一个香港知识分子的香港意识,这就是一个中国知识分子的中国情怀。

(二) 美国留学体验与转化

如果说新亚求学的经历奠定了黄维樑今后研究之路的"香港心"和"中国心"的情感基础,接受了新亚书院继承和发扬中国文化的担子,其研究的重心始终没有偏离过中国文学和中国文化的核心,那么,七年的美国留学经历中的离散之感和乡愁之情,则坚定了其内心深处的香港心和中国心,并使它们融合在一起:你中有我,我中有你。香港意识和中国情怀是他治学的根基;根深则叶茂,乃有其丰硕的研究成果陆续面世,包括对余光中的开拓性论集,以及《香港文学初探》的奠基性理论专著——这是"力证香江非沙漠"大行动的一部分。论者有谓:"文学写作也是一种塑造地方意义的活动,而较不强调虚构的散文文类,往往比小说和诗透露了更多作者在地方活动的情况,正便于考察作者的地方感受和文学转化。"② 黄维樑关于其留学经历的散文篇章较多,我们从中可以读出一个深受中国文化熏陶的知识分子在异国他乡发出的极其诚挚的声音。

漂泊流离之苦、思乡怀国之情是古今中外文学作品一个永恒的主题,"乡愁"更是因时代和社会的变迁而被抹上了不同的时代色彩。黄维樑在《向大国取经》一文中回忆自己在美国读书时浓烈的"乡愁":

> 节庆的长假期一来,本国学生都回家"感恩""复活"了,少数外国学生留在空洞洞的宿舍;我独自面对空旷的大足球场及其周边的大停车场,"离散"(disapora) 之情,冷然而生。在金发蓝瞳的同学浑然不知的阴历八月十五,我与新相识的三个华人同学在校外一个比萨(pizza)店,举头望明月,低头吃满月一样的大比萨,想象与父母兄弟团圆之乐,哪能不怀乡?哪能没有"虽信美而非吾土兮"的愁兮兮之情?在歌城OSU,离散怀乡之情则不深不长,长的是馆中的日月。③

卢玮銮在分析香港"南来作家"创作体验的文章中,也表达过初到异地的乡思和离愁:"离乡背井,初到异地的人,满怀的乡思,自然成为创作的重

---

① 古远清、黄维樑:《从第一部香港文学研究专著说起》,曹顺庆、张放:《华文文学评论》(第三辑),四川大学出版社,2015年版,第1页。

② 樊善标:《两位散文家笔下香港的山——城市香港的另类想象》,陈平原、陈国球、王德威:《香港:都市想象与文化记忆》,北京大学出版社,2015年版,第146页。

③ 黄维樑:《向大国取经:留美七年之痒》,《迎接华年》,文思出版社,2011年版,第13页。

要素材。在陌生客地,面对疏离、排斥、甚至敌视,只有拥抱着自己最熟悉的生活经验与回忆,才足以抗衡。写乡土,写过往经验,是一种必需的安心托付。"① 但南来作家离乡的距离还没有远到大洋彼岸。远在美国的黄维樑为了抗衡文化的差异和疏离,为了寻找内心的安定和归宿,更为了排遣刻骨的乡愁,于是在人生中极重要的场合——婚礼上,想到增加一系列的中国元素,精心策划了一场"有点中国味道的"西式婚礼。黄维樑一向反对中文的恶性西化,更不认同全盘西化,但并不反对西式婚礼,试看其设计婚礼时的感悟:

> 我国悠悠五千年文化中的精粹部分,我们炎黄子孙怎能视若无睹、弃诸脑后?为了表示自己不忘本,为了向与礼的少数外国人表示中国文化源远流长,为了发挥一点创造力,我与准新娘商量后,决定设计一个有点中国味道的西式婚礼。②

于是,在教堂举行的西式婚礼,按照新人的意愿加入了一点"中国味道":在证婚时主婚人除了朗读《圣经》的经文外,还加上一段《礼记》的文字:"天地之道,造端乎夫妇……"至于演唱的"结婚进行曲",则纳入了《诗经》《关雎》篇的文字,使之变为中词西曲的"佳偶天成";又在茶会上加入了虾饺、烧卖和春卷等港式小吃,礼堂里挂上了传统喜幛和两幅师友致贺的对联。

这场婚礼中的种种"中国味道"超越了它们本身文化经典、地方饮食、传统婚俗的意义,而转化成了异乡游子的一颗思念故乡和祖国的文化情怀。"这点中国味道"也超越了量的概念,而成为质的升华;他写道:"我们这次婚礼中所唱的中词西曲……可以象征中西文化的融会贯通、人类走向大同。"③ 此时不到而立之年的黄维樑,已找到了今后治学的方向,在中西文化融会贯通的道路上迈出坚定的步伐。

1969—1976 的留学七年,黄维樑戏称为"七年之养"。这七年不但是他向美国取经奋力苦读的七年,也是切身感受美国与中国不同程度差异的七年。"新大陆之大,远远不是珠江三角洲边缘的蕞尔小岛可以计量",这是对地理空间大小差异的直接感受,更重要的感受是经济和知识文化的差距。60 年代初的香港,经济发展刚起步,与已发展近百年的超强大国美国相较,是"侏儒和巨人之比"。六七十年代的中国内地,传统知识文化的断裂和经济的萧

---

① 卢玮銮:《"南来作家"浅说》,张宝琴、邵玉铭、痖弦:《四十年来中国文学》,联合文学出版社,1984 年版,第 402 页。
② 黄维樑:《结婚进行曲》,《突然,一朵莲花》,山边出版社,1983 年版,第 26 页。
③ 黄维樑:《结婚进行曲》,《突然,一朵莲花》,山边出版社,1983 年版,第 35 页。

条,与美国图书馆数量众多、藏书丰富的学术文化建制,以及经济迅猛发展等现代化景象相比,何止是天壤之别?亲眼所见、亲自体验的留美知识分子们,怎能不再一次感受到20世纪初郁达夫在日本留学时的痛苦和困惑?怎能不饱含忧患意识,不为自己、为国家奋发图强?在"重知识与反知识"、在"美国的富越四方与中国的一穷二白"、在"富强的新大陆和'革命'的旧大陆"的鲜明对比之下,任何一个有国家民族意识和儒家济世情怀的留学生,都会深刻反省并尽自己的一分力量。

黄维樑就在这样的留学经历中,奠定了日后为学和教学的基础,并确立了今后奋斗的目标和方向:"我要用'打通'、比较的方法,告诉国人以至世人,我们现代和古代优秀的文学在哪里;留美后回香港开始教研工作以来,我之论述现代文学,包括香港文学,我之研究《文心雕龙》,希望让雕龙成为飞龙,正是循此方向的努力。"正如他在散文集《至爱:黄维樑散文选》的自序里所说的那样:"十辑之中,最是梦绕神牵的,是关于大我的'香港心'和'中华结',和关于小我的'书斋情'。像很多香港的知识分子一样,我立足香港,放眼世界,而最大最终的是关心中国。"[①] "小我"为"大我"服务,"大我"为"小我"指明道路,二者相交相融,成为其一生治学的根本。

二、香港文学"初探"

对被喻为青梅竹马的伴侣、恋人和妻子的香港,黄维樑当然充满了说不尽的情感,爱她的方方面面。因为自己的专业出身和研究兴趣,他对香港关注最多的是文化,包括文学。黄维樑的《香港文学初探》于1985年4月由香港的华汉文化事业公司出版,出版后在香港文学界引起了众多反应,肯定者有之,非议者有之;这些不一样的声音彰显了此著作旺盛的生命力。《香港文学初探》出版后20年,《香江文坛》在第42期推出了对此书的评论专辑,港内外多位学者发表"再读"此书的意见。考察20年来种种评论此书的文章,我们发现褒誉的声音明显占了上风。黄著对香港文学研究的客观性、开拓性、奠基性,得到大多数学者和专家的肯定。

王剑丛回忆自己1985年决定研究香港文学时,感叹资料的匮乏,后来得到这本《香港文学初探》,如获至宝,乃放在身边时时翻阅参考,称它为"一幅指路图""一本入门书"。[②]

[①] 黄维樑:《至爱:黄维樑散文选》,香港作家出版社,1995年版,自序第3页。
[②] 王剑丛:《香港文学研究的指路图——读〈香港文学初探〉》,《香江文坛》,第42期,2015年12月。

古远清认为此书的出版,宣告了一位名副其实的香港本土文学评论家的崛起。①

喻大翔认为此书在内地对港澳台文学的研究刚刚起步且困难重重、迷茫万分时诞生,无疑为香港文学研究指明了方向。"这时,系统的《香港文学初探》破窗而出,在文学的维多利亚港口,树起了一座历史的航标灯!要说文学中的先锋,要说批评中的独创,要说一个时代的记忆,这就是!"②

黄坤尧如是评论:"《初探》不是香港文学的全部,但却呈现出浓厚的香港色彩,多元、零碎、璀璨、快速、活泼,而又有点俗艳,说来真有点像香港的茶餐厅文化,丰富中有一点杂乱、熟悉、温馨和舒适的感觉。""《初探》基本上展现了八十年代初期香港文学的草图,勾勒出简明清晰的轮廓。"③

"开山之作""指路图""入门书""航标灯"等形容正显示此书在香港文学研究领域的重大意义。黄维樑凭着自己对香港文学现状的熟悉、对文学研究的兴趣和对香港文学宏伟前景的期盼,在香港被外界认为没有文化的声浪中逆风潮而行,去陈述香港文学的原貌和概况。成果虽不丰满,但其率先开垦香港文学研究这片荒漠之地的勇气甚大,功劳甚伟。黄维樑在此书的后记中客观地自我评论:

> 它虽然是第一本评论香港文学的专著,却不是一本全面介绍或评论香港文学的书。它不是一本香港文学概论,也不是一本香港文学史……这本《香港文学初探》的主要目的,在于提出一些研究态度和方法,以供参考,也在于切切实实地评析香港的若干作品,指陈得失,并借此说明香港确有优秀的文学创作。④

此书不仅是对香港是不是"文化沙漠"、香港有没有文学这个问题的直接回答,更是沿着此问题继续深入探索,然后提出了有异于常人的独立观点。

此书的第一辑通论中,作者用较长的篇幅介绍了香港的通俗文学种类及价值,把框框杂文、武侠小说、科幻小说、言情小说等以往难登大雅之堂的文学种类纳入文学大家庭。作者对框框杂文这种最具香港特色的文类,特别予以重视与肯定:"不谈香港文学则已,要谈的话,必须包括香港的杂文。香港杂文数量之多、篇幅之短、读者之众、内容之百家争鸣,在中国文学史上,

---

① 古远清:《开拓香港文学研究新局面——简论黄维樑的〈香港文学初探〉》,《香江文坛》,第42期,2015年12月。
② 喻大翔:《一樑九顶 一唱三叹——再读黄维樑的〈香港文学初探〉》,《香江文坛》,第42期,2015年12月。
③ 黄坤尧:《八十年代的草图——读〈香港文学初探〉》,《香江文坛》,第42期,2015年12月。
④ 黄维樑:《香港文学初探》,中国友谊出版公司,1987年版,第300—301页。

可说独一无二。"[①] 他此后还多次撰文评述香港的框框杂文，并引起了其他评论家的回应和认同。关于香港文学的属性，黄维樑写道："香港的文学是中国人写的、给中国人看的文学，香港文学从中国古典文学，也从'五四'以来的中国现代文学取得营养（当然也受了外国文学的影响）。香港文学毫无疑问是中国现代文学的一部分。"[②]《香港文学初探》在香港文学史和中国现当代文学史上的价值和意义于此可见。黄维樑在 2018 年出版《活泼纷繁：香港文学评论集》，书名的首四个字，是他自《初探》以来为香港文学所作的"定性"。《初探》出版至今三十多年，如今香港和内地学者研究香港文学者众，成果丰富；黄维樑奠基的功劳，识者自然有体会。

三、"龙学"和"余学"的发端

具备香港意识、中国情怀和世界视野，黄维樑研究的三大场域——香港文学研究、《文心雕龙》研究、余光中研究——都有突破性成果。香港文学"初探"之后，他陆续出版了"再探"和"三探"；《文心雕龙》研究和余光中研究也一直顾及。他在 1976 年完成博士论文 *Chinese Impressionistic Criticism: A Study of the Poetry-talk (shih-hua tz'u-hua) Tradition*（《中国印象式批评——传统诗话词话研究》）后从美国回到香港的母校教书，对古典文论的研究没有中断，《文心雕龙》是其长期研究的一大项目。黄维樑尝试以这本文论经典为基础，建构既有中国特色且融合中西的"情采通变"的文论体系；他还另辟蹊径，应用《文心雕龙》理论来评析鉴赏古今中外的文学作品，以验证并推广此书的实用价值。"沙田文学群落"时期，他开始发表这个范畴的论文，此后继续研究和发表；至 2016 年，他的"大龙晚成"之作《文心雕龙：体系与应用》在香港出版了。这是一位有文化自觉的中国"龙学"学者让《文心雕龙》成为飞龙的重大贡献。论者称黄维樑的"龙学"成果为"新龙学"的发端。

黄维樑数十年研究余光中作品，成为公认的"余学"专家。上面提到他 1979 年编著出版的《火浴的凤凰——余光中作品评论集》，香港作家戴天称此书为"余学"奠基之作；载于美国的学报 CLEAR（*Chinese Literature: Essays, Articles and Reviews*）的书评，称此书为研究台湾文学者必备之书。黄维樑所撰导言用"精新郁趣博丽豪雄"称述余光中诗文的整体风格，与后

---

① 黄维樑：《香港式杂文》，《香港文学初探》，中国友谊出版公司，1987 年版，第 176 页。
② 黄维樑：《灰姑娘获得垂青》，《香港文学初探》，中国友谊出版公司，1987 年版，第 302 页。

来他所用"璀璨的五彩笔"的形容（见《璀璨的五彩笔：余光中作品评论集（1979—1993）》），先后辉映。其余学专著《壮丽：余光中论》出版于 2014 年，全面论述余光中"五彩笔"的成就，是黄氏累累成果的结集。所谓"五彩笔"指的是：余光中用紫色笔写诗，用金色笔写散文，用黑色笔从事文学批评，用蓝色笔从事翻译，用红色笔从事编辑。其说获多位论者引用，已成为余学的一个"符号"。汉闻在《余学奠基者——黄维樑的余光中研究》一文中，考察黄维樑余学的研究路线、学术成果，给出了可谓中肯的评价：

> 黄维樑几十年来从事余学研究，从全方位、多视角，从不同的切入点，从宏观到微观，从点到面，从近及远，从不同的题材到不同的体裁去评价余的作品。虽是"一家之言"，但不乏真知灼见、独到之论。他用缜密的分析与敏锐的直觉去研究余光中的诗心、诗情、诗境、诗艺与诗名。黄维樑在研究探索余光中的漫长心路历程，拓展了学术视野，重构了诗学美学的艺术标准。①

四、身证、力言香港绝非文化沙漠

香港原来是一个名不见经传的小渔村，后来被英国侵占，再后来发展成为世界经济金融中心，其变化不可谓不大，其命运不可谓不多舛，其身世不可谓不传奇。这样的一个小岛，"有人称许她是'梦之岛、诗之岛'，有人唾骂她'可厌'，有人认为她足以成为'南方的一个文化中心'，有人鄙弃她是个'野孩子'"②，也有人称她为文化的"孤岛上的孤岛""根本没有文化"；同时有人却认为她"虽非'大富'，却至少有'小康'的文化"③，那香港究竟有没有文化？是文化沙漠，还是文化重镇？我们试从 20 世纪 80 年代中期一场文化论争说起，从中略窥一二。

余英时在 1985 年 4 月号的香港《明报月刊》发表了《台湾、香港、大陆的文化危机与趣味取向》（以下简称"余文"，此文台湾的报章也有刊载），余文论及香港时，直言香港根本没有文化，哪有什么文化危机。黄维樑在 5 月 16、17、18 日的《信报》上发表近万言文章《香港有文化，香港人不堕落——评余英时先生对香港文化的看法》（以下简称《评余》），对余

---

① 汉闻：《余学奠基者——黄维樑的余光中研究》，《城市文艺》，第 77 期，2015 年 6 月 20 日。
② 卢玮銮：《香港的忧郁——文人笔下的香港（1925—1941）》，华风书局，1983 年版。
③ 黄维樑：《香港有文化，香港人不堕落——评余英时先生对香港文化的看法》，《中西新旧的交汇：文学评论选集》，北京：作家出版社，2013 年版，第 215、222 页。

文中论及香港文化的部分观点加以评议；此文后来收入其 2013 年由北京作家出版社出版的《中西新旧的交汇：文学评论选集》第四辑"文化评论"中，又收在其 2018 年由香港汇智出版有限公司出版的《活泼纷繁：香港文学评论集》中。

早在 1982 年 9 月黄维樑就撰写《香港绝非文化沙漠》一文，为香港文学正视听，后来此文作为《香港文学初探》的代序。在《香港文学初探》的后记《灰姑娘获得垂青》一文中，黄维樑这样说明自己不断写文学评论的动机："一来撰写中国现代文学的'实际批评'，是我的兴趣，二来我要通过文章，去抵抗不绝于耳的'香港是文化沙漠'、'香港没有文学'等噪音。"① 黄维樑陆续写作了一系列为香港文化和文学辩护的文章，如《不在沙漠的鸵鸟》《又有人说香港没文化》《文化沙漠？文化重镇？》《为香港文化辩护之余》《如果你不这样来认识香港》《从东方之珠说到作家的忧郁》等，1985 年这篇《评余》是众多为香港文化辩护声音中传播最广、底气最足的一个。

余文这样说：

> 即使在今天，对文化、思想、学术、艺术等有真正兴趣人仍然是和香港社会脱节的，可以说是"孤岛上的孤岛"……香港也谈不上有真正的民间文化。整个地看，大约"声色犬马"四字足以尽其"文化"的特色……据我最近所看到的一篇报道，1984 年香港的各类刊物的销数普遍下降，独有所谓"马经"和"三字经"者双峰并峙、二水分流。这种情形已经用不上"文化危机"这个名词了。根本没有"文化"，尚何"危机"之可言？……香港大多数的中国人都勤奋上进，在经济发展上创造了奇迹，这已是不容否认的事实。但他们何以眼看着这个社会在精神上如此堕落而竟无动于衷？②

余英时是钱穆的学生，毕业于新亚书院，1955 年赴美留学，在哈佛大学获得博士学位，留校任教。1973—1975 年回港担任香港新亚书院校长，兼香港中文大学副校长。余文谓"声色犬马"足以尽香港文化的特色，谓"香港根本没有文化"，连所谓民间文化也没有。黄维樑对余氏说法感到震惊，乃为文商榷之、评议之。《评余》举出大量数据，有文学的有艺术的，为香港文化辩护，"沙田群落"已切切实实提供了香港有文化，而且是优质文化的有力证据。1974 至 1985 年（1985 是《余文》发表当年）间，一个"小小的盛唐"

---

① 黄维樑：《香港文学初探》，中国友谊出版公司，1987 年版，第 297 页。
② 余英时：《文化危机与趣味取向》，《余英时文集》（第七卷），广西师范大学出版社，2006 年版，第 253 页。

已经形成。从台湾移居香港的"乡愁诗人"在此地写出了数量极多的各体作品,只以诗歌而论,就有《与永恒拔河》《隔水观音》和《紫荆赋》三本,影响深远。这一时期产生了《独立苍茫》——一本"才、学、情三者兼具的当代才子书"[①];诞生了散文集如《华山夏水》《突然,一朵莲花》《大学小品》《明月与君同》;出版了评论集如《中国诗学纵横论》《中国三大诗人新论》《徐志摩新传》《分水岭上》,以及第一本香港文学研究专著《香港文学初探》;此外还有多种翻译作品。这里所举,只是"沙田群落"的部分著述。至于"沙田群落"以外的文学艺术表现,可谓活泼纷繁,《评余》所列述,也只是举例而已。黄维樑撰写《评余》一文,乃基于客观事实,本于爱护香港之心。

黄维樑在多篇文章中屡次表述自己的文学评论标准:"《文学雕龙》说的'照辞如镜,平理若衡',是我治学为文的座右铭。""文学评论通常有褒有贬。我向来勉励自己,要尽量做到刘勰说的'平理若衡,照辞如镜',也就是说要符合'批评公正'的原则(我杜撰了 critical justice 一词,是从 poetic justice 而来的)……善固要扬,恶也不能隐,而扬、隐都要得其道。"[②] 在批评余文时,他一直持守这样的标准和态度。张叹凤先生在一篇概述黄维樑文学成就与影响的文章中,这样称赞其为香港文学正名的拳拳之心:"可以说一生都在执行这样的精神使命,都在为'香江'这一座美丽的都市而讴歌、而打拼。""黄维樑博士曾力驳所谓'沙漠'之论,鸿文联翩","身证香江非沙漠"。[③]

上面举出"沙田群落"时期诸人出版的若干著述,其散文部分包括《突然,一朵莲花》《大学小品》,这二书都是黄维樑所著。这时期"沙田四人帮"所写的散文,结集成书的有十种以上。各人的风格,和所获得的文学界关注度,不尽相同,其作品却都可以形容为"学者散文":这类散文既具文学之为文学的形象性特色,且知识量大,富思想性,重视理趣和辞采。黄维樑的"学者散文"向来获得多方美评,这要容后阐述申论了。

---

① 夏志清:《当代才子梁锡华——〈独立苍茫〉序》,梁锡华:《独立苍茫》,香江出版有限公司,1985年版,第23—24页。

② 黄维樑:《期待文学强人·后记》,《期待文学强人》,当代文艺出版社,2004年版,第309页。

③ 张叹凤:《身证香江非沙漠——黄维樑文学成就与影响该说》,《香港文学》,第353期,2014年5月号。

从《大湾区敲打乐》谈黄维樑散文风格

王国巍[*]

在华文文学研究界享有盛誉的黄维樑教授不仅学术著作等身，而且创作了众多的散文作品。

笔者第一次知道黄维樑先生的大名是在 1997 年 10 月，即刚读大一的时候，在书店买了本北京大学出版社刚出版不久的《中国古典文论新探》[②]，朴素的封面给人一种很平实的感觉，该书从刘勰的《文心雕龙》谈到王国维的《人间词话》，都是我比较感兴趣的话题，所以，二十多年过去了，对该书中的部分章节记忆犹新。黄先生的这本著作，北大出版社后来又推出新版本，书名改为《从〈文心雕龙〉到〈人间词话〉：中国古典文论新探》，[③] 这都是值得学界关注的经典学术著作。

2021 年 10 月，黄维樑先生的散文集《大湾区敲打乐》出版，笔者有幸先睹为快。[④] 在这部散文集中，除去最前面的《自序》之外，共收录有黄维樑先生的 52 篇文章，用他自己的话来说："从内容分类看来，我所关注所书写，都是相当'杂'的，说都是'杂文'并无不可。"但笔者认为，这其实正是作者知识广博、视野开阔的体现，是他作为一名学者在写作散文诗时的必然。

此散文集在编排上分为三辑，即日常生活篇、文化旅游篇和师友文章篇，每部分下面又包括精彩的十多篇文章。作者在大湾区用现代的电脑键盘敲字写作，故曰"敲打"，这已经不是古人用毛笔在写作的感觉了。流年如水，在不经意之间，黄维樑先生就在电脑键盘上谱写出了欢乐的人生华章，他用歌德笔下的浮士德那样的激情，对着美好的当下，热爱大湾区的一事一物，不是渴望时光停留，而是"希望这样美好的日子绵绵延长"。怀着快乐的心情记

---

[*] 王国巍，文学硕士，西华大学文学与新闻传播学院副教授。
[②] 黄维樑：《中国古典文论新探》，北京大学出版社，1996 年版。
[③] 黄维樑：《从〈文心雕龙〉到〈人间词话〉：中国古典文论新探》，北京大学出版社，2013 年版。
[④] 黄维樑：《大湾区敲打乐》，文思出版社，2021 年版。下文中所引原文，皆出自该文集，后不再注出每篇散文的页码，特此说明。

录生活与文化，向往和永恒地追求着他心中如钱锺书、余光中等学者的创作境界，在系列的散文作品推敲中实现了自我追求和评判——"鸣国家之盛"，充分体现了一位当代的有良心的香港知识分子的担当与责任。著名诗人余光中的第八本诗集《敲打乐》[①]，里面有 19 首诗皆是诗人在 1964—1966 年二度旅美期间所写，余光中或描绘异国风物，或怀念妻子，或替先知造像，或忧国忧民，主题不一而足，诗艺亦富于变化，可谓余光中在诗艺过渡时期的重要代表作。这里，笔者认为黄维樑先生在为他的这本散文集《大湾区敲打乐》命名时，一定是受到了余光中诗集名字的影响。

　　人生美好，莫如初恋。黄维樑先生这本书的第一篇就是《朦胧初恋》，可见，他真是一位性情中人。笔者通观全书，唯此一篇写的是作者的爱情往事或者说是爱情隐秘世界的真实历史，其他篇章多是属于工作中的见闻与亲历。该文追忆了自己在中学时代对一位唱诗班的女孩的美好感情，她是那样纯洁，秀发流金，美丽而柔顺，以至于少年无时无刻不在寻找她，"主角的名字有一个梅字，我不记得怎样打听到的"，这是朴素的情感通过素朴的语言传达给读者的一种缺陷之美。笔者阅读到这里，相信会和大多数读者一样，期待的是作者能够给我们把这段"怎样打听"的细节再呈现完整就好了。但戛然而止的隐秘深处，读者一定体会到了这丝丝苦涩的初恋。尽管后文提到少年在一次乘坐公交的时候，无意间在车上和这位心上恋着的姑娘邻座，交谈也很愉快，但终究如曹植写《洛神赋》，艳丽的女神只存在于自己的幻想之中，而现实却是落得一片白茫茫的雪地般的空无一人的孤独。这篇《朦胧初恋》写于 1996 年 12 月，仔细算来，离这位少年的初恋已经有一段长长的岁月了，但时间无法冲淡人的记忆，人类在追忆往日情怀的时候，又升华了有思想地活着的境界。如果，当初少年有一首情诗（或者几封情书、日记）还保留着，那一定是弥足珍贵的记忆，即便不能公开，也一定如沈从文写给他心上人那般惊心摄魄吧。文贵真实，此之谓也。

　　黄维樑先生从香港中文大学毕业后辗转到美国留学，后来在俄亥俄州立大学取得博士学位，随即返回香港，在母校任教。之后他又到过美国的威斯康星大学、台湾中山大学、四川大学、澳门大学等任客座教授，足迹踏遍世界，所以他"怀念港澳，情系欧美，感谢知音"，这一重要书写，构成了本散文集的一大亮点，也是最吸引读者的地方。刘勰在他的《文心雕龙·知音》中说："夫缀文者情动而辞发，观文者披文以入情，沿波讨源，虽幽必显。世远莫见其面，觇文辄见其心。"

[①] 余光中：《敲打乐》，上海三联书店，2019 年版。

《鹏鸟朝向大地神州——香港回归20周年忆昔思今》一文，宏大主题与生活细节相结合，作者那炽热的爱国之心在文字叙述中不自觉地感动了读者。如：1983年，一位诗人开车从新界到九龙，过狮子山隧道时，心里忐忑问道"时光隧道的幽秘/伸过去，伸过去/——向一九九七/迎面而来的默默车灯啊/那一头，是什么景色？"黄维樑先生在这里借用余光中的诗句来抒发个人怀抱，可谓恰到好处。他所代表的就是香港回归之前普通港人对香港前途的思考，只不过作者表达得比较含蓄罢了。这继承了中国古典式的含蓄美，也流露出作者温柔、平和的儒雅胸襟。此文接下来写道：1997年的"6月30日晚上，我的回归套餐，和数千人一起在形如大鹏的新华厦内享用。餐毕，大家进入大楼的另一个空间，等候大典的举行。"作者就是参与、见证香港顺利回归祖国的一位代表，何其有幸！笔者当时正参加高考，半夜想起来看电视直播，父母又不允许，第二天考试的中午，回家吃午饭的时候，才听父母给我转述香港回归祖国的交接仪式现场，大雨滂沱，天雨洗兵马，吉祥又如意。黄维樑先生在这篇文章中没有过分宣扬他的这一荣誉和幸遇，而是把自己的感受和唐代伟大的爱国诗人杜甫联系起来，娓娓道来中充满国人的自豪与自信。当他看到五星红旗和紫荆旗昂然升起的时候，作者心中激荡的是《歌唱祖国》："……从今走向繁荣富强"，写法自然，贴切真实，令人称赞。

　　余光中先生的诗作和学术研究，已然是中国台湾文学的一张名片，值得我们学习和关注。但笔者对他主要还是学习其诗歌方面的成就，惭愧没有系统地专门研究余光中。人民音乐家王莘创作于1950年的《歌唱祖国》，七十多年来，在我国各种纪念活动、外事活动、检阅活动中，我们都能听到这段经典的旋律或演唱。此歌词曲皆美，深受好评，确为优秀歌曲，被人们誉为"第二国歌"。黄维樑先生在他的这本散文集《大湾区敲打乐》中，对我们熟悉的《歌唱祖国》这首歌曲的高度认同，完全符合一个爱国知识分子的标准。

　　黄维樑先生的忧国情怀在这篇文章中是那样的深沉、凝重，他举到"香港的不少青少年，却不知道什么是'一带一路'，更遑论'盛唐气象'。5月某日，我讲课讲到1970年的一篇散文，怀乡爱国的作者，很想在大陆的西北一条古驿道上驰车"，下面接着是作者的评论，令笔者惊异于香港大学课程的设置和对香港就中国文化传承的些许隐忧。一些媒体很多年前就一直说香港大学生素质如何的高、传统文化如何的深厚，黄维樑先生的这篇文章，可以纠正某些人的偏见吧。

　　善良是可以遗传的，黄维樑先生在《鹏鸟朝向大地神州——香港回归20周年忆昔思今》一文结尾的时候，写到他的母亲在60年代，把粮油食品等寄往内地接济亲友的事，虽然只是寥寥几笔，却深得为文旨趣：中华民族是善良的民族,忠厚传家久,诗书继世长。不论香港、澳门,还是台湾,我们永远都是一家人!

从字面上来看,《杜甫在香港》一文的题目颇为奇怪,因为稍微有点文化常识的人都知道:杜甫怎么可能到了香港呢?但细读全文才知,原来黄维樑先生写的是"杜甫的诗歌艺术和仁爱思想早就来到香港,存在于香港"。这篇散文贯穿了大量的学术史故事,诸如余光中的诗《湘逝》、邝健行对李白和杜甫的研究成果、冯至的十四行诗《杜甫》、一个洋人在成都杜甫草堂和作者搭讪时把"杜甫"二字读成"豆腐"等,在黄维樑先生笔下都写得雅致有趣,读来新鲜活泼,毫无刻板论文的那种痛苦之感,也许,这就是散文的魅力所在吧。散文,是与"骈文"相对而言,并不是可以写得松散的意思。凡是文学作品,不管是诗歌、小说,还是散文、戏剧,都是要讲究结构严谨的。黄维樑的散文如果按照时下的流行分类法来看,应该属于"学者散文"之列。学者散文,本包括抒情文、游记、人物传记、书序、书跋、书评等不同内容的文章,主要以融合情趣,兼有智慧学问,这类散文所反映的是一个文化背景深厚的心灵世界,常常令读者神思飞扬,羡慕又敬仰。[①] 我们阅读黄维樑先生的这本散文集,同样可以得到学术知识的提升,一举两得。

在这本散文集中,黄维樑先生还写到一个香港名人——金庸。书中的《我与金庸的三类接触》一文很是抢眼,一般作家写与人的接触,可能多是说"三次",而作者在此用了"类"字,引人关注。在这篇文章中,黄维樑先生给我们讲述了他和金庸大侠的"文字之交"、"面聆教益"(1980年、1999年)、"天界神思"(2018年得知金庸去世后的思念),基本上给读者一个印象:金庸说话时轻声细语,谦虚温柔,充满智者之思。金庸的武侠小说风靡世界,天下谁不读金庸?黄维樑先生的这篇文章,很好地记录了金庸大侠在日常生活中与人交往的良好形象,值得我们关注与研究。

这本《大湾区敲打乐》所涉及的内容和人事比较丰富,书名就是由著名的金耀基教授题写。金耀基教授的散文集《剑桥语丝》可以说也是当代学者散文的精品之作,尤其是他的《雾里的剑桥》一文。黄维樑曾撰文评论过金耀基教授的散文,并称金耀基散文为"金体"。[②] 当年金耀基先生作为剑桥访问学者,他对英国的剑桥大学由陌生而熟悉,雾中的剑桥、古典的剑桥、发展的剑桥、理性的剑桥都令人向往不已。在他笔下,剑桥两岸的中古学院、校园里的传奇故事、不同于大陆高校的学术制度及其迷人的景致也都在他的

[①] 喻大翔:《黄维樑散文论——兼论学者散文的特征》,《海南师范大学学报(社会科学版)》,1992年第2期。

[②] 黄维樑:《香港人编写香港文学史》,《华文文学》,2007年第3期。

文章中有着充满诗意的展现。黄维樑先生在他的这本《大湾区敲打乐》散文集中，却宕开一笔，特意收录了一篇写于 1986 年 6 月的描写牛津大学的文章：《牛津的适苇河畔》。

适苇河，就是牛津大学校内的 River Cherwell，黄维樑先生在这篇散文中交代了把它翻译为"适苇河"的文化深意，即"一苇之舟，适可航之，足可航之"。此文知识面极为广博，中西文化对视，人物掌故，信手拈来，皆成佳构。据笔者和黄维樑先生的几次交谈所知，当年他写此文时，人在牛津，手边只有一本薄薄的牛津大学导游书，而这篇散文竟然引出诸多人物和相关的作品，可见其知识何其渊博也。该文也是从牛津与剑桥的对比写起，顺道写及牛津圣希尔德学院旁的郁金香，"风信子的碎花，已化作春泥。郁金香剩下灿烂后的忧郁，仿佛在等待一个英国的黛玉姑娘"。描写中的遣词造句，具有典雅的文人气息，作者始终是带着中国传统和西方审美在融合中求得协调与互补。在这一片的繁花丛中，有几朵粉红的大芍药，以鹤立之姿态，"临风向东，像要探听神州姊妹的消息。"芍药花，中国古代典籍《诗经·郑风·溱洧》曰："维士与女，伊其相谑，赠之以勺药。"神州芍药，何其绚烂，俨然已是中国文化的象征。

黄维樑先生在他的这篇《牛津的适苇河畔》散文中，用幽默的口吻调侃艾略特，说墨尔敦学院出过许多的墨客骚人，艾略特对他读书的牛津大学的这片大草坪居然没有在诗中写过，"多辜负了造化的美意！"笔者推测，造成这种遗憾，可能是因为艾略特撰其《荒原》时，心情极其痛苦，这与他的婚姻大有关系吧。文章接着展开想象，如果允许践踏草坪的话，作者一定会"赤足于青原上，且化身为牛，饱餍其鲜美"。至此，我们会看到一个天真情怀的诗人展现在读者的面前。带有几分诗意的黄维樑先生还在这篇散文中接着写道："慕莲丛林"可以曲水流觞，也许王尔德（Oscar Wilde）曾在这条小路上驰马吧。春风十里，醉酡三分，"骑马似乘船"，假如还有小红低唱，这种情调，一定可以和剑河（徐志摩译为康河）上放棹的情调平分秋色。我们可以看到，作者通过想象来完成意境的构置，"骑马似乘船"本是杜甫《饮中八仙歌》写贺知章的诗语，这里借用来写牛津诗人王尔德，中西文化上的互用，足以使全文抒情性倍增，作者的博雅之风，古典情怀，皆已流露在字里行间。

黄维樑先生的这本散文集《大湾区敲打乐》，还有很多值得关注的地方，如对 2009 年诺贝尔物理学奖获得者、光纤发明者高锟的书写，对当代学者龚鹏程的《广结书缘》的记叙，对中央电视台《航拍中国》节目的关注等，也都值得一读。

台港文学研究

论洛夫《昨日之蛇》中的寻找情结

杨尚雨　张　叉[*]

洛夫（1928—2018）原名莫运端，著名华文诗人，也是台湾《创世纪》诗刊的"三驾马车"之一。他的诗歌风格奇特诡谲，因此有"诗魔"之称，并在国内学术界得到了较多的研究。远离故土的特殊经历使洛夫的诗歌中时常流露出文化失根的尴尬与游子思乡的情怀。究其一生，洛夫都在文字中寻找心灵的真正归处。这让他的诗歌中存在着一个探索者似的主人公形象，这一探索者形象也决定了洛夫诗歌的探索主题及这一主题所带有的传奇色彩和史诗风格。国内对他诗歌的研究主要集中在《漂木》等长篇作品上，尤其是对其中思想内涵的剖析或是禅意与诗歌之间的关系着力甚多，而少有学者从他短篇作品中以小见大地发掘出其中的寻找情结，将浓缩为只言片语的、零散的思想一一挖掘出来，拼接出一幅较为完整的图卷。洛夫的短篇诗歌作品除篇幅短小之外，还有语言精练的特点，这决定了他含蓄的写作态度和多种思想融合的创作风格。洛夫的诗歌创作深受中国古典诗词的启发、影响，这在一定程度上影响了他短篇诗歌的情感表达方式。本文拟以他自编集《昨日之蛇》中收录的五十首短诗为素材，深入挖掘他诗歌中对家园、美感和生命本质的探索，追溯他诗歌中的寻找情结，从而展示其诗歌中所体现出的传奇色彩与独特的艺术风格。

一、寻找故园

洛夫《昨日之蛇》中的寻找情结的第一个突出表现是对故园的寻找。

洛夫的人生坎坷动荡。1928年5月，他出生于湖南衡阳东乡相公堡（今湖南省衡阳市衡南县相市乡）。1949年7月，年仅21岁的他就前往台湾，直

---

[*] 杨尚雨，四川师范大学硕士研究生；张叉，文学博士，四川师范大学教授、硕士研究生导师，《外国语文论丛》主编。

到 1988 年才再次踏上故乡的土地。然而，他漂泊的命运却并没有结束，1996 年，他定居加拿大温哥华，在此终了一生。羁旅生涯为洛夫的诗歌创作积累了大量的素材，而对故土的追思和寻根的急切心情则成为将这些素材提炼成诗的关键因素。

在诗集《昨日之蛇》中，洛夫运用丰富的想象和对中国古典文学的借鉴体现出了他对故园的追寻。以其中的《与衡阳宾馆的蟋蟀对话》为例，洛夫在诗中描绘了一幅动态的画面：一个诗人，好像发了疯一般，在夜里将一只蟋蟀亲切地称为老兄，并将它的"唧唧"叫声当成对自己的回应。这样一幅荒谬的景象与其说是发疯，不如说是诗人对内心强烈的孤独感的一种映射——在夜深人静之时，经历了长久漂泊后终于回到故乡的诗人竟无一可诉衷情之人。明明是自己的出生之地，却只能住在宾馆里；明明是孕育了自己的摇篮，现在身在其中却直至深夜也辗转反侧，难以入眠。

同时，在诗歌的前半段，无论是游子的自称还是对欧阳修《秋声赋》典故的使用，诗人都有意识地烘托出了一种萧索愁苦的氛围。在这样的压抑情绪当中，诗人难以入梦，蟋蟀轻轻地一声叫都引起了他的注意，仿佛寻找失落的梦一般翻遍了房间的每个角落直到鸡鸣三声。从这方面来看，蟋蟀这一意象表现出了诗人急于寻找一个倾听者的迫切心理。而从另一方面来看，他所要寻找的绝不仅是一只小小的蟋蟀，而他所要做的事情也绝不仅是倾诉。重要的信息隐藏在了后半段，那就是，诗人与蟋蟀的对话。

诗人和蟋蟀之间的对话简练朴素，却透露出如下几个信息：首先，他们相知已久但很长时间未曾谋面，故以"别来无恙乎"作为打招呼的方式。其次，他们虽许久未见，但却居住在同一个腐烂到永世不得发芽的果壳里。这是个毫无生机，没有希望的地方，也隐喻着诗人失落甚至绝望的心境。诗的最后，一个终老何乡的问题，一个在风中摆荡一生的回答，更是将这种失落推向高潮。整个过程，诗人像是在和从前的自己对话，他先是询问从前的自己是否还好，再得知大家都已只剩下一层皮的境遇。蟋蟀没有具体言辞，而只是"唧唧"的答复既是一种反馈，也是一种对往昔的呼应。而在诗歌结尾，则是诗人对从前的自己做出的一个并不算如意的回答：从前的探索应该结束了，故园是永远不能再寻到了的，自己注定了摆荡一生的命运。

20 世纪 50 年代，活跃在台湾诗坛上的诗人基本都是从大陆流落到此的。他们的心态是复杂且异样的：一条浅浅的海峡使他们与故园永诀，心中的眷恋无处安放。从前在故乡文化浸润下的心灵难以在新的土地上生根，催生出的只有迷茫与痛苦。这样的一种心态是这个答案产生的根本原因，而这样的回答，颇类似美国摇滚、民谣艺术家与诺贝尔文学奖得主鲍勃·迪伦（Bob Dylan，1941）[①] 的一曲《答案在风中飘》（Blowing in the Wind），他们都是在经历过人世漂泊后，为曾经的追寻画上一个不完美的句点。迪伦在诗中发出"经历多少才能成为男人"（How many roads must a man walk down before you call him a man）的疑问后，在结尾给出"答案在风中飘"（The answer is blowing in the wind）这样一个不是答案的答案，以此提醒青年人，人世是沧桑的。而洛夫在《与衡阳宾馆的蟋蟀对话》一诗中隐约地表现出自己从年轻时便思索的问题，并在最后给了从前的自己一个摆荡一生的答案。这个答案中既有无奈，也有不甘，因为这样一个问题和答案令他感到不堪，使他像是个还没找到最终答案就要交上试卷的学生。他还想去寻找，然而时间已不允许他再做更多的打算了。于是，全诗的愁苦氛围在结尾处达到高潮，也暗喻了诗人在现实生活中也找不到自己的根，只能漂泊终老，蒙上一层羁旅天涯之感。

由怀乡而引发的对人类存在困境的体悟是当时不少身居台湾的大陆文人的共同感受。因为种种复杂的原因，洛夫一生"二度流放"，辗转栖息于中国大陆、中国台湾和加拿大。每一次流放，不仅是一种身体的迁徙，更是一种身份的转换；从"大陆人"到"台湾人"再到"海外华人"。"身份"一词有两种指涉，一是法律意义上的居民身份，一是精神意义上的文化身份。钱超英将"文化身份"解释为"人和他所生存的世界作为文化环境的联系；利用这种联系，他得以作出关于其生活意义的解释"[②]。的确如此，人是社会性动物，人一生下来就打上文化环境"身份"的烙印了。在这身份背后，是熟悉的自然环境、生活习俗和思维方式。我们被这个文化环境包围、保护，就像胎儿在母体中一样感到安全自在。一旦离开这个熟悉的文化环境而移居到陌生的地方，就会感到孤独迷茫、恐惧不安，就会因各种冲突而产生身份认同危机。[③] 纵观《与衡阳宾馆的蟋蟀对话》全诗，诗人无处不透露出自己对寻找到故园的迫切与渴望之情。无论是诗中对中国古代文学典故的运用，还是一声声老乡的呼唤，都是诗人内心深处最真实的渴求，而最终难寻故园的结局也使整部诗歌有了一种"蒹葭苍苍"式的美感，在清晰表达心境的同时带有一种东方式的含蓄。所以，无论精神上还是物质上，诗人都再也无法回到那个魂牵梦萦的故园，但是他所营造出的这种极具中国韵味的意境将伴随着之后的去国游子，给他们以心灵的慰藉。从这种角度来看，这样一首感人肺腑

---

① 鲍勃·迪伦，原名罗伯特·艾伦·齐默曼（Robert Allen Zimmerman）。
② 钱超英：《诗人之死——一个时代的隐喻》，中国社会科学出版社，2000年版，第33页。
③ 潘洁：《魔与禅：洛夫诗思研究》，南京师范大学硕士学位论文，2012年，第16页。

的游子之歌是洛夫先生的悲剧，是流落孤岛的一代人的悲剧，而从文学的角度来看，则是华文诗坛中一笔永恒的财富。

二、寻找美感

洛夫《昨日之蛇》中的寻找情结的第二个突出表现是对美感的寻找。

从内容上来看，洛夫的诗歌基本上是以寻找、探索作为主题的。这样的主题一方面赋予了文本以宏大的意义，另一方面也决定着只有足够精美的形式才能承载这样伟大的主题。尤其在短诗中，想以短小的篇幅来表现这一主题，则更需要富有美感的形式。因此，探究洛夫短诗中的形式美也是有必要的。更为重要的是，在对于形式美的琢磨当中，也可以体味到洛夫诗歌中对于美感的追求，并可以从形式美出发，探究其诗歌中的内在美感。

洛夫对美感的追求突出体现在他的诗歌形式上。虽然中国古代诗歌深刻地启发了洛夫的创作，但是在形式上，洛夫并没有过分地拘泥；相反，他的短诗常常表现出无所谓诗行多少、无所谓诗句长短、无所谓意象雅俗的特征。

其一，无所谓诗行多少，是一种收放自如的表现，更是对于自我感情的清晰把控。在诗集《昨日之蛇》中，既收录有《夏虫》和《蜘蛛》这种三句话就作成的诗歌，也有《蟑螂》《我说老鸦》这种相对较长的诗作。诗歌的长度不拘泥于所谓的格式，而只与自己的情感有关。当所需要表达的情感繁多复杂时，就信马由缰，充分表达。如在《猿之哀歌》一诗中既有母亲对孩子的思念而发出的祈求；也有万重山之外，此生再不能与故土相见的撕心裂肺之感。这首诗也是整部《昨日之蛇》当中篇幅最长的一首，借用了《世说新语》当中的原文做引。而当情感只需寥寥数语便可表达时，诗人也没有矫揉造作，为赋新词强说愁。例如诗集中的《蛇》一诗。这样的写法更达到了一种言有尽而意无穷，含蓄典雅的东方美效果。

其二，无所谓诗句长短，是对于传统诗歌句式的一种突破。中国诗歌自诞生以来就伴随着固定的句式。从早期《诗经》的四、六句，到盛唐时期的五言、七言古体诗、近体诗，再到现代新月派诗人闻一多所提倡的"建筑美"。虽然有像鲁迅先生《失掉的好地狱》这般大胆地在体裁以及句式上突破前人的诗作，但大部分的诗人还是无法突破限制，写出从形式到思想上都符合现代性的诗歌。而洛夫则将随性的诗句和深邃的思想结合，成为现代诗的一座高峰。所要表达的意义到位，便不再多施笔墨。

其三，无所谓意象雅俗，从实质上来看是为了更好表现思想与感情而服务。所谓"俗"的意象，指的是更接近于人们生活的意象。如在《昨日之蛇》

诗集中出现了两次的豆瓣鱼，在《吃蟹》当中出现了镇江醋，等等。诗人并没有为了整个诗歌的所谓贵气去刻意地追求高雅、端庄的意象，而是随手从生活当中拾取普遍的意象。这样的意象选取避免了在表达自己的情感时因意象过高过大而无法把控，导致头重脚轻的结果。这样的意象选取特色也使诗人自己在诗歌中呈现出一个亲切的、随性俯身与读者密切交谈的形象。可以说，洛夫的诗歌在国内外华人当中都收到喜爱，既源于诗歌本身内容的深度与共鸣，也源于诗人在这些微小的细节当中注重与读者之间的亲和。

浅层次的对形式美的追求实质上是诗人对深层次的美学追求的一种表达。漂亮的形式只是优秀诗歌的重要因素，而不具有决定性。除此之外，洛夫短诗中的内在美更值得探究，即诗歌内容及其风格两个方面。

在诗集《昨日之蛇》中，诗歌的内容基本上可以分为以下四类：第一类是诗人站在动物的视角上，用第一人称的写作方式去表现动物的所见所闻所感，如《鱼语》。第二类是诗人作为人类，通过丰富的想象与见到的动物进行对话，借此来表达情感或是深邃的思考，如《与浣熊对视》。第三类是化用中国古代关于动物的典故，借此抒发乡愁，如《猿之哀歌》。第四类是诗人站在一个完全客观的角度上，对动物的行为进行细致观察和思考后得出的感悟，如《苍蝇》。

这四类内容中，前两类内容建立在丰富的想象之上，呈现出的是一种神秘而又凄美的风格。例如在《鱼语》一诗中，诗人便化身为一尾鱼，处惊涛而无言，只为换得悲壮，这在诗歌的前半段就塑造了一个沉默而富有斗争精神的战斗者形象。"我"见惯了换季与岸边花朵的消逝，不再对生死感到惊奇。但不管时间如何推移，"我"还是坚持从长江头到长江尾的旅程不曾变动。在长江中究竟会遇到什么凶险？要经历多少风霜才能见生死而冷静？这些都是诗人在作品中未曾透露出来的，而要靠读者进行再创作。鱼在路上的故事通过读者的想象而拥有了多样的可能，这些可能汇集在一起，形成每个读者心中不同的答案。对于文本的多样性阐释和诗人含蓄的话语，也就使诗歌具有了一种神秘色彩。同时，人世沧桑的变化也为诗歌平添了一抹凄美。从而赋予了诗歌极具东方色彩的"追寻"史诗式风格和神秘色彩。

后两类内容，相较于前面的神秘与传奇，则显得更为冷峻、写实。如果说前两类的内容使诗歌呈现出浪漫主义或是神秘主义的风格，那么后两类内容，凭借作者独到而精准的观察，则被赋予了现实主义风格。现实主义的诗歌自有另一种"接地气"式的美感。例如《苍蝇》一诗以诗人打苍蝇这件事作为主要内容，从生活琐事出发，再次发挥天马行空的想象力，对苍蝇的所思所想进行了细致的描写。这在无形之中形成了一个对比，将苍蝇与"我"

脑中的思考进行了比较。"我"只想着一巴掌拍死它，而它却在希冀着下午茶，并牵引着宇宙的呼吸。这是不同物种之间不可逾越的隔阂，也暗喻了自己的心境不被人理解，而他人的心事也不为自己所知的孤独感。即使是在就某一个真实事件进行书写，诗人依旧在有限的写作空间中自由地发挥想象，足见其深厚而又灵动的笔力。

总的来看，诗人对于美感的追求初见于形式，而内藏于情感。总体呈现出一种天马行空、神秘莫测而又以真挚的感情打动读者的风格。这种浑然一体的风格以荣格心理学来看待，可解释为一个人"只有当他适应了自己的内心世界，也就是说，当他同自己保持和谐的时候，他才能以一种理想的方式去适应外部世界所提出的需要；同样，也只有当他适应了环境的需要，他才能适应他自己的内心世界，达到一种内心的和谐"[1]。这是一种借诗歌这一艺术形式使内心与外在达到和谐统一的表现。

洛夫对于美感的追求，实质上也可以看作他在艺术上为自己寻找一个根源的行动。在现实生活当中，洛夫已经成为一个远离故乡，无处安放行李的尴尬的游子；而在艺术中，洛夫并未因现实当中的境遇而放弃寻找，从而在美的乐园当中营造了属于自己的一方天地。而这种对于美感的追求继续深入，则是洛夫将视角从对外在的客观事物的观察转移到了对自己内心的审视，他在精神中寻找着一个"我"，一个真正的"自我"。

三、寻找自我

洛夫《昨日之蛇》中的寻找情结的第三个突出表现是对自我的寻找。

人的多样性决定了人所创造的文学作品存在着多样性，也决定了每一部文学作品当中都隐藏着一个作者想要实现或是想要表达的自我。诗歌是主观性强、抒情性浓的一类文学体裁，在表达自我上有着得天独厚的优势。而洛夫与其他诗人最大的不同点在于，别的诗人在自己的一系列诗歌当中都是在表达一个坚实的、清晰的、形象基本固定的自我。如郭沫若在其早期诗集《女神》当中借助《凤凰涅槃》与《天狗》等诗篇塑造的激情热烈、敢于冲破一切黑暗的浪漫主义主人公形象一直延续到抗战时期的《屈原》等诗剧当中。再如毛泽东从早期的《沁园春·长沙》开始就塑造了一个肩负天下安危、心怀人民疾苦而又乐观豁达、对中国的未来抱有极大信心的无产阶级革命者形象，这一形象一直延续到红军长征时期的《念奴娇·昆仑》、解放战争时期的

---

[1] 荣格语，转引自闫庆生：《鲁迅创作心理论》，陕西人民教育出版社，1996年版，第256页。

《七律·人民解放军占领南京》及新中国成立后的《贺新郎·读史》。但是洛夫的诗歌并没有将其所要表达的自我稳定在某一类形象上，而是始终保持一种运动的状态，常游离于现实之外。这样的形象特点很大程度上是一个失根者的尴尬所导致。同时，洛夫本人的寻找情结也是形成这种形象特点的重要因素。

在《昨日之蛇》的五十首诗歌中，洛夫常常塑造出一个探索者的形象。不过，诗篇中主人公无论是对亲情还是人生意义、生活本质的探求，基本上都是以悲剧而告终。《松鼠家族》中的三只编了号的松鼠都围绕着果子展开了行动，但又没有任何一只真正地享用到了果子。《虱子》中的母亲用棉袄繁殖了一个世代的骚动，而诸多虱子只想着吸干母亲的血后进驻骨头。《战马》中的老马寻找着下一个征战的将军或是可以用自己的皮裹尸的挥鞭人，却只能感叹蹄声还停留在昨日的天涯。从深层次来看，悲剧的结尾就来源于诗人对自己身份的不认同：他长期以一个漂泊的游子形象存在于世人眼中，而这并非诗人想要的身份，相较于以漂泊和探索的诗歌而成名，他更希望的是一个文化上的认同和心绪的摇篮。因此，洛夫在诗歌中虽然常表现出一个探索者形象，但其真正想要在诗歌当中实现的自我形象则是一个归乡人。洛夫归乡不得的现实在诗歌中也就表现为悲剧性的结尾。

表现出的是探索者，实际想实现的是归乡人。这是洛夫在诗歌主题及主人公形象上体现出的对自我的寻找，但这样的寻找在现实中遭遇了失败。然而，诗人于诗歌风格上对自我的寻找却颇有所得。例如在《有鸟飞过》一诗中，洛夫以那个时代随处可见的香烟摊、藤椅和晚报等意象连缀全诗。这样的意象一改洛夫诗歌神秘、意象诡谲的常规印象，反倒像是一个摇着蒲扇的邻居在娓娓道来。虽然没有了以往的探求和苦吟似的风格，但通过香片浮沉的描写以及烟灰色彩的勾勒，依旧刻画出一个心事重重的诗人形象。但相比之前，他已经平和了很多，生活的气息已经浸润到了他的思想中，在苦求无果后他开始选择另一种方式生存，也就是妥协。即使这次的妥协之后他依旧在睡眼中看到有鸟飞过。

洛夫的寻找自我之旅向着更为深入的方向发展，并得到了更大的成功。这种成功体现为他在思想层面和艺术风格上与中国现当代诗歌之间产生了承接式的联系。在内容的编排上，洛夫选择了很多的古代文学典故，更多的是对中国古代文学的借用而不是对整个中国诗歌发展历史的继承，但是在诗集《昨日之蛇》中，洛夫开始有意识地进行中国知识分子式的思考，并形成文字，实现了对中国诗歌发展历史的继承。这一继承尤为突出地体现为洛夫诗歌中的思想内涵与鲁迅的散文诗集《野草》之间的继承。尤其是诗集中收录的这篇《蛇之骚动》，有着鲁迅式的反思意味。整首诗的基调是冰冷沉静的，在经过了一番苦思后，得出的结果并不能够使人感到满意或是沸腾。但是悲愤被逼出之后并不代表着一切思考的结束，蛇反而再一次孵出太阳之卵，静谧地等待着冬天的过去。诗歌在绝望之中包含着希望，在炼狱中审视自己之后选择了重新孵化太阳之卵。洛夫的《蛇之骚动》与鲁迅的《墓碣文》两首诗歌有着异曲同工之妙。

怎样理解蛇这一意象？洛夫有自己的答案：蛇是带邪性的，我把它当成欲望的象征；人人心里都有这样一条蛇，欲望强烈发作时，蛇就会钻进心里去，有时则感到罪恶而跑出来，溜进草堆不给人看见。[①] 它神秘、阴森，总会带给看到它的人不好的感觉。而以此物作为诗集名，其实是作者深入内心、直面恐怖的象征。

鲁迅《墓碣文》中描写了自己在梦中见一墓碑，并见到了化为长蛇、自啮其身的墓主。在诗歌的前半段就营造出了一种恐怖阴森的氛围，以此来暗示自己正在炼狱之中对自己的灵魂进行着鞭挞和追问。诗歌后半段进一步渲染这种恐怖氛围，看到了一个无心肝的死尸，这死尸没有什么过多的想法，只是要自食以知本味。他粗暴地轰走无法回答他疑惑的闯入者，并在诗歌的最后表示，即使自己的身躯将腐烂成尘、不再存于世间，也会保留自己的微笑，这象征着鲁迅绝不停下自己的脚步，象征着对自己灵魂追问永不停息的决心和坚毅。

鲁迅、洛夫都怀抱着对明天的希望，他们都对自我有清醒而冷静的认识。更为可贵的是，洛夫在诗歌中继承了自鲁迅开始的中国知识分子对自己内心的审视，这是他在文化层面寻找自我的旅途中的一个归宿。洛夫在一生的追求当中，终于在文化层面得到了心灵归宿，也算得上是对他漂泊人生的一点慰藉。他的诗歌也将作为华文文学中的瑰宝而为后世的文学工作者所珍视、研究与铭记。

---

① 颜艾琳：《又见"物我同一"的自白——感悟台湾诗人洛夫〈昨日之蛇〉》，《台声》，2018年第8期，第101页。

在语言"漩涡"中寻求经典的多样可能

——评《漂泊体验与政治无意识：洛夫诗歌研究》

王琴琴[*]

"诗魔"洛夫（1928—2018）一生笔耕不辍且求新谋变，其诗歌生长繁盛但也表现出"用伤口呼吸"的苦涩，文本本身就蕴含着复杂、丰富的意义。与本土文学不同，作为中国新诗异质空间的存在，无论是极具现代意识的语言品质或策略，抑或诗人辗转流徙历程、诗美风格等诗性与思性层面的多样性，都给予中国现代新诗独特的精神价值和诗学意义。邓艮近作《漂泊体验与政治无意识：洛夫诗歌研究》（以下简称"邓著"），论述鞭辟入里且语言不落言筌，处处带给读者新的思考和惊喜。邓著将洛夫的创作生涯划分为四个时期，以漂泊体验与政治无意识贯穿全书，并指出二者一表一里，构成洛夫诗作的双重变奏。作者从形式的、美学的问题入手，在语言"漩涡"中抽丝织锦，勾勒洛夫诗歌象征性沉思与想象性思考的多重意蕴，试图探寻现代汉语诗经典建构的多样可能。

漂泊体验与政治无意识贯穿全书始末，并构成洛夫诗作的双重变奏。诗的语言纯粹凝练，在个性化创造的表达中洞穿一切也具备多层次的阐释空间。语言是洛夫诗歌厚重感的重要表现，也是著者在四个分期阐明洛夫诗歌的主要手段之一。

一、品格之新：冷凝掩浓郁，自讽出关怀

诗的语言多为观念或思想服务，通过创造性的诗美变形或省略叙事状态的空白和跳跃，构成情感结构的内部张力，增强读者审美的力度和厚度。依循洛夫的说法："诗贵含蓄，讲求'言外之意'，诗的创造乃是'以有限示无限，以小我示大我'，由此喻彼，着重曲达。"[①] 通过语言创新和表现技巧，将

---

[*] 王琴琴，西安外国语大学中国现当代文学专业硕士研究生。

[①] 洛夫：《孤寂中的回响（评论集）》，东大图书公司，1981年版，第26页。

隔离之痛和时间之伤无形渗透在极具个人意识的诗行中。混乱、简静、沉潜的诗风到"天涯—原乡"美学，是邓艮细察并归纳的洛夫诗歌四个时期的诗美风格。邓著通过每个时期主要诗集的相关阐述，从洛夫不同阶段生命情态及诗风蜕变中重现洛夫诗歌政治无意识的诸多细节。在阐述简静这一诗风时，作者将其一方面描述为"简洁、敏锐、准确而又富于力度"，另一方面"多了一份绵韧和宁静"①，学理清晰也不乏诗意的细腻。

洛夫诗歌语言策略多样，依笔者浅见，其语言品格之新也在于"冷凝掩浓郁，自讽出关怀"的艺术魅力，与简静诗风虽不完全等同，却也是洛夫诗歌诗质浓郁的凸显。一方面，"冷凝掩浓郁"保留诗人已有的苦涩，在平淡中化繁为简，将储蓄的意象与力量以冷静的口吻融入暗示，如《月光房子》《如此岁月》等诗集。"蝉的沉默与战争无关/仗早就不打了/这个夏天它把话都说完了/只是一些带秋意的叶子/还有点牢骚"②。雾里看花、独留苍茫的深切之感是诗人留给历史最后的绝望。语言的冷凝打破惯有语言秩序，实则掩隐着浓郁的归与归不得的满含深情却也受伤的心灵，展现出一个深谙"彳亍永在，天涯永在，漂泊的路没有尽头"③，却仍以"真我"生命意识的觉醒和执着，为共有的文化寻找一个安全归属的大我形象。另一方面，"自讽出关怀"是自我奚落与揶揄，是极富诙谐的智慧，如《豆芽》《甘蔗》《酸枣树》《剔牙》《挖耳》《痰》等诗歌，也是使命驱使下通向人类心灵与情感的深度关怀与回归。且看《石室之死亡》第二首，"当我微微后开双眼，便有金属声/丁当自壁间，坠落在客人们的餐盒上"④，"金属声的坠落"犹如沉重的石出乎意外地进入日常生活，但语言是"一堆未曾洗涤的衣裳"，历史和现实碰撞的激辩无法以平静的言语诉清。境遇屡遭破坏，其中蜷伏着一群被伤害且"寻不到恒久居处的兽"，时间之伤和复归之思是日常生活的"调味剂"，更大的困惑是泊地即"原乡"的寻觅和不确定。"设使树的侧影被阳光所劈开/其高度便予我以面临日暮时的冷肃"。隐伏的危机如果被合理审判和重释，人类应如何对待这段历史与记忆，沉着、冷峻，还是肃穆？诗人给出了答案："我是火，随时可能熄灭，因为风的缘故"⑤。因为风的缘故，心意的暧昧在所难免。"顺便请烟囱，在天空为我写一封长长的信，潦是潦草了些。"信的内容或寄托何种情感已不重要，而一代人对尚存生命与故土的热爱，对记忆和梦的追寻与延

---

① 邓艮：《漂泊体验与政治无意识：洛夫诗歌研究》，陕西人民出版社，2020年版，第138页。
② 洛夫：《如此岁月》，九歌出版社，2015年版，第141页。
③ 邓艮：《漂泊体验与政治无意识：洛夫诗歌研究》，陕西人民出版社，2020年版，第243页。
④ 洛夫：《洛夫长诗》，江苏文艺出版社，2017年版，第2页。
⑤ 洛夫：《洛夫诗精编》，长江文艺出版社，2014年版，第15页。

续不会因历史与现实的繁复胶合而彻底搁浅,这又再次回应了如洛夫本人所指"我写我个人的悲剧,同时也暗示了整个人类的悲剧"① 的精神关怀。

洛夫始终自居无岸之河,生命行程中"乡"的内涵与其所受的政治文化内涵虽有所差异,但其抗衡、超越的仍是时空"孤""绝"所带来的身心围困与禁锢。"一个时代的历史和社会精神可以把一个行动着的人的天赋能力激发到它最大的限度,也可以削弱和麻痹它,使诗人的成就比可能做到的更小。"② 我们不禁要问,洛夫潜意识中何以形成此种语言的特质化处理?这仍要回到邓艮在论述中贯穿全书始终的"政治无意识"。

二、皈依之艰:历史与生存的双重"漩涡"

叙述的历史话语总是受制于多重因素影响与制约,文学与社会之间是一种互文的关系,将文学视为审美对象的同时,也需要结合社会意识形态探讨出现此种文学的缘由。作者深谙此理,并把握与建立洛夫诗歌文本与社会历史分析之间的互证关系,相较于文本现象呈现,其更为深刻地探寻"为什么这样写"。洛夫一生漂泊,体验之繁杂、身份之错乱,虽纠结于政治却拒绝写政治,因而想要接近其内嵌的真实世界与历史情景,避免对其诗风简单化处理,借用政治无意识理论解读形式背后的文化压力和裂痕,具有正当性和合理性。

如作者在书中所述:"在台湾这一特别复杂的地域上发生的事件,往往都缠绕着太多太多的其他事件和因素。"③ 对时代和生活异常敏感、充满思考的诗人洛夫而言,亲历了战争、乡土文学论争乃至"二度流放",其在诗作中对这些事件不可能没有丝毫"记录"。在写作名篇《边界望乡》之际,沸沸扬扬的乡土论战及本土化意识的喧嚣搅扰着诗人,其生存境遇终以"写诗即是对付这残酷命运的一种报复手段"④ 而实现"脐带早已剪短"的自我挣扎。故乡是想象中"原乡"的集散地,所有生长的记忆在此扎根。通过想象抵达记忆中久违的山水,故乡以厚重的实体出现在"扩大了数十倍的乡愁"⑤ 的望远镜中。遥望故园"双目尽赤,血脉偾张",留给诗人咫尺天涯的伤痛、落寞与无奈。所以有人指出,《漂泊体验与政治无意识:洛夫诗歌研究》"对诗人及现

---

① 邓艮:《流散体验与诗歌写作:海外华文诗人洛夫访谈》,《理论与创作》,2010年第2期。
② 别林斯基:《别林斯基论文学》,梁真译,新文艺出版社,1958年版,第79—80页。
③ 邓艮:《漂泊体验与政治无意识:洛夫诗歌研究》,陕西人民出版社,2020年版,第153页。
④ 洛夫:《诗人之镜》,大业书店,1969年版,第31页。
⑤ 洛夫:《雨想说的:洛夫自选集》,花城出版社,2006年版,第13页。

代人心中的故乡与乡愁究竟何去何从，绘制了一条清晰的线索"。①

然而，当禁锢四十年之久的亲情乡愁成为现实的抵达，带来的却是对记忆的摧毁和消解。身临故土，诗人不再是咳血的"凋残的杜鹃"，虽"岭外音书断，经冬复历春"（宋之问语），但近乡情怯的浓郁、陌生、消亡与深沉，积聚胸中难以排解，真正跌进人事沧桑后无法平静的"一掌冷雾"。皈依之艰在还乡访游时期表现得尤为明显，历史与生存的双重乃至多重"漩涡"无形地逼促着洛夫。邓著熟稔地操作这种由时间、历史与政治合力割划的伤痕，并在文字中诠释着历史负重带给洛夫的伤与痛。

邓著引《与衡阳宾馆的蟋蟀对话》全诗，并以近千字详述其中折射的政治无意识内涵。"醒来/不知身是客"②，重返家园以客自居，淡漠隔世外仍无寄身之所。"梦，多半黑白交错"，梦中的"原乡"脱离想象的真实而纷繁错乱乃至残破。"无主题奏鸣曲的配乐/窗外偶尔传来/从欧阳修残卷中逃出来的秋声。"乡心的情感倾向逐渐模糊和偏移，秋风唏嘘，秋叶坠落，掩着"故乡是异乡"的难解和重负。梦已彻底遗失却也无处寻觅："从枕头到床底，从墙角到门缝，从满城灯火，到鸡鸣三声。"围困和挣脱、显见与隐秘甚至可视可听的理想精神原宿归而未得或不可得。身体枷锁已解除，可命定的园地竟无法锚定焦灼难耐的思归之心，更难以安放半生漂泊后的皮囊与精神内核。从一段历史走向另一段，身在故土心已茫然，而生存姿态也因现实与历史的缠绕而渐次蜕变为涸泽之鱼、作茧之蚕及丝上摆荡一生的老蜘蛛。"唧唧/唧唧唧唧唧唧……"蟋蟀声贯通全诗，此起彼伏隐隐作痛，"悠扬归梦惟灯见，濩落生涯独酒知"（李商隐语）的阴霾尚未消退。"唧唧唧唧/听你的叫声好像瘦了不少"，形影瘦削也隐藏着一层抵御时间之伤的坚执与摆荡之态。"物是人非重惆怅"，时过境迁的悲鸣是自我选择，也是对噩梦拒绝和思疑后的身份之惑和行走之音。洛夫当下所缺少的东西为乡土所承载，并进而发展为"一个思念的美学对象""一种回忆""一个灵魂归宿的符号"③。诗人在释放与克制中将郁结于心的愁情与人生体验结合，在泊地的游移和离索中寻找梦的原乡。

三、启蒙之变：主体的犹疑、审视与探险

诚然，在本书中，作者借用詹姆逊"政治无意识"理论并阐明用此理论

---

① 李雪凤：《从望乡到原乡——评邓艮〈漂泊体验与政治无意识：洛夫诗歌研究〉》，《华文文学评论》（第八辑），四川大学出版社，2021年版，第375页。
② 洛夫：《昨日之蛇》，凤凰文艺出版社，2018年版，第11页。
③ 刘英：《全球化时代的美国文学地域主义研究》，《国外文学》，2010年第2期。

解读洛夫诗作的有效性和理论活力，但同时也应承认，詹姆逊将叙事的研究引入社会、文化层面的同时仍有不足，一种理论无法将人类社会丰富多变的生活和文学一网打尽。英国文论家肖恩·霍默曾说，"他的注意力集中在每一个特定的研究对象上——象征行为，意识形态素和形式的意识形态——而每一对象都与不同的文本发生关系，这说明詹姆逊本人在这一点上也许仍然是不确定的"[1]。可见，詹姆逊的理论与实践之间无法完全融合甚至难免出现断层，在其文本批评中，部分问题尚未得到完美解答。

概括洛夫一生诗学理念、人生感悟、形而上哲学思考及宗教终极关怀的长诗《漂木》，展示了洛夫的"天涯美学"。"作为20世纪中国历史苦痛的参与者和承担者"，洛夫"以诗坚持对'心灵的原乡'和'远方的梦'的搜寻，以一种悲悯情怀张扬起人之尊严的旗帜，而唱响了'一首失声天涯的歌'"[2]。这是邓艮对"天涯美学"的阐释与补充，这一新的角度也得到洛夫本人的欣赏和认可。然而，此般诗美风格的抽象产物读者只能无限接近，或四处环绕甚至给出新解，难以更具体或清楚地阐明这一理念。当然，作者选借"政治无意识"来推进洛夫诗歌文本的解读，以复杂共生的分析策略着眼更为广阔的历史与文化领域，无论对洛夫诗歌本身的研究，还是目前中国现代新诗建设，应当是有一定借鉴意义的。

当今诗坛仍存在诸多相关问题，如"平淡、冗长、散乱的语言""形象成堆而无鲜明色彩"及"意象堆砌而无新颖"[3] 等。洛夫诗歌语言在"漩涡"之外印刻着文本与世界的多种象征关系，也展现了时代下主体的犹疑、审视与探险。这种以漂泊体验深化诗人内心意识的独特表现，丰富了现代新诗的创作理路和诗歌综合效果，在一定程度上扭转了部分新诗趋于空洞化、口号化乃至抒情的感伤化局面，在碰撞中交融并形成互联互通、创新与重建的新格局。作为艺术探险者，洛夫同多数诗人一般，惯于"始终坚定走自己的路，从不拘束于任何现行的技法和套路，而是充满探险精神，或在寻找中发现，在探索中蜕变；或开辟另一条道路，寻找一种与众不同的表现方式"[4]。

海外华文诗歌何以走向经典及其审视、考察与建构的问题这里暂且不论，单从作者整体叙述倾向而言，洛夫在历史时空中形成的对生命、存在、世界

---

[1] 肖恩·霍默：《弗雷德里克·詹姆森》，孙斌、宗成河等译，上海人民出版社，2004年版，第68页。

[2] 邓艮：《漂泊体验与政治无意识：洛夫诗歌研究》，陕西人民出版社，2020年版，第55页。

[3] 李骞：《诗歌结构学》，中国社会科学出版社，2017年版，第55页。

[4] 庄伟杰：《论海外华文诗歌走向经典的可能性》，《暨南学报（哲学社会科学版）》，2015年第6期。

等的深刻体认,已然具备经典作品应有的特质。洛夫"以现代为貌,以中国为神"的"大中国诗观",实际上是一个"意义更为广袤的中国"①,海外华文文学中家国及文化观念在变化后归一,对故国及原根性的追寻是其共有的意愿。诗人已逝,其所倡导的"大中国诗观"不应随时间消沉,而应在强调"宽容的多元文化"②重建的使命中得到公允的回应与重建。换言之,邓著对洛夫诗歌的研究,也意味着在语言多重"漩涡"中追踪、发现和寻找经典。

　　读完此书颇获新意,也为作者毫分缕析的求索精神所折服。其一,引千家之言,叙客观之实;其二,抓有限文本,究繁复之意;其三,思张弛有度,达理解之情。作为诗歌研究专著,作者笔底生花,脱离枯燥晦涩之感,更多的是通达和清朗。怀有诗人一般的赤子之心,在异乡人共鸣的基础上,本书作者或许曾体验或正在经历人生漂泊之旅,得一超越与旷达的情怀,使其文字与洛夫诗歌的理想精神契合、融洽。如作者所言,诗歌"以其无可代替的诗性功能""让记忆不断地在阅读和阐释中延宕其可能性"③。在厘清历史与文本关系的同时,以清醒的姿态重新审视作品的多种可能性,回归文学性中最本真的关于"人"和社会核心价值重建的问题,试图为现代汉诗经典的建构寻找更多的可能。

---

① 古远清:《"以现代为貌,以中国为神"——论洛夫诗歌观的蜕变》,《新文学史料》,2020年第3期。
② 朱立立:《阅读华文离散叙事》,人民出版社,2015年版,第324页。
③ 邓艮:《漂泊体验与政治无意识:洛夫诗歌研究》,陕西人民出版社,2020年版,第244页。

简析"麦坚利堡"主题下台湾现代派诗人的诗歌创作

——以罗门、洛夫、张默为中心

卢思宇[*]

"麦坚利堡"作为第二次世界大战给世界带来的创伤记忆之一,在 20 世纪 60 年代初及 80 年代末 90 年代初先后给台湾现代派诗人留下了深刻的印象,其中罗门、洛夫、张默三位诗人先后围绕"麦坚利堡"主题完成了四首诗歌创作,在约三十年的时间跨度中形成了一种同主题创作下的对话场域。本文意在梳理台湾现代派诗人围绕"麦坚利堡"主题进行创作的脉络,从三位诗人异质的表达中寻找同质的内蕴,并探究在这一场域中三位诗人对于现代派诗歌艺术的自我改造与别样呈现。

在对于台湾现代派诗歌创作的研究中,罗门写于 1961 年的《麦坚利堡》历来是学界热议的重要篇目。但《麦坚利堡》在诗歌史上绽放其傲人光彩的同时,巨匠杰作的阴影也在客观上遮蔽了"麦坚利堡"主题下一个完整的创作场域。若以人类战争史上超越国族概念的"麦坚利堡"为观察台湾现代派诗人创作的窗口,则可以梳理出一条由罗门《麦坚利堡》为始,洛夫《白色墓园》、张默《初访美坚利堡》为其组成部分,又以罗门《一直躺在血中的"麦坚利堡"》为收束的、完整的"进入世界"的道路。这条道路以罗门之创作始,以罗门之创作终,形成了一种回环往复的结构和一种具有磁性的对话场域,具体则可以从意象的运用、叙述的差异、精神的殊途同归这三个方面对其予以观察。

一、意象的组合排列:贯穿始终的"白色十字"

麦坚利堡(Fort McKinley)是位于菲律宾首府马尼拉城郊东南角的一座美军公墓。公墓内"唯以雪花大理石的十字架做坟碑。一坟一碑,碑刻死者

---

[*] 卢思宇,四川大学中国现当代文学硕士研究生。

姓名、州籍、部队番号、捐躯年月"①，用来纪念在第二次世界大战中阵亡于太平洋战场的七万余美军将士。

在台湾现代派诗人以"麦坚利堡"为主题展开的创作中，罗门之《麦坚利堡》是最为"气魄宏壮，表现杰出"②的诗作之一。使用具有冲击性的意象是现代派诗歌艺术的显著特点。罗门在作品中完成了一系列具体意象与抽象形容词的排列组合，这种具有极强阅读冲击感的组合在原诗第三、四、五节中得到了很好的体现，例如诗歌第三节：

血已把伟大的纪念冲洗了出来
战争都哭了　伟大它为什么不笑③

上述诗句中，"血"这一具体意象与"伟大"这一抽象的形容词被嵌入同一语境之中，在表达效果上使得麦坚利堡"像一张由'血'当显影、定影溶液冲洗出来的伟大的纪念性的照片"④。

又如诗歌第四节：

睡熟了麦坚利堡绿得格外忧郁的草场⑤

具体的"草场"意象与色彩"绿"之搭配是符合读者习惯性认识的，但在一般读者的审美体验中绿色的草场并不会让人感到"忧郁"；然而作者选择将抽象化的"忧郁"组合进入诗句中，带来了一种新奇的、具有"陌生化"特色的艺术表现力。这一系列表达具有独特的效果，使读者在接触到诗歌的核心意象"墓碑"之前仍然可以体验到字里行间流露出的现代派诗歌气质。

而在罗门所作之《麦坚利堡》中，最为核心的意象首次出现在第三段中，又在末尾的第五段得到补充：

七万朵十字花　围成圆　排成林　绕成百合的村
在风中不动　在雨里不动
沉默给马尼拉海湾看　苍白给游客们的照相机看⑥
……
七万个故事焚毁于白色不安的颤栗⑦

---

① 流沙河：《独唱》，花城出版社，1989年版，第128—129页。
② 蔡源煌：《门罗天下：当代名家论罗门》，文史哲出版社，1991年版，第125页。
③ 罗门：《第九日的底流》，蓝星诗社，1963年版，第67页。
④ 蔡源煌等：《罗门论》，中国社会科学出版社，1995年版，第380页。
⑤ 罗门：《第九日的底流》，蓝星诗社，1963年版，第68页。
⑥ 罗门：《第九日的底流》，蓝星诗社，1963年版，第67页。
⑦ 罗门：《第九日的底流》，蓝星诗社，1963年版，第69页。

在"白"色的"十字"形墓碑作为全诗的核心意象走向诗歌表现的"前台"之前,《麦坚利堡》给读者带来的是连续不断的悬念:出现在诗歌开篇的"战争"是一个抽象化的名词,却被赋以"哭"与"笑"这种非常具体可感的行为方式,这种奇异的拼合方式诱惑着读者继续探索下面的诗行。"太阳已冷/星月已冷"是一种具有印象派艺术风格的表达,但"太平洋的浪被炮火煮开也都冷了"却以一种冷酷的、略带口语化色彩的通俗语言打破了这种与印象派艺术特点相关的联想。"史密斯""威廉斯"这两个在欧美国家高频使用的人名被抛出,又因其普遍化特点而令人难以将其与具体的形象、人物产生联系;作者在接下来的诗句中接连提到"死亡""伟大"等宏伟而抽象的概念,同样也无法通过具体的意象实现诗歌精神的寄托与外化——诗歌前十行中的一系列表达都是"悬于空中"的,直到"七万朵十字花"的出现:这一核心意象将"战争""死亡""伟大""无救"等抽象词汇浓缩到了同一个具象化的实体之中,并以整体性的"沉默"与"苍白"向诗篇的接收者放射着持久的威力,同时唤起接收者内心本能的"战栗"之感。

作为麦坚利堡墓园的主体部分,数以万计的大理石十字架同样是洛夫与张默同主题诗作中的重点意象,例如张默在《初访美利坚堡》的开篇就用拟人技法描写十字形墓碑,并在诗歌结尾处以同一意象进行收束:

> 从来不知道自己是白色
> 以及被刻成十字式的古典的碑石
> 你们一尊尊的
> 木立
> 对望
> 喋喋
> 以及无缘由的被栽在一行行的僻静里
> ……
> 且让那无垠的
> 连天的,一片排山倒海的白,白,白……
> 恣意地,把
> 人间的赞叹幽怨与荣枯
> 一起吞没①

在张默的艺术塑造中,十字形碑石的"举止"与"情绪"极富日常化色

---

① 张默:《中华现代文学大系 诗卷 1—2》,九歌出版社,1989年版,第274—275页。

彩,"木立""对望""喋喋"的碑石在作者的表述中难以激发读者对于"伟大""静穆"的想象,其自身反而成为一种读者可以与之对话的、存在于生活中的形象。当然,诗人的表述并没有把麦坚利堡完全等同于一种日常生活的普通产物,"那无垠的/连天的,一片排山倒海的白,白,白"可以"吞没""人间的赞叹幽怨与荣枯",具有鲜明色彩的典型意象仍可以在给读者带来巨大冲击的同时,使人产生"战栗"之感。

洛夫的诗歌创作《白色墓园》则从诗题开始便给读者带来威严的重压。"墓园"之"白"在每一诗行中均会出现,诗歌的正文内容出现了四十次"白",鲜明的色彩贯穿了诗篇始终。在洛夫笔下包含"野雀""墓草""滩头""玫瑰""落日""鸽子""钢盔""鸢尾花""灰烬"等在内的诸多意象中,出现在诗歌第十行的"十字架"是全诗的灵魂意象:

> 白的　　　　　碑上的名字,以及
> ……
> 白的十字架的臂次第伸向远方①

十字形碑石是墓园的主体部分,而碑石的"白"是"墓园"之"白色"的直接来源。在罗门的"十字花"之喻与张默对于十字形碑石的人格化叙写之外,洛夫另辟蹊径地以"十字架的臂次第伸向远方"表现出十字碑在空间中具有横向动态延展性的形象特点,纪念死者的十字形碑石如同活物般将其"臂""次第伸向远方",使读者跟随着诗人的反常书写开启对于麦坚利堡墓园情状的无限遐想。

罗门则在《麦坚利堡》完成的二十九年后,又创作了《一直躺在血中的"麦坚利堡"》,新作中的表述与旧作形成了跨越时空的呼应:

> 你用数不尽的十字架
> 写下那么多加号
> 究竟要把世界加到哪里去②

在罗门90年代初期以麦坚利堡为主题的新作中,十字架依然是最为核心的意象。诗人在波斯湾沿岸战争的时代背景下,面对人类战争中"牺牲"的纪念符号"麦坚利堡",提出了"加号"之新喻,"加号"是生命等式的运算步骤,等式的终点总是刺目的"死亡"。而读者在重新产生"战栗"之感的同时,又会在诗篇的第二部分再次看到"十字花"之喻:

---

① 洛夫:《洛夫诗选》,中国友谊出版公司,1993年版,第208页。
② 罗门:《罗门诗选》,中国友谊出版公司,1993年版,第21页。

> 满目白茫茫的十字花
> 在风雨中开
> ……
> 其实一直躺在血里的麦坚利堡
> 你只是一片白茫茫永远死不了的死亡①

"墓碑"这一核心意象在诗歌的临近结尾处以"白茫茫"的色彩再次呈现在接受者眼中，却并不会对读者施以无法排解的威压之感。作者的表述冷静而平和，并未流露出将读者引入深渊的绝望之意。而这种冷静与平和又不局限于罗门的笔下，在整个台湾现代派诗人群的"麦坚利堡"创作中，虽然意象的使用极富现代派诗歌艺术的表现力，其情感却总是能够保持相对客观、公正。

二、结构的多重变化：游走在破碎边缘的自由诗体

对于现代派诗歌而言，诗体的自由与格律的多变是其在结构层面上的显著特点，这一特点在台湾现代派诗人有关麦坚利堡的诗作中得到了很好的体现。

在罗门对于现实意义下麦坚利堡的观察过程中，他将墓园中事物的状貌形容为"非常壮观也非常凄惨地排列"②，《麦坚利堡》中各种意象的排列并没有遵循惯常意义下"史诗"式的齐整；公刘将《麦坚利堡》评为"结构宏伟的名篇"③，这种"宏伟"主要体现于诗人从"全人类"的视角出发，对于作品整体格调作出的强力把握。而细究《麦坚利堡》诗作的具体分段方法、句式选择、单句长度、韵律对应，则表现出一种多变而自由，几乎游走于破碎边缘的结构特点，但正是这种极其自由的表现形式使得诗歌散发出现代派的艺术精神，例如诗歌的第二段：

> 史密斯　威廉斯　烟花节光荣伸不出手来接你们回家
> ……
> 在死亡的喧噪里　你们的无救　上帝又能说什么④

这些自由的诗行中，还隐藏着可供读者缘之而下，直击心灵中神秘幽微

---

① 罗门：《罗门诗选》，中国友谊出版公司，1993年版，第23页。
② 罗门：《第九日的底流》，蓝星诗社，1963年版，第69页。
③ 罗门：《〈麦坚利堡〉特辑》，文史哲出版社，1995年版，第45页。
④ 罗门：《第九日的底流》，蓝星诗社，1963年版，第67页。

处的"阶梯",例如:

> 史密斯　威廉斯　在死亡紊乱的镜面上　我只想知道
> 那里是你们童幼时眼睛常去玩的地方
> 那地方藏有春日的录音带与彩色的幻灯片①

张默《初访美坚利堡》一诗的"破碎"特质同样强烈,其首段中便以"木立""对望""喋喋"等动词单独成段,诗中难觅完整之语句,散发出一种破碎与重建式的独有魅力,如:

> 你们一尊尊的
> 木立
> 对望
> 喋喋②

《白色墓园》所体现出的结构特点是台湾现代派诗人同主题创作中最为别致的。洛夫在破碎的意象中,抓住了异质意象的同质化特点,并将其无限放大,直至特点的"阴影"足以笼罩诗歌中特点并不鲜明的意象。在诗歌第一节的前二十行中,作者"以表现墓园之实际景物为主,着重静态气氛的经营",因此每道诗行都以重复之形容词"白的"为开始;诗歌次节的十九行"则以表达对战争与死亡之体悟为主,着重内心活动的知性探索"③,每道诗行均以"白的"作结,这体现出了一种极其自由且妖异的绘画之美,整首诗作进入到读者的审美体验中时,内部意象的冲突与矛盾却与协调优美的整体结构完美融合,如:

> 白的　　　　一排排石灰质的脸
> 白的　　　　干干净净的午后
> ……
> 白的　　　　碑上的名字,以及
> 白的　　　　无言而骚动的墓草
> ……
> 这里有从雪中释出的冷肃　　　白的
> 不需鸽子作证的安详　　　　　白的④

---

① 罗门:《第九日的底流》,蓝星诗社,1963年版,第67页。
② 张默:《中华现代文学大系　诗卷　1—2》,九歌出版社,1989年版,第274页。
③ 洛夫:《洛夫诗选》,中国友谊出版公司,1993年版,第210页。
④ 洛夫:《洛夫诗选》,中国友谊出版公司,1993年版,第208—209页。

罗门诗歌结构上的"自由"在《麦坚利堡》中体现得尚不鲜明，却可以在《一直躺在血中的"麦坚利堡"》里得到深度的体现，作者明显从初见麦坚利堡时的深度"战栗"中解脱出来，搭建诗歌结构时更加洒脱自如，这使得诗歌的第一节甚至呈现出一种蛇形的扭动之姿：

> 问沉睡在石碑上的一排排不朽
> 它连看都不看
> 要不是那几个来旅游的摩登女郎
> 把她们的红嘴唇红指甲与红宝石
> 红到太平洋海底的血里去
> 将她们的胸部腰部与臀部
> 摆动到太平洋海底起伏的坟园上来
> 那些被炸弹炸开的浪花
> 怎会变成她们香浴中的喷雾
> 那七万条被炮弹炸碎的生命
> 如何用血在海底酿造着
> 枪口炮口伤口喝不尽的红葡萄酒①

三、精神的殊途同归："强烈感受"与"平常心"的同质性

在《〈麦坚利堡〉诗写后感》一文中罗门表示："在我步临该堡时，只感到内心里发生一种莫名的战栗，它是来自那冷寂、凄惨与死灭的世界，并以笼罩性的势力向我直压下来……"② 在罗门的表述中，"战栗"这种具有"笼罩性"的强烈感受源自"冷寂、凄惨与死灭的世界"，并外化为墓园中数以万计的十字架；"麦坚利堡是浪花已塑成碑林的陆上太平洋/一幅悲天泣地的大浮雕/挂入死亡最黑的背景"③，在这里"空间与空间绝缘，时间逃离钟表"④，整座墓园宛如一枚深渊之目，向世人投以直击灵魂的凝视。"战栗"是"麦坚利堡"作为具象化存在时给自身带来的最直接、最具冲击力的感受；而这种感受并未沦为一种瞬时的或易逝的记忆，而是缠绕着诗人"不肯松手"；这幽微的情感体现了诗人对于绝对理性与"祛魅"的对抗，但诗人却并没有重回

---

① 罗门：《罗门诗选》，中国友谊出版公司，1993年版，第22页。
② 罗门：《第九日的底流》，蓝星诗社，1963年版，第70页。
③ 罗门：《第九日的底流》，蓝星诗社，1963年版，第69页。
④ 罗门：《第九日的底流》，蓝星诗社，1963年版，第68页。

神秘主义抑或超现实主义的荒废之路，而是直面内心，开启了新的"返魅"之途。"它是一种富于现代精神奥秘感的东西，有极大的诱惑力……不受观念与理念世界的束缚，也不受学问与智识的拖累，更不受主知或主情等无关紧要的问题干扰"①，这种精神上的"战栗"对应到诗人的举措上便表现为"茫然"："超过伟大的/是人类对伟大已感到茫然"②。

然而，这种巨大的"战栗"之感却被收束在墓园的内部，"太平洋大战区沧波何等辽阔/而今微缩在郊区的一角"③，墓园之下"一望无垠的绿坡"④ 成为麦坚利堡散发威压之感的缓冲地带。墓园之外甚至会有当地的"菲国诗人"表示："附近有日本的咖啡茶馆/非常著名且去坐坐"⑤。如果说麦坚利堡"沉默给马尼拉海湾看/苍白给游客们的照相机看"⑥ 可以解读为游客在庄严、静穆的氛围之中感受战争的重如千钧与死亡的真切可怖，进而生发出对于"和平"的深度思考，那么墓园"附近有日本的咖啡茶馆/非常著名且去坐坐"出现在对于麦坚利堡的审美感知过程及其引发的社会历史思考中则是一种对于"伟大"与"崇高"的消解。

"现代艺术与现代诗已成为掷击现代人战栗性灵的匕首，套住现代人动乱内在的缰绳。"⑦ 对于"伟大"与"崇高"的"消解"在20世纪西方现代主义文学中是一个经典命题，但罗门无疑谨慎地对此持保留态度，他的创作体现出西方现代派诗歌的特色，却并没有全然接纳"西方"的一切。对于罗门而言，"像海明威那样"认为"'伟大和不朽'完全是空洞的东西"⑧ 并不是他在精神方面所选择的道路。海明威的战争体验是深刻而特殊的，他以《永别了，武器》等作品抨击诸如神圣、光荣、牺牲等字眼，在罗门的评估体系下，海明威式思考的地位高于"空乏的歌颂"，这种对于"伟大与不朽"的反思"接近人类真实性灵"。但最终罗门的思考结果则更为平和且公正，他并不试图解构"伟大与不朽"，而选择将"伟大与不朽"不被否定地留在其所应处的位置上，然后向它投以"人类"式的凝视。

当张默的作品《初访美坚利堡》被与罗门《麦坚利堡》并置观察时，前者在意象的冲击力与措辞的力量感等层面上确会给读者留下弱于后者之感，

---

① 罗门：《第九日的底流》，蓝星诗社，1963年版，第70页。
② 罗门：《第九日的底流》，蓝星诗社，1963年版，第66页。
③ 流沙河：《独唱》，花城出版社，1989年版，第128页。
④ 张默：《中华现代文学大系 诗卷 1—2》，九歌出版社，1989年版，第275页。
⑤ 流沙河：《独唱》，花城出版社，1989年版，第128页。
⑥ 罗门：《第九日的底流》，蓝星诗社，1963年版，第67页。
⑦ 罗门：《第九日的底流》，蓝星诗社，1963年版，第76页。
⑧ 罗门：《第九日的底流》，蓝星诗社，1963年版，第71页。

十字形碑石"从来不知道自己是白色",其塑造是"无缘由的",作者用以形容观察者"俯首默记姓名""惊心复印战史""迎风速读面容"等行为的词汇也是"无非是",这一系列的否定表述似有对于"麦坚利堡"意义的消解之感,甚至作者在诗歌附记中坦言创作心态:"回国之后特以平常心写成此诗以志之"①。但透过诗人的表层叙述,不难在诗歌的正副文本中寻觅踪迹,以探究其真实心境。

譬如诗歌的第二段中:

叫我们这些活够了几万几亿几兆秒的过客
对你们说些什么好呢②

作者将"我们"称为"活够了"的"过客",这是一种略带幽默气质的表述,同时为身份做了"过客"定性,将自身放置在麦坚利堡影响领域的边缘处,从而得以在表达感受时保持客观与平和;这也有助于理解"许多发霉的辉煌和不朽"③之句:此非作者有意识进行的对于"伟大"的消解,而是在首次关于麦坚利堡的审美体验中"内心感触良深"④,后又逐渐归于沉寂这一完整过程中的艺术创造。作者没有在对麦坚利堡的感知过程中被这枚巨大的深渊之目吸入,这才使得《初访美坚利堡》创作之时作者能够"以平常心写成此诗",不至于在诗歌中呈现出彻底的现代派诗歌状貌。

由此可见张默通过《初访美坚利堡》所想传达的,也绝非"像海明威那样"认为"'伟大和不朽'完全是空洞的东西",而是从一种更为冷静、平和的立场出发,得到与罗门相似的结论:诗人可以作为"人类"的一分子,站在悲剧命运的总结局上对"伟大和不朽"投以凝视。

洛夫《白色墓园》之叙述则是作者创作精神的高度再现,其强度似乎介于《麦坚利堡》《初访美坚利堡》两首诗歌之间:"抵达墓园时,只见满山遍植十字架,泛眼一片白色,印象极为深刻,故本诗乃采用此特殊形式,以表达当时的强烈感受。"⑤这种"强烈感受"被一层结构的外壳包裹,但其内蕴却体现出"温柔"的底色,并未以威严的重压迫使读者保持审美距离,例如:

严肃的以及卑微的　　　　白的
在此都已暧昧如风　　　　白的

---

① 张默:《中华现代文学大系　诗卷　1—2》,九歌出版社,1989年版,第275页。
② 张默:《中华现代文学大系　诗卷　1—2》,九歌出版社,1989年版,第274页。
③ 张默:《中华现代文学大系　诗卷　1—2》,九歌出版社,1989年版,第274页。
④ 张默:《中华现代文学大系　诗卷　1—2》,九歌出版社,1989年版,第275页。
⑤ 洛夫:《洛夫诗选》,中国友谊出版公司,1993年版,第210页。

>   如风中扬起的　　　　　白的
>   一袭灰衣。有人清醒地　白的①

"严肃的以及卑微的/白的/在此都已暧昧如风/白的"之句，蕴含了诗人对于战争与死亡之体悟；作者在轻描淡写间完成了对于"伟大"与"崇高"之狂热心态的冷却，却又以"一袭灰衣。有人清醒地/白的"之句表明此次创作并未指向对于"伟大"与"崇高"的消解——台湾现代派诗人用作品达成了共同的默契，人类可以冷静而平和地注视"伟大"与"崇高"，而非急于对其献上颂词或完全相反地表露无情的消解——罗门在《一直躺在血中的"麦坚利堡"》中也运用了与《白色墓园》近似的温柔、暧昧的语言与表述方式，"有时遇上风雨，一站在七万座白色不安的十字架前相当感人，故又动笔写了这首重见'麦坚利堡'的诗"②，在与张默、洛夫相近的创作时间点上，罗门也用旧题新作的方式，更为明白直露地实现了台湾现代派诗人同质化的精神表达。

结　语

谢冕先生在为《罗门诗选》所作的序言中认为："对于中国诗人来说，现代性的拥有是一个艰难的命题，因为中国有悠远灿烂的古代和惊心动魄的近代因而习惯于忘却甚至排斥现代。"③"即使是曾经远涉重洋的游子，跨出之后也常收回那迈出的一步而重返那一种封固停滞的古典氛围和情趣之中。因此中国新诗史上真正进入世界的诗人并不多见。"④ 谢冕先生的表述正是对20世纪50年代以台湾现代派诗人为代表的一代诗人展开诗歌艺术探索之背景的真实反映。而台湾现代派诗人创作之独特性便在于：诗人们在排除纯粹理性及情绪、追求现代性与超现实性的诗歌创作理念指引下，探索着一条使诗歌突破旧有"民族诗型"的范式，进而走向"世界"的道路，同时对诗歌艺术中的"现代"尝试保持客观与理性。"麦坚利堡"因其历史内蕴的丰富性成为罗门、洛夫、张默等台湾现代派诗人创作的重要主题，也成为观察诗人们在现代派诗歌艺术影响下异质化表达中同质精神内蕴的一个窗口。因为对于台湾现代派诗人群体而言，超越母国的传统进而趋向西化并非一种文化上的"被殖民"，而是其试图发挥意象语言潜能的极致，以实现对于生命悲剧性之呈现的一种尝试。

---

① 洛夫：《洛夫诗选》，中国友谊出版公司，1993年版，第209页。
② 罗门：《罗门诗选》，中国友谊出版公司，1993年版，第23页。
③ 罗门：《罗门诗选》，中国友谊出版公司，1993年版，第6页。
④ 罗门：《罗门诗选》，中国友谊出版公司，1993年版，第4页。

海外华文文学研究

从"复数"记忆、双乡叙事到离散为"家"
——论马华留台作家钟怡雯的离散书写[*]

赖秀俞[**]

作为华文文学"游牧民族"谱系中的一员,钟怡雯的文学实践在跨界离散的文化脉络中占据重要位置。以离散书写为创作中心,从南洋到台湾,钟怡雯将个体生命经验嵌入华人族群移民记忆的线索中进行叙述,离散者的文化认同构成其所要处理的核心命题。钟怡雯不仅对两代人的"神州"想象进行"复数"建构,道出祖孙族群记忆的代际之异,并且透过叙述原乡与异乡之间的"视差之见",对乡愁之思展开探索,进一步思考何以为"家"的问题。钟怡雯针对离散进行了创造性解读,指出在空间与时间两个层面之外,离散也指向记忆维度,同时揭示了离散作为一种认识装置,是破除原乡－异乡文化认同困境、重塑主体身份的有效路径,为华文文学中的离散书写勾画了一种有启发意义的文学可能性。

在台湾文学场域中,马华留台作家的文学实践独具异质性与革命性。这是因为,他们融合了马来西亚与台湾的地域特征和文化景观,缔造了独特的文学传统。更重要的是,这些文学创作始终是离散书写的有力实践,它们尤其关切游走于多重乡土之间的文化认同问题。这种文学身世提示我们关注德勒兹(Gilles Deleuze)、迦塔利(Felix Guattari)以卡夫卡在德国的离散写作为源头衍生出的"少数文学"(minor literature)论述。"少数文学"又称"小文学"。黄锦树曾接续"少数文学"的说法,指马华留台文学从半岛到岛屿,始终是一种"岛屿小文学"。[①] 依据德勒兹与迦塔利的定义,"少数文学"指的

---

[*] 基金项目:本文系国家社科基金青年项目"马华留台作家研究"(编号:16CZW041)的阶段性研究成果。

[**] 赖秀俞,厦门大学台湾研究院博士研究生。

[①] 黄锦树:《华文少数文学:离散现代性的未竟之旅》,黄万华:《多元文化语境中的华文文学:第十三届世界华文文学国际学术研讨会论文集》,山东文艺出版社,2004年版,第291页。

是"少数族裔在多数（major）的语言内部建构的东西"①。相对于占据中心位置的主流文学而言，"少数文学"以身居边缘的创作者对移民记忆和族群历史的书写为主要内容。它指向异质文化话语空间的开辟，具有强烈的革命属性与颠覆意义。正如德勒兹所指出的："写作就是发现自己未到达的地方，自己的方言，自己的第三世界，自己的沙漠。"② 自20世纪90年代以来，台湾的文学奖、报纸、杂志以及出版社等一系列文学生产制度推动了马华留台文学的发展，这不仅开拓了台湾文学的跨界空间，而且通过文学资本的积极运作，对"少数文学"进行了文化赋权，使马华留台文学逐步建立起自己的传播脉络与评论空间。在这种背景下进行创作的钟怡雯，代表着马华留台文学中珍贵的女性声音。钟怡雯来自马来西亚，以留学为契机开始赴台生活，并展开文学活动。她以散文斩获大量文学奖，跃进台湾文学场，而后留台任教。钟怡雯的文学实践折射出由丰沛的原乡情结和复杂的离散体验交织而成的"情感结构"（structure of feeling）。与此同时，钟怡雯也有意在创作中处理族群记忆与文化认同问题。然而，由于多年留台的生命体验，包括钟怡雯在内的马华留台作家的"边缘感"早已消散，取而代之的是经验的"在地化"。在此，我们可以追问的是：在如今这个人类于全球多地离散、族群记忆进一步散佚的时代语境中，钟怡雯如何在其生命经验已然"在地化"的基础上，开拓具有族群主体性的文学空间？本文将围绕钟怡雯多年来的散文创作，考察其中的离散书写所指涉的文化语境、历史渊源与精神诉求，试图回应记忆、离散与认同三者之间的关系问题。

一、谁的"神州"：记忆的"复数"建构

相对于主流族群记忆而言，少数族裔的族群记忆一直处于边缘位置。于是，以文字为媒介，书写自己的族群记忆便成为"少数文学"之革命性、颠覆性的一大体现。钟怡雯也视记忆为重要的文学生产资源，将个体生命经验置于华人族群移民记忆的脉络中进行叙述，并由此探讨华人移民族群的文化认同问题。例如在《我的神州》一文中，钟怡雯从移民后代的身世出发，以"神州"想象的"复数"建构为中心，书写祖孙两代人的族群记忆。

族群记忆的传承是祖辈与子孙后代进行连接的重要环节。在钟怡雯笔下，

---

① 吉尔·德勒兹、费利克斯·瓜塔里：《游牧思想》，陈永国译，吉林人民出版社，2011年版，第108页。

② 吉尔·德勒兹、费利克斯·瓜塔里：《游牧思想》，陈永国译，吉林人民出版社，2011年版，第111页。

作为华人移民族群记忆的内核，祖辈的"神州"记忆指华人移民昔日在中国生活的原乡记忆。在祖辈的讲述中，"神州"记忆一再被"神话化"，如"爷爷"常将原乡称为"无与伦比的神州"①。并且，由于它锚定了移民后代至为重要的族群身份，移民后代从小就被一再灌输祖籍的所在地及其相关记忆。而面对祖辈的"神州"记忆，虽然新一代无法感同身受，但是它在祖辈的重复讲述中变得日益深刻。钟怡雯写道："广东梅县。多么深刻的地理名词，即使化成灰，它也会变成四颗喋喋不休的舍利子。"② 与此同时，祖辈的"神州"既非一个知识图谱，也非一个政治实体，而是一个带有强烈情感色彩的想象对象。因此，被反复描摹的"神州"想象，可谓一个附着于移民族群社交网络中的开放文本。在异国他乡，移民族群拥有自己独特的社交网络，呈现出显著的群落特性。钟怡雯笔下的"'合兴'茶室"就是典型例子："镇上有个消息传播站，那是街场的'合兴'茶室。'十个潮州佬，有九个冲茶。'……这时候，通常是一天劳作结束后的傍晚。夕阳在红毛丹树叶间放光。留声机里，周璇捏着嗓子，尖声细气地哼唱"③。茶室售卖粤式点心、炒粉、粿条等带有广东特色的中华美食，是华人移民文化的象征空间。而在这个充满"唐山"风俗人情的空间中，移民之间除了互通民生消息，就是怀旧思乡。换言之，它是祖辈一代"神州"想象的寄居之地。在这里，"爷爷"只要一喝醉，就会大谈他的"神州梦"。

由于前代移民对后代移民频繁的记忆灌输，祖辈一代自"神州"迁徙、流动，并在异乡落脚、扎根的离散经验逐渐成为移民后代的中介记忆，这种记忆又可被称为后记忆（postmemory）。根据学者玛丽安·赫希（Marianne Hirsch）的阐释，后记忆指在隔代传承中，后代人所拥有的非源于亲身经历的记忆。前代人透过叙事或图像等传承形式，使那些触动他们至深的生命体验成为后代人的记忆。④ 尤为重要的是，记忆的传承内含情感的转移。离散过程中的情感体验会化作记忆的一部分，代代相传，移置到后记忆中。这使移民后代会对原本陌生的原乡文化产生一种情感层面的认同。

后记忆在此指认的情感移置试图回应这样一个问题：移民后代如何传承记忆，认知文化，建构认同？移民后代虽然在本土社会出生成长，但他们继

---

① 钟怡雯：《河宴》，三民书局股份有限公司，2012年版，第61页。
② 钟怡雯：《河宴》，三民书局股份有限公司，2012年版，第61页。
③ 钟怡雯：《河宴》，三民书局股份有限公司，2012年版，第70页。
④ 参见 Marianne Hirsch, "Surviving Images: Holocaust Photographs and the Work of Postmemory", in *Yale Journal of Criticism*, Vol. 14. 2 (2001), pp. 8 – 9. Marianne Hirsch, "The Generation of Postmemory", in K. Beckman & L. Weissberg (eds.), *On Writing with Photography*, Minneapolis: University of Minnesota Press, 2013, pp. 204–205.

承了前代移民关于原乡空间与迁徙经验的记忆遗产,从而对未曾谋面的原乡生发出一种想象的乡愁,对不曾经历的迁徙产生一种借来的体认。后记忆既属于一种记忆的复制,且具有浓烈的家族色彩,同时又指向一个生产性的想象空间。因此,我们可以借用法国社会学家皮埃尔·诺拉提出的概念"记忆之场"指称钟怡雯对祖辈一代"神州"记忆的书写,并在这个脉络里厘清文学实践、后记忆与文化认同的关系。通过对记忆场所的研究,诺拉旨在指出,对历史记忆的召唤能让人们产生对民族、国家的认同,而在这个过程中,文学书写为此二者带来的"缝合"作用尤为重要:"历史,是一个失去了深刻性的时代的深邃所在,一个没有真正的传奇的时代的真实的传奇。记忆被推到历史的中心:这是文学辉煌的葬礼。"[1] 在诺拉的界定中,"记忆之场"所指的就是借由叙事生产的记忆表征空间。在这个意义上,钟怡雯对祖辈一代"神州"记忆的文学叙述,可被认为是以唤起华人移民族群记忆为中心的"记忆之场",它勒令每一个子孙都必须重返祖辈的原乡记忆,清理自我身份的来龙去脉。

　　这固然反映出作为移民后代的钟怡雯对于认同问题的写作自觉。不过,对钟怡雯这些"土生土长"的移民第三代来说,乡愁的骨架虽犹存,乡愁的面目却早已更改。如何对后记忆作出自己的回应,构成移民后代难以回避的问题。在生于南洋的移民后代心中,祖辈视如生命的归乡执念与其说是一个耳濡目染的生命愿景,毋宁是一笔无法逃脱的历史债务。移民后代天生背负着沉重的家族记忆,这笔记忆遗产背后的认同问题成为他们不得不面对的命题。在钟怡雯的创作中,这种认同问题呈现为"神州"的双重指向:一方面,它指称祖辈念念不忘的"祖籍"——中国广东梅县,另一方面也指"我"的出生地——马来西亚的金宝小镇,"我终于明白,金宝小镇,就是我的神州""爷爷一再要离弃的金宝,最终却成了我的神州"。[2] 钟怡雯旨在说明:两代人对"神州"拥有着关联密切却又截然不同的记忆与认同。对于祖辈一代而言,移民后代的"神州"——南洋的金宝是他们的异乡,它不仅承载着他们初来乍到时的慌张与无措,而且在不同文化的夹缝中,时常唤起他们的归乡之思。并且,由于"爷爷"的异乡已变作"我"的原乡,"老唐山"尤其重视的唐山民俗传统也被移民后代逐渐"篡改",继而成为移民后代建构"神州"的素材。由此可见,移民族群的文化传统并非一成不变,而是一直处于"生成"状态。这些文化传统糅合当地的自然气候、本土习俗和人文风情,在移民族

---

[1] 皮埃尔·诺拉:《回忆空间:法国国民意识的文化社会史》,黄艳红等译,南京大学出版社,2020年版,第10页。

[2] 钟怡雯:《河宴》,三民书局股份有限公司,2012年版,第61页。

群中形成独特的文化空间。例如钟怡雯笔下作为华人移民后代生命源泉的橡胶树林："热天的新树是奶水丰沛的母亲，乳白的胶汁奶大了'老唐山'的子孙。"[1] 南洋的橡胶树林具有显著的地域特性，是一个指涉殖民与移民历史的文化符码。它不仅代表着一种常见的热带风景，而且是东南亚殖民史的象征之一，同时意味着早期大量华人移民的生存命脉。此外，钟怡雯指出，它还成为新一代移民躲避老一辈思乡之怨的逃逸空间。作为孙辈的"我"的出生，无疑是对祖辈扎根异乡的宣判。对一直以来盼望着返乡的祖辈而言，这是一个沉重的打击。"我"由此成为"爷爷"泄愤的对象，一直生活于压抑之中，只能羡慕那些成长于"不'唐山'"的"老唐山"膝下的孩子。在"我"的认知中，他们"比鸟儿还自由自在"。[2] 不难看出，祖辈的满腔乡愁早已变作新一代的精神负担。

这份原乡的乡愁、离散的痛楚直到"我"日后失去自己的"神州"——种满橡胶树的金宝小镇之后才真正切身地降临在移民后代身上："放眼望去，树胶被更具经济价值的油棕取代，熟悉的面孔愈来愈少……于是，我也开始了无止尽的寻觅，寻找那片消失的神州。"[3] 一如安置祖辈"神州"记忆的"茶室"被全球化时代的现代城市潮流吞噬后，祖辈的"神州梦"再无容身之所一样，移民后代的"神州"如今也变成了记忆中的风景。此时，在两代华人移民的族群记忆所构成的跨时空对话中，新一代移民才真正抵达同情与理解祖辈乡愁的起点。这份执着的思乡之情终于不再是他们的精神负担，"我"也像当年"爷爷"苦苦思念"神州"一样，在离散中展开了对原乡的追索，并在文学实践中试图建构自己的"神州"记忆。在这里，钟怡雯对两代人的"神州"记忆所进行的"复数"书写，揭示了离散记忆在隔代继承中的代际之异。

二、"视差之见"：双乡叙事中的乡愁之思

在马华留台作家群中，钟怡雯的早期创作多为怀乡主题，虽并未直接处理认同问题，但在对原乡的反思中，钟怡雯创作诉求的转变已是题中应有之义。当钟怡雯的创作焦点逐渐从眷恋无比的"野半岛"转移到漂泊离散的流寓生活时，先前隐而未现的认同困境与身份省思，在其中后期创作中"大行其道"。

---

[1] 钟怡雯：《河宴》，三民书局股份有限公司，2012年版，第63页。
[2] 钟怡雯：《河宴》，三民书局股份有限公司，2012年版，第64—65页。
[3] 钟怡雯：《河宴》，三民书局股份有限公司，2012年版，第71页。

作为一个只身自南洋赴台，于台湾铺展文学生涯的华人移民后裔，钟怡雯文学创作的乡土，不只指向两代人的"神州"，还有其所长期居住的台湾。这三个迥异的空间关切着从祖辈的跨洋迁徙开始，到落脚南洋后的子孙繁衍，直至移民第三代钟怡雯定居台湾之间所跨越的漫长时间。因此，此一时期钟怡雯所写的往事辑录肩负着一份交代身世的写作使命。它们甫一出场便在对原乡与异乡的辩证思考中，呈现了钟怡雯对认同问题的追溯。台湾学者陈义芝曾指钟怡雯有很深的"大孤独、小怪癖"，而这无疑是"莽莽苍苍的文化身世"使然。[①] 钟怡雯在厘清身份的归属、认同的边界、文学的血缘等议题上，的确有相当的自觉。这亦使此时钟怡雯的文字风格发生转变：告别了早期创作的张扬与活力，独有一种沧桑与孤寂。对此，曾有论者指出：钟怡雯的离散经历使其"对中国古典文学中的沧桑感采取认同"[②]。离散源于空间的隔绝与时间的流逝，这无疑让人在时空的距离中体悟乡愁。在追索"神州"的流寓生活阶段，钟怡雯的沧桑风格正源之于离散经验中的乡愁之思。

在钟怡雯笔下，这种乡愁之思呈现为一种"视差之见"。首先，钟怡雯对祖辈与后代的乡愁存在"视差之见"。两代人不仅在离散记忆的隔代传承中有代际之异，其乡愁的内核也有所差异。老一辈华人的乡愁源于早年告别故国，历经生离死别，到另一片土地上重新扎根的离散经验，而新一代华人的乡愁则大多是因为主动的离家远行，迁徙异地而产生的思乡怀旧之情。在两代人之间，乡愁的内核已大不相同。如钟怡雯写道："异乡月圆时，那在山巅水涯的家园会用美丽的颤音呼唤你，断断续续，若即若离。没有时代的苦难，也没有因生活的压迫加诸而成的无奈。乡愁缘于环境的陌生；对某些事物的怀念……"[③] 乡愁的内在差异使钟怡雯在文学实践中呈现出"视差之见"——对两代华人移民的原乡故事与离散记忆进行了选择性叙述：祖辈艰苦决绝的移民历史被一笔带过，取而代之的是移民后代温情脉脉的往日回忆，家族故事因而沦为抒情的注脚。其次，当流寓生活成为钟怡雯散文的经典主题后，原乡与异乡组成的"对照记"构成了乡愁的生发点。钟怡雯此时期的创作经常呈现出面对两个乡土——原乡与异乡、南洋与台湾之间的"视差之见"。人们离乡背井之后，记忆机制往往会对原乡进行层层赋魅。于是，在人们对往事的深情凝视中，昔日的原乡记忆俨然化身为一个完美无瑕的想象空间："那是

---

① 陈义芝：《推荐钟怡雯》，钟怡雯：《新世纪散文家：钟怡雯精选集》，九歌出版社，2011年版，第13页。
② 林青：《所罗门的指环——评钟怡雯的散文兼作本专栏的回顾》，钟怡雯：《河宴》，三民书局股份有限公司，2012年版，第253页。
③ 钟怡雯：《河宴》，三民书局股份有限公司，2012年版，第149页。

一个没有瑕疵和黑暗的世界……"① 就连原本让"我"困身于压抑、苦闷之境的坏天气——"赤道凶猛的热，干脆的午后雷阵雨"，在这种双乡之间的"视差之见"中，此时也变成了可供怀念的对象。② 在《回荡，在两个纬度之间》中，钟怡雯集中表达了离散者的文化认同在原乡和异乡之间来回摆荡的苦闷。她自陈迁居台湾后，对异乡充满"偏见"。而偏见源于对照，对照的对象则是"哺育我生命前十八年的原乡"③。原乡和异乡不仅意味着两个时空，而且还指向两个社会文化系统，乃至不同的"情感结构"。这种对照既是宏观的，同时也是微观的。对钟怡雯而言，原乡与异乡之间的差异细化至不同的社会文化对味觉的驯化上。由于舌头对味觉有着顽强的记忆，"我"不仅对异乡的气候、水土、地景等存在强烈的"偏见"，对食物的味道也有"视差之见"。而这种"视差之见"自然源于钟怡雯的"赤道之眼"——原乡的地域文化、风俗习惯投射在人身上的认知结构。如钟怡雯所言，马来西亚已经成为她的"生命底色"，不论行至何方，"我仍然带着赤道之眼走天涯"④。

钟怡雯的"视差之见"揭示了乡愁复杂的内在属性。此外，在对二重乡土的体认中，原乡的自我瓦解继而让乡愁化作一种想象性的叙事文本。钟怡雯曾在多篇散文中表达返乡之时的复杂情感：并非雀跃欢喜，而是深感失落。这是因为，返乡让人更为形象、直观地目睹时间摧毁性的暴力，领会在无情的岁月流逝中，人的生存苦况。离家日久，再度在原乡风景中试图重访少年时代，作为返乡之人的钟怡雯猛然发现物换星移，人事两非。昨日的世界早已不再，"过往都如字迹模糊的旧报纸。所有的物象和千般情绪终将在一场瘖痖之后翻转过去。世事，便无所选择地被吸入宇宙虚无黑暗的瓮里。然而当地球转过身时，阳光，依然升起"⑤。钟怡雯由此发现，在不断向前的时间中，个体生命的嗔痴爱恨不及沧海一粟。这令她不得不惊叹："人事的代谢缘何如此容易？"⑥ 正是返乡的契机让游子目睹时间的无情，体察世事变迁的残酷如何具体细微地作用在波澜不惊的日常生活之中。尤为关键的是，陷于乡愁的离散者不得不接受原乡早已面目全非，甚至全然陌生的苦况。钟怡雯在《岛屿纪事》中开宗明义，写下的第一句话便是："我已经失去了那座岛屿。"⑦ 在此，"岛屿"不仅指物理空间意义上的原乡，更指情感层面上的旧日家园。钟

---

① 钟怡雯：《河宴》，三民书局股份有限公司，2012年版，第35页。
② 钟怡雯：《麻雀树》，九歌出版社，2014年版，第184页。
③ 钟怡雯：《岛屿纪事》，山东文艺出版社，2007年版，第98页。
④ 钟怡雯：《麻雀树》，九歌出版社，2014年版，第11页。
⑤ 钟怡雯：《河宴》，三民书局股份有限公司，2012年版，第151页。
⑥ 钟怡雯：《河宴》，三民书局股份有限公司，2012年版，第144页。
⑦ 钟怡雯：《河宴》，三民书局股份有限公司，2012年版，第109页。

怡雯发现，由于母亲离世、父亲重组家庭、弟妹嫁娶等一系列发生在血缘家庭中的变故，无论是物理意义还是精神意义上的家，都已然支离破碎，走向瓦解。原乡已经成为回不去的地方。对此，钟怡雯无不悲凉地写道："我已失去家园，回家跟寄居一样。"① 原乡的瓦解使身体和精神的双重漂泊拉开了序幕。如评论者周芳伶所总结的："她遗弃那个岛，那岛里有她疯狂的血缘，然后她被那个岛遗弃。"② 虽然如此，离散者对原乡的乡愁却是恒久不变的。它不仅不会随着原乡的改变而消减，而且总是如影随形，常在心间。某种程度上而言，这是因为，对于漂泊无依的离散者而言，此时的乡愁已经成为一种想象性的叙事文本。其素材就是原乡留存在人们心中的生命经验。通过对素材的裁剪、编织与美化，离散者得以在其中找到原乡记忆的安放之地。

三、何以为"家"：离散作为一种认识装置

原乡的身影已成昨日风景，而随着时间的累积，异乡占据了家乡的位置，化作安置肉身与灵魂的空间。由此，"家"成为钟怡雯近年来处理的核心命题。她在这个时期的写作大都围绕两条主要轴线展开：其一，过去与现在的纵向时间之轴；其二，原乡与异乡的横向空间之轴。这两条轴线相互交叉，构成了钟怡雯创作中的多层镜像，映照出一个异乡人复杂的心灵结构。

在此，文化认同构成一个至为关键的问题。在对"家"的追问中，钟怡雯迎来了离散者必然面临的文化认同困境。时移事往，曾经的"神州"记忆久远得如前尘往事般缥缈，"半岛已经是前世了"③。平凡琐细的日常生活如今成为组成"家"的重要材料。钟怡雯此时对"家"的思考，集中呈现在21世纪第一个十年前后的创作中，散文集《麻雀树》是此时期创作成果的集大成者。钟怡雯在文学书写中的喋喋不休，实则是在反躬自省，执拗地面向认同问题发出诘问。《夏的序幕》呈现了不同的民俗习惯而产生的认同困境。当离散者长期居住在异地时，在入乡随俗的影响下，人的生活习惯将被更改。于是，长期于台湾居住的钟怡雯不免遭遇文化混杂的处境。例如，相对于母亲的马来西亚式端午节习俗，"我"在台湾过的端午节显得"不台不马"④。"不台不马"无疑体现了两种文化相互混杂的特性，同时揭示了离散者在不同文

---

① 钟怡雯：《麻雀树》，九歌出版社，2014年版，第170页。
② 周芳伶：《鬼气与仙笔——钟怡雯散文的混杂风貌》，钟怡雯：《捱日子》，凤凰文艺出版社，2014年版，第249页。
③ 钟怡雯：《麻雀树》，九歌出版社，2014年版，第11页。
④ 钟怡雯：《麻雀树》，九歌出版社，2014年版，第67页。

化之间的来回挣扎。除此之外，文化混杂现象也大量存在于饮食口味与习惯之中。钟怡雯写道："有时我在厨房忙了老半天，成品出来，忍不住想，这是哪一国的菜？既不是母亲的做法，也不是从食谱学来。有点台湾有点马来西亚，还有旅行或看电视学到的新点子，经过改良再改良，混得厉害。"① 混杂的文化属性正反映了"我"在当下的时空中所处的文化位置。无论是"不台不马"还是"有点台湾有点马来西亚"，都突出了一个要点：正是双重乃至多重文化的相互混杂见证了异乡生活中认同问题的复杂性。

对文化混杂的体认折射出钟怡雯对原乡、异乡与家乡三者的辩证思考。位于马来西亚的金宝小镇既是原乡的所在地，也是钟怡雯曾经对家乡的指认。然而离乡日久，久居异乡后，"家"的指向开始呈现出漂浮不定的游移状态。在台湾蛰居数十年的异乡客，还能把在地的家园指认为异乡吗？对此，钟怡雯的回应是：曾是异乡的台湾此时已成为家乡——异乡不"异"。在散文集《麻雀树》的自序《白手起家》中，钟怡雯曾开门见山地阐明"家"的坐标，不在他处，就在台湾。随着漂泊之感的消散，曾经的异乡如今化作被长居者依恋的空间，"不知道从什么时候开始，出远门回来，一进入中坜市区，就觉得熟悉……回家的感觉实在太美好了"②。在《时光的缝隙》一文中，钟怡雯指出，返回马来西亚不过是出远门探望亲人，因为"我的床在中坜家也在中坜，不在马来西亚"③。钟怡雯对家乡的重新指认，体现出"家"在定义上的可疑：何以为"家"？"家"指向何方？对于离散者而言，"家"固然被国家、民族等宏观命题建构，但它在本质上系于个体的文化认同。钟怡雯认为"家"意味着个人的身体与灵魂所寄居的空间：家，就是一处"安身之地"④。在《麻雀树》中，她多次写道，随着时间的推移，异乡蜕变为家乡，不仅异乡的风土习俗已经成为个体生活的一部分，而且这里的饮食习惯也已"驯化"了离散者的身体："一个被台湾米驯化的胃""餐餐面包或面食没几天，我的胃就开始想念米饭"。⑤ 钟怡雯紧接着指出，她的身体对台湾饮食的依赖已然到了根深蒂固的地步，以至于返乡后无法适应原乡的食物，不得不带着台湾米返回马来西亚。由此看来，原本由原乡所塑造的习惯、性情、喜好，如今被异乡更改、颠覆、置换。并且，在身体的维度上，离散者已被异乡文化重塑。换言之，异乡的异质性已不再存在效力。

---

① 钟怡雯：《麻雀树》，九歌出版社，2014年版，第76—77页。
② 钟怡雯：《麻雀树》，九歌出版社，2014年版，第10页。
③ 钟怡雯：《麻雀树》，九歌出版社，2014年版，第80页。
④ 钟怡雯：《麻雀树》，九歌出版社，2014年版，第12页。
⑤ 钟怡雯：《麻雀树》，九歌出版社，2014年版，第9页。

进一步而言，在钟怡雯的阐释中，"家"可谓是一个充满生长性与流动性的空间。一方面，时间的累积与精力的投掷使"家"的叙事一点点丰满起来，最终"家"生长出其独特的意义。钟怡雯以树喻人，指出异乡人对"家"的建构就是对"根"的培植："原来，家的感觉是这样。在台湾住了二十六年，慢慢有生根的感觉，可能看树看久，跟树看齐了。"[1] 如此看来，离散者对"家"的搭建是一个"生根"的过程。他们所投入生命时间的地点与长度决定了"根"的位置与"家"的"生长"进度，这一点揭示了人的"植物性"。钟怡雯曾发出感叹：对家的依恋使不得不时常离家的人感到沮丧与痛苦，恨不得"脚底生根，当一棵树"[2]。另一方面，恰恰是离家让人重新发现"家"抑或"根"的意义。钟怡雯写道："离家比返家的意义大"[3]，因为"离家才能思考家的意义，这些年来，我在行旅中慢慢确认，也愿意承认，自己的家在一个岛上，而不是半岛。想回去的地方是中坜，不是马来西亚。这里才是白手起的家"[4]。"白手起家"揭示了"家"作为物理与精神空间的生长性：人糅合时间的位移和生命的体验，使"家"慢慢"长"为一个饱含情感的实体空间，同时也是一个富于建构色彩的记忆空间。

在生长性之外，我们对"家"的深刻意义的发掘，还在于其流动性。钟怡雯曾称离散是其宿命："下辈子，下下辈子，我恐怕永远当不成树了，移动是我的宿命。"[5] 原乡的自我瓦解使离散成为一件几无尽头的事。于是，在离散者于异乡"白手起家"的过程中，主体对自我身份进行反复指认，由此生成"离家—安居—再离家"的不断离散的生命脉络。她在《看树》一文中坦言："一个离家多年，好不容易有了家，却又老是渴望离家的人，像长了根还想四处行走的树一样令人难以理解。我也难以想象，如果一辈子杵在同一个地方……"[6] 按照钟怡雯的说法，一个稳定的、物理意义上的"家"并不能让离散者完全认同，离散才真正构成了离散者的心灵之"家"。毕竟"再不走，就要枯萎了"[7]，"再不远走，人都霉烂了"[8]。在《夜色渐凉》中，钟怡雯斩钉截铁地表明了这种对离散的剧烈渴望："家是久住不得的，远走他乡也行，

---

[1] 钟怡雯：《麻雀树》，九歌出版社，2014年版，第10页。
[2] 钟怡雯：《麻雀树》，九歌出版社，2014年版，第11页。
[3] 钟怡雯：《麻雀树》，九歌出版社，2014年版，第80页。
[4] 钟怡雯：《麻雀树》，九歌出版社，2014年版，第11页。
[5] 钟怡雯：《麻雀树》，九歌出版社，2014年版，第12页。
[6] 钟怡雯：《麻雀树》，九歌出版社，2014年版，第26页。
[7] 钟怡雯：《麻雀树》，九歌出版社，2014年版，第154页。
[8] 钟怡雯：《麻雀树》，九歌出版社，2014年版，第158页。

旅行也罢，总而言之，就是要离家……"① 从"家"不断离开的精神诉求，既反映了钟怡雯对流动的认同，更指明了在钟怡雯对"家"的建构中，它本身就具有流动性。由此可见，钟怡雯念兹在兹的逃离所指向的并非某个恒定的地域或空间，而是一个不断滑动的对象。更确切地说，对钟怡雯而言，离散构成一种认识装置，它使作为离散者的钟怡雯从原乡－异乡的二元框架中逃脱，以流动作为寻求认同的基点——在"否定之否定"中破除二元对立，抵达对主体的确认。换言之，主体正是透过不断离散获得重新指认自身的机会，并由此形成离散生命的丰富面向。与此同时，主体的离散经验得以去疆域化，这使钟怡雯从移民作家普遍意义上的认同困境中完成了"自我破除"。

结　语

告别早期的怀旧叙事后，离散书写成为钟怡雯散文创作的主体。她从对族群记忆的考察入手，游走于南洋与台湾之间，在原乡与异乡、过去与现在的穿梭中审视马来西亚华人移民的离散经验。近年来，钟怡雯不再对族群记忆拥有喋喋不休的热情，反而将她的"前半生"置放于现实人生与日常生活的微观结构中，从其中的文化混杂现象入手，专心书写柴米油盐与人情世故，在世俗性和日常性的刻度上描画感性的、精致的时光断面。

钟怡雯对离散书写的探索至少带来了两层启示。一方面，钟怡雯的创作具有折射马华留台作家之离散经验的症候意义。并且，她对离散的重新阐释——未完成与无止境的离散作为一种认识装置，标示出钟怡雯在马华留台文学谱系中的独特意义。钟怡雯对离散、记忆与认同三者关系的刻画，揭示了离散所指涉的不仅是空间与时间两个维度，它同时关乎记忆。根据学者陈绫琪的观点，离散应被视为记忆维度的迁移、繁衍与再生。② 这种记忆既指向家族的迁徙史，更是原乡记忆及其背后文化认同的再现。对移民后代而言，正是记忆的流动使祖辈的离散状态延续至移民后代。因此，在时空迁移之外，只要记忆的流动不息，那么离散远无止境。

另一方面，往日的移民浪潮与当今的全球化进程无疑推进、加速了人口的全球流动，华文文学中文化记忆的跨域"播撒"现象引发了广泛关注。在这个意义上，马华留台作家的离散书写可被视为全球化时代富有游牧性质的文化寓言。钟怡雯显然也隶属于华文文学"游牧民族"谱系中的一员，并在

---

① 钟怡雯：《麻雀树》，九歌出版社，2014年版，第154页。
② Lingchei Letty Chen, "When Does 'Diaspora' End and 'Sinophone' Begin?", in *Postcolonial Studies*, Vol. 18. 2(2015), p. 53.

对离散经验的刻画中，带来了一种值得重视的文学可能性。不过，如何在文化身世之外进行更具公共性的文学书写，不仅将"赤道之眼"带至台湾，不只在"由岛至岛"之间反思认同问题，而是将离散书写的混杂性内涵与复杂性经验拓展至更广阔的领域，让其发挥更强大的公共意义，这应是钟怡雯乃至一系列华文文学作家进一步需要思考的问题。

评《新马华文诗文中的生态书写（1976—2016）》*

古大勇**

近日，收到新加坡张森林先生的《新马华文诗文中的生态书写（1976—2016）》，该著系张森林在南洋理工大学中文系完成的博士学位论文，被纳入郭振羽担任总编的《新跃人文丛书》，由八方文化创作室2021年6月出版发行。关于这本著作，王润华先生和张松建先生在序言中已经给了了高度评价，如王润华认为：该著是"一本研究新马生态文学必读的书"[1]。张松建认为："超越'人类中心主义'，倡导'星球伦理'，追求和谐世界、美丽家园，这是人类有史以来的伟大梦想，在当前的危急形势下，这个梦想显得迷人而又迫切。所以，森林这本书的出版，可谓是应时当令，恰到好处。"[2] 笔者拜读了张著，觉得它具有以下几点学术价值或个性特色：系新马诗文生态书写研究的集大成之作，具有填补该领域研究空白的学术价值；跟踪前沿、多元开放的理论视野，体现"人间情怀"和"生命体验"的学术研究，赓续呼应中国现代文学时期的文人写作传统。

一、新马诗文生态书写研究的集大成之作

目前研究东南亚华文文学主要有两支力量，一支是东南亚本土的学者，一支是中国大陆、台港地区的学者，特别是中国大陆，由于中国现当代文学研究领域比较拥挤狭窄，很多学者纷纷转向海外华文文学研究领域，而东南亚华文文学研究更成为其中的热点研究领域之一，不少高校和科研机构都成

---

* 本文系2019—2021年度中国侨联课题（编号19BZQK213）"'中国性'视野下的东南亚华侨华人新文学研究（1919—2019年）"的阶段性成果。

** 古大勇，文学博士，绍兴文理学院人文学院教授。

[1] 张森林：《新马华文诗文中的生态书写（1976—2016）》，八方文化创作室，2021年版，序言第7页。

[2] 张森林：《新马华文诗文中的生态书写（1976—2016）》，八方文化创作室，2021年版，序言第19页。

立了东南亚华文文学研究中心。关于东南亚本土学者的新马华文诗文中的生态书写研究,张森林在著作中有所提及:田思的专著《马华文学中的环保意识(1989—1999)》是新马华文学生态环保领域中唯一的系统论著,但只谈马华文学,且时间跨度只有十年。除此之外,马华文学中的整体性论述还包括:田思的《草木堪怜,山水何辜——谈砂劳越的环保诗》、钟怡雯《论当代马华散文的雨林书写》与《论砂华自然写作的在地视野与美学建构》、何乃健《哭泣的热带雨林——马华诗歌的生态意识初探》等。在新加坡方面,虽然曾经举办过与生态书写相关的国际研讨会,但尚没有见到有关系统研究新加坡华文文学生态书写的专著或宏观性论文。[①] 而就中国大陆地区的研究而言,查中国知网,以东南亚华文作家作品为研究对象的硕博士学位论文多达百十篇(以硕士学位论文为主),其中也有极个别研究东南亚华文作家生态书写的论文,如刘秀丽撰写的《潘雨桐生态文学研究》,该文系南京大学 2015 年硕士学位论文,专门研究了马华作家潘雨桐的生态小说,但这仅仅是个案研究。中国知网收录的单篇学术论文中,从生态书写或自然书写的角度来研究台湾文学的论文不少,但研究新马文学的论文则罕见。总体来看,这是一个值得进一步深入开掘的研究领域。

  张著首次系统梳理研究 40 年来新马华文诗文中的生态书写,完成了一部四百多页的集大成性质的研究著作。具体而言,作者在如数家珍的文本分析基础上,将生态书写分为四个领域,即政治伦理、人文伦理、社会伦理、科技伦理。前两者侧重探讨生态之于人与人之间的相互关系,后两者侧重讨论生态之于人与环境之间的相互关系。在"新马华文诗文中的生态与政治伦理"一章中,以生态与政治伦理作为论述主线,回顾和重现新加坡、马来西亚的殖民历史,阐释国族定义,展现殖民掠夺和政治暴力中的生态书写。在"新马华文诗文中的生态与人文伦理"一章中,阐释了当地的锡矿剥削、胶林剥削与阶级地理,以及文明进程中的暴力对新马乡土传统造成的摧击,发掘思考新马生态书写中的生态女性主义,从生态整体主义立场思考动物的杀生和放生。在"新马华文诗文中的生态与社会伦理"一章中,诸如地球的被破坏、东南亚的空气污染、新加坡的生态关注、菲律宾的垃圾山问题,以及热带雨林与红树林消失的环境危机等都进入了作者的关注视野和思考范围。在"新马华文诗文中的生态与科技伦理"一章中,诸如酸雨、被污的河流、海豚和白鲸之殇、海龟之泪、冷杉树变异、光污染、疟疾、立百病毒、禽流感等都

[①] 张森林:《新马华文诗文中的生态书写(1976—2016)》,八方文化创作室,2021 年版,第 8—10 页。

进入了作者的关注范围,在此基础上,思考科技、工业化与生态之间的关系,思考疾病与死亡之间的问题。在"朝向环境伦理"一章中,以前几章的内容为立论基础,提出"朝向环境伦理"的主张,"从国家层面的生态保育、社会层面的千里粮仓、人文层面的自然审美、返魅层面的生态旅游,归纳前面几章论述中所缺乏的对生态美的事物的感受与感动"①。主张人类对于大自然的态度,要从"祛魅"(disenchantment)转变到"返魅"(re-enchantment),即"指人类回归以往的附魅阶段,透过神秘色彩的眼光去理解世界,以尊崇的心理去仰望世界,再次达到人与大自然和谐相处的境界"②。因此,该书在内容的丰富性、视角的多样性、体系的完整性、材料的翔实性、理论的前沿性、论证的深入性等方面,超越了之前的局部性个别性的研究,是一部前所未有的集大成式研究著作,无论在整体性选题方面,还是在局部性研究内容方面,都具有填补学术空白的意义,从而不愧是王润华所说的"一本研究新马生态文学必读的书"。

二、广阔的理论视野和敏锐的前沿意识

张森林在著作中引用格伦·洛夫的观点,比较了中国学者的生态批评与西方生态批评的差别,他认为中国学者的生态批评研究起步稍晚,目前也在尝试迎头赶上,大有方兴未艾之势,取得的成绩也不少。但是,"与西方生态批评相比,无论在理论建构、学术实践,还是在学术势头、学术规模等方面都存在较大的差距,其主要表现在以下几个方面:缺乏自觉的比较文学学科意识,即跨学科、跨文化甚至跨文明意识;所运用的理论比较单一;对中国传统文化资源的阐释存在简单化的倾向;对女性压迫与环境退化之间的纠葛还远未深入展开;理论明显滞后,等等"③。因此,"这些局限,使中国生态批评研究一直徘徊在人类中心主义/生态中心主义的二元对立困境中"④。张森林的判断并非夸大其词,大体是符合客观实际的,与西方生态主义批评相比,中国学者的生态批评研究确实或多或少存在以上所说的一些缺点。例如,在

---

① 张森林:《新马华文诗文中的生态书写(1976—2016)》,八方文化创作室,2021年版,第31—32页。

② 张森林:《新马华文诗文中的生态书写(1976—2016)》,八方文化创作室,2021年版,第289页。

③ 格伦·洛夫:《实用生态批评:文学、生物学及环境》,胡志红、王敬民、徐常勇译,译者序第7页。

④ 张森林:《新马华文诗文中的生态书写(1976—2016)》,八方文化创作室,2021年版,第15页。

一篇中国学者发表的有关"生态文学的称谓与界定"的综述类论文中[①]，所引用的文献基本限于中国学者，看不到西方生态批评理论的前沿成果，从中也可以看出中国生态批评的相对封闭性特征，缺乏与国际学界的有效对话。

那么，张森林的生态批评实践是否存在如上所说的缺点呢？从该著的内容来看，可以看出张森林所运用的理论并非单一的，而是能紧跟生态批评学术前沿，对西方生态批评理论如数家珍，信手拈来，并有机融合到自己的研究中去，同时也具有自觉的跨学科、跨文化意识。作者在书中也提道："在理论著作方面，笔者参考了一些关于生态批评、自然书写、绿色研究和环境史的西方理论著作，借助这些与生态批评研究有关的理论专书，建立自己在生态与国族和生态与阶级等领域的认识和陈述基础。"[②] 这些著作如德国环境史学家约阿希姆·拉德卡的《自然与权力——世界环境史》、格伦·洛夫的《实用生态批评：文学、生物学及环境》、后现代地理学家大卫·哈维的《资本的空间：批判地理学刍论》和《叛逆的城市：从城市权利到城市革命》，唐·谢斯的《自然文学》、约瑟·密克尔的《幸存的喜剧：文学生态学研究》、安德鲁·多布森的《绿色政治思想》等，其外还有西方流行的后殖民批评理论、生态女性主义理论、约阿希姆·拉德卡提出的"定居性殖民主义"理论、温迪·达比提出的"阶级地理"理论、阿伦·奈斯提出的"深层生态学"理论，马克思·韦伯的"祛魅"理论及与之相对的"返魅"理论，以及吴明益的"自然书写"理论、王诺的"生态整体主义"理论等。

这些理论，有的可以作为贯穿全书的核心理念，更多的是用来解释某一特定的生态书写现象。如"后殖民批评"主要在"新马华文诗文中的生态与政治伦理"一章中得到运用，以阐释生态问题中所反映出来的新马两国在殖民地境遇中丧失主权、宗主国和殖民国之间不平等关系的权力机制。"生态女性主义"是妇女解放运动和生态运动相结合的产物，认为男权文化对女人与自然的统治都是根植于以家长制为逻辑的认识，因此把反对压迫、妇女解放和解决生态危机一并当作奋斗目标。作者在第三章第三节"生态女性主义的思考"中，以新马生态女性主义作品来阐释其中所体现的"反父权主义、反殖民剥削与军事侵略、反原生态压迫与文化压迫"等主题。而"阶级地理"一词，则以具体的新马文学作品为研究对象，阐释地理风景中的阶级存在，即是指这些原本属于新马农民的土地与风景，最终却被殖民者占领和夺走，在丧失土地的同时也丧失了进入风景地带的权力。作者在理论运用上，虽看重西方的生态批评理论，但

[①] 闫慧霞、高旭国：《生态文学的称谓与界定》，《广西社会科学》，2012年第12期。
[②] 张森林：《新马华文诗文中的生态书写（1976—2016）》，八方文化创作室，2021年版，第29页。

对中国学者提出的理论并无偏见,例如作者就颇为重视王诺提出的"生态整体主义"理论,甚至将之作为贯穿全书的核心理论之一。

在研究方法上,该著采用文化批评、文学分析与比较研究相结合的研究方法,同时结合具体文本和时代背景,从跨学科的角度,运用生物学、地理学、地质学、医学与气象学等自然科学知识,阐释新马诗文中人与环境的相互关系,推进东南亚生态文学的研究。

三、体现"人间情怀"、饱含"生命体验"的学术研究

通常而言,学术研究有两种状态:一种是研究者与研究对象之间分属于两个不同世界或场域,并无直接关联,研究对象在研究者眼里只是一个冰冷的、不带任何情感色彩、如同医学标本一样的客观研究对象,研究就成为解剖医学标本一样的程序化工作。还有一种研究状态是研究者与研究对象之间处于同一的社会场域内,研究者熟悉研究对象,甚至与研究对象融为一体,爱恨交织,悲欢相同,命运休戚相关。例如,一个在农村长大、有过乡土生命经历的人来研究乡土文学,必然对乡土文学感知更加深切。这两种写作状态或方式,我们不能断定其优劣,但是,张森林的写作可以说是后一种,他作为一位地道的新加坡人,亲历了新加坡的现代化、全球化以及由之带来种种生态危机的过程。他的研究对象是四十年来"新马华文诗文中的生态书写",他观照的就是他脚下生他养他的这片土地,他研究的就是对于这片土地疼痛与伤痕、历史与当下的文学书写,甚至他自己就是一位从事生态书写的诗人,如他的第一本诗集《十灭》,就表现出对生态危机的忧患意识。而他在博士学位论文中所提及的那些森林植被的破坏、动物死亡和物种灭绝、河流湖泊的污染、地表地质的损毁、恶劣气候的出现、流行疾病的传播,不但是新马华文作家关注和书写的内容,也与他息息相关,他是这其中许多事件和场景的亲历者或知情人。因此,新马华文诗文中的生态书写,对他来说,就不是一种与他无关的纯客观研究对象,而是与他有着情感共鸣与生命关联的研究内容,张森林的研究是一种深入研究对象、与研究对象融合搏斗、融入了作者生命体验、带有作者生命"温度"和"人间情怀"、体现着作者人文关怀精神的研究。陈平原在《学者的人间情怀》一文中谈到学者的社会角色定位,他说:"我个人更倾向于在从事学术研究的同时,保持一种人间情怀。我不谈学者的'社会责任'或'政治意识',而是'人间情怀',基于如下考虑:首先,作为专门学者,对现实政治斗争采取关注而非直接介入的态度。并非过分爱惜自己的羽毛,而是承认政治运作的复杂性。说白了,不是去当'国

师'，不是'不出如苍生何'，不是因为真有治国方略才议政；而只是'有情'、'不忍'，基于道德良心不能不开口。"① 按照这种观点，张森林不是"两耳不闻窗外事""不问政治"，钻进象牙塔和故纸堆里的纯粹书生，但也不是直接介入现实政治的"斗士"，他表现的恰恰是一种学者的"人间情怀"，即他的写作表现出对新马生态危机的忧虑、对社会现实的关注以及对底层民众的关怀。正如张松建所言，他的研究"兼顾人文关怀和公共政策"，② 他关注一些与民众相关的社会民生问题，甚至充当了公共政策的倡议者和提议者，前者如SARS、禽流感、立百病毒、疟疾、新冠病毒、垃圾山等，后者如新马两国政府的保育政策、新加坡植物园"非物质文化遗产"的申请、新加坡河流的治理、召唤树权的公民意识、转基因农业实验等，他都一一发表了自己独特的见解。这些内容，诚然属于生态领域，是他博士学位论文研究的题中应有之意，但是，也不难看出他对新马社会公共事件抑制不住的关注和热心参与，体现了一个知识分子宝贵的"人间情怀"。

四、赓续现代文人写作传统

中国现代文学史上很多文人，诸如鲁迅、周作人、茅盾、李健吾、梁实秋、冯雪峰、钱锺书、沈从文、梁宗岱、李长之、唐湜等都具有双重身份，拥有双重本领，一手搞创作、写美文，同时也精通文艺批评或学术研究。作为文学批评家而言，作家的修养往往能赋予文学批评一种灵动的诗意和文字的美感，使文学批评脱离过分冷静、刻板枯燥的特征，从而变得令人亲近，具有可读性。这种批评也有几分类似王润华先生在该著序言中所称的艾特略之"诗人批评家"的批评。但是，由于现代社会学科细化、学院派的涌现以及当下学术大环境的影响，这种批评现象渐趋淡化，甚至几近消失。一些经过系统学术训练的博士，皓首穷经进行学术研究，但是不会文学创作。文学创作与学术研究不再是一个文人的一体两翼，而是井水不犯河水，学者们撰写的学术论文中规中矩，缺乏文采和灵性，有的语言艰涩难懂，从中感受不到上述现代文人文学批评实践中的那种神韵、文采和美感。而在张著中，我们则看到了久违的现代文人批评传统的回归和再现。张森林本人就是一个诗人，多年的文学创作已经让他积淀了深厚的文学素养，因此，他的写作正是一种"诗人批评家"的写作，读他的博士学位论文，就宛如一场轻松的精神

---

① 陈平原：《学者的人间情怀》，《读书》，1993年第5期。
② 张森林：《新马华文诗文中的生态书写（1976—2016）》，八方文化创作室，2021年版，序言第18页。

旅行，丝毫不觉疲累，而是兴尽而归。例如，他的一些语言表达是充满诗意的，如在"新马的反烟霾书写"一节中，三个小节的标题分别是"砂拉越是一尾被烈焰煎熬的鱼""鱼尾狮的咽喉被长长绷带紧紧勒住""蒙面的稻草人"；在"工业化与生态问题"这一节，则用了"酸雨与沾满泥黄的蛇""海豚之殇与海龟之泪"等小标题。这些形象生动的小标题大多是摘自新马诗人创作的诗歌，如华英的《狮城雾之泣》中写道："长长一条绷带/紧紧勒住/鱼尾狮的咽喉/咳咳，都是树魂泪"，形象地表达了新加坡人民在面对印尼林火烟霾时的无力感和痛苦感。康静城的《蒙脸的稻草人》描写越南河内郊区的环境污染："那田间站岗的稻草人/也怕哮喘病发作/脸上紧蒙着一块布巾"，用拟人的手法衬托越南空气污染的严重程度。蓝波在《鸟瞰》一诗中写道："都多河/一条蛇沾满泥黄　蜿蜒窜出雨林心脏/在交汇口泥浆倾量/吐给峇南河"，在《鸟瞰》中，因为热带雨林的林木砍伐引起水土流失，水土流失则污染河水，如黄蛇般的河流挟泥沙而下，都多河正如一条沾满泥黄的蛇，形象化的文字触目惊心地揭示了雨林地区生态破坏的现象。这些形象化的小节标题、生动感性的研究对象以及作者诗意的语言表达，使他的博士学位论文一改古板严肃的面相，变得十分可亲可近。但是，值得注意的是，这种诗意并不影响张森林博士论文严谨的学术性。王润华先生在序言中说："当诗人批评家去评析那些与自己作品毫无关系的作品时，他的缺点与局限性就暴露无遗，因为他的判断力将大大降低，他会不知如何去解剖。"[1] 然而，张著却不存在这个缺点，张森林虽是"诗人批评家"，同时也是一位经过多年严格学术训练的"学者型批评家"，理论功底深厚，熟稔各种研究方法，在他身上，体现出"诗人伍木到学者张森林的蜕（突）变"，[2] 因此，这种"蜕（突）变"所带来的新质就使他的研究避免了"诗人批评家"的诸种弊端。

　　以上从四个方面阐述了张著的学术价值和个性特色，但并不意味着它毫无缺憾。事实上，张森林在该著的后记部分就谦虚地提到不足，即认为该著的作品多是以诗文为研究对象，缺乏小说的例证。因此，他希望："未来能有学者以新加坡和马来西亚华文小说中的生态批评作为研究课题，在拙著探讨与论述的基础上，进一步拓展论述的视角和范畴，把新马华文文学的生态批

---

[1] 张森林：《新马华文诗文中的生态书写（1976—2016）》，八方文化创作室，2021年版，序言第11页。

[2] 张森林：《新马华文诗文中的生态书写（1976—2016）》，八方文化创作室，2021年版，序言第12页。

评向前推进一步。"① 笔者认为,假如张森林有充足时间的话,他就是最具优势、最为合适的写作人选,他最有条件完成这部同样具有填补学术空白意义的"姊妹篇"著作。我们期待着这部著作的面世。

---

① 张森林:《新马华文诗文中的生态书写(1976—2016)》,八方文化创作室,2021年版,第406页。

跨境文学研究·艾芜

艾芜早年出境事略[*]

龚明德[**]

一九二五年七月初"正放暑假时",艾芜以"到北京去进学堂"为由,怀揣只可证明身份的转学证,带着"欢喜极了"的祖父"卖了养老谷子,换得十来块钱凑做路费",从成都九眼桥坐小木船出发,进而步行到云南昆明,然后去缅甸。在长达六年的南行漂泊生活中,艾芜一面艰辛地劳动,一面坚持学习和写作。正是在这段时间,他开始树立起为共产主义奋斗的崇高理想。

一九二八年下半年,艾芜参加刚刚成立的隶属于马来亚共产党的缅甸共产主义小组,积极投入正式建立缅甸共产党的工作。一九三一年头一两个月间,因支持缅甸人民的反殖民主义斗争,国民政府以"宣传共产""诋毁党国"的罪名,交涉英属缅甸殖民当局将包括艾芜在内的四人逮捕并驱逐出境。回到祖国后,他同马来亚共产党没有联系。

一九二五年约七月初

艾芜和黄凤涵在成都九眼桥望江楼下的码头搭乘木船,往今名乐山的嘉定城进发。乘坐的木船到嘉定城下时,适逢江上有临时浮桥所阻,只好停留四日。趁此机会艾芜和黄凤涵下船到这"大佛岩"山上去玩了一天。不巧正遇上大佛寺和乌尤寺内都驻扎着"挂盒子炮"的"武人",艾芜见了"军官一类的阔人"极为不快,"什么游兴也没有了"。参见一九四三年六月桂林今日文艺社印行的艾芜《漂泊杂记》一书中的《大佛岩》一文和一九八一年四月

---

[*] 本文选自作者撰写中的《艾芜年谱长编》。
[**] 龚明德,四川师范大学教授,艾芜研究学会会长。

十二日写给张效民的书信。艾芜接受黄凤涵的建议，将父亲汇来的三十块银圆除留出路上必要花费的零用外，其余的都交由富春恒商号汇至云南昭通。

一九二五年约七月上旬

岷江临时浮桥拆除，艾芜和黄凤涵继续乘坐木船到犍为，再步行到叙府（今宜宾），抵达黄凤涵的珙县孝儿场的家。艾芜在黄凤涵家中住了两天略作休整，就一个人步行朝云南走去。参见艾芜一九八一年四月十二日写给张效民的书信。十九卷本《艾芜全集》最后一卷艾芜此日的日记中"珙县"误作"巩县"。

一九二五年约七月中旬至初秋

离开黄凤涵的家后，艾芜独自步行经过盐津、昭通、东川、寻甸、嵩明，最后在初秋抵达昆明。进入云南省境内不久，艾芜写信给父亲说"我要在他乡异国流浪十年之后，才能转回家去"。多年后，艾芜回到四川才得知苏玉成和陈厚安其实暑假期间来到成都后曾走到云南边境，因为赶不上艾芜才返回了。参见艾芜一九四一年十二月二十日写于桂林的《〈春天〉改版后记》，载于一九四二年一月桂林今日文艺社初版艾芜《春天》，该书系《今日文艺丛书》第四种。又参见艾芜《漂泊杂记》中的《川行回忆记》《大佛岩》等文以及艾芜一九九〇年一月二十九日的日记和艾芜一九八一年四月十二日写给张效民的信。

一个人走在云南东部的功山癞头坡时，"见景生情，吟了一句诗'红沙古道挟青松'"。参见艾芜一九八〇年十一月二十一日的日记。

一九二五年约九月

艾芜在昆明文艺半月刊《云波》上发表九行新诗《湖滨》。一九八〇年九月四日艾芜写给熊谷雅子即杉本雅子的书信中说："这是我从事文艺工作的起点。尽管那时我给成都的刊物（名字记不起了）写过《旅途通信》，但只能作为新闻习作。"这首新诗引录于艾芜的回忆文章《墨水瓶挂在颈子上写作的》，该文初刊一九三四年七月上海生活书店《文学》一周纪念特辑《我与文学》。十九卷本《艾芜全集》第十三卷所收此诗题为《流星》且有异文多处，待见到初刊此诗的《云波》再作查考。

一九二六年约春季

结识在云南东陆大学念书并参与编辑文学刊物《云波》的学生梅绍农。

艾芜一九八一年十月十日写给张效民的书信中有"梅绍农是东陆大学的学生，我只同他见一面；即是同别人在路上遇见他，介绍一下，话都没谈过"。一九八三年九月二十三日艾芜为梅绍农诗集《奢格的化石》写的序中有"向《云波》投稿。《湖畔》一诗在《云波》上发表了，便认识了在《云波》发表作品的许多青年作者。其中就有《云波》社的优秀诗人梅绍农。那时他在云南东陆大学读书，由诗人夏钟岳介绍，在夜色迷蒙的翠湖会过一面"。

一九二六年春夏

在昆明红十字会做杂役期间，结识在此机构担任会计工作的王杰三，又经王杰三的介绍，结识了就读于云南省立第一中学的学生王秉心（王旦东）和刘之惠（有的地方被艾芜写作"刘惠之"），与他们来往密切。这段时间，艾芜在《现代评论》杂志上读到姨表弟刘弄潮发表的《西洋文化与唯物史观》，对比自己，感到前途渺茫。再加上爱情无望，遂有轻生之意。但是，经过一番痛苦的思考，艾芜决意勇敢地生活下去，找到自己的人生出路。参见一九八四年六月总第三期《温江师专学报》（实为张效民编著的《艾芜年谱》相关谱文）等。

一九二六年九月二十一日

因红十字会没事，上午艾芜请假半天同英文夜校同学陆万美去游览离城七八里的大西门外筇竹寺，度过了"在昆明时候一个最快乐的日子"："早饭后的天气，并不大热，远处滇池且有微风拂来，一路上真是凉爽愉快"；到了筇竹寺，艾芜和陆万美在阶前空地"领略那一派从来没有过的静"。晚间除了上午共同游览的陆万美，又约来文友夏钟岳"到郊外旷野上去赏月"，之前"还照昆明人过中秋的风俗"在大西门外的街上一家面馆吃羊肉面。晚餐后"便走出街口，到乱葬坟的坡上"欣赏这一年一度"清丽无比"的月亮，并文学气氛很浓地口诵诗文祭奠一直长眠地下的魂灵。参见艾芜《我的青年时代》第九节末尾的抒写。

一九二六年秋冬

在昆明，生活毫无着落。参见《艾芜短篇小说集》序中说的"我流落在云南昆明的街上，上了人生哲学的第一课，这是我最难忘的一课"，明白了自己"只想在那个叫人活不下去的社会里顽强地生活下去，并要工作、读书、学习，把社会当成一个大学"。在走投无路的时候，昆明一家明善书局的王老先生介绍艾芜到翠湖边上的昆明红十字会做杂役，每月工钱十四元，扣除十二元生活费，至少不再饿肚子了，而且有一处暂时的安身之所。在红十字会做杂役期间，艾芜继续给成都的曾留学法国的孙绰章主编的《民立周报》写旅行杂记，同时写新诗，晚间到英文夜校补习。因补习英文而结识了陆万美。因为向《云波》文学刊物投寄诗稿，艾芜结识或再会了云波社成员尹润溥、周泳先、夏钟岳、李纤等。参见一九八四年六月总第三期《温江师专学报》（实为张效民编著的《艾芜年谱》相关谱文）等。

一九二六年冬季

学校放寒假前辞去红十字会杂役工作，接受王秉心（王旦东）和刘之惠等人的邀请，去王秉心的家乡云南省易门县一所补习学校担任义务教员。同行者除王秉心外，还有后来成为读书出版社经理更名为黄洛峰的云南鹤庆人黄垲。参见一九八四年六月总第三期《温江师专学报》（实为张效民编著的《艾芜年谱》相关谱文）等。

一九二六年

白天在昆明红十字会会所做勤杂工兼任问诊部挂号员，晚上进英语补习学校时结识陆万美后打算一同投考"香港大学"因非云南人被拒绝。由于没有多余的钱购买政治和经济书加之心情也沉郁，兴趣又从政治经济学方面转移到文学上来，在昆明《云波》半月刊发表抒发个人情感的小诗，由此结识了黄垲（黄洛峰）等朋友。参见一九九九年四月四川人民出版社印行的《沙汀艾芜纪念文集》第四百八十三页。

一九二七年二月二日

大年初一，与同来易门县寒假义务学校教书的黄垲去攀爬一座名叫寨子山的孤峰。该峰"跟老黑山对立，而把村子夹在中间"，因"太陡峭了，平时很少人上去"，"山顶上有石砌的堡垒，烧过火烟的灶"。艾芜和黄垲"上去的时候，因没人引路，便胡乱爬了上去，每走一两步，都须抓着树枝和藤子。一直上了山顶，才发现也有上山的小路，因之，下山便好走的多了"。在山顶上饱览"下边的村子，笼着过新年的氛围气"。感到自己的"孤寂"而"以后很难忘记"的同时，也觉得"人民的力量和影响，是极其大的"。参见艾芜《我的青年时代》第二十一节，此节载一九四七年十一月一日出版的上海《文艺复兴》第四卷第二期。

一九二七年二月中下旬

学校寒假结束前与王秉心等从王秉心的家乡云南省易门县返回昆明，仍寄居在翠湖边上的红十字会办公室。此时，昆明发生了推翻唐继尧的政变。这让艾芜兴奋了一阵子。但很快艾芜失望了，因为仅仅是换了一个军阀而已。艾芜觉得应该远走高飞，到国外的南洋缅甸去半工半读。

一九二七年三月

艾芜远走南洋到缅甸去半工半读创造新生活的计划得到昆明的几个朋友的支持，得到王秉心作为路费的滇币二十元捐赠。临别时，王秉心、陆万美和周泳先三个朋友为艾芜送行。参见一九八四年六月总第三期《温江师专学报》（实为张效民编著的《艾芜年谱》相关谱文）等。

一九二七年春末至秋

在云南省亦称"永昌"的保山县农村漂泊半年，曾于春末在保山县城住过一夜。参见艾芜一九八〇年五月二十一日写给中田喜胜的书信中"我是一九二七年在云南缅甸交界的山里，住过半年"，以及一九八一年三月一日写给夫人王蕾嘉的书信所述"下午三时到了保山城……一九二七年春天，在这个城里住过一夜"和艾芜新诗《我怀念宝山的原野》开头"我曾在宝山的原野里，跟那儿的农民混过半年。他们给过我人间的温馨，与那不舍的留恋"。艾芜《我怀念宝山的原野》写于一九三七年九月约二十五日，发表于一九三七年十月三日出版的《烽火》周刊第五期。

一九二七年三四月至九月

到缅甸境内，经克钦山茅草地到八募，找不到工作，又折回茅草地，在一家汉人开的客店做打扫马粪等店务劳动并兼家庭教师。艾芜《漂泊杂记》中《想到漂泊》一文写及伊拉瓦底江时说过"先前春天，我曾想凭着这条南国的江流，到更远的地方去，但却为生活所迫，竟至连八募也难住下，终于逼回北面的野人山中，去过扫马粪的辛苦日子，一直度了整整的五个月头"。

一九二七年八月至九月

在缅甸八莫写作新诗《伊拉瓦底江边》。"做工五个多月后，跑到八莫去，身上有了工钱，不愁生活，白天在各处巡游，看东看西，晚上就回到一间专住苦力的破楼里，伏在地板上，趁着一支洋蜡烛，写我所喜欢的诗句"，这些"诗句"中，其中一首就是《伊拉瓦底江边》。参见艾芜《墨水瓶挂在颈子上写作的》。收入十九卷本《艾芜全集》第十三卷中的此诗，题为《伊洛瓦底江》且有几处异文，也未分节。

一九二七年九月底

在缅甸的旧都曼德里给新繁老家的父亲写信，通报自己要在他乡异国流浪十年，再行回家。艾芜一九四一年十二月二十日写于桂林的《〈春天〉改版后记》中也说过他在进入云南省境内不久写信给父亲说"我要在他乡异国流浪十年之后，才能转回家去"，是写过两封这样的书信给父亲，还是艾芜记忆错误只写过一封信，待考。参见艾芜一九八○年七月二十一日于成都为一九八一年二月新蕾出版社印行的《我的幼年时代》草就的《写在前面的话》。该封艾芜所说的在缅甸写给他父亲的书信，没有收入十九卷本《艾芜全集》第十五卷"书信"卷。

一九二七年十月

初到仰光时，贫病交加、身无分文，陈兰生（艾芜有时又写成"陈兰星"，二十世纪七八十年代与艾芜频繁书信联系的陈半曾之父）伸出友谊之手救济艾芜一次。参见一九五八年六月八日艾芜写给夫人王蕾嘉的书信。信中说"过去我初到仰光的时候，陈兰生曾救济我一次"。艾芜此封书信收入十九卷本《艾芜全集》第十五卷"书信"卷。

一九二七年十一月至十二月

艾芜初抵缅甸的仰光，"没一熟人，钱又用尽，并且病了很重，就给店主人赶到店头，为万慧法师救着，稍好时，替他做些杂务的事情：煮饭扫地，一面看书，同时也做诗"。艾芜此时段写的诗中有一首《墓上夜啼》，是怀念一九二三年（又说一九二二年）春节前夕去世的"慈母"的，"调子却比以前来得惨作了"。参见艾芜《墨水瓶挂在颈子上写作的》。

一九二七年冬

看到万慧法师"全以教书维持生活，常常感到拮据"，艾芜虽"竭力找事做，另谋出路"也不见成效。这时艾芜写下的一些东西被万慧法师发现，他建议艾芜"可以做点文章，投到华侨报馆去"。艾芜遵万慧法师之嘱"就做了一篇题名《老憨人》的短篇小说，送到《仰光日报》去试试，编辑陈兰星是慧师的朋友，马上先给我二十个卢比，随即把小说登了出来"。自此艾芜就"大做特做"写出了二三十篇。参见艾芜《墨水瓶挂在颈子上写作的》。

一九二八年上半年

经万慧法师介绍，艾芜在华侨报馆《觉民日报》担任校对三四个月，与热爱文学写作的当地青年交往较多，其中有《觉民日报》排字工人黄重远和《仰光日报》排字工人黄绰卿、王思科、郭荫棠（又名郭印堂）等。经郭荫棠介绍，参加了由新加坡派来仰光组织的缅甸共产主义小组的活动。这个缅共小组隶属马来亚共产党领导的分支，后为马共缅甸地委。艾芜一九八一年九月二十日写给熊谷雅子即杉本雅子的书信中也明确地说"我是一九二八年在缅甸仰光，加入马来亚共产党的"。得知自己加入"马共"的事引起身为中国国民党党员的《觉民日报》报社经理林宝华不满后，艾芜愤然辞去《觉民日报》校对一职。

一九二八年十月十日

同缅甸共产党组织其他几个成员一道在自己临时住地印制英文"缅甸人民和中国人民团结起来，打倒英帝国主义！"的小传单，撒到仰光街头。参见当时缅甸仰光的英文、缅文、印度文和华文报章的相关报道和艾芜一九八九年九月二十五日写的回忆文章《在仰光》。

一九二八年秋

应时任《缅甸日报》主编的上海引擎社成员吴景兴邀约，艾芜经过考察正式加入了吴景兴秘密组织成立的共产主义小组，并介绍了黄绰卿和几个排字工人同时参加。艾芜把全部身心投入他自己认为的这一回"真正的革命"，主动捐献自己微薄的稿费和其他收入的三分之二，供给小组作为活动经费。

一九二八年十一月

为庆祝苏联十月革命节，艾芜和黄绰卿从报馆排字车间带回英文字钉，在艾芜借住的万慧法师处连夜印制传单，内容是"庆祝苏联十月革命！"和"缅甸人中国人团结起来，打倒帝国主义！"被万慧法师发现后，艾芜只好搬离，以免让这个出家之人遭受连累。

一九二八年十二月十一日至三十一日

艾芜十二月十一日离开仰光绿绮湖畔的加拉巴士第区万慧法师宅院借住地，暂时落脚于一家裁缝铺，晚间就睡在缝制衣服的木桌上。

一九二八年十二月

经黄绰卿介绍，艾芜和《仰光日报》的两个工人合租一间房子，艾芜为两个工人买菜煮饭，附近文化书店的职员也把伙食包给艾芜。买菜煮饭之余艾芜仍继续为报社写稿，稿费中的小半作为自己的零用，大半捐献给已经发展到二十多人的共产主义小组用作活动费用。参见一九九五年八月重庆出版社印行的谭兴国著《艾芜评传》。

一九二八年下半年

参加刚刚成立的缅甸共产主义小组，积极投入正式建立缅甸共产党的工作。参见一九九二年十二月六日"艾芜同志丧事领导小组"发布的《讣告》。

艾芜一九八一年九月二十日写给熊谷雅子（杉本雅子）的信中说："我是一九二八年在缅甸仰光，加入马来西亚共产党的。"

艾芜一九八四年五月十七日写给法国汉学家葛爱宁的信中说："我一九二八年在缅甸的仰光，加入马来亚共产党。"

经艾芜指导并于艾芜生前公开发表的两份《艾芜年谱》载录的都是：一九二八年上半年，经郭荫棠介绍参加了从新加坡派来的吴景兴组织的缅甸共产主义小组（属马来亚共产党领导的分支，后为缅甸共产党地委）。

又参见"约一九二九年初"谱文。

约一九二八年内

写了一篇"批评鲁迅"的文章。参见一九六〇年第二期《文学评论》发表的艾芜《回忆我在"左联"的几件往事》一文开头的"大约在一九二八年吧，看到国内来的一些刊物，知道创造社的一些作家正同鲁迅先生笔战，而我和一些朋友对两方面笔战的情况还不够清楚，笔战的文章也没有完全看到，我们只觉得，鲁迅先生似乎在反对无产阶级革命文学，大家便站在创造社那一边写文章批评鲁迅先生，我也写了一篇"。这篇艾芜"批评鲁迅"的文章，题目、原文和初刊处均有待查核。

约一九二九年初

自述"约在一九二九年初，有个在《缅甸新报》作主编的吴景新，从上海来的，暗中成立了共产主义小组，约我参加进去。人数约十多个人，有排字工人，饮食店店员，小学教师，都是华侨。后来接上了在新加坡的马来亚共产党，由那里领导"。参见艾芜《我的简历》手稿，该手稿影印件载于二〇一〇年四月四川人民出版社印行的《艾芜画传》第五十页。

一九二九年十月

在缅甸仰光写成《毛辫子》，这是目前发现的艾芜创作最早的小说。《毛辫子》分两次发表于一九三四年五月的十一日、十三日上海《大晚报》第六版《火炬》副刊。参见一九三六年十一月文化生活出版社印行的艾芜短篇小说集《夜景》一书所收该篇作品后作者自注的写作时间。

一九二九年约年底

经共产主义小组一个组员介绍，艾芜辞去为两个工人买菜煮饭的工作，到百呎路福建华侨开办的一所平民学校教书。参见一九九五年八月重庆出版社印行的谭兴国著《艾芜评传》。

一九三〇年春夏

四月作为共产党缅甸地委代表前往英属马来联邦再转去新加坡，出席共产党代表大会。此时东南亚一带瘟疫流行，仰光是"疫港"，艾芜所乘坐的船只到槟榔屿后被送往一个小岛消毒，滞留一周。艾芜短篇小说《海岛上》即以此次出行为素材。到达新加坡时，艾芜要出席的会议已经结束。艾芜在海员工会的偲偲俱乐部住了四十天，才返回仰光。参见一九九五年八月重庆出版社印行的谭兴国著《艾芜评传》。

一九三一年一月约上旬

在缅甸被捕遭遣返回国之前，接受陈兰生赠送的一套西装。参见艾芜一九五八年六月八日写给夫人王蕾嘉的书信中所说"在缅甸被捕返回国时，他又送我一套西装"，"他"即指陈兰生。艾芜此封书信收入十九卷本《艾芜全集》第十五卷"书信"卷。

一九三一年一月十五日至二月二十一日

中华民国国民政府以"宣传共产""诋毁党国"的罪名，交涉英属缅甸殖民当局将艾芜、王思科、林环岛、郭荫棠逮捕，艾芜等四人于二月二十日被驱逐出英属缅甸。艾芜、王思科到香港后又被押在拘留所一夜，第二天才被押上船驱逐到厦门。经艾芜介绍，谭兴国在美国居住时，与任职于加拿大多伦多中国文学研究所的林环岛的儿子林天民取得了联系，才弄明白"您（即艾芜）和林环岛从缅甸被逐，并不只是英国殖民当局的事，是国民党外交部勾结殖民当局干的。国民党行政院曾下令福建上海等地军警，只等你们的船一到，押回原籍'截正典刑，以绝后患'。船到的当天，国民党的军警、特务已经登船去搜查过了"。参见谭兴国《绵绵的怀念》，该文初载于四川省作家协会编印的一九九三年一月《四川作家通讯》第六版。

一九三一年二月下旬至三月

被押送到香港关了一夜后与王思科、郭荫棠一起到厦门，二月二十二日经中国共产党地下党组织安排，艾芜和王思科被转移住到福建同安曾营一所小学里，等候组织联系再决定去苏区的龙岩或永定。三月，王思科先行。艾芜一直在福建省同安县的一个村子住着，"在厦门度过春天，给我的印象相当好"，但在创作上从本地收获却"一无所得"。艾芜事后分析"第一原因就是不懂他们的语言"。在同安乡下，写了《香港之一夜——南洋归客谈之一》。参见艾芜一九四〇年七月二十三日和一九七九年二月七日写给王西彦的书信，前一封艾芜书信以《我的近况》为题摘编发表于一九四〇年十月二十五日出版的《现代文艺》第二卷第一期。

在一九八七年十一月二十二日的日记上，艾芜用近三千字的篇幅"回忆"了他和王思科在福建省同安县曾营居住时的情形，但在没有找到得力旁证的时候，只能作为参考，暂不采用。

《漂泊杂记》的政治地理学

张叹凤*

艾芜《漂泊杂记》是一部记叙国境内外漂泊生活的散文作品，与其小说《南行记》有异曲同工之妙，从某种意义讲更具真实性，凸显人与自然、社会以及世界的紧张奇妙关系。现代精神是其作品的灵魂，从中我们可以充分领略新文学"抒情与史诗"的艺术特质。艾芜跨境散文是现代文学题材领域的创新开拓，有重要的政治地理学意义。

夏志清名著《中国现代小说史》留下不少的遗憾，其中之一是未曾详评艾芜这样颇具特色的新文学名家，如其自述："在第十四章里，我对艾芜、沙汀、端木蕻良、路翎四人作了些简评，主要也因为作品看得不全，只好几笔带过。"[①] 就这"几笔带过"其实在中译本中也未见出现，可能译者感觉内容太过空疏，言不及义，从而删除。这种著史的随意性，被亚罗斯拉夫·普实克批评为"这些都是顺嘴的评论……缺乏对材料的科学和系统的研究"[②]。"我认为，夏志清此书的主要缺点就在于，他没能准确阐述不同作家作品并加以区分，从而概括出它们各自的主要特征。"[③] 发生于20世纪60年代的这场学术争论已经远去，于今看来夏（志清）、普（普克）二人都是有名的学者，著述各有侧重，虽存遗憾，影响仍经久不息。客观而论，对艾芜作品重视与研究不足的遗憾一直存在，以致有中国现代文学的研究生对之一无所知。其实早在艾芜创作成名之初，先行者郭沫若就表达了惊喜欣赏之情："我读过艾芜的《南行记》，这是一部满有将来的书。我最喜欢《松岭上》那篇中的一句名言：'同情和助力是应该放在年轻的一代人身上的。'这句话深切地打动了我，

---

* 张叹凤，本名张放，四川大学教授、博士研究生导师。
① 夏志清：《中国现代小说史》，复旦大学出版社，2005年版，中译本序第16页。
② 亚罗斯拉夫·普实克：《抒情与史诗——现代中国文学论集》，上海三联书店，2010年版，第201页。
③ 亚罗斯拉夫·普实克：《抒情与史诗——现代中国文学论集》，上海三联书店，2010年版，第204页。

使我始终不能忘记。"① 更早即1931年，鲁迅在艾芜创作探索初期即给予教导支持，不仅写信回答他与沙汀二人有关创作方面的问题②，并称赞艾芜习作《太原船上》"写得朴实"③，还在艾芜因左翼文学运动被捕入狱后提供援助使其获释出狱。④ 近些年对文学史的研究有所强化，国内对艾芜早年文学成就不无精彩述评，如："熟悉的生活却是早年在他乡异国的漂泊，以及所谓'化外'边陲和华缅杂居地苍茫雄阔。那种奇异的人生滋味，作为'人生哲学的一课'养育了作家大异奇趣的心眼。"⑤ "艾芜在描写人和景时，常把风俗画和风景画融会在一起，与沙汀的现实主义有所不同，艾芜在风俗画、风景画的描写中渗透着饱满情感……尤其是用画画和音乐来构筑散文风格之美，这是艾芜乡土小说的浪漫主义特质，和沈从文、废名小说一样，这种浪漫主义的气质造就了中国乡土小说作家对于这种形式美的刻意追求，它影响着几代中国乡土小说作家……"⑥ 上引两位学者的评论都不约而同将艾芜与稍早些年进入文坛的沈从文进行比较，也都不约而同将关注重点放在艾芜早期漂泊题材创作领域。事实上，艾芜文学创作成就的高峰在其青年时代，尤其在不同凡响的异域边境跋涉、求索、探险这一亲身经历书写方面。这正应合了以后普实克关于中国现代文学"抒情与史诗"的生命体征与艺术衡量。艾芜"南行"据其自述以及作品主题反映是他受到世界新文化与新文学浪潮的推动影响，希望由边陲过渡下南洋求取半工半读的生活学习机会，从而使自己在理想的人生道路上奋勇前行。笔者认为，艾芜构成呼应关系的"南行"题材文学篇章，是动态的、递进式的，有如今之"全程直播"，有着悬念与实验的特色，特别构成史诗脉络与质地。这一点，应该是他有别于沈从文等作家的地方，后者的题材更带有随意性、灵活性，是发散式的结构关系，乃至局外人的讲

---

① 郭沫若：《痛》，原载1936年6月25日《光明》一卷二期，参见《郭沫若全集·文学编》（第10卷），人民文学出版社，1985年版，第386页。

② 详见鲁迅1931年12月25日《关于小说题材的通信（并Y及T来信）》，原载1932年1月5日《十字街头》第3期，后收入《二心集》，载《鲁迅全集》（第4集），人民文学出版社，1982年版，第367—369页。

③ 见1982年艾芜致中田喜胜的信，载《艾芜全集》（第15卷），四川文艺出版社，2014年版，第238页。

④ 参见艾芜：《三十年代的一幅剪影——我参加左联前后的情形》，载《艾芜全集》（第11卷），四川文艺出版社，2014年版，第370页。原文："后来周扬领导左联的时候，便设法请律师出庭辩护，鲁迅就捐助了五十元给律师史良作为出庭的费用（我出狱后知道是鲁迅捐助的）。结果，我和同案的六个工人，都得到了自由。"对此事，艾芜在写给日本友人及研究者的信件中亦有相同说法可以参照，见《艾芜全集》（第15卷），第93页、234页。

⑤ 许道明：《插图本中国新文学史》，上海古籍出版社，2005年版，第252页。

⑥ 丁帆：《中国乡土小说史》，北京大学出版社，2007年版，第136—138页。

述。艾芜在题材方面也许不够恢宏广阔、潇洒恣肆，局限于自我体验，而正是这种"独一性"，让他早年的"南行"创作，表现出一种坚贞的气质与单纯的路向以及比较完整的结构，特别能够映射出20世纪"探索"的世界题义。"只有当个人意识到自己的存在和独一性时，他才能争取自己的权利，以自己的方式安排自己的生活，决定自己的命运。"① 艾芜的主动漂泊跋涉甚至是"向死而行（生）"，如现代西方哲学中常见的"在通向语言的途中"的"孤寂"的"漫游者"②，有着更多的悲剧节奏与气息。这也是他"南行"文学作品不朽的根本原因，也是他有别于当时其他乡土作家或漂泊题材写作者的侧重点。郭沫若当年有感而发"这是一部满有将来的书"，其实表达了20世纪中国文学"在路上"，即寻找、拥抱世界先进浪潮的义无反顾的勇气、用意以及其切身感受。

对艾芜《南行记》等小说作品研究相对较多，而其散文、传记作品等同是"南行"题材的书写相对来说关注者不多。其实如前引学者认为艾芜的小说有着"构筑散文风格之美"的特点，而其系列散文创作，直书其事，更多地抒情，在真实性与细节的淋漓尽致方面，表现出不同于小说的朴素之美以及多样化的边疆异域写生，这是艾芜南行述写文学成就中不可或缺的一环，是相互映衬的一个文学画廊。《漂泊杂记》一书初版于1935年4月，1937年2月再版，由上海福州路生活书店、生活印刷所推出。毫无疑问，这是与其小说集《南行记》相近时期堪称齐头并进的文学创作尝试。事实上也有个别篇章如《在茅草地》亦见载《南行记》，这一方面可说明艾芜写作小说与散文并无严格区分，题材多出自真实体验；二方面南行经历确是他生命中最难忘怀的挑战，也是他创作题材最有生命力的活水资源。《漂泊杂记》初版与再版遗憾都没有序跋，结束一篇《想到漂泊》似乎是一个总结、一个"跋"，其中写道：

> 我自己，由四川到缅甸，就全用赤足，走那些难行的云南的山道，而且，在昆明，在仰光，都曾有过缴不出店钱而被赶到街头的苦况的，在理是，不管心情方面，或是身体方面，均应该倦于流浪了。但如今一提到漂泊，却仍旧心神向往，觉得那是人生最销魂的事啊。为什么呢，不知道。这也许是沉重的苦闷，还深深地压入在我的心头的原故吧？然而一想到这种个人式的享乐，是应该放弃的时候，那远处佳丽的湖山，

---

① 亚罗斯拉夫·普实克：《抒情与史诗——现代中国文学论集》，上海三联书店，2010年版，第1页。

② 参见海德格尔：《在通向语言的途中》，商务印书馆，2004年版。

未知名的草原，就只好一让它闲躺在天末了。①

作者引用诺贝尔文学奖获得者普宁记叙契诃夫临终前向往漂泊流浪的高声梦呓传达自己的心声，十分贴切。将艾芜定性为一位颇具抒情色彩的漂泊作家，这都是有力的例证。1982年云南人民出版社重印《漂泊杂记》，艾芜写了一篇《重印前言》，阐述当年历程，并说明将原来的四十篇行文扩充为四十六篇，"还得感谢四川大学中文系教师黄莉如、毛文同志，在三十年代旧报纸杂志内搜集到，并加以复制"②。文中提及的两位都是笔者本科时代的授业老师、前辈。

王德威在《〈海外中国现代文学研究译丛〉总序》一文中概述："打开地理视界，扩充中文文学的空间坐标，在离散和一统之间，现代中国文学已经铭刻复杂的族群迁徙、政治动荡的经验，难以以往简单的地理诗学来涵盖。"③虽然如此，笔者在思考这篇论文布局时，仍拟从地理学的范畴来切入讨论，因为单从文艺美学着手，重复现实主义与浪漫主义的结合以及左翼作家对民间底层深切同情云云，前贤论多，毋庸辞费。《漂泊杂记》等散文作品能够深深吸引我的原因，不单在文学的主题与修辞、剪裁，更在其地理疆域与民族交会关系的具体呈现，以及探险穿越性质的跋涉丈量。"把自然地理和政治地理结合起来"④，"希望把世界作为人类环境来研究"⑤，地理学正是这样"一种艺术"，包括"对特殊地区中较有兴趣的特征进行生动和有联系的描述"⑥。我们只有从地理学特别是政治地理学、文化地理学关系方面解读艾芜作品，才能更深入理解他作品中所富有的现代意味矿藏以及经久不衰的文字魅力，从而丰富我们的认知学识与文化版图。

一、与世界整体联动是其漂泊的推动力

长期以来有学者习惯将艾芜称为"流浪文豪"，称其《南行记》等作品为流浪题材，这其实有语义逻辑判断方面的差池。在中文中，近义词流浪、漂泊、流亡、流（离）散等，这些词性严格讲是有差别的，限于本文篇幅，我

---

① 艾芜：《漂泊杂记》，生活书店，1937年版，第247页。
② 艾芜：《漂泊杂记》，云南人民出版社，1982年版，第3页。
③ 王德威：《〈海外中国现代文学研究译丛〉总序》，亚罗斯拉夫·普实克：《抒情与史诗——现代中国文学论集》，上海三联书店，2010年版，第8页。
④ 哈·麦金德：《历史的地理枢纽》，商务印书馆，2017年版，第6页。
⑤ 哈·麦金德：《历史的地理枢纽》，商务印书馆，2017年版，第6页。
⑥ 哈·麦金德：《历史的地理枢纽》，商务印书馆，2017年版，第6页。

们毋庸引经据典，仅据常识判断可知，"流浪"倾向于经济困顿无依、居无定所的被动物质生活行为。"漂泊"则意味有物质与精神双重方面可能造成的生命移动行为。"流亡"更倾向于社会原因，更侧重于因政治避难而造成的逃离。离散（dispersed：scattered about）可能有上述种种原因，从而造成分离流散现象，这主要指一种家园关系，即与家园的疏隔、散失。艾芜将自己的散文命名为《漂泊杂记》，他更喜欢用"漂泊"形容自己当年"南行"的处境，当然有时也兼以"流浪"形容自我（如前引），但往往是出于戏谑乃至反讽。他生命的体验与求索经历，用"漂泊"形容更加准确。关于他"南行"的动机，艾芜有反复阐述，这里仅节选片段：

> 我在成都省立第一师范学校的时候，北京工读互助团、留法勤工俭学会那些肯做卑贱工作的前辈们，不仅使我受了极大的感动，而且我下定了决心去效法他们。蔡元培说的"劳工神圣"，简直金光灿烂地印在我的脑里。（《我的青年时代》）[1]

> 一九一九年的五四运动，在全中国涌起巨大的新的思潮，热烈地欢迎民主和科学。远离北京的四川青年，也受了影响。总想多学些新知识，即使远去外国，也是高兴的。那时四川有好多学生，想到法国去勤工俭学。这一求学的机会，我错过了。开始由于处在乡村，不知道；随后知道，却又不再招生了。我自己想出一个办法，到南洋群岛去找半工半读的机会，一九二五年夏天，离开了家乡，向云南缅甸走去，进入了社会大学，在昆明的街头，上了人生哲学的一课。（《写在前面的话》）[2]

显然艾芜的漂泊生活是有明确的目的性的，他更倾向于精神方面的追求。现代地理学的重要原理之一即"认为世界已经成为一个整体，因而也就成为一个完整的政治体系……自从近代利用蒸汽改进航海技术以来，这样的统一整体已经出现"[3]。郭沫若新文学运动初期的作品对艾芜产生重要影响，以致艾芜《南行记》结集出版除寄赠鲁迅（见《鲁迅日记》）外，也想请郭氏（郭沫若此前已在上海《光明》上读到艾芜作品并撰有佳评）指正（后经同是川籍的任白戈带往日本）[4]。郭沫若此前拥抱与讴歌海洋世界气息的诗集《女

---

[1] 载《艾芜全集》（第11卷），四川文艺出版社，2014年版，第267页。
[2] 载《艾芜全集》（第11卷），四川文艺出版社，2014年版，第3页。
[3] 哈·麦金德：《历史的地理枢纽》，商务印书馆，2017年版，第11页。
[4] 艾芜与郭沫若关系的直接记录见艾芜《你放下的笔，我们要勇敢地拿起来》《悼念任白戈同志》等文，参见陈俐：《艾芜与郭沫若的君子之交》，《郭沫若学刊》，2016年第3期。另，笔者青年时代约在1979年曾于四川大学中文系郭沫若研究会上亲耳听到艾老发言讲述郭老作品对他的影响以及郭老对他有过的嘉许勉励。

神》，鼓动了无数青年读者的心扉，显然是充分的新世纪地理人文的中国讴歌。民国初年以来形成的外出求学浪潮，也是像艾芜一样的千万青年学子的自觉行为。魏斐德《中华帝制的衰落》一书中对当时乃至更早的现象有明确揭示："1911年，帝国政府的垮台不仅解构了政治秩序，而且解构了支撑帝国的古典传统……因此新城市精英完全失去传统绅士的认同，开始向外看——上海、日本、甚至远至美国和培养下一代工程师与律师的大学。"[①] 千百年来只有乡土与家国意识的中国人，现在有了世界地图与知识，有了人类命运牵动的进步的联想与共识。这无疑给了为理想求学、求索的青年更大的勇气。事实上众所周知，四川青年留法勤工俭学涌现出来的杰出政治、军事、文化人士，参与了现代中国的政治体制革命，促进了新文化传播。艾芜在这条道上独辟蹊径，选择徒步闯荡边疆过境以期去南洋群岛求学，究其原因，一是他自身家庭经济条件（农家子弟），二是有比较现成的巴蜀"南丝绸之路"，自古川人借道西南攀西河谷走廊而达滇、缅、印度、马来西亚、新加坡、印尼等，从事贸易与工役，艾芜《南行记》《漂泊杂记》等作品中有多处描写，如其在缅东北，时常耳闻乡音，如置身乡土故地，四川人的南行与侨居历程可上溯千年，但像艾芜这样为理想求学抱负而穿越山川丛林奋勇前行的，并世无多（对艾芜有救命之恩的川籍缅人万慧法师是一例）。故而他的作品的现代性，亦反映在充分的地理学意识上，尤其在政治与文化地理方面，达到可称饱和的容量。他把颠沛流离、履险犯难甚至陷入困境的遭遇称为"人生哲学的一课"，把边疆社会形形色色的人际关系形容为"社会大学"，其"打不垮"的战斗精神，标注了现代世界文学题材的鲜明特征，即如杰克•伦敦、契诃夫、蒲宁、高尔基等人，因为艾芜坚持研习中英双文，酷爱肇始于京沪等地的"五四"新文学[②]，对外国作家的接受事实上也是相当广泛和深入的，重要影响散布在他的文学中，学者许道明对此有简略概括：

  在艾芜《文学手册》中，震颤着英国的哈代、挪威的易卜生和汉姆生、美国的杰克•伦敦和舍伍德•安德森等一大串名字，尤其是苏俄作家屠格涅夫、契诃夫和高尔基，似乎像启蒙导师一样引领着他的文学生涯。[③]

  如同一张世界的文学地标图案，艾芜在穿越川滇缅丛林河谷地带中，多

---

  ① 魏斐德：《中华帝制的衰落》，黄山书社，2010年版，第215—240页。
  ② 关于五四新文学刊物对艾芜的具体影响和激励，可参见《我的幼年时代》《我的青年时代》《三十年代的一幅剪影——我参加左联前后的情形》以及艾芜的多篇散文、序跋、回忆录。
  ③ 许道明：《插图本中国新文学史》，上海古籍出版社，2005年版，第252页。

次陷入危机、困境乃至绝境（如重病被赶出客店），但他能靠精神的力量与青春的韧性，始终不渝、顽强不屈，在行文中表现出相当的乐观主义，这都与世界互动的先进知识的力量与诗意的召唤分不开。在《南行记》首篇《人生哲学的一课》结束时艾芜宣告自己决不会半途倒下妥协："就是这个社会不容我立足的时候，我也要钢铁一般顽强地生存下去！"已有类似杰克•伦敦、海明威等人的硬汉精神，这种启蒙运动以来热爱生命，追求真理、真知的永不退缩的超人式的风范，详见于篇章，贯彻始终，艾芜在旅途中常被问及在外漂泊的动机，如：

> 他们问到我为什么要离家远走，来过这种苦难的生活。我便说，人是不应该安于他的环境的，应该征服他的环境。因为人是生来活动的东西，便当不顾一切地去活动。一个人，能够吃苦，能够耐劳，能够过最低度的生活，外界无论什么东西都不能吓退他的。这是我当时谈话的最主要的意思。同时，我也全靠这些念头，敢于抛掉了我一切的所有，赤裸裸地走到世界上来，和世界作殊死的搏斗。（《我的青年时代》）①

直到老年，他仍然坚持这样的认知："一个人应该勇敢地到世界上去，寻找更新的思想，扩大认识面，增广见闻。"（《我的幼年时代•校后记》）② 文化地理学者认为："家园感觉（与家乡）的创造，是文本中深刻的地理建构……家被视为依附与安稳的处所，但也是禁闭之地。为了证明自己，男性英雄得离开（或因愚蠢或出自选择），进入男性的冒险空间……移动能力、自由、家园和欲望之间的变动关系，被视为极富男性气概之空间经验的寓言。"③《南行记》《漂泊杂记》等作品正是建立在这种空间地理关系上的精彩之作，作品中体现出的世界人文精神与勇敢向外突围、探索的自由勇气，凸显了20世纪二三十年代新文学的主体精神、世界意识。

二、溯游而行，川流不息

漂泊一词原指水上漂移，典出庾信《哀江南赋》："下亭漂泊，高桥羁旅。"又《太平广记》引《集异记•嘉陵江巨木》："江之浒有乌阳巨木，长百余尺，围将半焉，漂泊摇撼于江波者久矣，而莫知奚自。"后引申形容人的生活居无定所、四方奔走。艾芜南行由今成都北郊沿岷江流域经大渡河、金沙

---

① 载《艾芜全集》（第11卷），四川文艺出版社，2014年版，第281页。
② 载《艾芜全集》（第11卷），四川文艺出版社，2014年版，第113页。
③ 麦克•克让：《文化地理学》，巨流图书有限公司，2008年版，第48—49页。

江、怒江、盘龙江、槟榔江、澜沧江（湄公河），途经许多或有名称或无名称的支流河泽，直奔海洋。可以说，除山地森林外，艾芜南行描写最多的风景即江河谷地，他的徒步穿越行进，带有古人逐水而居、溯游而行的自然生态、人文地理特征，因为只有逐水而居，才有人居生存环境；只有溯水沿岸而行，才不会迷失方向。涌现于笔底的生命气息以及川人向前奋斗探索的精神，也因江河流水的象征意蕴而得到更加充分的体现。地理学家指出："水流和气流始终在进行移开那些阻挡它们道路的障碍物的工作。它们企图达到理想的环流简单化。"① 江河水流自来有生生不息、川流不止的诗兴寓意。苏轼当年《文说》即有"万斛泉源""滔滔汩汩""随物赋形"的比喻。连姓名也改取川江符号的郭沫若（"沫若"② 即沫水与若水的合称），对艾芜作品欣赏评论，指出"边疆的风土人情，正是绝好的文学资料。希望能有人以静观的态度，以诗意的笔调写出。艾芜的《南行记》便以此而成功者也"③。郭沫若认为的"成功"，想来"边疆的风土人情"与"诗意的笔调"兼得，川人如川江奔流不息、前赴后继的进取精神，这一题旨亦在其中。

《漂泊杂记》首篇《川行回忆记》即以愉快甚至天真（作者自喻"孩子气"）的笔调记叙出行首站"从成都出发，搭乘岷江的下水船，直到犍为，才登岸去住宿息客店子"，"本来要由水路去到叙府的，但因岷江下游，匪太多了，船不敢下去，才把货物和旅客，通留在犍为，而我们也只好由水上移到陆地上去住"④。散文描述了与同伴因为界地权力的变换，货币流通障碍遭遇的尴尬，由此可见当年西南地域分割零乱的状况。直到作者再次登船渡江，已"想不出钱的办法"，引用《史记·蔺相如传》"相对而嘻"，形容少年人闯世界的莽撞与天真、无奈，以及川江流域人情世故，"不管，不管，索性今天再同人吵架好了！"十分有趣。

> 然而到底还是富有孩子气的原故吧，看见对岸渐渐移近，船伕子要收钱的时候，两人的额上就都冒出不安的毛毛汗了。⑤

像这样履险犯难、遭遇尴尬的情形在南行旅途中还有很多。艾芜著文是

---

① 哈·麦金德：《历史的地理枢纽》，商务印书馆，2017年版，第43页。
② 详见拙作《论郭沫若早期海洋诗歌特色书写中的文化地景关系》，《现代中国文化与文学》，2017年第2辑。
③ 郭沫若致彭桂萼书信，最早刊于20世纪40年代《警钟》杂志第6期。详见陈俐：《艾芜与郭沫若的君子之交》，《郭沫若学刊》，2016年第3期。
④ 艾芜：《漂泊杂记》，生活书店，1937年版，第2页。
⑤ 艾芜：《漂泊杂记》，生活书店，1937年版，第6页。

应《申报·自由谈》副刊要求①，字数篇幅有所限制，笔到意到，往往戛然而止，余味悠长。《漂泊杂记》有小说《南行记》之外的隽永之趣。也能显出作者驾驭文字的自由神采。

从川、滇到缅甸终至上海，逐水与攀越，事无巨细，如江水"随物赋形"，得人文地理之曼妙，这也许正是前引郭沫若所感受到的"诗意的笔调"，洋溢在行文中的是坚韧乐观的气息，涉及苦难人间、悲惨遭遇时，笑中带泪，是悲愤的心音。《江底之夜》堪称一篇杰作，抒情的笔调，写实的态度，自我的苦嘲、悲哀的同情，涌现于滇东河谷地带：

> 这儿名叫江底，看地势正是名符其实的，对面陡险的山岩，带着森森的夜影壁立着，绕有雾霭的峰尖，简直可以说是插入云际了。这面呢，山坡虽不像那样的高耸着，但倾斜的长度，也就够人爬着流汗了，而且从江底的街口，仰着望上去，那给晚烟封住的岭头，已是和着入夜的天色混而为一了，令人分认不出来。江上软软地横卧着一长条铁索桥，是联系着东川和昭通的交通血管的，白天驮货的马队经过时，一定是摇摆抖动得很厉害，这时却只有二三归去的村人踏着，发出柔和的迫微的吱咖声音。水势极其凶猛，不停地在嶙峋的岩峡间，碰爆出宏大的声响，有时几乎使人觉得小石挺露的街道，瓦脊杂乱的屋子，都在震得微微抖动的一般。②

该作讲述了一名"马店主"的故事，她是"一位三十来岁的粗女人"，照顾着"三个高矮不齐的孩子和一个尚未满岁的婴儿"，吵闹之间，却偷翻客人即作者的行囊试图窃取财物，夜里又与山上相好私通，为此得到一只南瓜的接济，为孩子解决早餐。虽然经历了极不愉快也不舒适的一晚，临别时"在挨近水缸的桌上，取一只粗瓷饭碗，忽然看见壁上挂着一张小小的相片，就着窗外透进来的鲜明的晨光，还可以从一层薄薄的尘灰上面，分辨出两个青年军人的雄健姿影。侧边有字，细看始明白——

> 民国八年与徐排长摄于四川之泸州，后徐君阵亡于成都龙泉驿一役，即将此仅存之遗影，敬赠君之夫人惠存。
>
> 　　陈长元谨赠③

历史与现实，美与丑，世态人生，都形成极大反差与反讽，地理的关系

---

① 艾芜：《漂泊杂记》，云南人民出版社，1982年版，重印前言第2页。
② 艾芜：《漂泊杂记》，生活书店，1937年版，第32—33页。
③ 艾芜：《漂泊杂记》，生活书店，1937年版，第45—46页。

昭然若揭。川滇战役的残酷和后遗症，民国初年西南地区无数次的混战，民生痛苦，形形色色，都在一篇小散文中呼之欲出。作者收笔"回头去看见孩子们和母亲还在那里热心地弄煮着南瓜，心里便禁不住黯然起来"。作为一名左翼作家，艾芜的散文中多存有这种对底层人民的同情悲悯，以及对当时社会的批判。但驾驭行文，没有口号，也少有理论与做作，于抒情白描与写意之间，映衬着深深的思想内涵以及人间情怀，自然山川的雄奇与人世间的卑微痛楚，无缝对接。"把自然地理和政治地理结合起来。""自然地理的三个不同方面：低地区，北极和内陆河流的流域盆地，以及草原地带，这三个区域在空间和时间方面都不是恰好相合的。"① 《漂泊杂记》与《南行记》采写"流域盆地"有突出的空间意识与时间意义。《江底之夜》与《南行记》中的《松岭上》有异曲同工之妙，后者描写一名曾经杀人复仇藏匿边地山岭沉醉于鸦片烟的老汉，也是在讽刺乃至黑色幽默的同时，表达着严肃的人间审思与悲悯，构成鲜明的山川图景与人际关系。

三、与边疆传教士的接触与疑窦

《南行记》与《漂泊杂记》等作品多有写到滇缅地区的西方传教士与教会神职人员，展现了20世纪初期西方教会在西南边疆地区的活跃分布并对土著居民精神生活所产生的影响。艾芜对这一近代文化地理关系有相当的注意，鸦片烟与洋教，这两种漂洋过海而来的风气，相继出现甚至盛行在当时的川滇，尤其在"南丝绸之路"和"茶马古道"等交通枢纽上，形成病态的风景线。艾芜一方面观察教会的行为，一方面表现出知识青年漂泊者的质疑。他的文中有叙述，有轻嘲、讽刺，也有交流，这些形象生动的报告记录，客观上也反映了神职人员深入滇缅边境高原山区河谷传教兼及教育医疗的艰苦努力。

《漂泊杂记》中《进了天国》一章记录为了有一个比较好的环境阅读、接触西方书刊，获得片时休息，艾芜在云南进入"礼拜堂"的遭遇。因为漂泊露宿生活呈现出的清贫窘相，"在礼拜堂前拉客去听圣经的男女，就并不拖我，但我却偏要进去，雍容不迫地走了进去"。文中以白描的手法惟妙惟肖地描绘了教堂情形，写到自己所受到的歧视，最终被一名男性教职人员粗暴地赶出教堂，表达了内在的置疑，亦有不无自嘲的苦味：

    他简直气得周身发颤起来，话声虽是仍旧低小，但却像从牙齿里磨出来的一样。听着那女的吐着清朗的媚人的声音，又说到穷人苦人最受

---

① 哈·麦金德：《历史的地理枢纽》，商务印书馆，2017年版，第18页。

上帝爱怜那一句的时候，我便被人推出门外，走到秋风扫着的街头去了。①

另一篇《在昭通的时候》也述及"在昭通学生的排外声中，我还不时到福音堂去：这并非去听牧师的传道，而是在阅书报处，寻觅精神的粮食"②。作者与一名由成都教会创办华西大学卒业的现任中学教员结伴游览，在街巷熬制鸦片烟的气味中，讨论西方文化，二人意见不无分歧。作者自认："文化不发达的地方，文化的侵略毕竟是很难抵抗的。全中国都需要尽力发展自己的文化，昭通只是可举的一例。"③

特别详尽述及传教者生活的是《在茅草地》，介乎于小说散文体例之间，篇幅较长，曾分别收入《南行记》与《漂泊杂记》，可见作者重视，至少表明记忆深刻。这篇作品记述由缅甸境内"八募"返回曾经经过的"茅草地"求取工作，由赶马店老板告之"深山里，有座洋学堂，听说要请个教汉文的老师"，作者于是写好一篇英文的自荐书，"穿入雾的山林，向疑着是否有无的陌生地方去了"。最终在山中村落真找到一座"洋学堂"，"天主教堂和小学校的英文招牌都挂在一块儿"。见到一名"法兰西"的"洋修女"，方知学校并不招收汉文教师，而是需要一名"加青话"教员。作者失望之余得到一餐不错的招待，临别时还得到一枚"银角形式的"神女小像挂件，"洋修女"叮嘱他下山"叫你的姐姐妹妹来这里听听福音啦"。挂件带下山后令店主一家感到十分好奇。文章中现实的困顿与希望的失落产生强烈的感染力，情景描写之间，映射出更多的漂泊求索之意。即便有反讽的意味，但对洋教在当时滇缅边界山中村落的存在与发展情况，作品中的描述非常真实。

东西方文化的碰撞交会，从而展开文化的地理版图，正如文化地理学者所论："东西方之间的关系是'时间性'形式的对比。西方界定自己为先进的，要创造历史，改变世界，东方则是被界定为静滞与永恒……欧洲塑造了未来，而东方只能不断重复。"④ 在艾芜的时代，勇敢跋涉试图向国门外的西方求学，是较为普遍的文化态势，《南行记》《漂泊杂记》等作品，具象表现了这一心路历程，呈现了20世纪20年代西南边疆乃至邻国"开化"（"西化"）与半开化状态的生态景观，是作品富有文学建构与多重魅力的文化符号学资源。除了"洋教士"之外，《漂泊杂记》还涉及一些佛教、本土教的西南宗教现象，如《边地夜记》记述投宿一老妇人家中，遭遇"保安队"上门劫

---

① 艾芜：《漂泊杂记》，生活书店，1937年版，第30页。
② 艾芜：《漂泊杂记》，生活书店，1937年版，第24页。
③ 艾芜：《漂泊杂记》，生活书店，1937年版，第25页。
④ 麦克·克让：《文化地理学》，巨流图书有限公司，2008年版，第66—67页。

掠，一名"老师"即宗教人士不无传奇色彩的前后遭遇，从中表达了作者惊奇与不无疑惑的隐忧，以及对普遍民众的关怀。

四、多民族疆域版图的交通与交攻

西南地区是中国少数民族聚居最多的区域，艾芜冒险"南行"，逗留多个边境民族区域，这之间的观察、体验、交流、戒备等，频现行文，淋漓尽致。艾芜无疑是"五四"新文学及至 20 世纪二三十年代采写与涉及西南少数民族区域题材最多最早的作家，这方面只有沈从文的湖南湘西三省交界处书写可以相提并论。但艾芜的亲身经历与游记写实，是沈从文较有唯美情调的"希腊小庙"式的行文建构所不能取代的。早在 19 世纪后期，川滇黔这些"西南夷"地区除传教士、商贾外，也有欧美探险家前来考察，如奥地利籍美国人约瑟夫·洛克。1925 年从成都动身南行的艾芜，其徒步无产式穿越漂泊与洛克等科考者比较，有天壤之别，冒险犯难、前途未卜、生死一念间，都构成《南行记》《漂流杂记》等作品不可复制的艺术张力。艾芜从不回避矛盾冲突与社会问题，于 20 世纪 30 年代还引起云南省政府驻南京办事处的抗议，指斥其歪曲滇东沿线民俗事实。① 可见当时外界的知之甚少。

拙作《论艾芜〈南行记〉交织反射的鸦片烟与青春气息》②，曾述及《南行记》成功塑造了川、滇、缅边地多民族区域的青春女性形象，如《玛米》《我诅咒你那么一笑》《月夜》《山峡中》《流浪人》等涉及傣、回、彝、汉等民族。这些女性形象既是那个时代与外界交通交流的一枝一叶，也是乱世交攻、反抗、斗争的生命形态写实。《漂泊杂记》有多篇述及边境区域的行路历程，如《蝎子塞山道中》《潞江坝》《走夷方》《摆夷地方》《乡亲》《克钦山道中》《古卡尔》等，绘制出文学的西南通道地景关系。"男走夷方，女多居孀，生还发疫，死弃道旁。"③ "摆夷妇女，多是眉目清秀的"，可也会用巫蛊杀人。暗自从事鸦片贸易的同伴让作者大吃一惊。在这些看似闲散、抒情的行文中，其实密布着紧张的社会关系。如有一次作者行路因手持一节树枝而引起前边一群学生的恐慌，充分表现了"西南夷"地的惊险。而当作者在《潞江坝》借宿"摆夷人"家中，受到招待时，不觉自心里呼出："这是和平良善的民族啊！"多语种交汇也是一个特点，"摆夷人"会"说着生硬的云南话"，作者也

---

① 艾芜：《漂泊杂记》，云南人民出版社，1982 年版，重印前言第 2 页。
② 张叹凤：《论艾芜〈南行记〉交织反射的鸦片烟与青春气息》，《中华文化论坛》，2018 年第 6 期。
③ 艾芜：《漂泊杂记》，生活书店，1937 年版，第 88 页。

学会了一些如傣语、克钦语、缅语等。语言现象交汇杂用，衬托出20世纪初期云南边地的文化图景。艾芜极可能是新文学史上第一位书写彝族生活题材的作家。陌生化的神奇书写，也是《漂泊杂记》散文引人入胜的地理文化特色。

"新的语言并不是新文学诞生的基本条件，以现代方式成长起来的作家，能以现代的眼光观察世界，对现实生活的某些方面有与众不同的兴趣，这才是新文学诞生的根本前提。"[1] 艾芜《漂泊杂记》等散文作品，从政治地理学即人与社会环境的关系、作用等角度，充分表现了现代世界的开拓意义与政治地理关系，现代性在其中不言而喻，这正是"政治地理学的职能"[2]。鲁迅当年回复沙汀、艾芜写作求教的信中即提示："取其有意义之点，指示出来，使那意义格外分明，扩大，那是正确的批评家的任务。"[3]《漂泊杂记》的创作文风显然对鲁迅的提示有显而易见的体会与贯注。

---

[1] 亚罗斯拉夫·普实克：《抒情与史诗——现代中国文学论集》，上海三联书店，2010年版，第201页。

[2] 哈·麦金德：《历史的地理枢纽》，商务印书馆，2017年版，第25页。

[3] 见鲁迅1931年12月25日《关于小说题材的通信（并Y及T来信）》，原载1932年1月5日《十字街头》第3期，后收入《二心集》，载《鲁迅全集》（第4集），人民文学出版社，1982年版，第368页。

亚裔文学研究

叙事暗流中的饮食人生

——论《喜福会》食物叙事的隐性进程[*]

刘芹利[**]

文学作品中各种各样的饮食或进食行为常常被作者当成一种具有叙事性的符号来运用，作者通过这些食物叙事讲述对自我、族裔、文化、身份与人生等问题的思考。以美国华裔作家谭恩美的《喜福会》为例，其中的食物叙事琐碎零散，贯穿全文，形成小说显性情节后面的叙事暗流。食物叙事的隐性进程与显性情节发展形成补充，看似不经意但同样烘托或铺垫了主题。通过食物叙事，华裔身份、认同、母女关系和权力等主题得到进一步强化，使小说具有独特的文学审美价值。

人类学家玛丽·道格拉斯从结构主义出发，认为食物就如同语言一样，是一种具有指示性的符码。与诗歌和其他文学文本相似，食物可以被有系统地解码从而获得意义，理解这个符码对于分析食物和食物叙事中的意义很重要。"符码可以支撑一整套的可能性从而传达特定的信息。"[①] 食物叙事中符码是重要的概念，因此食物的象征意义远比其本身更有意义。食物叙事中各种饮食或进食行为被作者当作一种具有叙事性的符号来运用。作家通过食物叙事讲述对自我、族裔、文化、政治、历史与现代社会等相关问题的反思，因此食物叙事具有象征性与主题性。个体在什么时候食用何种食物和饮品又赋予了饮食行为特定的情境性。这两种特性使得个体可以通过食物或借助饮食这一行为讲述或记述特定场合中发生的特定事件，从而使饮食具有了强大而丰富的象征性和叙事功能。

食物叙事在自古希腊以来的西方文学作品中比比皆是，但因为其内容

---

[*] 基金项目：2019年四川省社科规划外语专项项目（编号 SC19WY023）"美国女性文学食物叙事中的抵抗话语研究"。

[**] 刘芹利，四川师范大学外国语学院副教授。

① Mary Douglas, *Deciphering a Meal*, New York: Routledge, 1997.

的琐碎性与结构的零散性常常为学术界所忽视。申丹教授在 2013 年发表的《何为叙事的"隐性进程"？如何发现这股叙事暗流》一文中指出不少叙事作品存在双重叙事进程，一个是学者们关注较多的情节运动；另一个则隐蔽在情节发展后面，具有较强的隐蔽性和间接性，常常由较琐碎离题的细节组成，容易被忽略。因此从叙事学隐性进程这个理论视野出发，食物叙事具有的隐蔽性、间接性与琐碎性恰好符合隐性叙事进程的部分特征。申丹教授认为"小说的隐性进程是显性情节背后的一股叙事暗流。从主题意义上，这一隐性进程与小说情节发展相互独立，基本不交叉，但两者又互为补充，共同为表达作品的主题意义做出贡献"①。由此可见，申丹的叙事理论中小说的隐性进程常常从头到尾持续或者间断展开，是一种与显性情节并行的另一种叙事运动，在主题意义上对情节发展或者形成对照甚或构成颠覆。食物叙事作为一种特殊的故事讲述方式，在某些作品中从头到尾贯穿其中，而且与小说情节发展互为补充，共同服务于主题的表达。因此食物叙事不仅是利奥塔碎片化的"小叙事"，也是一种区别于显性情节的隐性叙事。同时，食物叙事作为与显性情节相辅相成的重要部分，对于小说文本的主题烘托和人物塑造以及审美价值的提升具有重要作用。

美国华裔女作家谭恩美的畅销小说《喜福会》具有典型的食物叙事特征，食物与伴随进行的饮食活动作为一条在小说中自始至终展开的叙事运动，与华裔母女故事情节并行。每一个故事里都隐含了这条不经意的食物线索，时而明显，时而含蓄。穿插在情节发展间的饮食活动或食物意象看似不经意但同样烘托或铺垫了主题意义。目前国内外现有研究中较少对该小说就食物叙事进行叙事角度研究。尽管董美含的《历史语境下美国华裔女性文学的"食物"叙事传统》提到了《喜福会》中的食物叙事，但只是对其中的主题意义进行简单的提及。② 因此本文将以《喜福会》为例，探讨这部作品中以食物为线索的隐性叙事进程如何与显性情节互补，共同体现诸如文化记忆、身份认同、母女关系、权力等丰富主题。

---

① 申丹：《何为叙事的"隐性进程"？如何发现这股叙事暗流?》，《外国文学研究》，2013 年第 5 期。
② 董美含：《历史语境下美国华裔女性文学的"食物"叙事传统》，《文艺争鸣》，2014 年第 9 期。

一、文化记忆中的族裔认同

美国华裔女作家谭恩美的小说《喜福会》(1989)采用章回体形式,从不同女性叙述者角度以第一人称方式讲述了四对美籍华裔母女各自的故事。小说共有四个部分,共 16 个小故事,结构工整对称,从四对母女不同叙述者(第一人称视角)讲述"我"的中国往事和美国生活,这是小说的显性叙事线。小说叙述人物虽然较繁多,但并不杂乱。第一部分的开篇《喜福会》为四对母女的出场做好了铺垫,这部分虽然篇幅不大,却是贯穿整部小说的一个重要线索。小说由吴精美母亲去世后新一轮喜福会的举办开始,故事由美国女儿吴精美讲述,叙述为非线性时间叙述,叙事者和叙述层次多次转换,叙事时间从现在回溯到吴精美母亲去世前,再回到 1947 年,继续跳跃至抗日战争桂林陷落之前,又重回当下的喜福会以及聚会过程中间不时穿插的往事回忆。

故事情节在这个部分似乎支离破碎但绝不随意松散,因为喜福会将大家聚在一起吃喝玩乐这条隐性叙事却相当清晰。通过柴米油盐,人间烟火般的抒情叙事讲述喜福会的前世今生以及不同时期不同地点不同人群的愿望与心情。战乱时期,一群养尊处优的小姐太太们在颠沛流离、担惊受怕的生活之余把每周的聚会变成过年一样的节日。尽管战乱困苦,她们仍期待向往喜乐幸福的生活,所以她们称这个聚会为喜福会。

而美国的喜福会是以 4 个女人为核心的华裔家庭每周一次的聚会,异国他乡,大家聚在一起分享"中国的希望和梦想"。故事开始时聚会的举办者吴精美的母亲因突发急病去世,新一轮的喜福会由许安梅家庭负责举办。四个华裔家庭于是相聚在弥漫着浓浓油腻味的许家公寓里,这里有香气四溢的馄饨,香甜的烤乳猪和像金手指一样的春卷等各色各样的中国食物。她们"剥吃煮得酥烂的花生,讲述着他们自己的故事,回忆着逝去的美好时光……"[①]美国女儿们和母亲们一边品尝着各色中国美食,一边回忆着往昔,相互诉说各自美国生活的酸甜苦辣。无论叙述者是谁、故事发生于何时何地,这些故事或多或少地与食物相关联。或者说食物总是隐藏在故事情节中,或多或少地在不经意间推动着情节,铺垫着主题。对于食物的意义,理查德·纳斯帕认为:"人们准备和食用异国他乡的食物可以重新确立其民族身份,保持他们与主流文化的界限,增强内部家庭间的紧密联系。这些异域食物使得人们纪

---

① 谭恩美:《喜福会》,程乃珊、贺培华、严映薇译,上海译文出版社,2012 年版,第 19 页。

念并重温故土的风俗,唤起人们思乡之情,使之怀念渴望那种纯粹的生活。最终,食物这一纪念性功能反映了人们各自不同的处世和思维方式。"[1] 从这个意义上讲,喜福会里种种中国食物为小说人物铺开熟悉的民族背景,烘托特定的民族氛围,促进族群及文化的内聚性,使华裔美国人牢记他们的民族身份以及在中国的过去,并且抚慰他们孤独的灵魂。

喜福会里无论是中国记忆还是美国生活都离不开各色中国食物。主体叙事线下交织着由各种中国特色的食物串联起的零碎的食物叙事:馄饨、炒杂碎、烤乳猪、春卷、蒸螃蟹、甲鱼、河鳗、鸭脚掌、章鱼肚等都具有鲜明的族裔性,甚至可以说是异国情调的,背后传递的话语是极为丰富的。尤其是许安梅带着女儿许露丝去教堂参加一个华人的葬礼,安梅在教堂门口买了一本《张玛丽中国菜烹饪法》为难民基金会募捐。教堂作为华裔之间相互沟通的重要场所,在这里推销烹饪书,可以看出中国菜及烹饪在华人生活中的重要性。

然而从这几个案例也可以看到食物叙事下的反讽性潜流。安梅参加母亲朋友葬礼过程却买了一本烹饪书为难民基金会募捐,华裔女人们在战乱时享乐,女儿顶替过世不久的母亲参加喜福会,这些食物叙事在表达华裔的文化身份同时也形成了一种意义上和戏剧性的反讽。正如同申丹教授提出的"隐性进程"往往具有不同程度的反讽性,或补充或颠覆其主题意义。[2] 食物叙事构成的隐性进程作为与显性故事情节平行的一种叙事暗流,从另一侧面让读者去思考这群华人女性当面临灾荒、战乱、亲朋好友去世这些痛苦的时刻,饮食活动给她们带来的抚慰与希望,这与当时的痛苦与绝望形成意义上的对照与反讽。

二、母女关系中的食物纽带

食物是母亲与孩子之间的重要纽带,这个纽带关系自哺乳期开始,母乳是婴儿时期的食物,到了儿童时期,母亲为孩子准备和提供食物。因此柯尼

---

[1] Raspa, Richard, "Exotic Foods Among Italian-Americans in Mormon Utah: Food as Nostalgic Enactment of Identity", in *Ethnic and Regional Foodways in the United States: The Performance of Group Identity*, Tennessee: The University of Tennessee Press, 1984.

[2] 申丹:《何为叙事的"隐性进程"?如何发现这股叙事暗流?》,《外国文学研究》,2013 年第 5 期。

汉和 Sarah Sceats 等研究学者都提出母亲常常用食物来表达对孩子的爱。[①] 食物叙事也成了表达母女情深或母子情深的最常用的方式。

第一代华裔女性许安梅的食物叙事中，食物就像一条潜在的纽带牢牢系在母女之间，缓缓铺开了安梅的故事。四岁记忆里的火锅，少年时代的血肉汤和母亲吞食的毒元宵串起了母亲悲惨的过去。童养媳龚琳达的故事中食物串起了一个个记忆的瞬间：冬日敲冰块捕鱼开膛破腹扔进油锅；端点心伺候未来的婆婆洪太太；来到洪家后在厨房帮工，学习煮饭伺候未来的丈夫和公婆；婚宴，闹洞房中的红蛋，婚后宰杀童子鸡炖鸡汤，无法生儿育女；清明节用糕团橘子祭供亡灵直至最后自己设计脱身。

以安梅童年的故事为例。安梅关于自己母亲的故事中，总围绕这样或那样的食物。在她四岁时的记忆里，饭桌上的火锅从视野上隔开了她和母亲，也差点让她们阴阳相隔。她记得在那个全家围着滚烫的火锅吃饭的时候，饭桌上家人纷纷起身，将受人蒙骗沦为商人小妾的安梅母亲赶出了许家。而安梅则在一片慌乱中被滚烫的火锅汤水烫伤了脖颈，差点丧命，最后留下了终生难忘的伤疤。少年时代外婆病危，母亲割下自己手臂上的肉做成血肉汤尝试留住外婆的生命。又是一锅沸腾翻滚的汤，割肉疗亲的汤药让安梅明白母女的骨肉情。外婆去世后安梅跟随母亲去天津，来到母亲现在当姨太太的家中生活。新生活伴随着品种繁多的新鲜食物出现在安梅的生活中：元宵、煮花生、鸡蛋煎饼以及各色各样的海鲜。慢慢安梅"觉得一切新鲜的东西都不再新鲜，啊，这道菜我前天已吃过了。这甜点心我已吃腻了"[②]。这段安梅的叙述中充满了各种甜蜜的点心和新鲜的食物，表达了与母亲一起生活的幸福快乐。后来吴青带着五姨太回家后，安梅与母亲的幸福生活戛然而止，接下来的叙述中食物也销声匿迹。生活充满了黑暗与压抑，最后母亲选择在小年夜吞食了毒元宵，"死在她，变成了一种武器。她把毒药拌在元宵里吞下去了"[③]。安梅母亲用终结自己的生命来威慑吴青，既换来自己的尊严也确保在这个家庭里女儿的地位与权力。以食物叙事表达的母女情深正是本章故事的重要主题，食物作为必不可少的纽带自始至终将母女捆绑在一起，能加深读者对母女情深的理解。

[①] Counihan, Carole M, *The Anthropology of Food and Body*, New York: Routledge, 1999. Sceats, Sarah, *Food, Consumption and the Body in Contemporary Women's Fiction*, Cambridge: Cambridge University Press, 2000.
[②] 谭恩美：《喜福会》，程乃珊、贺培华、严映薇译，上海译文出版社，2012年版，第223页。
[③] 谭恩美：《喜福会》，程乃珊、贺培华、严映薇译，上海译文出版社，2012年版，第234页。

三、吃与主体身份

Claude Fischler 曾说过"食物是我们身份意识的核心"[1],进食远远不只是一种生理行为,它跨越了身体内部和外界的边界。柯尼汉认为喂养和进食在所有文化中都具有深刻的含义,而且与性别关系密切相连。煮饭、进食与喂养这些我们司空见惯的活动确定了我们的身份以及女人与男人之间的关系。[2] 有了吃的这一行为,人类才得以生存,才能让我们认识自己。也就是说食物让我们意识到我们是谁,来自何方,又要去向哪里。安梅故事中的火锅使她认识到自己是谁:父亲早逝,母亲被迫嫁人做小老婆,为娘家所唾弃,所以从小不得不寄人篱下,在外婆家长大。血肉汤是为了救外婆的命,而毒元宵却要了母亲的命,这两种食物的故事让安梅懂得了什么是孝,什么是舍生取义的母爱,这份伟大的爱也让她认清自己是谁的女儿,处于什么样的家庭位置,以及要如何去为自己而抗争。

吴精美的螃蟹故事中,当龚琳达用蟹脚指着自己未来的女婿里奇,说"哎唷,他就是不会吃中国东西"时,她的女儿薇弗莱马上反驳:"蟹又不属于中国的食物。"琳达恼怒地说道:"你凭什么说那不是中国菜?"[3] 这里龚琳达认可蒸螃蟹是中国菜,是因为她对自己的身份认同很清晰,她为自己拥有中国胃口和会吃中国菜而骄傲。而女儿不认可螃蟹是中国菜,那是因为作为第二代华裔美国人,在这个部分中,女儿对自己是华裔的身份认同或族裔性的认识仍是模糊的,不确定的。螃蟹在这个故事中充当了身份认同的指示物。吃不吃螃蟹?螃蟹到底是不是中国菜?这样的情节看似琐碎,却将华裔母亲与美国女儿之间对自我的身份认同照见得清清楚楚。安梅的食物叙事使她认识到旧中国女性的低下身份。螃蟹故事则反映出第一代华人移民始终保持着中国胃,难以割舍中国身份,而第二代在美国出生的华人从本质上已经成为黄皮白心的"香蕉人"。

---

[1] Fischler, Claude, "Food, Self and Identity", in *Social Science Information*, Vol. 27.2 (1988), pp. 275—292.

[2] Counihan, Carole M, *The Anthropology of Food and Body: Gender, Meaning and Power*, New York: Routledge, 1999.

[3] 谭恩美:《喜福会》,程乃珊、贺培华、严映薇译,上海译文出版社,2012 年版,第 201 页。

四、吃与不吃的权力

西敏思在《糖与权力》中提出糖与权力的关系，指出糖的消费传达了一个复杂的观点，即人们可以通过吃不同的东西成为不同的人。从这些学者的论述中可以看出食物并不单纯，甚至复杂。吃与不吃，吃什么不吃什么，这不仅是生理、心理或者文化的选择，其中涉及权力的支配。丽娜·圣克莱尔的故事是一个非常典型的食物叙事，围绕着吃与不吃的主题，讲述了华裔美国女儿丽娜的婚姻危机与身份认同问题，最重要的是谁对"自我"具有支配权的问题。丽娜从小就生活在缺少母亲关爱，阴郁沉闷的家庭环境中。小时候母亲为了哄她吃完碗中的饭菜，便警告说碗底剩多少粒米饭，丽娜将来的丈夫脸上就会有多少颗麻子。由于惧怕以后会嫁给那个令人讨厌又长满麻子的邻家男孩阿诺德，丽娜开始剩下更多的米饭。后来不仅剩饭，还剩下更多其他的食物，慢慢发展到厌食。她心里隐隐希望通过这种方式来反抗和摆脱自己的宿命。① 这个故事不仅关系到"我是谁"，更关系到吃与不吃这个选择的权利问题。选择吃或不吃表达出自我的选择和对主体的控制权，有时"吃"与"不吃"意味着反抗的权利。丽娜长大成人后被爱情冲昏头脑，在婚姻关系中迷失自我，非常弱势和被动，最后导致婚姻失败，母亲映映在女儿女婿平摊的账单上，发现了这种看似平等的婚姻模式下掩藏的问题。母亲果断地打破了多年的沉默，在哈罗德面前直接指出丽娜从不吃冰激凌这个事实。丽娜在母亲的鼓励下终于大胆地说出了自己从不吃冰激凌这一事实。因此吃与不吃在这个食物叙事中已经不再简单是生理上的意义，更多的是性别意识和对自我身体"吃与不吃"的权力意识。借用福柯的话来说，权力是一种相互交错关系复杂的网络，"权力以网络的形式运行在这个网上，个人不仅流动着，而且他们总既处于服从的地位又同时运行权力"②。在食物叙事中权力弥漫在其中，相互交错，使个体不仅服从权力的控制，同时又运行着权力。丽娜臣服于丈夫的威严，默默忍受强加的冰激凌账单。但当母亲直接挑破了哈罗德对丽娜的剥削时，在母亲的鼓励下，丽娜勇敢地面对这段婚姻的现实，终于鼓起勇气言说了自己从不吃冰激凌这一事实。这表明了她已重获自我的主体权，敢于挑战不平等的婚姻。

---

① 谭恩美：《喜福会》，程乃珊、贺培华、严映薇译，上海译文出版社，2012年版，第145—148页。
② 米歇尔·福柯：《规训与惩罚》，刘北成、杨远婴译，生活·读书·新知三联书店，2003年版，第28页。

结　语

《喜福会》中的食物叙事作为潜藏在显性情节后面的隐性叙事，与故事情节互为补充，看似不经意但同样烘托或铺垫了主题意义，通过琐碎的讲述，人物形象和情节更加丰满，突出了相应主题，或形成某种反讽效果，因此具有独特的文学审美价值。通过食物叙事这个隐性进程，我们可以看到作品中更加复杂丰富的人物形象。凸显隐性进程，相关文本细节就不会再显得琐碎，而具有主题相关性，其审美价值也会相应显现。[1]

食物叙事作为一种特殊的小叙事，由于食物的多样性而具有丰富的象征性与主题性。此外食物叙事中不同的个体在不同的时间或者不同的场合准备或食用不同的食物可能会有不同的感受。相同的个体在不同的时间或者不同的场合准备或食用相同的食物也可能会有不同的感受。然而不同的读者在阅读到这个故事的时候又会因为不同的文化或时代等背景而产生不同的感受。这个链条中任意一项出现变化，食物的意义也会随之产生不同程度的改变。因此食物叙事具有意义的流动性和多样性。比如《喜福会》这部小说中，不同的食物叙事可能反映相同的主题：血肉汤表达了母女的爱、母亲烧的中国菜也表达了母女的爱。然而相同的食物也可以表达不同的主题，食物叙事之间交相呼应，共同烘托小说的主体：螃蟹宴既反映了华人对于族裔文化及身份的认同，反映了吴精美与母亲之间的母女情深，甚至还反映了故事人物间的权力关系等。而相同的螃蟹在精美八岁的记忆中却有着不同的意义与主题。因此食物叙事中的主题具有多样性，意义具有流动性，这不仅丰富了小说的情节内容，而且提升了小说的审美价值。从食物叙事的这几个特征可以看到作为一种独特的叙事方式，尽管时常隐藏在显性情节之下，但是它的重要作用和意义仍不容忽视。

综上，谭恩美在《喜福会》这部小说中运用丰富的食物符号，通过各种进食活动讲述了一部特殊的华裔美国人的生活故事。小说在不同的故事中通过第一人称讲述了各个人物在中国的往事和美国的生活故事，食物这条线索贯穿全书，时而明显，时而隐晦，恰到好处地塑造了一个又一个活生生的华裔奋斗故事。女性与食物之间的密切联系使女性作家在作品中较常运用食物叙事，既能为小说作品创造强烈的生活感，为小说人物铺垫逼

---

[1] 申丹：《何为叙事的"隐性进程"？如何发现这股叙事暗流？》，《外国文学研究》，2013 年第 5 期。

真而琐碎的生活场景，又能从不经意间使人物形象和情节更加丰满，在主题意义上与情节发展形成补充。文学作品无论通过哪种形式，只要能从某种层面上表现我们的世界和生活，能给读者留下深刻的感受和审美体验，都是成功的作品。从食物这个层面去反观文学作品的张力和审美，也能为读者带来不一样的感受。

国内亚裔美国文学研究的最新进展

——评《亚裔美国文学批评范式与理论关键词研究》

宋 杰[*]

作为当代美国文学批评的分支之一，亚裔美国文学批评历来就在美国文学研究领域内占据相当重要的席位。迄今为止，国内亚裔美国文学研究业已呈现出繁荣之景，学者们从多个维度对亚裔美国文学进行了深入的探究，包括作家作品的述介、亚裔美国文学重要母题的探讨、相关作家的个体研究、文本研究等。但是，"国内外尚无研究成果系统地梳理亚裔美国文学批评范式、核心话语和诗学范畴"[①]，学界尚未从整体层面观照亚裔美国文学及其批评。有鉴于此，蒲若茜等人经过多年的钻研打磨，于2020年推出了《亚裔美国文学批评范式与理论关键词研究》（以下简称《亚裔美国文学研究》）这一力作，适时地对国内亚裔美国文学研究在发展轨迹、理论命题、批评范式、诗学范畴等方面作了有效补充。

在内容上，除绪论和结语外，《亚裔美国文学研究》的主体部分由六章组成。第一章"亚裔美国文学之族裔身份批评"界定了"亚裔美国文学""亚裔美国""亚裔美国人"的概念，追溯了"亚裔美国感"产生与发展的历程，聚焦亚裔美国族裔身份的间际性、建构性、异质杂糅性与多重性的特质。第二章"亚裔美国文学之文化身份批评"考辨了"哎－咿集团"与"文化民族主义"的联系，探究了美国亚裔作家的多元文化书写方式，揭示了亚裔美国文学作品中的杂糅性文化身份书写。第三章"亚裔美国文学之心理批评（一）"基于"亚美主体性""种族面具""身份扮演""双重能动性"等关键词，从精神和心理维度考察了亚裔美国族群建构亚裔主体性的过程和方式。第四章"亚裔美国文学之心理批评（二）"从"种族阉割""种族影子""种族忧郁症"这三个关键词出发，揭示了这一族群所承受的精神创伤及其在亚裔美国文学批评话语中的表征。第五章"亚裔美国文学之女性主义批评"围绕亚裔女性

---

[*] 宋杰，浙江大学外国语学院博士研究生。

[①] 蒲若茜等：《亚裔美国文学批评范式与理论关键词研究》，中国社会科学出版社，2020年版，第5页。

的"沉默"、亚裔美国"母性谱系"、亚裔女性"性资本"等概念，展现亚裔美国女性的主体性建构之路。第六章"亚裔美国文学与流散诗学"阐述了亚裔美国文学的流散特质和亚裔美国文学批评中的流散视角。

笔者认为，《亚裔美国文学研究》是国内到目前为止第一部对亚裔美国文学批评进行全景式透视的著作，具有重要的学术价值，其学术特色主要体现在以下三个方面。

第一，《亚裔美国文学研究》厘清了亚裔美国文学批评的诸多理论关键词，对这些理论关键词的来源、发展和运用进行了深入且细致的探讨，体现了作者强烈的理论思辨意识。"亚裔美国文学批评在其发展过程中，在'亚美研究'的框架之下，形成了自己特殊的批评范式、话语场域和诗学范畴"[1]，由此，"亚裔美国感""文化民族主义""身份扮演""种族阉割""种族影子""种族忧郁症""流散"等理论关键词浮出水面。作者在充分掌握和研读大量第一手资料的基础上，梳理了亚裔美国文学批评的理论关键词，努力寻找不同关键词间建构性的连结点。在对理论关键词进行具体研究的过程中，作者往往通过回溯的方式，即扎实的文献回顾，来建构相应的理论体系。例如，在论述"亚裔美国感"这一关键词时，作者对其作了相当全面的溯源，不仅详细介绍和研究了"亚裔美国感"的缔造者和诠释者——"哎－咿集团"及该集团的核心主张，还进一步追溯了"亚裔美国感"产生与发展的历程，从而有助于剖析"亚裔美国感"的本质属性和特点，揭示"亚裔美国感"这一理论话语的历史意义。又如，在分析"种族影子"这一概念时，作者对其进行了心理学层面的溯源，比较了其与"类我""人格面具"的区别与联系，增强了亚裔美国文学与心理学的交汇融合。此外，在探讨亚裔美国文学的流散批评范式时，作者从以下两个方面回溯了流散与流散批评的源起、发展及其当代的批评内涵：后殖民视角的流散批评、作为显学的当代流散批评。书中所涌现的诸多理论关键词，是作者在从事亚裔美国文学研究多年后，对该领域内重要理论命题的敏锐捕捉，开拓了亚裔美国文学研究的视角和路径。可以说，该书既是对当代亚裔美国文学研究中热点理论问题和理论范式的细致梳理，也是对理论关键词在不同时期和不同批评范式中运用的清晰呈现，这是对国内甚至是国际亚裔美国文学研究做出的重要贡献之一。

第二，《亚裔美国文学研究》在研究方法上体现了强烈的"外部研究"特色，重点关注与亚裔美国文学共生的历史、政治、文化语境，深入挖掘亚裔

---

[1] 蒲若茜等：《亚裔美国文学批评范式与理论关键词研究》，中国社会科学出版社，2020年版，第5页。

美国文学创作、亚裔美国文学批评与美国政治、经济、文化、社会生活的联系。作者指出,"亚裔美国文学批评一开始就是以'外部研究'引人瞩目,其最典型的表现就是对于作家族裔身份的界定和论争"①。在讨论亚裔美国文学之族裔身份批评范式时,作者重返历史现场,即20世纪70年代,研究了当时关于"亚裔美国文学"的界定及作家身份论争的缘由。作者在此依然刨根问底,追溯此种论争及亚裔美国文学的族裔批评范式产生的历史语境。美国历史学家奥斯卡·汉德林（Oscar Handlin）指出,"一想到写美国移民史,我发现移民就是美国的历史"②。这番言论直接点出了移民,即族裔问题在美国社会的重要性,而移民和族裔问题继而引发了美国的"民权运动"。"亚裔美国运动"则与"民权运动"息息相关,"亚裔美国运动产生于20世纪60年代中期,直接影响其产生的因素有三个：民权运动、具有批判意识的亚裔美国大学生、发展迅速的反战运动"③。拨开历史的尘埃,作者从关于族裔身份论争的历史语境出发,揭示了"亚裔美国运动"对"亚裔美国人"形成的直接推动作用,以及"亚裔美国运动"促使革命运动者步入文学艺术创作殿堂,进而建构族裔身份的实践。值得一提的是,作者在论述过程中,常援引真实的历史事件或相关案例,以近乎史学研究的方式探析亚裔美国文学及其批评发展的历史因素。例如,为了展现华人在美国所遭到的歧视、掠夺和谋杀,作者列举真实的案例,以说明华人难以在美国获得族裔认同的艰难处境,其中包括1871年10月24日,21名华人在洛杉矶被吊死或枪杀等令人发指的惨案。

第三,《亚裔美国文学研究》较为全面地揭示了亚裔美国文学批评发展的全貌,在作家作品等研究对象的选取上也体现了较高的全面性,研究的议题也较为丰富。"亚裔美国文学的发生发展,迄今已有近一百七十年的历史,而作为亚美研究之重要组成部分的亚裔美国文学批评,则兴起于20世纪60年代末70年代初。"④ 该书在梳理20世纪60年代末70年代初以来亚裔美国文学批评史的基础上,全面展示了亚裔美国文学批评产生、发展的总体概貌,

---

① 蒲若茜等：《亚裔美国文学批评范式与理论关键词研究》,中国社会科学出版社,2020年版,第11页。

② 转引自 Roger Daniels, *American Immigration: A Student Companion*, New York: Oxford University Press, 2001, p.7.

③ Loan Dao, "Civil Rights Movement and Asian America", in Guiyou Huang (ed.), *The Greenwood Encyclopedia of Asian American Literature* (Vol.1), Westport, Connecticut: Greenwood Publishing Group, 2009, p.222. 这里的"反战运动"特指"反越战运动"。

④ 蒲若茜等：《亚裔美国文学批评范式与理论关键词研究》,中国社会科学出版社,2020年版,第1页。

文学史研究的方法贯穿该书首尾，从而完整呈现了亚裔美国文学批评的历史风貌。一方面，从时间的维度看，该书以历时的方法，将20世纪60年代末70年代初至21世纪第一个十年的亚裔美国文学批评都纳入考察范围，亚裔美国文学批评的整体链条清晰可见。从最早的《亚裔美国作家》（Asian-American Authors，1972）、《哎－呷！亚裔美国作家选集》（Aiiieeeee！An Anthology of Asian-American Writers，1974）、《亚裔美国文学遗产：散文与诗歌选集》（Asian-American Heritage：An Anthology of Prose and Poetry，1974）等亚裔美国文学批评奠基之作开始，作者循着亚裔美国文学批评发展的轨迹，一直追溯至后现代主义、心理分析、离散及跨国主义理论话语观照下的亚裔美国文学批评范式，可以说，该书称得上是一部亚裔美国文学批评的发展史。另一方面，该书在呈现亚裔美国文学批评发展史的过程中，注重文学、文学研究的对话性，在探讨某一具体问题时，将其置于亚裔美国文学批评的宏观大背景下，视亚裔美国文学批评为一根无法断裂、不可割裂的链条，发掘其对继承前人、影响后人、前人与后人相互对话甚至是交锋的重要意义，以从本质上把握亚裔美国文学批评的演进规律。例如，在论述与汤亭亭（Maxine Hong Kingston）相关的话题时，作者始终将其与亚裔美国文学批评的开山鼻祖、"哎－呷集团"的领军人物赵健秀（Frank Chin）相联系。赵健秀强烈反对将以汤亭亭为首的作家归为亚裔美国作家这个群体，并进一步指出，汤亭亭的《女勇士》是对花木兰替父从军这样的中国文化经典的误读和误用。但是，汤亭亭等作家与赵健秀也并不是完全处于相对立的阵营，他们在对某些问题的看法上有着相似的观点。该书在论述亚裔女性的"沉默"诗学时指出，"以赵健秀、汤亭亭、谭恩美（Amy Tan）为代表的亚裔美国文学家以文学为武器，赋予亚裔美国人言说的能力，抵抗美国主流社会隐性的种族歧视"[1]。由此可见，尽管亚裔美国文学家、亚裔美国文学批评家们在一些问题上存在或多或少的争执，但正是这种学术争鸣和对话甚至是学术立场的不一，反而促使了亚裔美国文学及其研究的不断发展。

此外，该书不仅关注华裔美国作家，还特别注重对日裔、韩裔、印度裔、菲律宾裔、越南裔等亚裔族群作家和台湾旅美作家的研究，体现出作者在研究对象择取上的包容度。具有不同文化背景的亚裔美国作家在追寻自己族裔之根、塑造自己族裔身份的人生历程中，意识到对抗美国主流霸权和种族歧视的艰难，于是团结起来，将自己在美国的人生浮沉寓于文学创作中，形成

---

[1] 蒲若茜等：《亚裔美国文学批评范式与理论关键词研究》，中国社会科学出版社，2020年版，第176页。

了以文字为载体的命运共同体。该书并未以任何标准对亚裔族群作家进行划分并区别对待，在研究时将其视为一个整体来考察，关注不同祖居国的亚裔美国作家创作的共性，以体现亚裔美国文学研究的普适性。在具体的作家和批评家研究层面，该书的覆盖面也较为广泛，涉及的作家包括山本久枝（Hisaye Yamamoto）、雷霆超（Louis Chu）、赵健秀、汤亭亭等老一辈作家，也有谭恩美、任璧莲（Gish Jen）、黄哲伦（David Henry Huang）、严歌苓（Yan Geling）等众多出生于20世纪50年代以后的第二代亚裔美国作家，当然，如哈金（Ha Jin）、张岚（Lan Samantha Chang）、梁志英（Russell C. Leong）、伍琦诗（Celeste Ng）这样的新生代亚裔美国作家也受到了作者的关注。该书理论范式的建构受到诸多亚裔美国文学批评家的影响，作者积极汲取该领域众多研究者的优秀成果，既涉及马圣美（Sheng-mei Ma）、黄秀玲（Sau-ling Cynthia Wong）、伍德尧（David L. Eng）、蒂娜·陈（Tina Chen）、林玉玲（Shirley Geok-lin Lim）、李磊伟（David Leiwei Li）等20世纪90年代后期亚裔美国文学批评界的理论家，同时也借鉴弗朗兹·法农（Frantz Fanon）、朱迪斯·巴特勒（Judith Butler）等在内的后现代理论家的成果。研究对象的广泛性在一定程度上意味着视角的多样性，为亚裔美国文学研究提供了更多的可能性。

在研究议题的考量上，该书也尽可能多地涵盖亚裔美国文学批评常见和重要的母题。作者既关注到亚裔美国文学家的身份建构问题，从族裔身份的视角展开对亚裔美国文学的研究，也兼具跨文化的思维，针对亚裔美国文学的多元文化书写，聚焦亚裔美国文学之文化身份批评范式。此外，作者着力探讨了心理批评范式下的亚裔美国文学书写。亚裔美国女作家受到种族和性别的双重压迫，导致了她们在美国主流文坛的"失语"，这也引起了作者的关注，于是，作者从女性主义批评范式考察了亚裔美国女作家从"沉默"走向"言说"的过程。在如今跨国和全球化学术语境日益突出的情况下，尤其是"流散"作为一种批评范式在全球范围内的兴盛，作者适时地对此作出回应，讨论了亚裔美国文学批评与流散诗学的关系。相信作者在日后一定会发现亚裔美国文学批评中更多值得关注和深究的热点问题，以进一步充实该领域的研究。

当然，《亚裔美国文学研究》的学术特色不止于此。囿于篇幅，笔者在此略加交代。首先，该书彰显出作者强烈的文学跨学科研究意识。纵观全书，涉及的学科包括文化学、社会学、历史学、心理学等，政治、经济、文化因素也得到作者的重视。其次，该书体现了作者宏大的学术视野和独立的批评意识。作者不再局限于具体的作家作品研究，而是将亚裔美国文学视为一个有机整体，尽力考察其中的方方面面，不落窠臼，使得该书具有独特的学术价值。再次，该书反映了作者深厚的理论功底与详细的文本分析能力。该书虽然强调对理论关键词的研究，但作者也尤为注重对文学作品的精读和深耕，始终坚持文学文本至上的立场。最后，问题意识贯穿全书。该书虽然研究面广、内容看似庞杂，但始终基于问题、聚焦问题，通过亚裔美国文学批评范式和理论命题这两个有待考察和解决的问题，作者将相关研究连为一体，结构清晰、逻辑性强。

综上所论，《亚裔美国文学研究》为学界提供了解读亚裔美国文学的全新视角。该书一反过去作家作品和文学史的传统研究路径，从亚裔美国文学研究中的关键论题出发，呈现亚裔美国文学创作、发展以至批评的全景，在理论梳理、文本分析、研究范式、研究对象等多个方面实现了创新，堪称亚裔美国文学研究的一部力作，为该领域甚至是外国文学领域的研究者提供了参考和借鉴。作为常年从事亚裔美国文学研究的专家，蒲若茜汇集多年的成果与智慧，与团队内的成员合力撰写了这部著作，体现了其对亚裔美国文学研究炽热的情感和在亚裔美国文学研究上浑厚的功力。我们期待蒲若茜在未来能推出更多优秀的作品，也深信亚裔美国文学研究会在国内得到更为长足的发展，吸引更多的年轻学者致力于从事这项伟大的工程。

艺术观察

"本土性"抑或"混杂性"
——中国戏剧的马来亚"本土化"研究

胡星灿　聂麒冰[*]

1945—1959年为马来亚地区的"反殖时期"。在这一时期，马来亚华人社群的反殖声浪水涨船高，对本土事务的干预意识也逐渐增强，相应地，马来亚华文戏剧活动开始强调本土戏剧的创作、本土人情的描绘，并重视戏剧与本土实践的结合。在此背景下，"南渡"马来亚的中国戏剧也经历了一番"本土化"的修改、加工，最终以"中国性"与"本土性"的混杂姿态出现于当地华人社群中。其中，《上海屋檐下》《家》《阿Q正传》是最突出的案例。而通过检视中国戏剧的马来亚"本土化"历程，除了可以看出影响"发送者"与"接收者"的互动往来，还可以探测出所谓的"本土性"毋宁说是一种融合了"中国性"与"本土性"的"混杂性"。

1945年8月，日军退败马来亚，同年9月，英国殖民者重返马来亚，并开启了长达14年的"次殖民时代"，这一时期也是马来亚历史上的"反殖时期"。对于此时的马来亚华人社群（Malaya Chinese Community）而言，他们的侨民意识逐渐回落，而"本地认同"（local identity）则愈演愈烈，他们开始关心"反殖"和"自决"（self-determination）等议题，期待将马来亚"这块哺育与滋养我们的土地铸造为一个国家"（陈祯禄语）。可以说，在1945年至1959年间，马来华人对马来亚本土已具备了"初级认同"[①]。

伴随着日益腾涨的本土意识，战后马来亚华文戏剧运动（下文简称"马华剧运"）也有了新的变化。在战前与战时，马华剧运多以赈演、义演、街头

---

[*] 胡星灿，文学博士，中山大学中文系（珠海）副研究员；聂麒冰，中山大学中文系（珠海）硕士研究生。

[①] 崔贵强认为战后马来华人对本地的认同经历了"初级认同""中级认同""高级认同"三个阶段，所谓初级阶段，即华人主观地意识到自己是本地的一分子，但对本地未产生深厚的认同意识，不热衷本地事务，甚至不闻不问。参见崔贵强：《新马华人国家认同的若干观察（1945—1959）》，《南洋问题研究》，1989年。

剧、群众剧为主，旨在服务于中国的抗日救亡运动，对国家、民族等宏大命题多有关注；而到了战后，马华剧运以纯公演、庆典、游艺会为主，开始表现本地生活，并服务于本地事务。可见，战后的马华剧运配合着本土意识的觉醒，开始关心本土，强调本土的"独特性"。因此，当中国戏剧被介绍到马来亚时，本地戏剧工作者没有被动地接受它们，而是基于本土现实，对它们进行了一番"本土化"处理，使之与本土语境匹配，甚至与本土实践接轨。这样一来，中国戏剧无形中成为马来亚本土实践的一个环节。本文选择1945年到1959年间具有代表性的三个例子——《上海屋檐下》《家》《阿Q正传》，探究中国戏剧如何被马华剧运工作者进行"本土化"处理，并最终参与马来亚的本土戏剧实践。

一、《上海屋檐下》与本土呈述

1945年日军败退，新加坡、马来亚（以下简称"新马"）社会秩序混乱、经济崩溃，随之而来的英国殖民者更激化了失业、物价、种族关系等问题。[①]此时，新马人民要求独立的呼声愈益强烈，反殖声浪也异常高涨。在此背景中，新马作家普遍认识到，新马文艺不能"眼望中国"，而是要反映本地华人争取独立的心声。因此，在1945—1948年间，马华作家为抗衡当时盛行的"侨民文艺"，提出了"马华文艺独特性"的口号[②]，周容的观点就颇具代表性，他认为：由中国南下作家创作的"侨民文艺"，"不是马华文艺创作的主导方向……一个现实主义作家，忠于现实，是不看天花板写作的……手执报纸，眼望天外，决不是一个现实主义作家的创作态度"[③]。他的观点迅速引起杨嘉、胡愈之、汪金丁等中国南来作家的回应，一场围绕着"马华文艺独特性"与"侨民文艺"的论争旋即爆发。论争持续数月，最终在郭沫若、夏衍的周旋下得以平息。郭沫若基于现实主义创作原则，赞同"马华化"文艺的提法，认为"文艺是现实的反映与批判，马来亚的中国人作家当然以表现马来亚生活为原则"[④]；而夏衍则根据他在新加坡指导文宣统战的经验，指出"我们要从此时此地的马来亚人民生活特别是马来亚华人社会中去发现典型的生活特征，典型的人物性格"[⑤]。可见，"马华文艺独特性"的口号得到了众多

[①] 冯仲汉：《拉惹勒南回忆录》，新加坡：新明日报，1991年版，第201页。
[②] 方修：《战后马华文学史初稿》，新加坡：T·K·Goh，1978年版，第31—36页。
[③] 周容：《谈马华文艺》，《战友报（新年特刊）》，1948年1月。
[④] 郭沫若：《当前的文艺诸问题》，《文艺生活（海外版）》，1948年第1期。
[⑤] 夏衍：《马华文艺试论》，《南侨日报（南风副刊）》，1948年4月14日。

理解和声援,此后,该口号"树立了独尊的地位……反映新马此时此地的社会现实,成为马华文艺思潮的主流"①。

在此背景下,1945—1948年间的马华剧运也从对中国的关怀,转向对"此时此地"的关心。

这一时期,新马两地的演出剧本共有119种,其中的62种为本地创作,且内容多反映新马社会现状,例如"都市乡区的灰暗面、上流人家的丑态、教育界的黑幕、小市民的生活、私会党的活动、封建农村的小悲剧,一些卑微人物的不幸遭遇……"②。然而,由于"创作者缺乏舞台知识和经验……又短于文字修养",这批本地剧本技巧不佳,"缺乏戏剧艺术上的'感动力'"和"生命力"。③ 所以,为了弥补空缺,仍有57种中国剧本在新马舞台上演,包括《雷雨》《阿Q正传》《咖啡店之一夜》《重庆廿四小时》等剧。必须承认,在强调"马华文艺独特性"的大环境里,将中国戏剧搬至新马舞台多少显得不合时宜,冯景宸就此评论道,"时代是永远在进步的,现实当然随时随地在跟着而改变。日月是最无情的评判,二十年前一部撼世的剧本,如今已失去它的价值(像曹禺的《雷雨》之在新中国是一个例子)",而且"将祖国的'现实'搬到马来亚来,隔阂犹其余事"④。很显然,在这一时期,新马戏剧工作者面临着剧作品质与本土实践难以调和的困境。

而中国歌舞剧艺社(简称"中艺剧团")在南下巡演的过程中,却无意中给出了解决的具体方案。1947年8月,中艺剧团抵达新加坡,开启了为期一年四个月的新马巡回演出,该团从南向北,足迹遍及马来半岛。⑤ 在演出过程中,剧团成员注意到新马观众对本地题材的偏好,于是他们边演边改,接连创作出《风雨牛车水》《风雨三条石》《新唐夜会》《海外寻夫》《流浪到南洋》等剧作,其中由岳野执笔的《风雨牛车水》最受欢迎。

《风雨牛车水》的雏形是夏衍的《上海屋檐下》。如上所述,此时中国剧本已不符合新马社会的需求,即便像《上海屋檐下》这样的经典戏剧,也难免招致新马戏剧工作者的抗拒:"《上海屋檐下》又是一个中国剧本,这是最

---

① 詹道玉:《战后初期的新加坡华文戏剧(1945—1959)》,八方文化创作室,2001年版,第38页。
② 方修:《战后马华文学史初稿》,新加坡:T·K·Goh,1978年版,第91页。
③ 米然:《有关创作演出本地剧作的几个问题》,《南洋商报(南洋公园)》,1959年9月28日。
④ 冯景宸:《展开马华的话剧运动》,《南洋商报(星期论文)》,1951年4月8日。
⑤ 中艺剧团的演出路线是:新加坡、吉隆坡、加影、芙蓉、巴生、怡保、布先、太平、槟城。见《海外两年来演出地区场数及观众统计》,《星洲日报:中艺告别马来亚公演特刊》,1948年12月28日。

使我们苦恼的事,我们原是多么渴望着能演出此地产生的自己的剧木呀。"①因此,为迎合本地需求,岳野便创作了《风雨牛车水》,但从人物设置、戏剧结构和空间构设来看,称该剧为《上海屋檐下》的南洋翻版其实不为过。

(一)人物设置

夏衍曾提到过《上海屋檐下》的创作意图:"反映一下上海这个畸形社会中的一群小人物,反映一下他们的喜怒哀乐,从小人物的生活中反映出一个即将来临的伟大的时代,让当时的观众听到一个将到来的时代的脚步声音。"②为此,他设置了一众被侮辱、损害的人物,其中有小学教员赵振宇、舞女施小宝、老报贩李陵碑、失业大学生黄家楣等。而在《风雨牛车水》中,为还原新加坡华侨"穷苦、肮脏、拥挤"的底层生活,岳野同样设置了贫困境遇中的人物:小学教员孙先生、离异独居的刘大姐、水娘亚翠等。通过比照两出戏剧,还可以发现,两剧中人物的身份、性格、行为皆能一一对应,比如:赵振宇、孙先生皆为小学教员,劳累且贫穷,有着启蒙精神;施小宝、刘大姐皆为独居女性,怯懦软弱,不仅被男性欺负,还被人群辱骂为"不清不白""炮娘(下贱货)";赵振宇妻子与亚翠皆因孩子贪嘴与人争执,表现出泼皮耍赖的性格特征……可见,在《上海屋檐下》中可以找到《风雨牛车水》中出场人物的原型,这无疑说明了,在设置人物时,岳野受到了夏衍的影响。

(二)戏剧结构

顾仲彝曾提出过戏剧结构的"三分法"理论,他认为戏剧结构可分为"开放式""锁闭式""人像展览式"。而所谓的"人像展览式"结构的特点是"人物比较多,情节比较少,就像一张群像画,画上出现了形形色色的人物,展示他们各种各样的生活风貌和性格特点……展示出社会一角的生活横断面",这种类型结构的戏剧里"最著名的是曹禺的《日出》、夏衍的《上海屋檐下》、老舍的《茶馆》"③。可见,《上海屋檐下》的戏剧结构是"人像展览式",以第一幕为例即可说明"人像展览"结构的具体展开形式:戏剧从林家写起,接着通过葆珍与阿牛的对话,牵出赵家;而通过赵妻与黄家桂芬的议论,又把黄家和男主人公匡复带了出来;随后,借着赵妻与施小宝的争吵,引出了施家——整出戏剧有条不紊地将人物带出,重在展现各个人物各自的背景,以及人物之间的交互往来。而在《风雨牛车水》中,岳野显然也采用

---

① 《献辞》,《艺术剧场公演〈上海屋檐下〉特刊》,1956年。
② 会林、陈竖、绍武:《中国文学史资料全编·现代卷:夏衍研究资料》,知识产权出版社,2010年版,第145页。
③ 顾仲彝:《编剧理论与技巧》,上海人民出版社,2016年版,第155页。

了"人像展览式"结构，戏剧通过住在三户客房的孙家一家人的活动，带出了住在冷巷的亚翠一家，住在走道边间的刘大姐、楼下的房东太太，与调查凶杀案的马来警察等人。整出戏剧并没有明显高潮，但在"鸽子楼"各家住户的活动中，作者展现了 20 世纪 40 年代新加坡华侨社会的典型生活样态。从使用了"人像展览式"戏剧结构这一点看，岳野与夏衍存在着明显的师承关系。

（三）空间构设

《上海屋檐下》与《风雨牛车水》有着相似的空间构设。首先，两出戏剧皆发生在狭隘的居住空间中，前者是上海石库门的"弄堂房子"，后者则是新加坡"牛车水某巷二号"的"鸽子楼"。而两位作者在呈现空间逼仄感的同时，也都突出了在该空间中不同身份、职业、文化背景的人群间的冲突、隔阂、关联。其次，两出戏剧都未停留在对异质空间的猎奇上，而是通过空间的象征性，暗示出大的时代环境，比如《上海的屋檐下》就通过"弄堂房子"的混乱，指出了 1937 年抗战背景下社会的混乱，而剧中反复出现的"黄梅雨"，也暗喻了战争的沉重。[1]《风雨牛车水》也通过外来者（马来警察）办案一幕，暗示了华人在新马社会中受到压制。再者，两出戏剧都描绘了日常空间的抵抗性。正如列斐伏尔指出的，"在日常生活明显的平庸表象与琐碎性之下，隐藏着力量与深度，即平凡性背后的不平凡性"，如果说空间是"支配与权力的手段"，那么日常空间的创造性、丰富性与自主性无疑能颠倒了既定的权力秩序。[2] 在创作《上海屋檐下》时，夏衍就意识到小人物的抵抗力量，"这样的人物还不可能是大多数，进步迂缓而又偏偏具有成见的人，我想也还是应该争取的对象，而且是可以争取的"[3]，于是他着重于呈现小人物的日常空间，"赋予他们抵抗私人与公共空间交叠的呐喊的权利"[4]。而在《风雨牛车水》中，岳野也多少展示了日常生活的抵抗性，比如生活在同一屋檐下的穷人间多有龃龉，但面对外来困境时却又肯互相体谅，作者借孙先生之口说道："我们都是穷人，都是好人！都是辛辛苦苦拿了自己的良心，拿了自己的血汗，用自己的两只手，找饭吃的人……我敢说，如果大家能互相帮助、关心，

---

[1] 李健吾：《李健吾文集》(1)，北岳文艺出版社，2016 年版，第 254 页。

[2] Henri Lefebvre, *Everyday Life in the Modern World*, translated by Sacha Rabinovitch, New Brunswick: Transation Publishers, 1968, pp. 35—37.

[3] 会林、陈竖、绍武：《中国文学史资料全编·现代卷：夏衍研究资料》，知识产权出版社，2010 年版，第 125 页。

[4] 陈楚湘：《空间的俘虏——试析〈上海屋檐下〉的空间构设》，《现代中文学刊》，2015 年第 5 期。

这晚的一连串的不幸，说不定就不会有！"① 通过两出戏剧近似的空间构设，多少可以看出，岳野在创作时参考了夏衍的做法。

通过比较《上海屋檐下》与《风雨牛车水》的人物设置、戏剧结构、空间构设，可以看出，两出戏剧有很高的相似度，这至少说明了岳野在创作剧本时，受到了夏衍的影响。事实上，通过分析夏衍与中艺剧团的关系，更能说明岳野对夏衍的模仿是有意为之的结果。1946年，中国抗敌演剧队第五队和第七队来到香港，同在香港的夏衍将两支演剧队命名为"中国歌舞艺社"，并鼓励他们去南洋宣传中国抗战的业绩，"广大侨胞是你们的亲人，你们要紧紧依靠他们，高举爱国民主的旗帜，你们就会受到广大侨胞的欢迎"。在艺术创作方面，夏衍更提醒剧团成员，要重视南洋侨胞的接受度，"能为侨胞喜闻乐见"②。可见，介于夏衍在戏剧界的影响力，以及他与中艺剧团的特殊关系，作为剧团中坚的岳野不出意外地以夏衍的创作为蓝本，并遵循夏衍的教诲，将目光聚焦于南洋社会，创作出富有南洋特色的《风雨牛车水》。

总之，从1945年开始，马华戏剧在"马华文艺独特性"的倡议中转向关注"此时此地"的马来亚，但由于本地剧本质量不高，与本土性的追求无法调和，戏剧工作者便想出一个折中办法，即改编中国戏剧，将之"本土化"。岳野的《风雨牛车水》就是中国戏剧"本土化"的实例。《风雨牛车水》的发生地虽为南洋社会，但戏剧的人物设置、戏剧结构与空间构设，无一不是参考了夏衍《上海屋檐下》的结果，可以说，《风雨牛车水》即为《上海屋檐下》的南洋翻版。这样一来，《上海屋檐下》虽为中国戏剧，却成为倡导"马华文艺独特性"的戏剧典型。

二、《家》与反殖文化重建

1948年6月，英军事政府为抑制马来亚不断发展的左翼势力，颁布了"紧急法令"。为配合该法令的实施，殖民政府在压抑华文教育、左派刊物、文艺活动之余，默许色情、武侠、奇情等反映个人消极情绪的软性文学发展。这一举措直接导致了1948年至1953年间新马文艺的消沉。在此背景下，马华剧运也进入蛰伏期。不仅此前在"马华文艺独特性"倡议下成长起来的本地戏剧不被当局批准演出，就连剧本创作也备受压制，"锋芒毕露的剧本，不

---

① 岳野：《风雨牛车水》，方修：《马华新文学大系（戏剧一集）》，世界书局有限公司，1979年版，第96页。

② 夏衍：《祝贺"中国歌舞剧艺社"南洋演出四十年》，《南洋恋——中国歌舞剧艺社演出四十周年纪念》，内部资料，1986年，第1—2页。

但没有演出机会,且反而潜伏摧残剧团生存的危机"①。在这一阶段,新马戏剧演出陷入了"剧本荒",中正戏剧研究会主席刘仁心就曾指出:"几年来学校戏剧活动,所遭遇的顶大苦难之一是剧本荒。有许多旧剧本(本地剧本)不能上演,过时的没有现实意味……新的戏剧没有来。"②

正如文学史家方修认为的,战后马华文艺的思想主轴是"反殖民主义"(anti-colonialism),而 1948—1953 年间新马戏剧的低沉,也意味着此时反殖文化的断裂。③ 因此,在这一阶段,如何重建反殖文化,就成为马华戏剧工作者的工作重心,对此,他们暂缓本地剧本创作,重新从现有的中国戏剧那里寻找资源。而《家》的上映就是一次尝试。

1954 年 3 月,新加坡中正戏剧研究会(以下简称"中正戏剧会")推出了马华戏剧史上第一次公演——《家》。④《家》历经近十个月时间的筹备,全体演员、工作人员加起来有近 240 人⑤,戏剧"上演时间 7 小时,分上、下两场演出,十六天十八场的戏票,公开售票才三天已全部销售一空……演出之后,更是轰动一时"⑥。这次演出的成功,除了仰赖于"导演、演员、舞台装置、效果各方面都有高水准的表现"⑦,还在于它暗合了此时新马华人亟欲宣泄的反殖情绪。事实上,在《家》上演前,新马社会就已经累积了强烈的反殖情绪,1953 年兴起的"反黄文化运动"就是一次集体爆发。反黄运动虽直指新马社会的黄色文化,但斗争的对象却是纵容黄祸横行的殖民地政府。当时,反黄运动中最流行的一出短剧是《打黄狼》(一年内演出超过 300 次),每次短剧演完,"台上都心照不宣地齐声高喊'打黄狼!打黄狼!',长久压抑的反殖心声,追求民主自治的共识,借着这响亮口号,一次又一次地凝聚、强化"⑧。可见,在反殖意识高涨的环境中,向来重视本地社会呼声的中正戏剧会之所以选择一出由中国剧作家曹禺创作的剧本,绝非罔顾本土,而恰恰是要基于本地的现实与困境,在条件允许范围内,重建反殖文化传统,将本地

---

① 施平泰:《当前剧坛上的几个问题》,《南洋商报·文风》,1958 年 4 月 5 日。
② 刘仁心:《大家来动手写剧本》,《南洋商报·商余》,1953 年 5 月 29 日。
③ 方修:《战后马华文学史初稿》,新加坡:T·K·Goh,1978 年版,第 79 页。
④ 史新:《漫谈〈家〉的演出与马华剧运》,《星洲日报·〈家〉公演特刊》,1954 年 3 月 16 日。
⑤ 柯思仁:《1950 年代的新加坡学生戏剧运动》,陈仁贵、陈国相、孔丽莎:《情系五一三:五〇年代新加坡华文中学学生运动与政治变革》,吉隆坡:策略咨询研究中心,2011 年版,第 217 页。
⑥ 詹道玉:《战后初期的新加坡华文戏剧(1945—1959)》,八方文化创作室,2001 年版,第 56 页。
⑦ 詹道玉:《战后初期的新加坡华文戏剧(1945—1959)》,八方文化创作室,2001 年版,第 56 页。
⑧ 詹道玉:《战后初期的新加坡华文戏剧(1945—1959)》,八方文化创作室,2001 年版,第 55 页。

的反殖情绪加以延续与放大。

正如上文所言，在"紧急法令"的影响下，本地剧作频频遭禁，剧运凋零。中正戏剧会自然无法绕过政府审查，擅自出演本地剧作，在慎重选择下，戏剧会成员将曹禺的《家》定为公开演出的剧目，而选择的原因有二：

（一）《家》营造了压抑的生存空间

在曹禺的戏剧中，作者十分重视呈现"空间"及其背后的象征意涵，比如，在《雷雨》中，周公馆的老旧、"如牢笼般窒息"和"秩序井然"，即象征着中国旧社会的等级森严、专制陈腐，身处其间的人都被磨成"石头样的死人"。通过对"空间"及其所指的戏剧式呈现，曹禺践行了布莱希特（Bertolt Brecht）所谓的"叙述性剧场"理论：让观众冷静地检视剧场所营造的压迫环境，以达到他们对客观环境的清晰认知，并改变不公正的现实。而在《家》中，作者用"如果一万年像一天，一万天像一秒"的描述，表达了"高府/封建体制"对人性的压抑。这种"空间"与"演绎"的关系，也印证了古德曼（Lizbeth Goodman）所言的"剧场作为政治、意识形态'平台'（platform）"的观点。正是基于此，中正戏剧会选取《家》作为演出剧本，显然不仅仅是为了戏剧艺术纯粹性，而是为了借《家》对"空间"的营造，像新马观众直观地指出他们生存空间的压抑，并传递他们向往独立自由、反抗殖民统治的政治追求。

（二）《家》宣扬了抵抗精神

众所周知，曹禺在创作《家》时重在展现他对封建婚姻制度的批判，以及对"抵抗精神"的宣扬[①]，为此，作者延续了巴金对觉慧的塑造，用戏剧语言构建了一位追求自由、不苟恶世的"抵抗者"[②]，觉慧在临死前所说的话就具有代表性："（恳切地）大哥，生命真好啊，你真要积极地热烈地活下去呀！只有失过自由的人才知道，只有尝过快死的经验的人才明白。我现在不懂为什么鸣凤会死得下去。对于一个要死而真想活着的人，一分钟的自由都像藏着无限的幸福似的。"[③]可见，《家》重在展现"抵抗精神"，企图唤醒"铁屋"中的人，"在黑屋子里住久了的，会忘记了天地有多大，多亮，多自由"[④]。《家》对"抵抗精神"的呈现，多少暗合了当时新马社会对自由与抵抗

[①] 曹禺：《曹禺同志漫谈〈家〉的改编》，《剧本》，1956年第12期。
[②] Lizbeth Goodman & Jane de Gray (eds.), *The Routledge Reader in Politics and Performance*, New York: Routledge, 2000, pp. 1—2.
[③] 曹禺：《曹禺戏剧全集》(3)，人民文学出版社，2014年版，第398页。
[④] 曹禺：《曹禺戏剧全集》(3)，人民文学出版社，2014年版，第300页。

的期待，巧合的是，在公演之后，新加坡旋即爆发了"五一三"事件，在此事件中，为抗议"国民服役登记"，"觉慧"们将他们对殖民政府的抵抗"再现"（representation）于新加坡街头。[①] 当然，戏剧和该事件并不存在直接关联，但按照"文学嵌入于历史"的观点，中正戏剧会以《家》为载体，将"抵抗"的情绪（emotion）与情感（sentiment）无形中嵌入（embedding）到新马社会反殖运动中去。这一点，在戏剧理论家柯思仁那里也得到了印证，他认为，战后的新马文学/文艺与反殖/独立运动密切相关，"向来具有深厚现实主义传统的文艺界，在战后的论述中，把反殖民统治与争取独立的社会运动，看成是文学运动的战斗伙伴。文学运动与社会、政治运动共同想像一个多元民族马来亚的国家概念，作为华文知识界跨领域、跨媒介的共同目标，并形成具有高度共识的知识社群"[②]。

可见，在本地出现剧本荒的背景下，虽说中正戏剧会选择一出中国戏剧作为公演剧目是暂行办法，但曹禺的《家》对压抑生存空间的描摹，对抵抗精神的宣扬，却对身处殖民语境的新马华人社群具有警示意义，这也从侧面证明了中国戏剧对解决新马本土政治议题——特别是连接在"紧急法令"中断裂的反殖文化运动——是有所助益的。更重要的是，在此之前，中正戏剧会的演出多在校内礼堂、讲堂，或规模较小的新加坡大世界、快乐世界等娱乐场所举行，而《家》却是在象征着英国殖民文化中心的维多利亚剧场演出，因此，演出本身就是新马华人社群在殖民语境中对文化权力的一次象征性争夺。从这个角度看，1954年《家》的上演无疑是新马反殖文化的一次象征性重建（symbolic reconstruction）。

三、《阿Q正传》与国民启蒙

1956年初，马来亚联盟政府的谈判代表团奔赴英国，与英国政府展开独立谈判，双方就商业贸易、公民权等问题上达成协议，马来亚自治独立运动取得了实质性的进展。翌年8月，马来亚联合邦获得独立，实现了境内部分地区的独立。在新马自治独立的浪潮中，1956—1959年间，大部分新马华人迅速从"族裔认同"（Enthnic Identity）向"国家认同"（National Identity）

---

① 孔莉莎：《一九五〇年代新加坡华人移民社会的政治：紧急状态时期身份归属的叙事》，陈仁贵、陈国相、孔莉莎：《情系五一三：五〇年代新加坡华文中学学生运动与政治变革》，吉隆坡：策略咨询研究中心，2011年版，第28—29页。

② 柯思仁：《想像马来亚，操演多元文化——五〇年代新加坡华文知识界的马来亚意识》，《人间思想》，2012年。

过渡，因此，这一阶段的新马文艺也从强调"文艺独立性""反殖文艺"向"爱国主义文艺"迈进。①

所谓的"爱国主义文艺"，其核心内容是重视马来亚多元文化的"混杂性"，"强调马来亚三大民族的团结，加强人民对马来亚的国家观念"②。但反讽的是，在追求"爱国主义文艺"的过程中，华族文化频受抑制，相反，巫族文化却迅速攀升，甚至"一些狭隘的种族主义者，满以为发展巫语和英语就够了，其他各民族语文可置之不理"③。因此，在独立建国的背景中，马华文艺工作者清醒地认识到，他们固然要为"建国事业"展开"爱国主义文艺"，但同时也要避免华族文化在"国族"论述中被压抑成次要文化，甚至被消解，失去自己的位置。换句话说，他们希望"既呼吁跨族群的连结以取得斗争的力量，又期望得以保障讲华语的华族社群的权利与利益，并在国族的想像中获得具有尊严的民族地位"④。

作为爱国文艺的重要一环，新马华文戏剧在1956—1959年间依旧面临"剧本荒"问题。对此，戏剧工作者仍面向中国戏剧，设法"寻找一本更适当的剧本"，使之既能配合国家自治运动，也能唤醒华人对本族文化的重视，敦促他们在未来"国家文化"的建构中争得本族文化的一席之地，而话剧《阿Q正传》在此逻辑中被提出。

1959年初，新加坡南洋华侨中学戏剧会（以下简称"华中戏剧会"）为庆祝建校四十周年，同时支持新加坡全民立法议会选举，预备于3月举办戏剧公演活动。在决定演出剧本时，华中戏剧会选择了由鲁迅原著、许幸之改编的中国戏剧《阿Q正传》。该提议旋即遭到戏剧界同仁反对，他们认为，该剧并不适宜在此阶段的新马地区演出，且不提该剧"缺乏戏剧性，原本就是一部不易搬上舞台的剧本"，"以目前星马戏剧水准来说，是不易将它成功的献给观众"，而且此剧背景在中国，所传递的思想、经验皆很有限，无法引发本地观众的体验与反思。⑤ 尽管物议如沸，但《阿Q正传》还是如期公演，且反响热烈，而时任南洋大学学生会主席、新加坡学运领袖吴盛才则解释了坚持出演该戏的原因："《阿Q正传》是一本比较吸引人的剧本。《阿Q正传》

---

① 崔贵强：《新马华人国家认同的若干观察（1945—1959）》，《南洋问题研究》，1989年。
② 杜丝工：《展开爱国主义文学运动》，苗秀：《新马华文文学大系·理论》，新加坡教育出版社，第304—306页。
③ 挺秀：《我们必须学习巫文》，《中正中学高中毕业班特刊》，第26页。
④ 柯思仁：《想像马来亚，操演多元文化——五〇年代新加坡华文知识界的马来亚意识》，《人间思想》，2012年。
⑤ 吴盛才：《写在演出前》，《新嘉坡南洋华侨中学校学生戏剧会庆祝本校四十周年公演〈阿Q正传〉纪念特刊》，1959年。

的故事，在今天是到处可以听见的，男女老幼皆喜爱的故事。以目前星马戏剧运动来说：上演人们喜爱的剧本是比较实际的。"① 除此之外，上演《阿Q正传》还涉及新马华人作为新兴国家公民的思想启蒙问题。

（一）培养公民意识，续航自治运动

正如周作人指出的，《阿Q正传》是"一篇讽刺小说"，它以"多理性而少热情，多憎而少爱"的"冷嘲"，指出了"阿Q"（乃至整个民族）"承受了噩梦似的四千年来的经验所造成的一切'谱'上的规则"，"没有自己的意志而以社会的因袭的惯例为其意志"，而"缺乏求生的意志，不知尊重生命"。②《阿Q正传》正是通过"阿Q"的形象，描绘了国民性/民族性的整体"病根"——缺乏抗争意识、独立人格与自省精神，被传统、规则和惯性推动着向前。此后，各位剧作家在改编《阿Q正传》时，也都尊重鲁迅的创作意图，延续了小说的主题，突出小说对国民性/民族性的批判。③ 而在新马自治独立的背景中，同样存留着民族"病根"的南洋华人像"阿Q"一样面临着巨大的历史变革，是"因循惯例"苟且生存，还是张扬"求生意志"争取独立，已经成为一个重要议题。因此，华中戏剧会将《阿Q正传》作为公演剧目，通过戏剧的上演，他们呼唤不被殖民意识裹挟、具有独立人格的新型公民的出现，正如吴盛才指出的："《阿Q正传》在今天上演，是具有着重大的教育意义，因为构成星马社会之一的华人，是保有着许多中国人的劣根性；同时，星马各阶层人民，多多少少都存有'阿Q'的精神，这些劣根性的存在，对于刚行将自治的新嘉坡是不利的。"④

当然，鲁迅的批判不是单向的。阿Q之死固然是其"因袭惯例为其意志"所导致的，但辛亥革命的"不彻底性"，以及革命未能展开国民性"能动的一面"也是其致死的原因。换句话说，借着阿Q偶发的、本能式的"革命行为"，鲁迅反思了辛亥革命的"不彻底性"。⑤ 而华中戏剧会之所以选择《阿Q正传》，也是基于类似的考量。

---

① 吴盛才：《写在演出前》，《新嘉坡南洋华侨中学校学生戏剧会庆祝本校四十周年公演〈阿Q正传〉纪念特刊》，1959年。
② 仲密：《阿Q正传》，《晨报副刊》，1922年3月19日。
③ 1949年前剧版《阿Q正传》一共有以下版本：陈梦韶本（1928.4）；王乔南本（1929）；袁牧之本（1934.8）；杨村彬、朱振林本（1937.3）；许幸之本（1929—1937）；田汉本（1937）。其中，除了王本（以《女人与面包》之名刊行）重在表现"滑稽"外，其余各个版本都多少延续了小说的主题。
④ 吴盛才：《写在演出前》，《新嘉坡南洋华侨中学校学生戏剧会庆祝本校四十周年公演〈阿Q正传〉纪念特刊》，1959年。
⑤ 汪晖：《阿Q生命中的六个瞬间——纪念作为开端的辛亥革命》，《现代中文学刊》，2011年第3期。

尽管新马在1959年已步入了自治的正轨，但联合邦内部殖民势力、右翼力量盘根错节，因此，华中戏剧会有心提醒观众，国家尚未实现真正意义上的独立，持续的斗争仍然很有必要。所以，在选择具体的演出版本时，戏剧会同人才会遵照鲁迅"实不以滑稽或哀怜为目的"[①]的建议，回避掉阿Q"好玩、可怜、可恨"（郑振铎语）的一面，选择了许幸之的版本。许本对"辛亥革命这典型的时代中所产生的典型的环境"有较好的舞台呈现，而且人物设计范围较广，除了小说原本的人物外，还"将呐喊中的另外的人物也加进去"，如孔乙己、王九妈、红鼻子老拱、单四嫂等。可以说，相比其他版本，许本更重于刻画辛亥革命前后以"未庄"为代表的中国社会的具体情境，表现群体的盲目性，以此展现辛亥革命的"黑暗及其弱点"[②]。可见，戏剧会同仁寄希望于《阿Q正传》，通过戏剧对辛亥革命"不彻底性"的展示，观众不妨反躬自省，思考新马自治运动的得与失。

（二）凸显文化位置，争取政治话语权

如上所言，在新马自治独立的背景中，马华文艺工作者提出了"爱国主义文艺"的口号。该口号强调马来亚不同族群文化间的了解（appreciation）与尊重（respect），将各个族群的"某些文化元素加以结合，并形成一种国家文化的形式"[③]。然而，在实践过程中，巫族文化却渐次与"国家文化"论述产生合流，形成新的文化霸权主义，而华族文化不免被压抑至边缘位置。因此，在1956—1959年间，"凸显文化位置"[④]成为马华文艺实践一个无法绕开的言说背景。考虑到这一背景，华中戏剧选择出演《阿Q正传》显然有着凸显华族文化方面的考量。

毋庸讳言，鲁迅在新马地区拥有极高声望。早在20世纪20年代末期，鲁迅及其创作就通过南下文人的传播在南洋广为流传。鲁迅逝世后，他在一系列纪念活动的塑造下更成为"民族主义原型"（Proto-Nationalism）。此后，在抗日救亡、反殖斗争、自治独立运动中，鲁迅频频被马华社群召唤，比如在20世纪60年代初期，南洋大学（Nanyang University）为消除林语堂在担任南大校长时的不良影响，就连续两年推出了"鲁迅逝世周年纪念特辑"。在特辑中，南大（Nantah）学子借鲁迅向象征英美文化"守卫者"的林

---

① 鲁迅：《致王乔南》，人民文学出版社，2005年版，第245页。
② 彭小苓、韩蔼丽：《阿Q70年》，北京十月文艺出版社，1993年版，第573—579页。
③ Lee Khoon Choy, *On the Beat to the Hustings: An Autobiography*, Singapore: Tim Books International, 1998, pp. 60-61.
④ 必须指出，所谓的"凸显"，并不是实践文化民族主义，而是挑战文化霸权，维护各族群文化间的平等。

语堂发难①,除了发表众多"鲁迅风"杂文外,还创作歌曲《我们是鲁迅的子弟》、小说《"美是大"阿Q别传》等。可见,在马来亚,鲁迅早已实现"创造性的转化"(creatively transferred)——作为作家的鲁迅逐渐消隐,而作为民族原型、文化符码的鲁迅则逐渐浮现。因此,华中戏剧会选择《阿Q正传》,正是将鲁迅及其创作视为文化资本,颠覆以巫族文化为中心的国家文化体系,并通过颠覆体系背后的权利和政治结构,凸显民族/民族文化的位置与价值。

总而言之,诚如周宁强调的,"马华话剧运动与其说是一种艺术创作,不如说是一种社会活动"②。在新马自治独立的进程中,华中戏剧会选择一出改编自鲁迅作品的戏剧,是别有用意的,除了需要借戏剧培育公民意识,指出自治运动尚未成功外,还需要依靠鲁迅的声望,以及戏剧本身的中国色彩,凸显华族的文化地位。

结　语

第二次世界大战结束后,马来亚进入"反殖时期",马来华人社群对本土的认同逐渐深化,文艺场域也形成了"马华文艺独特性"的倡议。在此背景下,当中国戏剧被介绍到马来亚后,马华戏剧工作者不免要基于本土意识,对中国戏剧进行一番"本土化"处理,使之匹配本土语境,甚至将之嵌入到本土实践之中。如此一来,中国戏剧被意义重构,它们也顺理成章地成为马来亚本土戏剧实践的一个环节。但必须指出,从中国戏剧被改编、解构、重组的过程可以看出,马华文艺脱离"中国性"另起炉灶的做法并不可行,其强调的"本土性"实际上与"中国性"紧密相连,或者说"本土性"是对"中国性"的变相挪用也未尝不可。因此,与其旗帜鲜明地强调具有马华本土色彩的"本土性",不如大方承认"本土性"的中国渊源,也只有在真实还原马华"本土性"的混杂面向基础上,马华文艺的独特价值才会随之凸显。

---

① 朱崇科:《论鲁迅在南洋的文统》,《文艺研究》,2015年第11期。
② 周宁:《东南亚华语戏剧研究:问题与领域》,周云龙:《天地大舞台——周宁戏剧研究文选》,厦门大学出版社,2011年版,第218页。

电影内外的欧亚跨国叙事

——以侯孝贤《红气球的旅行》为例*

缴 蕊 王春桥**

《红气球的旅行》(Le voyage du ballon rouge, 2006)是侯孝贤继《咖啡时光》(2003)后拍摄的又一部完全在异国取景的外语片。故事发生在遥远的法国巴黎。"半点不会法文"的侯孝贤与法国最负盛名的女演员朱丽叶·比诺什、数名非职业演员,以及他的"专用摄影"李屏宾一起,在一个月内完成了这部长片的拍摄。2008年,《红气球的旅行》相继在世界各地上映,并作为第60届戛纳电影节开幕影片在业界得到好评。[①] 事实上,侯孝贤早已在国际艺术电影界被奉为大师。以国际电影节展和文化交流项目为契机,他也多次参与各种规模的跨国合拍项目。在跨文化交流的意义上,《红气球的旅行》不仅是一个影像文本,它的文化处境与所包含的文化暗示同样值得我们关注。就像片中那只在巴黎上空飘荡不止的红气球一样,这次穿越时空的文化旅行远远没有因影片的结束而抵达终点。

在这部影片中,侯孝贤的个人风格得到了延续和发展。而本片作为第60届戛纳电影节开幕影片,也成为侯孝贤电影走上国际舞台的里程碑。作为一个典型跨文化交流案例,东西方的对话不仅在影片内部叙事中发生,也在制片、传播和接受的多重语境中编织着某种跨国电影共同体话语。具体而言,侯孝贤的个人立场在此片中有何投射,片中营造的"东方景观"与其他电影有何不同,跨文化文本的误读现象对我们有何启示,都值得深入探讨。本文将在文本分析和文化研究的双重视角下,考察《红气球的旅行》作为当代跨文化创作实践的得失与启示。

---

* 基金项目:第70批博士后面上项目《共同体视域下东西方电影的跨国叙事》(项目批准号:2021M700260)。

** 缴蕊,北京大学艺术学院博士后;王春桥,华东理工大学外国语学院讲师。

① 2008年,《红气球的旅行》在法国、加拿大、英国、美国、荷兰、澳大利亚、韩国等国家上映,但在中国未公映。

一、偶然的旅行：《红气球的旅行》缘起

与侯孝贤赖以成名的那些影片不同，《红气球的旅行》是一部"命题作品"。2006年，巴黎奥赛博物馆为纪念其成立二十周年，邀请到阿萨亚斯、拉乌尔·鲁兹、吉姆·贾木许和侯孝贤每人拍摄一部20分钟的短片，唯一要求是片中出现奥赛博物馆。在阿萨亚斯的短片变成了剧情长片后，侯孝贤受到了"刺激"，也决定拍一部长片出来。通过朱天文向他推荐的一本由美国专栏作家亚当·戈普尼克撰写的随笔集《巴黎到月亮》，侯孝贤偶然发现了1956年法国导演阿尔伯特·拉莫里斯的电影《红气球》，并从电影中那只紧紧追随小男孩帕斯卡的红气球身上得到了灵感。[1] 在片尾题词中，他也把这部电影当作向拉莫里斯致敬的作品。

这次偶然的际遇，促成了侯孝贤的一次欧洲之旅。"旅行"两个字用在这里无疑有着特别的意义。此前侯孝贤的《悲情城市》《戏梦人生》《千禧曼波》等影片已经在欧洲电影节上屡有斩获，但那毕竟只是影片的"旅行"。这一次侯孝贤本人真正走出了台湾。为拍《红气球的旅行》，侯孝贤在巴黎的咖啡馆里坐了两三个月，一边观察这个城市的生活，一边从中撷取恰当的元素，为他的人物营造生存空间。给他灵感的那本《巴黎到月亮》中写道："旅行者有两种。一种是去看存在的东西，并且看到了；另一种则事先在脑子里有一个想象，然后去实现它。第一种旅行者过得更轻松，但我认为第二种看到的更多。"[2] 侯孝贤显然是后者。虽然顶着"致敬"的名头，但他所寻求的事实上是用他自己的方式讲述一个新的故事。在《红气球的旅行》中，那只仿佛有意志的红气球被侯孝贤移植过来——它不再是作为一个人格化的角色，而是成为影片中一个奇特的视角，高高在上地凝视着整座城市；它不再是1956年那部充满浪漫幻想的影片中，被法国小男孩帕斯卡紧紧抓住不放的好伙伴，而是属于中国姑娘宋方和法国小男孩西蒙的共同幻梦。

在《红气球的旅行》剧本中，故事从北京电影学院到巴黎学习的交换生宋方讲起，并以她的视角观察着西蒙和苏珊娜的家庭。[3] 木偶师、大学戏剧表

---

[1] 拉莫里斯导演的《红气球》(Le Ballon Rouge)是一部34分钟的法国电影，最初于1956年10月上映。影片讲述了一只拟人化的红气球和一个小男孩之间的动人故事，充满天真烂漫的想象和童趣。影片也带观众浏览了整个巴黎的风貌。因这部影片在法国数代人中都有着深远的影响，朱天文把它称为法国的"国歌"。

[2] 亚当·戈普尼克：《巴黎到月亮》，晓征译，江苏人民出版社，2005年版，第13页。

[3] 后来宋方学成回国，成为电影导演。《红气球的旅行》脚本及分场剧本收录于朱天文《红气球的旅行》中，在公映的剪辑版本中大段关键情节被删去，唯有在分场剧本中可以看到故事全貌。

演系教师、工作狂苏珊娜有两个孩子，和前夫生的大女儿路易斯在布鲁塞尔读书，和男友生的小儿子西蒙只有七岁。苏珊娜一心一意投身于工作，无心照管家庭，便请宋方做西蒙的兼职保姆。在共处的时光中，宋方和西蒙构建了一个异想世界。在这个世界里有一只红气球飘荡在空中，跟随并守护着他们。然而此时，苏珊娜的生活陷入了困境。拖欠房租的朋友让她苦恼万分，男友滞留加拿大又使她孤立无援。在混乱中情绪失控的苏珊娜将怒火发泄到了西蒙和宋方身上。然而当一切过去，苏珊娜看到宋方为西蒙记录的一个个生活片段，才突然意识到西蒙的童年有多么寂寞。而宋方以西蒙为主人公拍摄的这部短片，名字就叫做《红气球 2006》。

事实上，我们可以发现影片中的许多关键细节并非来自侯孝贤的个人观察，而是直接从《巴黎到月亮》中挪用而来。书中与作者儿子卢克有关的种种事物：咖啡馆里的弹珠机，旋转木马旁边的小锡环，公园里的木偶师浮雕，甚至是亚洲保姆的形象，都为侯孝贤的创作提供了素材。侯孝贤对这本文集的偏爱不光是因为戈普尼克对细节的执着，以及他从儿童视角观察世界的感知方式——这两点与侯孝贤的创作趣味如出一辙——更重要的是，对于巴黎这座城市来说，戈普尼克也是一个外来者。作为一位来自美国的旅人，他所关心的是巴黎与世界其他地方的"不同之处"，以及一个外来者在这里的奇异感受。虽然侯孝贤并未点明，但戈普尼克对他的影响远不止介绍了一部《红气球》或是提供了几个生活细节那么简单。那种作为异乡来客的陌生感、新奇感以及疏离感从书中走出来，渗透在画面中，音乐中，成为整部影片的底色与基调。

红气球的旅行不仅是一部影片跨越五十年（1956—2006）的时间旅行，更是东方作为主体在西方的一次旅行。源自法国的"红气球"是一条纽带，它跨越边界将西蒙和宋方的心联结在了一起；同时"红气球"又是一片滤镜，当一名东方观众将视线聚焦其上，他得到的将不仅是对滤镜本身的观感，即对以《红气球》电影为象征的西方异文化的认识，同时也包含了对滤镜背后自身文化的观照。无论是红气球还是中国学生宋方都可以看成是侯孝贤这一创作意图的投射。这些都可以在一个更为广阔的文化语境中成为我们进一步解读的对象。

二、声色与姿态：侯孝贤的东方映像

侯孝贤时常强调"写实"对于电影的重要性。在他的作品中，"写实"超越了戏剧性的情节冲突，超越了所谓的"主题"——甚至可以说，侯孝贤创作序列的唯一主题就是"写实",是努力表现生活本身。对侯孝贤的这一创作理念,笔者认为不一定要照单全收。事实上,由于对画面品质近乎"洁癖"的追求,侯孝贤所呈现的生活在某种程度上仍然是极端风格化、个人化的。在色彩的使用,光影的配合,镜头的角度以及背景音乐的处理中,都寄寓着他的创作理念和表现意图。虽然他并未刻意表现东西方文化的融合或矛盾关系,但正是这种看似平淡写实的表现方式,才使得影片能够以更加自然的方式向我们传达这一方面的讯息。细读其影像文本,东方与西方,人与人,人与文化之间的交流与隔膜便如抽丝剥茧般浮现出来。

首先引起我们关注的是色彩的处理。作为对画面质感要求极高的导演,侯孝贤十分注重色彩对故事信息的表达。宋方暗色系的衣着,苏珊娜的金发——发根因疏于打理隐隐露出棕色,微妙而准确地传达出人物的性格讯息。当然,最有代表性的还是他对红色的运用。红气球就是最明显的红色标志物。从片头到末尾,气球的红色在或淡绿,或浅蓝,或灰白的背景中都显得格外突出。红气球的视角象征着什么?这是一个众说纷纭的问题。它悬浮在空中,高高在上地俯视一切,却又不时贴上窗口,像是渴望亲近西蒙的生活。与现实若即若离的红气球是一名全知全能的旁观者,而非故事的参与者。这很容易让我们联想到电影中作者——即导演——的地位。红气球也是一个"旅客",一个"外来者"的形象。它对周遭的凝视同观众通过屏幕对它的凝视构成了一个完整的观照体系,恰似东方视点与西方观众在电影内外形成的观照模式。此外,苏珊娜木偶剧场的大门也是鲜红色的。红色大门配上白色的人偶轮廓,给人以极强的视觉冲击力,乃至使初来乍到的宋方感到有些惊恐而不敢靠近——虽然里面上演的是来自她家乡的东方戏剧。在传统语境中,红色是东方的颜色。它时而静止时而飘忽,时而乖张时而神秘,与东方景观在西方语境中的形象暗暗吻合。"东方红"也作为一个文化意涵极其丰富的能指,在色彩学维度上点亮了观者的视觉与想象空间。

其次,在侯孝贤的影片中,声音的作用也不可忽略,他舍得在声音的处理上花时间细细打磨。侯孝贤的原则是"尽量将声音录干净,对白录干净,在国外拍的时候甚至是走路声都要避掉,杯子底下都要贴一层,把杯子放下都是没有声音的,主要是怕干扰到对白"[①]。因此他的电影总是给人"安静"之感,即使在街道上拍摄也没有嘈杂噪音,使观众的注意力都聚焦到他想传递的声音元素上来:演员的声调、对白,自然的风声、水声,以及背景音乐烘托的气氛。《红气球的旅行》中苏珊娜像是闯进这片安宁地界的一个不速之

---

① 卓伯棠:《侯孝贤电影讲座》,广西师范大学出版社,2009年版,第152页。

客,她是一个巨大的发声源——抑扬顿挫的语调,滔滔不绝的说辞,发脾气时高亢得近乎歇斯底里的呐喊,以及搬弄翻找东西时弄出的巨大声响。极具表现力的声线是苏珊娜的主要标识,她的首次亮相就是"未见其人,先闻其声"——没有人不被她极度夸张又富于变化的声音感染。由于侯孝贤事先的要求,比诺什真的准备了整出布袋戏《求妻煮海人》的配音表演。她轮番饰演书生张羽和仙人两个角色,不仅点亮了台上木偶的生命,也使得苏珊娜这个角色瞬间充满生动而夺目的光芒。与之相比,宋方的声音低沉平缓,对白也显得十分单调。在异国生活中,语言的隔膜可以使一个外来者不由分说地处于被动地位——不管苏珊娜提出什么要求,宋方都会条件反射般地回答:"D'accord.(好的。)"这并非是侯孝贤刻意安排的台词,却无比真实地传达出一个外来者身处异国文化的窘境。纵然有再多的疑虑和不解,话到嘴边都成了一声顺从的应允。语言造成的隔阂比文化、习俗等抽象概念来得更加直接,也更加彻底,更加不容争辩。此外,从另一个角度来看,声音形象的如此设置也与侯孝贤美学理念中对东西方的预设暗暗相合。宋方低沉平和的声音或许并非只表现了被动的姿态,而是可以被阐发为具有"以不变应万变"的东方文化意涵。对比苏珊娜的热烈奔放,宋方的静默中包含了一种静止与苍凉的韵味,而这种"苍凉"正是侯孝贤对自己电影乃至整个东方电影美学特征的评价。如此看来,看似平淡无奇的声音和对白也有了新的阐释可能。

在如此精心雕琢的声色形象中,侯孝贤为我们展示着他的艺术理念。与其直接表现冲突,他更倾向于用声色营造一个氛围——而这就是他在电影中最看重的"韵味",也是他在每一部作品中努力达到的艺术追求。他甚至认为,这就是专属于"东方"的表达方式。选择叙事还是抒情,这就是东西方文化的差异,是不同民族视角的根本分野。他在谈到小津安二郎的电影时说:"我感觉这是我们华人、东方人看事情的角度,而且是我们的习惯,我们表达情感的方式,我们是非常正直的民族,谁愿意听难听话呢?谁愿意直截了当的直接批判呢?没有,我们没有这种,很少……讲话就是要绕弯子,不是那么容易,不是那么直接。这其实,就是因为有所谓的形式,小津的形式,和我自己走路摸索出来的形式,基本上比较接近,也比较东方。"[1] 通过《红气球的旅行》,侯孝贤做了这样一种尝试:他试图将自己的东方美学经验放在一个西方的语境中去展示,去实验。

作为一个导演,侯孝贤的位置相当自我。他十分看重导演的主动权:"我感觉在国外就是不要被人家架空,所以基本的团队你一定要掌握,其他就没

---

[1] 卓伯棠:《侯孝贤电影讲座》,广西师范大学出版社,2009年版,第80页。

什么了。"① 但当"东方映像"投射在中国学生宋方身上时，情况就大不相同了。在某种程度上，她的姿态就是东方的姿态，她的处境就是东方的处境，而她的身份也象征着整个东方形象在异国的重新定位。宋方的出场就显得意味深长：繁忙的巴黎街道，一辆公共汽车驶来，停在路边。车身广告牌上一个欧洲男人的脸占据了画面中央，略带质疑意味的目光长久地与观众对视。汽车缓缓发动，驶离站台，一个亚洲年轻女子的身影在街角出现——她刚刚下车，在街角犹豫徘徊，背景音乐也营造出摇摆不安的氛围。在这个看似单调，却包含了丰富的景深与动态元素的长镜头中，宋方的"外来者"身份表露无疑。剧本中提到，宋方是台湾人，在北京电影学院读书，现在在巴黎做交换生——这一背景很容易让人联想到侯孝贤本人，唯一的不同是"北京"这个符号在中国文化中的位置比"台湾"多了几分代表性，少了几分边缘感——在公映版本中宋方的台湾背景甚至完全被抹去了，使得她的身份象征扩展到更广阔的华语文化圈。

图1　东方姿态在宋方身上的投射

除了"外来者"的向度，宋方的另一个身份——babysitter似乎有着更加强烈的暗示意味。尽管在影片中宋方的工作显然已经超越了"看管小孩"的职责，她与这个家庭的关系也远比一般保姆更加密切，但她却仍然无法逃离"保姆"这个原本就充满尴尬的身份——即使长期身处这个家庭之中，对这里的一切都熟门熟路，但她不是，也永远不会成为这个家庭的一员。更重要的是，无论是她本人还是这个家庭都无比清楚这一点。西蒙几乎时时刻刻和宋方相处，两人

---

① 卓伯棠：《侯孝贤电影讲座》，广西师范大学出版社，2009年版，第161页。

由陌生到熟悉，似乎逐渐构建起了一种和谐的关系。但我们同样可以看到，西蒙更感兴趣的永远是摄影机取景框里的宋方，而非活生生的宋方本人。宋方也是一样，只有在通过摄影机观察这个男孩，这个家庭，乃至这个城市和国度时，她才能毫无顾忌地直视一切，并用自己的方式与之交流。在对取景框，或对电脑屏幕的凝视中，与自己相异的文化被赋予了距离感。距离感不仅带来了隔阂，也带来了唯有在隔阂之后才能拥有的安全感。戈普尼克说："移民有一种奇怪的认识，认为自己的生活空间里使用的语言和知识与外部世界的不一样。还有一种奇特认识，立即让人觉得安慰又恐慌，那就是无论外面发生什么，你都不会有什么倾向性的意见，你已经接受了一种手术，消除了你立即做出支持某一方的反应的本能。"[①] 这就是远行中的东方的姿态——一个在距离和隔阂中才能安全生存的人，一个做 babysitter 的年轻女人。

更进一步地说，在宋方这个人物身上最为吊诡的文化异象甚至不是"隔阂"，而是一种错位感，或者说无根感。是电影，这门完全诞生于西方的艺术使宋方来到这个异文化的国度，并成为她了解这里的主要方式。然而在木偶剧场诡异的红色大门外，宋方却迟疑了，里面传来的奇特声响令她有些望而却步——那正是苏珊娜正在排演的剧目，改编自中国元杂剧经典《张生煮海》的台湾布袋戏《求妻煮海人》。于是吊诡的场面出现了：在这样一个异国空间里面对台湾传统布袋戏的演出，宋方的陌生感与隔膜感比面对电影艺术时强烈得多——尽管前者来自家乡，而后者来自法国。侯孝贤用他的光影和色彩加强了这种对比：他把光给了全情投入的苏珊娜，使她神采飞扬，光彩照人，于是更衬托出黑暗中的宋方脸上迷茫和木讷的表情。类似的场景同样出现在影片中间，苏珊娜、宋方与布袋戏艺人阿忠在火车上的一幕。宋方与阿忠两名中国人同坐一侧，苏珊娜坐在对面。虽然银幕上出现了三个人，但事实上只有苏珊娜一人在讲话。作为她的翻译，宋方的地位显得十分微妙有趣。虽然是在和自己的同乡说话，而且说的是中文，但她事实上是作为苏珊娜的代言人在发声。如果说这场对话中存在感情的传递，那也发生在阿忠与苏珊娜之间，或者干脆是苏珊娜一人在主导整个场面。在三人无话的时候，宋方只是默默地看着车窗外迅速掠过的异国风景，似乎窗框外上演的一切更让她感到轻松自然。她不了解，也不想了解苏珊娜所谓的"深层的中国文化"。这无关她的文化背景也无关她的种族，只是她在两种文化的夹缝中为自己选择的一种姿态。

在这里，我们不想把一个人物的文化认知上升到对整个东方文化现状批判的高度，只是想提示一个值得关注的表征。在关于文化的表述中，我们常

---

① 亚当·戈普尼克：《巴黎到月亮》，晓征译，江苏人民出版社，2005年版，第72页。

常把"东方"与"传统的东方"不加区分地对等起来,却忽视了现代化视野中今日东方与传统东方的分野。谈到文化无根感,我们常常想到的是台湾、香港等"边缘地带",却忽视了这一现象在整个华语世界的普遍存在。"东方视角"的植入并非添加一个"东方人物"那么简单。人物所携带的世界观、价值观并不是简单地由其文化背景及种族构成所决定的,而是更多地来自他/她所处的具体情境,以及在此情景中的位置和姿态。宋方虽然是黑头发黄皮肤,但她的文化背景一定是源于东方的吗?她的文化立场一定是站在东方的吗?这一切都值得我们重新考虑和认识。

有趣的是,更进一步地看,这种无根感不但出现在东方文化中,也出现在与之相对的西方。在和西蒙初次回家时,宋方兴致勃勃地对西蒙谈起了拉莫里斯的《红气球》。然而西蒙对此并不感兴趣——他不知道法国的《红气球》,也不关心令宋方着迷的红气球壁画,而是径直走进了咖啡馆,聚精会神地玩起了弹珠机——在家里他更着迷的是电子游戏。《巴黎到月亮》的作者戈普尼克对现代孩童的游戏做出了令人意想不到的解释:"不完全领域里没有调节子是没有'自然掠夺者'可以阻止电影和电视增殖的一种抽象说法;它们的确淹没了世界,同时还有真实。在一个电子游戏的世界里,很难有什么方法来拯救旋转木马和音乐木马,不是因为与电子游戏相比它们更缺乏吸引力,而是因为它们只是安装在一个固定的地方,而电子游戏确实无处不在,没有调节子可以吃掉它们。"① 这个充满黑色幽默又稍带悲凉意味的结论似乎向我们宣告了当代文化的某种宿命。文化趋同带来的错位感和无根感并不是某个人或某种文化出了错,而是一列高速行驶的列车上乘客们发出的惊呼——不是因为车身的颠簸,而是因为终点于他们来说是未知的。

三、张生煮海与墙上蝴蝶:关于东方的悲凉暗喻

谈到《红气球的旅行》中布袋戏元素的设置,侯孝贤说:"我希望有木偶的戏,特别是《张生煮海》的故事。当《电影笔记》请我写关于楚浮②的短文

---

① 亚当·戈普尼克:《巴黎到月亮》,晓征译,江苏人民出版社,2005年版,第35页。调节子:《巴黎到月亮》中作者引用一位经济学家的话,将"调节子"定义为阻止生物体或其他现象无限增殖的法则。又引用鲍德里亚的话说"不完全领域里没有调节子",指信息和媒体世界里没有自然障碍可以阻止信息无限制的流动和繁殖。

② 内地译为特吕弗(1932—1984),法国新浪潮电影代表人物,作品有《四百下》《朱尔和吉姆》等。

时，我想起了这个故事，楚浮电影里面的角色都是如此的执拗。"[①] 通过"戏中戏""戏中舞台"的形式，侯孝贤期望达成一种对话——不仅是电影内部东方传统与西方世界的对话，也是普遍意义上东西方价值观的对话。在侯孝贤看来，无论是元杂剧中的书生张羽，还是《红气球的旅行》中的苏珊娜，抑或是特吕弗电影中的人物，虽然相隔万里，千差万别，但他们在"执拗"这一点上是共通的。于是他选择了《张生煮海》这个敞开的文本，而非机械地将传统的形式搬上镜头前微缩的舞台。

至于侯孝贤的对话是否能成功地建立起来，我们暂且不论，先来看华人导演对"戏中戏"模式的应用经验。戴锦华在评价陈凯歌在《霸王别姬》中经典的"戏中戏"时曾使用"钉死的蝴蝶"这一触目惊心的喻体。她说："于是，在《霸王别姬》中出现了京剧的舞台小世界——中国文化的经典意符（signifier），绚丽、喧闹而寂寞的东方之生存……不仅创造了一只东方的、绚烂翩然的蝴蝶，而且创造了钉死蝴蝶的那根钉。"[②] 虽然意蕴不尽相同，但我们也可以挪用"蝴蝶标本"这一比喻来阐释《红气球的旅行》中戏中戏的场景以及侯孝贤对东方景观的营造——跨越重洋远行至陌生国度的东方木偶戏在那里成为戏剧表演课上用来演示和围观的标本。但侯孝贤并没有造出"钉死蝴蝶的那根钉"，他表现的并不是东方的颓败与凄美，而是试图使它在与西方的对话中得到新生。因此，关于被移植和改造的布袋戏更准确的表达或许是：虽然它已经不是纯粹的中国血统，而是一只人工培育出的杂交蝴蝶，但它是一只活的蝴蝶。这只蝴蝶被装在一只玻璃盒子里供人欣赏——不仅欣赏它斑斓的翅膀，还有它翩然的飞翔。

侯孝贤或许是成功的，舞台上的偶人确实活了起来，但点亮它的却是一个来自幕后的声音。也就是说，激活《求妻煮海人》这出布袋戏的不是充满中国风情的木偶本身，也不是它的操纵者，而是苏珊娜，是她充沛洋溢的创作热情和高亢激昂的法语道白。虽然在中国戏剧的领域里苏珊娜只是一个学习者，但她已经完全具备了驾驭和操纵这门艺术的信心和能力。即使是在台湾本土也行将衰亡的布袋戏艺术，居然在她的演绎中重新焕发了光彩。然而，这门传统技艺所代表的古老文化却没有那么令人乐观的处境。究其根本，它仍是套在手上任人摆弄的木偶。而吸引了宋方的电影艺术则截然相反。不管作者多么才华横溢，都只能在取景框后默默凝视，凝视着环境中的一切。宋方无力通过她的创作来控制这门艺术，控制周遭的气氛，甚至根本无从融入

---

① 朱天文：《红气球的旅行——侯孝贤电影记录续编》，山东画报出版社，2009年版，第619页。

② 郑树森：《文化批评与华语电影》，广西师范大学出版社，2003年版，第53—54页。

其中。这不经意间形成的对比似乎宣告了某种令人无奈的事实。从这一隐喻出发，我们几乎会相信赛义德在《东方学》中的宣告："简言之，将东方学理解为一套具有限制或控制作用的观念比将其简单地理解为一种确实的学说要好。"[①] 在这两名同样勤奋的异文化学习者以及她们的艺术实践当中，同样存在着令我们不得不正视的"控制—受制"关系。

图2 戏中戏模式在《红气球的旅行》中的运用

然而侯孝贤的落脚点并非仅止于此。就"戏中戏"模式而言，《红气球的旅行》最大的创新在于贡献了一种基于套层结构的新视角。在镜头对准舞台时，我们是木偶戏的观众；而当镜头对准台下观众时，我们又退回到电影观众的位置——此时作为被凝视对象的木偶戏观众中就包括了前一时刻的我们自身。侯孝贤呈现的不仅是一个标本，还有观看标本的人群。因此，作为电影观众的我们不仅观看了那只精心制作出来的蝴蝶，也观看了观看本身。与之相比，片中另一处为人津津乐道的文化移植就显得简单了许多——影片结尾，红气球在空中越飞越高，片尾曲随之响起，曲调是蔡琴的老歌《被遗忘的时光》，重新填入了法语歌词。然而对于这部影片的最终受众来说，身处华语世界之外的他们很难辨认出这是蔡琴的歌曲。这次化用与其说是东方文化独特风格的展示，还不如说是对其开放性与兼容性的发现。也只有在片尾，画面上才真正出现了巴黎的"标志建筑"：蓝天下的奥赛博物馆，巴黎圣母

---

① 爱德华·W. 萨义德：《东方学》，王宇根译，生活·读书·新知三联书店，2007年版，第52页。

院，圣心大教堂……这一切与这首轻柔缓慢的歌曲是如此和谐，丝毫看不出"拼装"的痕迹。也许是因为蔡琴代表的流行文化中早已没有了传统东方特有的色彩，也许是因为，这一片天空早已习惯于接受不同。

赛义德在他的《东方学》里称安沃尔·阿卜德尔·马勒克描述的东方形象为"极好地描述了那种东方化了的东方"，其中关于"他性"和"主体性"的表述直指"东方学"赖以建立的基础："东方和东方人［被东方学］作为研究的'对象'，深深地打上了他性（otherness）——代表着所有不同的东西，不管是'主体'还是'对象'——的烙印，然而这一他性确实认为建构起来的，具有本质论的特征……这一研究'对象'通常是被动的，没有参与能力，被赋予了一种'历史的'主体性，最重要的是，就其自身而言，他是非活性的……"① 东方于是只能是"被他人表述的东方"。在今天对东西方文化关系的研究中，这种"东方学"式的表述的根深蒂固并不亚于西方的"文化霸权主义"。然而在一个"后东方学"的时代，这样的表述还能否放之四海而皆准已然成为一个值得怀疑的问题。当西方世界把摄影机交到一个东方导演的手里，让东方有机会进行"自我表述"时，东方会做出怎样的选择呢？一种新的"他性"与"主体性"关系又能否在屏幕上建立起来呢？在拍摄以日本为背景的《咖啡时光》之前，侯孝贤"不敢出国拍片"。他说，那"不仅是语言不通的问题，我会觉得你凭什么去拍异文化，完全不了解那些生活的细节，因为电影呈现的就是细节"②。有趣的是，在"了解细节"的过程中，侯孝贤也遭遇了《东方学》中提到的"文本性"问题。"有两种情况会促发文本性态度的产生。一是当人与某个未知的、危险的、以前非常遥远的东西狭路相逢的时候。在这种情况下，人们不仅求助于以前的经验中与此新异之物相类似的东西，而且求助于从书本上所读过的东西。"③ 侯孝贤对《巴黎到月亮》一书"旅行指南式"的借鉴，正与东方学传统上西方对东方的处置态度异曲同工。唯一的差异在于，欧洲的东方学传统更为强大悠久，而侯孝贤的文化背景并没有为他提供一个可参照的"西方学"体系，使他只好转向一个美国——另一个东方学传统外的国家——作者的经验。这一方面说明了"文本性"态度的普遍存在，一方面也暗示了单个主体直接融入异文化之不可能。"文本性"态度早在文化被语言记录、表述的那一天起就成了文化的一种宿命。在

---

① 东方学：Orientalism，又译为"东方主义"。两种译法的细微差别见前引书《东方学》第3页脚注1。
② 卓伯棠：《侯孝贤电影讲座》，广西师范大学出版社，2009年版，第43页。
③ 爱德华·W. 萨义德：《东方学》，王宇根译，北京：生活·读书·新知三联书店，2007年，第121页。

异文化读者的眼中，又有谁不是一只被做成标本，并在透镜下无限放大的蝴蝶呢？

四、错位视点：文化多元化语境下的接受可能

侯孝贤始终惯于依赖直觉去构建视觉语言。在后期剪辑中，他只留下那些画面唯美纯净的片段。"不喜欢的，不论负载了什么样的作用和讯息，不要就是不要。"① 虽然在最终公映的版本中我们已经看不到完整的故事，但侯孝贤的视点仍然保留了下来，他坚持认为故事的主线是西蒙和宋方的互动。他说："我们通常在模仿现实，再造现实。思考一场戏时，会有一个主观的视点，就是导演自己的观点……我在法国拍《红气球》是盯着一个小孩和他的保姆。"② 即使经过了大段删剪与重新拼接，在公映的版本中仍然保留了大量宋方的戏份：红气球—宋方—西蒙也形成了一个自足的观照体系。为了突出这条主线，侯孝贤甚至剪掉了结尾的一段重头抒情戏：苏珊娜看着宋方为西蒙拍摄的生活片段哭泣。③ 他选择将影片的落脚点放在宋方—西蒙—红气球的关系上。这样的结尾设置，使本片的叙事超越了平凡的家庭故事，一次"跨文化旅行"的意义也由此凸现出来。

然而，从法国观众的反映来看，侯孝贤的创作预期似乎落了空。在他们眼中，侯孝贤的视点，以及他精心设置的故事主线并未得到足够的关注。在法语维基百科等网站上搜索"Le voyage du ballon rouge"，影片的海报上只有朱丽叶·比诺什和西蒙玩耍的照片，给出的故事梗概也都是"一个母亲和儿子的故事"。在他们眼中宋方的角色退隐了，影片中的东方视点也随之淡出。在法国电影网站上甚至有观众评论说："电影非常无聊……但朱丽叶·比诺什演得很出色，只有在她出现在镜头中时我们才会稍稍抬起眼皮。""那个中国女孩除了'好的'和'没关系'就不会说别的话了。"根据帕特里克·富瑞在《凝视：观影者的受虐狂、认同与幻象》中的阐述，"视点的作用就是引起一种往往是彻底的、对表象的重新估价……我们可以分辨出在场景发生的过程中作用于凝视的视点，以及在对表象的回忆过程中经验到的视点。所有这些

---

① 朱天文：《红气球的旅行——侯孝贤电影记录续编》，山东画报出版社，2009年版，第105页。

② 卓伯棠：《侯孝贤电影讲座》，广西师范大学出版社，2009年版，第63—64页。

③ 朱天文：《红气球的旅行——侯孝贤电影记录续编》，山东画报出版社，2009年版，第620页。

部分的总和就构成了凝视,及观众和影片之间的相互作用"①。在这部影片中,导演与观众的视点出现了明显的错位,编码与解码的过程并不像理想中运行得那样顺理成章——但这种"误读"并不简单地意味着某种"失败"或"错误"。事实上即使在侯孝贤为华语世界观众拍摄的影片中,这样的"误读"也并非个案。

同样的视点错位也或多或少地存在于电影圈当中。作为台湾新浪潮电影的领军人物,侯孝贤的声名鹊起遵从了"本土叙事—欧洲电影节获奖—奠定本土地位"的模式。他的影片在业界好评如潮——但也似乎主要局限在业界而已。而且,单就《红气球的旅行》这一部电影来讲,来自电影圈的赞赏也大多集中在光彩照人的朱丽叶·比诺什身上——《纽约评论》甚至说这是她"演得最好的一部电影"②。显而易见,单就电影本身的成功来说,侯孝贤的选角是正确的。作为片中唯一的专业演员——实际上是世界顶级演员——比诺什挥洒自如的表演是影片最大的亮点。她自己在访谈中也说:"和侯导合作,改变了我对'自己的事业'的想法。这正和我之前给《电影笔记》一篇由乔治·桑(George Sand)所撰写的文章,关于'日后的演员',这位演员是作者,是导演,也是演员:对我来说,今后我就是想要成为这样的演员。"③但就表现本来的创作意图来说,这样的角色安排无疑给观众带来了困扰。比诺什的光芒太过耀眼,从而挡住了故事的主线人物——宋方与西蒙。作为业余演员,语言不同、性格内向的宋方很容易受到比诺什气场的压抑,处在十分被动的位置,安静的小男孩西蒙也是一样。这样的差异是不可能通过删改和剪辑来抹平的,只要给比诺什一个镜头,她就是电影的主人。这样一来,侯孝贤苦心经营的东方元素便被挤到了一个难免尴尬的地位。

事实上,放眼其他华人导演的海外创作,我们会发现误读的现象并不鲜见。然而如果我们把误读的原因仅仅归结为选角的问题,或是法国观众与中国导演之间的"文化隔阂",那无疑忽略了更深层的文化心理机制。这里我们可以举出一个反例:旅法华人作家戴思杰自编自导的法语片《巴尔扎克和小裁缝》(2002)讲述了中国"文化大革命"时期两个城市知青与一个山村姑娘的故事。④在这部影片中,导演、演员、叙事背景都来自中国。单从文化背景

---

① 克里斯蒂安·麦茨、吉尔·德勒兹等:《凝视的快感:电影文本的精神分析》,吴琼译,中国人民大学出版社,2005年版,第87页。
② 卓伯棠:《侯孝贤电影讲座》,广西师范大学出版社,2009年版,第146页。
③ 朱天文:《红气球的旅行——侯孝贤电影记录续编》,山东画报出版社,2009年版,第617—618页。
④ 《巴尔扎克与小裁缝》是根据戴思杰的同名小说改编的电影。小说原文由法语写成,在欧美获得极大成功,2003年由余中先翻译成中文,在北京十月文艺出版社出版。

的角度来说，影片与中国观众之间几乎不存在任何隔阂，但观众的关注点与导演的创作意图仍然不能完全契合。大部分中国观众或将其视为一部感人的爱情片，或将其看作一则西方文明对东方启蒙的寓言，包括小说的中文译者余中先都对这部作品做出了这样的概括："说白了，这本书的主题，其实就是西方文化对中国知识青年的诱惑和引导。"① 然而根据匹兹堡大学东亚语言文学系刘辛民在《重读/观〈巴尔扎克和中国小裁缝〉——兼论人地亲和与人文生态批评》一文中的分析，以上种种解读与作者的预设都存在着较大的偏差。② 在这里我们暂且不去深究各个案例中产生误读的具体原因是什么，也不去讨论如何"避免误读"，而是指出跨文化创作与接受过程中误读存在的必然性。一个"跨界"的文本必然会被置于不同的视角之下进行阅读和阐发，并被赋予单一语境下不可能具有的多重意涵。造成这些不同读解的根本原因并不是异文化之间的表意与理解障碍，而是多元文化共处这一事实本身给观众造成的敏感、兴奋与焦虑。

面对观众的反应，侯孝贤一向显得很淡然："很多人说我的电影太平淡，没有戏剧性……至于争取观众的问题，这是一个鉴赏力的问题，高度的问题，我作为导演没有办法，没有办法为了取悦观众而怎样做，至少我做不到。除非我找到不违背自己且观众又能够接受的方法，但对我来讲很难。"③ 朱丽叶·比诺什对侯孝贤的评价也从侧面印证了这一态度："他是这个年代很好的导演，他学习道家，大度，很有创意。一般美国导演让你拍戏，最后会解释一个电影的主题给你听。但侯孝贤不是，他让你自己感受生活，寻找答案，给演员很大的空间。"④ 比诺什不愧是一个有自己思想的演员。她对"道家"的理解，事实上正是对文化多元化的一种表达，侯孝贤的"大度"不仅体现在他对演员，对影片故事完整性（残缺性）的极大包容上，更体现在他面对误读，面对隔阂的态度上。在种种不可避免的误读面前，与其斤斤计较纠缠不清，不如给观众以更大的选择空间。既然隔阂不可避免，那么达到沟通的最佳方式就是正视、允许并包容种种不同声音的存在。因此，我们也应该原谅比诺什在这里犯的一个小小的错误：尽管"和而不同"事实上更多地来自儒家而非道家的思想传统，她的阐释仍然是对《红气球的旅行》在多元文化语境中交流作用的成功体现。

---

① 参见余中先：《"巴尔扎克"对"中国小裁缝"的影响》，《巴尔扎克与小裁缝》译后序。
② 刘辛民：《重读/观〈巴尔扎克和中国小裁缝〉——兼论人地亲和与人文生态批评》，《外国文学》，2008年第5期。
③ 卓伯棠：《侯孝贤电影讲座》，广西师范大学出版社，2009年版，第65页。
④ 卓伯棠：《侯孝贤电影讲座》，广西师范大学出版社，2009年版，封底。

文史稽考

泰华作家冯剑南（甦夫）其人其事

熊飞宇[*]

泰华作家冯剑南，以"甦夫"留名于中国现代文学史，其所译《奥尼金》，更是普希金这一代表作在中国的首个全译本。然其生平事迹，并无完整的记载，而已有文献中的只语片言，又颇多抵牾。现通过爬梳与考辨，尽可能全面呈现其短暂而沉实的一生。

一、冯剑南生平简历

冯剑南（1911—1961），广东省梅州市丰顺县汤坑大铜盘人。出生于泰国，童年随父回乡读小学。先后于本村凌云小学、汤坑金汤高小、汤坑中学毕业。1931年到广州知用中学就读高中。其间，曾参与为十九路军募捐等学生运动。受革命思想的影响，常读《论语》《生活》等爱国主义刊物。1933年毕业后，考入上海国立暨南大学，经白曙（陈白曙，原名陈作梅）介绍，加入中国左翼作家联盟，曾在报刊上发表一些同情和歌颂劳苦大众的诗歌[①]；后又加入中国社会科学家同盟，结识林美南。读书时参加中国共产党，领导人为周钢鸣。1934年赴日本早稻田大学留学[②]，在任白戈的领导下，继续参与组织活动。

1937年七七事变爆发，留日学生大受震动，冯剑南当即回国。8月，在汕头参加汕头青年救亡同志会。8月13日，受汕头青年救亡同志会和中共韩江工作委员会指派，与徐思舜回丰顺建立"汤坑青年抗敌同志会"并重建党

---

[*] 熊飞宇，文学博士，重庆师范大学副研究员、硕士研究生导师。
[①] 林韩璋：《丰顺人物辞典》，中山大学出版社，1996年版，第68页。
[②] 据徐院池《冯剑南同志简历》，其赴日时间是"1935年秋"。参见《徐院池纪念集》（《广东党史资料丛刊》1999年第2期），第135页。其留学的学校，在《丰顺人物辞典》中作"东京大学"（第68页）。

组织,由冯剑南(住汤坑民众图书馆,后任教于丰顺县立第三初级中学)主管党内工作,徐思舜(任教于丰顺第三区立第一高级小学,即钟秀学校)主管青救会工作。9月6日,在钟秀小学召开第一次会议,参加者有各界青年代表28人,冯剑南主持会议,并宣布成立"汤坑青年救亡同志会"(后改为"汤坑青年抗敌同志会",简称"青抗会"),推举冯剑南、徐思舜、徐院池等为理事会理事,徐思舜为总理事。① 又筹建汤坑晨钟歌咏队、体育会、青年抗敌先锋队、救护队、锄奸组等,配合驻军抗击日寇入侵。还担负联系国民党上层军政人士和乡绅的统战工作。② 1939年春,南侨中学在今揭东县水流埔开设分校,即南侨二校,冯剑南被抽调就任训育主任。同年6月21日,汕头沦陷,南侨二校并入石牛埔总校。

此后,冯剑南前往广西③、贵州④等地工作。这一时期,冯剑南除在桂林君武中学和逸仙中学任教⑤之外,还曾参与下述活动:

一是与黄宁婴、周钢鸣等一道完成《中国诗坛》的复刊。中国诗坛社的前身是广州诗坛社。1936年冬,经黄宁婴、陈残云、张哲元、鸥外鸥、蒲风、雷石榆、周钢鸣、冯剑南、李育中等人发起,在黄宁婴家中召开会议,宣告成立广州诗坛社,并决定出版《广州诗坛》。刊物最初由温流主编,在其病逝后,由黄宁婴接任,第1期于1937年2月出版,6月出第2期,10月出第3期。三期之后,在蒲风的建议下,将广州诗坛社改名为中国诗坛社,刊物也从第4期改名为《中国诗坛》,并创办诗歌出版社,作为《中国诗坛》的出版

---

① 丰顺县革命老区发展史编委会:《丰顺县革命老区发展史》,广东人民出版社,2019年版,第52页。对于冯剑南这一时期的经历,《丰顺人物辞典》的介绍是:冯剑南学成回国,即投身于抗日救国斗争。从广州来到汕头,集合暨大校友,共同组织潮汕青年抗敌救国同志会,并加入中国共产党。受中共潮梅工委委派,回丰顺汤坑建立党组织和青抗会,并被选为青抗会理事;相继在陷隍、八乡山和官下埔成立3个青抗会分会,会员发展到1800多人。(第68页)

② 丰顺县志编纂委员会:《丰顺县志》,广东人民出版社,1995年版,第1049页。徐院池《冯剑南同志简历》中的介绍则是:"1937年下半年至1939年上半年,由林美南同志领导,与中国共产党闽西南特委取得联系,开展党的抗日救亡活动。先组织青年抗敌同志会的活动,兼任揭阳南侨中学二校教学工作,后调任汤坑中学担任教导行政工作,以在校工作为掩护,发展党的组织。"(《徐院池纪念集》,第136页)

③ 据符和强、符和平:《符罗飞彩墨画选集》(华南理工大学出版社,2009年版)所附《符罗飞艺术活动年表考》,1939年5月,符罗飞在桂林时,与温涛、黄新波、余所亚、特伟、陈残云、张乐平、黄宁婴、冯剑南、何芷、廖冰兄、李育中等住"施家园"。如此说可靠,则冯剑南在1939年5月即已到达桂林。

④ 贵州一地,尚未在文献记载中找到其行踪履迹。今存以备考。

⑤ 戴天恩:《甦夫和第一个中文全译本〈奥尼金〉》,《社会科学家》,1996年第2期,第58页。戴天恩是四川大学图书馆医学馆(原华西医科大学图书馆)研究馆员,有"天府藏书家"之誉,尤致力于普希金文集的收藏。

机构，社址即黄宁婴家，自费出版。几乎与此同时，又在梅县出版《中国诗坛》岭东刊。1938年秋，日军在大鹏湾登陆，广州沦陷，《中国诗坛》停刊，人员则分头撤退。1939年末，在香港的社员胡危舟、征军、马荫隐等复刊《中国诗坛》，交生活书店发行，三期之后被取缔。另一批到达桂林的社员黄宁婴、陈残云、陈芦荻、林山、周钢鸣、冯剑南、李育中等，又在桂林复刊《中国诗坛》。正当第4期稿件送往印刷厂时，皖南事变发生，时局逆转，该期未能出版，旋即停刊。①

二是参加中华全国文艺界抗敌协会桂林分会。分会于1939年10月2日成立，会址设在施家园49号。该分会成立后，共主办两期文艺讲习班。第一期是在1940年12月10日开班，每周三、五下午授课。1941年3月19日在乐群社举行结业典礼。冯剑南与胡危舟、焦菊隐、司马文森等同为讲师。② 但此说存疑，经查证，文艺讲习班第一期的主讲人和授课内容包括：周钢鸣——艺术的概括；聂绀弩——文艺与语言；孟超——文艺的内容与形式；司马文森——文艺的题材与主题；周行——创作与世界观；林山——文艺的通俗化问题；钟期森——文艺与新闻；李育中——文艺批评与基本问题；陈闲——中国诗史的发展；莫宝铿——旧诗的评价；芦荻——中国诗与外国诗比较；林林——民歌研究；夏衍——剧作偶谈；欧阳予倩——戏剧改良问题；焦菊隐——旧剧形式的利用；李文钊——民族形式的商讨；艾芜——怎样描写人物的性格；易庸——新文艺思想发展的课程；陈此生——文艺与科学；黄药眠——新现实主义与浪漫主义。③ 其中未见冯剑南之名。第二期则于1941年4月3日开始报名。时间为三个月，每周上课三次。5月18日，艾芜在广西绥靖主任公署担任首讲，题为"怎样描写人物"，余者不详。

三是参加桂林文化界抗敌工作宣传队。1944年，湘桂大撤退前夕，田汉等于6月10日发起成立桂林市文化界扩大动员抗战宣传工作委员会，并于7月6日组成桂林文化界抗战工作队，陈残云任队长，甦夫、姚特（按："姚牧"之误）为指导员，在田汉率领下，于8月1日开赴湘桂前线，沿铁路进行抗战宣传鼓动工作。④ 或云：日军侵占桂林前夕，冯剑南和一批文化界人士，组织抗敌工作宣传队，田汉为总领队，赴湘桂前线工作，冯剑南任宣传队第一支队政治指导员。⑤ 此次桂北前线宣传的具体经过如下：

---

① 吴景明：《蒋锡金与中国现代文艺运动》，东北师范大学出版社，2015年版，第94－96页。
② 戴天恩：《甦夫和第一个中文全译本〈奥尼金〉》，《社会科学家》，1996年第2期，第58页。
③ 广西话剧志编委会：《广西话剧志》，广西人民出版社，2008年版，第194－195页。
④ 戴天恩：《甦夫和第一个中文全译本〈奥尼金〉》，《社会科学家》，1996年第2期，第58页。
⑤ 林韩璋：《丰顺人物辞典》，中山大学出版社，1996年版，第68－69页。

1944年，桂林战事即将来临，桂林文化界在扩大宣传周和"国旗献金"大游行结束之后，决定成立"桂林文化界抗战工作协会"。6月28日，在桂林艺术馆召开成立大会，推选李济深为会长，李任仁、张文、黎民任、田汉、欧阳予倩、张锡昌、陈劭先、李文钊、邵荃麟九人为常务委员，李任仁为常务委员会主任，张文为副主任。常委会下设秘书处、指导部、组织部、编纂部。协会决定成立十个工作队，赴前线开展宣传。由于国民党当局害怕群众运动，反复刁难，最后经李济深协调，组成一个七八十人的工作队，名为"桂林文化界抗战工作队"（简称"文抗队"）。经中共桂林文化工作组组长邵荃麟推荐，确定田汉任总领队，华嘉任秘书，分为两队，第一队队长周钢鸣，第二队队长陈残云，并在七月下旬为录取队员举办短期学习班。学习结束后，周钢鸣因事不能随队出发，故将两队合一，内分文教、戏剧、歌咏、军事四组（或云群工、戏剧、歌咏、美术四组），由陈残云任队长，姚牧、甦夫任指导员。8月1日，田汉亲率文抗队出发桂北，沿湘桂铁路，深入全州、兴安和湖南永州等前线，开展抗日救亡宣传和慰问活动，完成预定任务，于8月21日胜利返回桂林，并于8月24日解散。①

　　抗战胜利后，冯剑南去香港、泰国，参与创办南洋中学并任英文教员。②南洋中学是泰国第一所华文中学，1946年2月由泰国华侨教育协会创办，5月6日正式开始授课。李济深曾专门为学校题写"南洋中学"的牌匾。1948年6月15日被銮披汶政府查封。③

　　1946年5月，黄声、冯剑南、吴仁安、卢静子、金炎春、洪树百、李一新、叶铭誉、冯毅然、刘豪奋、蚁美厚、王允中、郭枯等10余人，筹建中国民主同盟暹罗支部（后随其国名变更而更名为泰国支部）。支部成立后，黄声任主任委员，冯剑南任副主任委员。主持出版有两种刊物：一是《民主新闻》，系中国民主同盟暹罗支部机关报，社长兼督印人是冯剑南④，总编辑是

---

① 参见魏华龄：《桂林文化城史话》，广西人民出版社，1987年版，第184－185页；桂林历史文化大典编委会、桂林市文化新闻出版广电局、桂林市文物保护与考古研究院：《桂林历史文化大典》（下卷），广西师范大学出版社，2018年版，第144页。

② 《南洋中学创校委员、教职员一览表》，吴佟：《湄南河的怀念——泰国南洋中学、大同学校纪念文集》（上），南大文化出版社，2000年版，第111、114页。据此可知，南洋中学创校委员会主席为许元雄，副主席为吴刚，常务委员有卓炯、刘文魁、郭天任、谢基、黄声，冯剑南系委员之一。初创时，聘黄耀寰出任校长；1946年10月迁址后，改聘卓炯担任校长。

③ 吴刚：《华文教育的光辉旗帜——忆南洋中学创办始末》，吴佟：《湄南河的怀念——泰国南洋中学、大同学校纪念文集》（上），南大文化出版社，2000年版，第3页。

④ 据华商报资料室：《1949年手册·第3编·读报便览》（华商报社，1949年10月），《民主新闻》的主持人至1949年时仍为冯剑南。（第55页）

卢静子，1946年5月创办，初为三日刊，同年9月改为日报①；另一刊物是《曼谷商报》（日报），以商人为主要读者对象，社长和督印人初时是许元雄，后为吴乐（吴仁安），主笔是冯剑南，总编辑是杨繁。② 1947年春，由《光明周刊》等倡议，在进德学校天台茶座，先后召开六次文艺座谈会，参加者除报刊编辑外，亦有不少新老作者。经过反复探讨，决定成立"暹华文艺研究会"。7月14日假海天楼召开大会，宣告研究会正式成立。③ 在此过程中，冯剑南提出"创造侨民文学"问题，指出："在文艺史上，侨民文学仍存在落后倾向，挽回这种倾向是暹华文艺工作者的重大任务。"④

关于这一时期的泰华文学，归侨作家周新心女士曾有概述：

> 这时正值中国第三次国内革命战争爆发，一大批不容于当时中国当局的文化青年又纷纷南渡，大大充实壮大了泰华的文化队伍。华校华报如雨后春笋，周报期刊星罗棋布。较有份量的是一九四三年创办的《泰华商报》〈大时代〉文艺副刊，及战后复版的《中原报》和相继出版的《全民报》《华侨日报》《曼谷商报》《光华报》等。半文艺刊物《光明周报》也颇有影响。这些报刊发掘了不少文艺新人，发表了一些佳作。这时期活跃于文坛的有冯剑南（甦夫）、王亚夫、陈野寂、邱及、陈冰人、徐行平、王松、董易、张扬、赵怀璧、陈迅之、林坚文、张海鸥、周艾黎、卢煤、孙慕萍、马家郎、蔡烨、林应龙、郑白涛、周大源、陈春陆等和当地作者史青、陈陆留、王夫、林青、巴尔等等。⑤

---

① 谢光：《忆中国民盟暹罗支部创建人黄声》，怀念黄声同志编辑组：《怀念黄声同志》，1992年，第41页。韩毅之《民盟在泰国活动的回忆》（载中国人民政治协商会议广东省委员会文史资料研究委员会：《广东文史资料》第40辑，广东人民出版社，1983年版）则云：《民主新闻》初为周刊，《曼谷商报》创刊后改为半月刊，内部发行。（第169页）韩毅之于1946年4月在泰国加入中国民主同盟，曾任民盟泰国支部第二区分部组织委员兼《曼谷商报》《民主新闻》特约记者。

② 韩毅之《民盟在泰国活动的回忆》云：1946年下半年，民盟泰国支部又创办《曼谷商报》和《光明》月刊。《曼谷商报》由吴仁安担任社长、经理兼督印人，蚁美厚任董事长，黄声任主笔，杨繁为总编辑。《光明》月刊由马家朗任编辑。《民主新闻》改为内部发行后，主要报道交流盟务工作的经验及对盟员进行思想教育，仍由黄文泰任编辑。（第170页）

③ 洪林：《泰国华文文学史探》，汕头大学出版社，2008年版，第56页。

④ 洪林：《泰国华文文学史探》，汕头大学出版社，2008年版，第57页。

⑤ 周新心：《泰华文学60年》，《台湾香港与海外华文文学论文选：第三届全国台湾与海外华文文学学术讨论会》，1988年，第397页。该文后收入《春在枝头已十分——周新心自选文集》（广东省归侨作家联谊会，2000年）时，题作《泰华文学六十年（廿世纪三十年代—八十年代）》，有改动。

就其中的《全民报》而言，1948年"六·一五"事件①发生后，赵怀璧离开报社。《曙光》版由彭林接手。1949年初，《曙光》由林青负责。同年，《曙光》改名《全民公园》。原来的《文艺专页》也于是年元月6日改为《文艺》，并从周刊改为双周刊。② 1949年元月至四月，《文艺》的主编者为周艾黎，共编辑30期，即从第79期（1949年1月6日）至第108期（1949年4月25日）。他回忆说：

> 特别值得提起的是，这期间的"文艺"竟能刊登五篇由苏夫（冯剑南）节译的《雪莱诗论》，五篇的题目是：《诗之起源》《诗人和哲人的一致性》《诗人是立法者和预言家》《关于想象力》《诗和历史的比较》。《诗论》这一组"辟栏"文章的特点是重注释，注文比原文还长，是全文的三分之二。这样，把原来比较深奥的不易读懂的西方经典作品，变得通俗化了，成为晓畅易懂的理论。我全然记不起稿件的来源，好像自1948年6月底《曼谷商报》停刊后，就未见过冯先生，难道此时此刻他还滞留曼谷么？《雪莱诗论》他后来是否续译？③

冯剑南于1949年初秋回国，在潮梅行政委员会任文化事业科科长，汕头解放后，在汕头市军管委参加文教部门的接管工作。1950年北上，在北京华北人民大学政治研究院学习，加入中苏友好协会。1951年冬毕业后，由中央人事部介绍，任北京《光明日报》编辑。后因无法适应寒冷气候，被批准南下返广州，先在广东人民出版社任编辑，于1953年转华南师范学院任教，1955年在广东省文史馆工作。④ 其间，曾在广西师范学院任教。⑤ 1961年2月

---

① 1948年6月15日凌晨，泰国特别部的军警采取突然袭击的方式，同时分头包围南洋中学、教育协会、建国救乡总会、各重要行业工会，将所有男教师与干部押至特别部，分别关进各警察署的拘留所。参见杨白冰等：《泰国"六·一五"事件的始末》，吴佟：《湄南河的怀念——泰国南洋中学、大同学校纪念文集》（上），南大文化出版社，2000年版，第122—123页。

② 洪林：《泰国华文文学史探》，汕头大学出版社，2008年版，第59页。

③ 周艾黎：《编辑〈全民报·文艺〉30期忆旧》，《槟榔花》（第二集），汕头归侨作家联谊会，1995年，第103页。

④ 徐院池：《冯剑南同志简历》，《徐院池纪念集》，1999年，第136页。原文称冯剑南"1953年转广州师范学院任教"，有误，当作"华南师范学院"。今之广州师范学院，创建于1958年8月。关于冯剑南从泰国返国的时间，《丰顺县志》的描述为"解放战争开始，冯剑南回国，在潮梅游击区从事文化战线的革命活动"。（第1049页）

⑤ 1995年，林焕平曾告知戴天恩，50年代初在其担任广西师范学院中文系主任时，曾亲赴广州聘请甦夫等数人来院工作，甦夫到任后数年即因故离去（戴天恩：《〈奥尼金〉的第一个中文全译本》，《俄罗斯文艺》，1999年第2期，第105页）。2005年9月14日，贺祥麟在《给广西师大中文系55级同学们的信》中也曾提到，冯剑南曾教授广西师院54级和55级（贺黄河、陈葆珍：《贺祥麟书信散文集1947—2011》，广西师范大学出版社，2016年版，第601页）。

逝世于广州，终年 50 岁。

二、冯剑南的笔名

陈玉堂《中国近现代人物名号大辞典》的词条"【冯剑南】"云："又名冯甦夫（左联时期用名），笔名马甦夫（见 1936《质文》月刊）、甦夫（见 1942《文艺生活》，又见 1946 光复版。另见 1943《人世间》）。三十年代初在暨南大学参加左联。"[①]

查《暨南校史 1906—1996》，参加暨南大学"左联"小组的成员有：张天翼、白曙、孙石灵、雷溅波、谭林通、何家槐、俯拾（陈凌霄）、大保（吴振刚）、方孟（邝劲志）、冯剑南（更夫、甦夫）、彭凡（彭家藩）、贝岳南等。[②]冯剑南留学日本时，亦曾加入东京左联支部。据林望中一九八〇年七月十二日信（见《左联回忆录》下册）："东京左联支部还有冯剑南（笔名马甦夫）、林和济两位。"[③]《左联史》第三章"在残酷围剿中壮大"第九节"盟员们"之六"附记"，曾列有"冯甦夫"，言明其系回忆录中提到的左联成员，但"因下落不明、史料匮乏"，未能介绍其生平。[④]

又据徐迺翔、钦鸿编《中国现代文学作者笔名录》，"冯剑南（？— ），笔名：马甦夫——见于诗《Formosa》，载 1936 年 6 月 15 日《质文》第 5、6 期合刊。甦夫——见于诗《残灰梦》，载 1943 年 4 月 1 日桂林《人世间》1 卷 4 期。冯甦夫——录以备考"[⑤]。

又据闫恩虎《客商概论》，冯剑南，笔名甦南[⑥]。

综上，冯剑南的笔名计有：冯甦夫、马甦夫、甦夫、更夫、甦南，其中也不排除引证文献本身或有错误。

需要注意的是，在中国现代文学史上，另有笔名"蘇夫"，曾为两人使用：一是林遐（1921.1—1970.9），河北束鹿人。原名刘才洲，曾用名江林。1942 至 1948 年在天津《新生晚报·文艺大地》等报副刊以及南开大学诗刊上曾署名"蘇夫"。[⑦] 二是杜边（1914.4—？），福建南安人。原名潘允生。1937

[①] 陈玉堂：《中国近现代人物名号大辞典》，浙江古籍出版社，1993 年版，第 131 页。
[②] 暨南大学校史编写组：《暨南校史 1906—1996》，暨南大学出版社，1996 年版，第 67 页。
[③] "左联"成立会址恢复办公室：《中国三十年代文学研究》，上海社会科学院出版社，1989 年版，第 113 页。
[④] 姚辛：《左联史》，光明日报出版社，2006 年版，第 550 页。
[⑤] 徐迺翔、钦鸿：《中国现代文学作者笔名录》，湖南文艺出版社，1988 年版，第 118 页。
[⑥] 闫恩虎：《客商概论》，文匯出版社，2009 年版，第 172 页。
[⑦] 徐迺翔、钦鸿：《中国现代文学作者笔名录》，湖南文艺出版社，1988 年版，第 399 页。

至1941年在新加坡《星洲日报》《星中日报》副刊发表小说《岛国之夜》等，曾署用"蘇夫""许涯"。新中国成立后亦用。① "蘇夫"和"甦夫"今均简化作"苏夫"，两者极易混淆，研究者当仔细辨别。

三、诗集《红痣》

冯剑南喜爱诗歌，或云曾出版诗集《红痣》②，但检《中国现代文学总书目·诗歌卷》（刘福春、徐丽松编，知识产权出版社，2010年版），并不见收。笔者虽穷搜冥讨，亦不见其出版信息。目前可见者，仅有郭沫若于"一九三五年十二月十日"所作《〈红痣〉序》（简称"郭序"），今录之：

> 我是喜欢饮诗的人，但胃口也颇有选择，有好些诗送到口里，吟味不上两下便要停杯。意识糊涂，情感陈套的自不用说；其不糊涂不陈套的也多不能使人留恋。大体的毛病是并无真挚的迫切的写诗的要求，偏要勉强做诗，而写诗的手腕又太欠缺。结果是，着想平庸，取材呆板，表现生硬，丝毫也不能感动人。那是当然的，本来不是酒，或酒而是酸败了的，怎样能使人醉呢？
>
> 旧诗的着想大抵平庸，取材也多是千篇一律，但旧诗人们有一种手法以济其穷，便是专门在表现上用功夫。老杜说的"语不惊人死不休"，老韩说的"惟陈言之务去"，都道的是此间消息。古人为推敲一两句诗要撚断几根须的神气，苦是有点苦，但不苦便没有办法。你相信那些老诗人，把衣裳脱掉了不是和冢中枯骨一样吗？即使有些是肥头胖耳的，也不过是臃肿的过年猪。文字有他的音乐性，他们不是在做诗，是在用文字的符号写乐谱。写得好的也正好，因为他也有他的音乐上的艺术价值。
>
> 异性质的东西相加是相消，同性质的东西相加是相倍。全无内容仅有文字的铿锵的诗可以成诗，内容非诗而穿上诗的衣裳的，结果是会令人作呕。韵文告示和韵文符咒之类便是这后一例。内容是诗而不借文字的音乐性之帮助者也可以成诗，所谓散文诗便是。但内容是诗而又有音乐性的形式，则其效果不仅是一加一为二，而是一加一为十。
>
> 一加一为十？有这样鬼怪的数学吗？
>
> 有的。这种现象在医药学上是称为Synenergism——照字面译出来是

---

① 徐迺翔、钦鸿：《中国现代文学作者笔名录》，湖南文艺出版社，1988年，第211页。

② 参见《丰顺县志》，广东人民出版社，1995年版，第1049页；林韩璋：《丰顺人物辞典》，中山大学出版社，1996年版，第69页。

"协力作用"。在这儿的一加一不是等于二,而是等于十,乃至十以上。例如外科医用麻醉剂,用单纯的迷蒙精(Chloroform①)时,用的分量多而麻醉浅,如于迷蒙精之外再加上些其他的麻醉剂,便用量少而麻醉深。这种功用在平常饮酒的人也是晓得的,嗑纯一的酒不易醉,嗑杂百的酒便容易醉。四川的俗语有所谓"夹黄酒"(夹黄是吝啬之意),便是主人为省钱起见,利用这种协力作用使客人容易醉的杂色酒。但是这种"夹黄酒",我们在诗中是应该极端欢迎的。纯粹的 Jin(金鹰酒)固然好,合成的 Cocktail 尤为妙。有些新诗人以为铿锵的音节是诗的桎梏,这是知其一而不知其二的见解。

好了,说的话太多了。我写了这一长串文字的目的,是在想表明甦夫这部《红痣》是一瓶"夹黄酒"。它有真挚的诗意而又有铿锵的音调。因此它的醉人的作用也颇不小。以我这样胃口有选举②的人,把他这部集子一捧起来却不断气地便干了杯。

大抵甦夫的诗颇有点像集中所咏的杨家河,是"亲爱的平原地带的河流",情绪和韵调都来得从容,而又深深地表示着受着沉抑。因而他的诗的基调是悲哀的,这自然是时代的影响,但甦夫的性情大约也是属于沉潜的一种典型的罢。甦夫我还没见过面,下次见了面时当来考验一下我这个推测正确不正确。

总之,甦夫是一位真挚的诗人,写诗的技巧也相当圆熟。他的诗虽然悲哀,而是有期望的悲哀。他是期望着"暴风雨"。我现在就借用他那《杨家河》最后的两句来作结罢:

"亲爱的平原的河流啊,
暴风雨终会去卷起你澎湃的洪波!"

郭序发表于《诗歌生活》创刊号(第1~2页),1936年3月5日出版。其编辑者兼发行者为诗歌生活社。诗歌生活社是林林、林焕平、王亚平、覃子豪、蒲风、征夫、臧云远等几位青年诗人,于1936年初在青岛组成,并出版同人刊物《诗歌生活》月刊。③《诗歌生活》第一期由上海群众杂志公司总经售,第二期迁至上海编辑出版,改由联合出版社经售。1936年10月20日

---

① 原文误作"Chlsroform",径改。
② 选举,古代指选拔举用贤能。自隋以后,分为二途:举士属礼部,包括考试与学校;举官属吏部,掌管铨选与考绩。正史自新、旧《唐书》以下至《明史》,皆有《选举志》。此处或系误排。
③ 范泉:《中国现代文学社团流派辞典》,上海书店出版社,1993年版,第305页。

终刊，共出版两期。① 郭沫若对此曾给予支持，故创刊号《后记》云："这次沫若先生给本刊写了一篇介绍'新诗人'的集子的文章，沫若先生原答应多多给我们写稿，愿他能在这狂飙的时代，也多多尽点责任，作些对我们指导的工作。"②

序中提到的《杨家河》，后作为《残灰梦》之一，发表于《人世间》月刊（桂林版）第 1 卷第 4 期③（第 46 页），1943 年 4 月 1 日出版。作者署"甦夫"，末署"一九三五，六月"。不过，据此观之，则有时间上的乖违，即郭序发表于 1936 年 3 月，而《杨家河》却作于同年 5 月，或许郭沫若所见者是该诗的初稿。《残灰梦》有诗两首，另一为《仙子之梦》，末署"一九三三，春，于真茹"。

《诗歌生活》创刊号同时刊发甦夫的诗歌《祖国》（第 26~27 页），署名"马甦夫"，末署"一九三五，十"。由此似可推断：甦夫也当是诗歌生活社的成员。

四、译诗《奥尼金》

1942 年 9 月，甦夫所译普式庚（今译普希金）的《奥尼金》正式出版。其发行兼出版者为丝文出版社（桂林乐群路四会街一号）。32 开，共 299 页（其中第 154、155 页漏排，但译文不缺）。诗体小说，共计八章。

书名原文为 Евгений Онегин，卷首有"录自私信之一节"云：欧根·奥尼金——"充满着虚荣心的他，尚有一种更高的傲慢，任何时候，均以优越的感觉，认为[德]行与恶行丝毫无区别。"次为《献诗——给彼得·亚历山大维契·辟列诺约夫》。辟列诺约夫（P. A. Pletnjov, 1792—1862），诗人，著作家，普氏之友。八章目次如下：奥尼金的烦闷；诗人的出会；少女之恋；绝望；恶梦——命名日；决斗；莫斯科；夜会女王。第一章共 60 节，末署"一八二三，十月二十二日在奥德塞完稿"，其中三九、四〇、四一三节无译文；第二章共 40 节，末署"一八三二年十二月八日夜于奥德塞"，"一九三六年十月十九日夜译完于东京"；第三章共 41 节，末署"一八二四，十，二日"，"一九三六，十一，七日译毕"；第四章共 51 节，末署"一八二六年一

---

① 唐沅、韩之友、封世辉、舒欣、孙庆升、顾盈丰：《中国现代文学期刊目录汇编》（第 4 卷），知识产权出版社，2010 年，第 2404 页。
② 《诗歌生活》，1936 年 3 月 5 日第 1 期，第 35 页。
③ 编辑顾问：徐铸成；编辑：封凤子；发行人：丁君匋；出版者：人间世社（社址：桂林桂西路八十七号二楼）。

月三日";第五章共 55 节,末署"一八二六年,于米哈洛夫斯珂村","一九四一年译于桂林";第六章共 47 节;第七章共 55 节,末署"一八二八,十一月,四日";第八章共 51 节,末署"一八三〇年十二月二十五日","一九四一,圣诞之前夕译完于桂林"。据此观之,《奥尼金》的翻译是 1936 年始于东京,1941 年终于桂林。

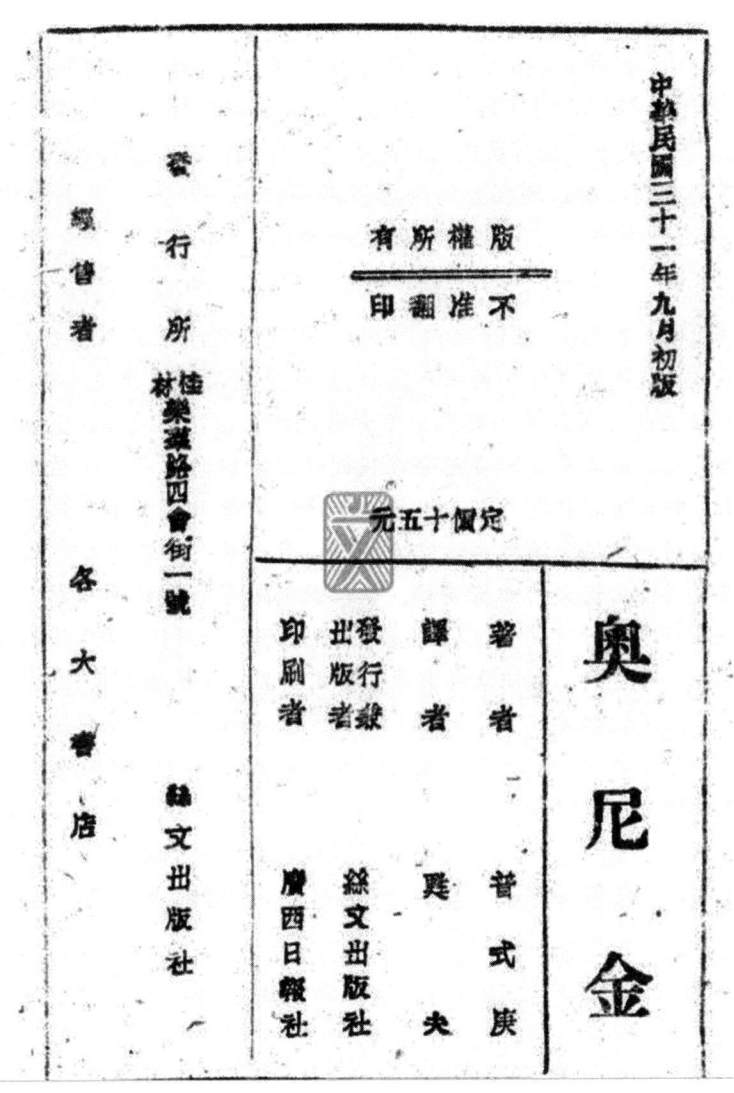

图 1　甦夫所译《奥尼金》

译文部分章节又见刊于他处,目前可查阅者计有:
1.《欧根·奥尼金》(续),署"A. 普式庚作,甦夫译",《力报副刊·半月文艺》① 第 17、18 期合刊（第 53~64 页），1942 年 1 月 20 日出版。刊发部分系"第一章 奥尼金的烦闷"自三二至六〇节，末署"一八二三、十、十二、在奥德塞完稿"。其中三九、四〇、四一节缺，并有注云："据世界语本注释，上述三段缺氏（按：'失'之误）没有完成，全书只有这里［省］去。"所谓"续"是指"续四期"，由此可见，其第一章一至三一节发表于《力报副刊·半月文艺》第 4 期，但该期暂未得见。

2.《决斗：欧根·奥尼金第六章》，署"A. 普式庚作，甦夫译"，刊《文艺生活》② 第 1 卷第 6 期（第 19~27 页），1942 年 2 月 15 日出版。该期《编后记》云："《决斗》是普希庚长篇叙事诗《奥涅庚》中最著名的一章，该书将由译者交本刊出版，现在先将为读者渴望着的一章发表。"译文共 47 节，末署"一八二六——一八二七于米哈洛夫斯珂村"，"一九四一译于桂林"。有《题记》，末署"一九四一，十二，译者志"，其文字如下：

> 欧根·奥尼金（Eugeno Onegin）是俄国文学之父 A. 普式庚最著名的杰作。这部叙事诗一共有八章（，）此外还附录有奥尼金漂泊之断片。第一章主要是写欧根·奥尼金年青时代的生活，他是如何感到人生的空虚与烦闷。第二章是写奥尼金在庄园过活，这时他认识了兰斯基，这位先生是颇为富于狂气的智识份子，普氏时常要开玩笑地说他是一位浪漫诗人。因为奥尼金深感生活空虚，所以兰斯基自告奋勇介绍他到岳母拉邻娜家里去认识大姨妲姬安娜。从此就引起了辉煌的第三章，普氏曾以神笔深刻地描写出安娜这位天真纯朴的少女，如何苦恼地热烈地在爱慕奥尼金。可是到了第四章我们读了真觉痛苦！奥尼金这位幻灭空虚的人，他竟如此不认识爱与美，他在花园见到了安娜时，说着一篇荒唐至极的话，以后令到这位少女伤心痛哭，然而她的人生还是坚定的。第五章安娜在她的命名日纪念前夜做了一个恶梦，到了庆祝晚会举行时，奥尼金与兰斯基因安娜关系，产生了不可避免的误会。到第六章又展开了悲剧的场面，它是写些什么？读者诸君啊，你们静静地去欣赏吧！

3.《欧根·奥尼金》"第七章 莫斯科"，刊《诗创作》第 7 期"翻译专号"（第 1~11 页），1942 年 1 月 20 日出版。译文共 55 节，末署"一八二八、十一月、四日"。

4.《夜会女王：欧根·奥尼金第八章》，刊《文艺生活》第 2 卷第 6 期（第 40~46 页），1942 年 9 月 15 日出版，署"A. 普式庚作，甦夫译"，译文

---

① 发行者：桂林力报馆；总经售：文化供应社。
② 主编人：司马文森；发行人：陆平之；发行者：文献出版社（桂林府前街十四号）。

自12节至48节。

甦夫译本是《奥尼金》在中国传播的"先声"①。自出版之后，即不乏评论。1942年10月30日，《诗创作》②第17期"诗论专号"（第48~55页），发表周钢鸣的《关于〈欧根·奥尼金〉的几个特征》（作于1942年10月6日黄昏）。作者表示，"俄罗斯两个最伟大的诗人普希庚和涅克拉索夫的代表作，《欧根·奥尼金》和《在俄罗斯谁能快乐而自由》"，"这是抗战以来出版的两部诗歌名著，它们被介绍到中国来，是比《奥德赛》《依里亚特》《浮士德》《失乐园》《神曲》的被介绍到中国来有更大的意义。因为这两部诗，都是写实主义的史诗，它给与我们今天正在发展的现实主义的史诗——叙事诗，有更大的影响"。"至于甦夫的译文"，作者表示因为"不懂原文，不能给以校正，目前也还没有其他译本可作对照"，但"相信从这译本中"可以领略到"原著的精神"，而对于"诗的语言风格美和音乐美"，"在译诗中"则"不愿过于苛求"。

1944年2月，吕荧译《欧根·奥涅金》由重庆云圃书屋③出版。译者在该书《跋》（1943年3月作于蕙园）中，对甦夫的译本多有评价与指摘。

1942年8月，吕荧始读到甦夫译本，认为其"文字枯涩而且粗率，并且很多地方和原诗出入很大"。随后所举的例子，"都是在原文中所没有的描写，在这些诗句里，奥涅金和妲姬雅娜的形象，甚至于普式庚自己，都受到了歪曲和损伤"④。甦夫虽未告诉读者所据底本为何，"不过从译文所引的人名拼法上看得出，译者根据了世界语本⑤；并且从译注里知道（五章九，注七），也根据了米川正夫的日译本"⑥。但甦夫译文中的"嵌木床""取引所""无智汉""勤务室""三鞭酒"等等，"似乎都是未能消化的道地的日文名词"⑦。此外，

---

① 戴天恩：《〈奥尼金〉的第一个中文全译本》，《俄罗斯文艺》，1999年第2期，第105页。
② 出版：诗创作社（桂林建干路十七号之九）；社长：李文钊；编辑：胡危舟、阳太阳；总经售：三户图书社（桂林中北路九一号之三）。
③ 戴天恩《甦夫和第一个中文全译本〈奥尼金〉》作"云围书屋"，系编辑辨读失误。另，谷羽《〈奥涅金〉的15个中文译本》（《中华读书报》，2013年2月6日第19版）则作"重庆希望社"。据戴天恩《百年书影：普希金作品中译本（1903年—2000年）》（天地出版社，2005年版），则是"云圃书屋"；1947年，吕荧译本由希望社（上海）再版。（第24页）
④ 吕荧：《欧根·奥涅金》，希望社，1947年版，跋第386页。
⑤ 戈宝权根据译文的注解，判断甦夫翻译所据底本是"莫斯科在1931年出版的涅克拉索夫（N. V. Nekrasov）的世界语译本（A. S. Puskin：'Eügeno Onegin. Romano en versoj'）"（戈宝权：《〈叶甫盖尼·奥涅金〉在中国——谈普希金的名著的六种中文译本》，《中外文学因缘——戈宝权比较文学论文集》，北京出版社，1992年版，第272页）。戴天恩从其"所译人名、地名后附的原文多为英文"，推测甦夫译本"似乎又出于英译本"（《甦夫和第一个中文全译本〈奥尼金〉》，第58页）。
⑥ 吕荧：《欧根·奥涅金》，希望社，1947年版，跋第386页。
⑦ 吕荧：《欧根·奥涅金》，希望社，1947年版，跋第387页。

还有更甚的错译、误译,也不一而足。"这样译出来的《奥尼金》","固然可见译者介绍普式庚的热心;但是同时也加给了原作以损害,译者对这个应该负责"①。另一方面,"甦夫先生的《奥尼金》只有八章,没有《奥涅金旅行的片段》和《普式庚原注》,各章都有一个标题,和原作完全不同,而和米川正夫日译本完全相合。《奥涅金》各章原本并无标题,普式庚只在草稿纸上留下一个写作大纲,列有九章的篇名,并不是正式的标题,而且和米川正夫拟造的大不相同。不了解普式庚社会史画的性质,米川正夫用一些恋爱小说的标题——'少女之恋','绝望','恶梦','夜会女王',代替诗人的朴质的篇名——'小姐','乡村','命名日','上流社会';并且加入正文里面,失去了原作的深刻和典雅,带了几分流俗。至于《奥涅金旅行的片段》和《普式庚原注》,从第一版起就是全书的一部分,无论如何不应该略去的。此外,世界语译本,米川正夫译本,甦夫先生的译本,都将原书上各章省略的诗节填补起来;这些诗节都是普式庚'不能够或是不愿意发表的'(《普式庚札记》):有许多都是未定的草稿和别稿。这些诗节只能附在正文之后,不应该列进正文里面。'空白'纵使不好,但这是普式庚的'空白',而这是普式庚的作品,译者是无权增减诗节,更改原作的面目的"②。

1945年1月,《希望》(胡风主编)第1期的"书评"(第102~103页)发表冰菱(即路翎)的《〈欧根·奥涅金〉与〈当代英雄〉》(作于1944年9月20日夜),开篇即介绍:"《欧根·奥涅金》,普希金底巨著,有甦夫和吕荧底译本,后者较完全",进而指出:"《奥尼金》是热烈地表现了"作者的"痛苦的作品",在对"主角的描写及检讨里,诗人回忆了自己底身世,生活,并且温柔地凝视了未来"。

这里值得一提的是,1943年9月25日至26日,桂林《大公报》曾刊发寒流(即曾敏之)的《桂林作家群》,逐一介绍王鲁彦、艾芜、田汉、欧阳予倩等作家的生活困境,指出:"如今,抗战文化人因日益深刻的通货膨胀而被剥夺了生活手段,陆续改当教师或流落乡间",许多作家创作进入"冬眠期"③;言及甦夫"在君武中学教书","自《奥尼金》出版后,尚未有新译问世"④。

---

① 吕荧:《欧根·奥涅金》,希望社,1947年版,跋第388页。
② 吕荧:《欧根·奥涅金》,希望社,1947年版,跋第388页。
③ 张武军、黄菊:《中国现代文学编年史 1895—1949》(第10卷),文化艺术出版社,2017年版,第173页。
④ 曾敏之:《桂林风雨与文人》,《望云海》,人民文学出版社,1982年版,第162页。

五、其余著译

除上文提到的诗集《红痣》、译诗《欧根·奥尼金》和部分作品之外，甦夫尚有其他一些著译，散见于各种刊物，现录其篇目如下：

1.《读书问答：诗的作法及其它——答冯剑南君》，目录中作"诗的作法及其他（冯剑南）"，发表于《读书生活》第 1 卷第 6 期①（第 27～31 页），1935 年 1 月 25 日出版。

甦夫针对《读书生活》提出的青年文学者的座右铭第三条，即"不要议论，不要推理，不要故事式地叙述，而要表现，更形象地，更艺术地"，结合自己在诗歌写作中的困惑，向编者提出三点疑问："一、表现和叙述有什么明确的界限？二、叙事诗，可否故事式地叙述？三、怎样把现实更形象的地表现出来？"

作出解答的是夏征农（未具名）。后该文又收入《文学问答集》[征农作，生活书店（上海福州路第三八四号），1935 年 10 月初版，第 42～50 页]。

2.《田间的〈未明集〉读后感》，署"马甦夫"，发表于《留东新闻》第 15 期，1936 年 1 月 10 日第 4 版之"一叶文艺"。末署"一九三五，十二，廿七，夜"。

3.《木棉花开的记忆》（诗歌），署"甦夫"，发表于《留东新闻》第 24 期，1936 年 3 月 13 日第 4 版之"一叶文艺"第 24 期。末署"一九三六，初春，于东京"。

4.《穷孩子》（诗歌），署"马甦夫"，发表于《前奏》诗杂志创刊号②（第 36～37 号），1936 年 4 月 15 日出版。末署"一九三五，十二，廿六夜于东京"。

5. *Formosa*③（诗歌），署"马甦夫"，发表于《质文》第 5、6 合刊号④（第 49 页），1936 年 6 月 15 日出版。末署"一九三六，春"。

---

① 主编：李公朴；编辑：柳湜、艾思奇；发行人：张静庐；总发行所：上海杂志公司。
② 编辑者、发行者：前奏诗社；总经售：新钟书局（上海三马路同安里廿九号）。
③ Formosa，意为"美丽"，因台湾岛海岸秀丽，故葡萄牙水手以 Formosa（福摩萨）名之。
④ 编辑人：勃生（日本东京淀桥区诹访町五二，诹访町ホテル）；发行人：卓戈白；发行所：质文杂志社。《质文》初名《杂文》，1935 年 5 月 15 日出版创刊号，第 2 号于同年 7 月 15 日出版，杜宣编辑。第 3 号起改由勃生（邢桐华）编辑，1935 年 9 月 20 日出版，随即被查禁。后根据郭沫若意见，改名《质文》继续出版，是为第 4 期，1935 年 12 月 15 日出版。1936 年 11 月 10 日出版第 2 卷第 2 期之后停刊。参见姚辛：《左联史》，光明日报出版社，2006 年版，第 60 页。

6.《塞北曲》(诗歌),署"甦夫",发表于《文海》第 1 卷第 1 期①(第 73~74 页),1936 年 7 月(或 8 月)15 日出版。

7.《出国》(诗歌),署"甦夫",发表于《天地间》第 3 期②(第 24 页),1940 年 9 月 1 日出版。

8.《展开诗歌创作的突击运动》(论文),发表于《中国诗坛》新 5 期③(第 6~7 页),1940 年 10 月 15 日出版。末署"一九四〇·九·于桂林"。同期《诗坛消息》(第 22 页)中云:"甦夫在柳州×中学任教。"

9.《大地之恋》(诗歌),署"甦夫",发表于《诗创作》第 1 期④(第 14~15 页),1941 年 6 月 15 日出版。末署"一九四〇,十月草于柳州。一九四一,二月改作"。

10.《小铁匠》(中篇小说),署"甦夫著",桂林文化供应社 1942 年 5 月出版。收入"少年文库"。

文库由周钢鸣、司马文森主编。至 1949 年,陆续出版约 20 种。⑤卷首有编者于 1941 年 5 月所作《少年文库刊行旨趣》,说明:"中国已在抗战中成长,并且也已表现出它底惊人的力量,中国的少年们,在这样瞬息万变的环境中","不仅和大人一样的在动员着,且能像一个大人一样地担负着艰巨的抗战工作";"但是这批新中国的主人,却正共同的感到精神食粮的饥饿"。因此,"文库的内容,包括的范围颇为广泛,举凡适合于少年们阅读的故事、童话、小说、剧本、诗歌、谣曲、游记,以至自然科学、社会科学,无所不包,每册字数略以二万到三万为率,文字力求简洁生动,并具有新鲜活泼的意趣"。

11.《论长诗创作》,署"甦夫",发表于《诗》(Poetry)月刊第 3 卷第 1 期⑥(第 48~53 页),1942 年 5 月 1 日出版。末署"一九四二、三月六日夜"。

文章是因《诗》的复刊,应编者之约而撰。文末有编者附记云:"甦夫先生在这文章里提出了几点关于目前诗创作的问题——这些问题都值得我们研

---

① 编辑兼发行者:东京文海文艺社(东京小石川区中华留日青年会一五五信箱);总代售处:上海联合出版社(上海霞飞路五百二十三号)。其出版时间加盖有日期,出现"七月"和"八月"两个字样。

② 编辑:天地间月刊社;发行:曹家祥;出版:文华出版社;总发行:大兴公司(上海福煦路六八七弄三十号)。

③ 编辑兼发行:中国诗坛社;通讯处:桂林邮政信箱第一七九号。

④ 发行者:诗创作月刊社(桂林新桥北里二十号);社长:李文钊;编辑:胡危舟、阳太阳、陈迩冬;总经售:上海杂志公司。

⑤ 王泉根:《百年中国儿童文学编年史 1900—2016》,湖南少年儿童出版社,2017 年版,第 254 页。

⑥ 编辑:胡明树、周为、婴子;出版:诗社;印行:新生书店(桂林中北路一八四号)。

究与讨论。文中最后提到艾青的《溃灭》，认为哀巴黎陷落只须写二三百行就够了，用不着写到万行，不如用这精力表现祖国的生活更为现实。关于这点，理论上与原则上我们是赞同的，但还想补充几句以助对此问题的研究：（1）《溃灭》的主题除哀巴黎之外还似乎企图表现巴黎，暴露巴黎，如此则非二三百行可达任务（艾青于《溃灭》之前还用祖国的题材写过很长的《火把》）；（2）我们认为：只要在主题上有严肃的现实的意义，把题材的广度放宽，是并无不可的。"

12.《将军一夜话》（诗歌），目录中作"将军一夕话"，署"甦夫"，发表于《诗》第3卷第2期①（第31～35页），1942年6月出版。末署"一九四〇，九月，廿夜于柳州"。

13.《锻炼你自己》（散文），署"甦夫"，发表于《文艺新哨》第1卷第5期②（第37～38页），1942年6月15日出版。

14.《复员非复原》（杂文），末署"甦夫"，发表于《文艺生活》光复版·新1号③（总第19号，第18页），1946年1月1日出版。

15.《歌唱吧！再来歌唱吧！》（诗歌），署"甦夫"，发表于《中国诗坛》光复版·新1期④（第15～16页），1946年1月15日出版。末署"一九四五、十二月于香港"。

16.《新诗底生命泉源往何处流？》（诗论），署"甦夫"，发表于《文联》半月刊第2卷第7号⑤（革新四号），1946年6月15日出版。末署"一九四六，二月，廿〔七〕于香港"。

六、关于冯剑南文学活动与创作的评价

冯剑南的文学活动，简括地说，早年就读于国立暨南大学时，即参加中国左翼作家联盟。留学日本时，则继续参加左联东京支部的有关活动。1936

---

① 编辑兼发行：诗社（桂林邮政信箱二六八号）；编辑人：周为、婴子、胡明树；发行人：胡明树；总经售：大地图书公司（桂林中北路一一九号之二十）。

② 发行兼编辑者：文艺新哨社；总经售：白虹书店（桂林中南路七十五号）。

③ 编辑人：司马文森、陈残云；发行人：陆平之；发行所：文艺生活社（简称文生出版社，社址：桂林桂西路，分社：广州西湖路九十八号，香港通讯处：千诺道中一二四号吕剑转）；总经售：兄弟图书公司（广西八步沙街四四号，广州惠爱东路三二八号之一）。

④ 编辑者：中国诗坛编委会；发行人：赖宝承；出版者：新世纪社〔广州：广大路一巷十一号四楼，香港：元朗福生堂林紫群（野曼夫人）转〕；总经售：兄弟图书公司（广东惠爱东路三二八号之一）。

⑤ 编辑兼发行者：文联社；主干：应授天（即潘希言、潘应人）；通讯处：天津市汉阳道二十号。

年初，参与组织诗歌生活社，并出版同人刊物《诗歌生活》；是年冬，又参与发起广州诗坛社（后改名为中国诗坛社），出版《广州诗坛》（后更名为《中国诗坛》）。抗战时期，参加中华全国文艺界抗敌协会桂林分会，与黄宁婴、周钢鸣等一道完成《中国诗坛》的复刊。抗战胜利后，经香港赴曼谷，参与创建中国民主同盟暹罗支部（后更名为泰国支部），任《民主新闻》社长兼督印人及《曼谷商报》主笔，提出"创造侨民文学"问题。

冯剑南的文学创作，从目前存留的文字看，主要是以诗歌为主。《〈红痣〉序》被视为"郭沫若中期诗论的代表作"，"不仅对诗歌的思想内容提出了要求，而且对诗质、艺术表现作了强调"。其"核心是诗要有'真挚的诗意'"，但并不忽视诗歌的形式。换言之，"好的诗必须是进步的思想内容与完美的艺术形式的高度统一"[①]。而据此标准对《红痣》所作的肯定，亦足见冯剑南诗歌的艺术成就与艺术价值。

冯剑南的诗歌，最突出的特色是"热情奔放、战斗性强"[②]。其《祖国》一诗，面对山河破碎的"祖国：我的母亲"，诗人发自肺腑，以饱满的激情和沉郁的声调，唱出一曲动人的赤子之歌，显示出郭沫若早期诗作的深刻影响。如最后三节：

> 是的！祖国：
> 你会在战争中诞生啊：
> 你是在血的空气里呼吸，
> 你也在炮火中营养血液！
> 最大的灾难不能磨灭你，
> 血色的日光正辉照着你胜利的旌旗
>
> 祖国！我的母亲：
> 你的血泪已洒遍丘陵，
> 你的号声也响彻了亚细亚的青空，
> 你的翻山倒海的呼声，
> 把全世界，全宇宙都已震动！
>
> 啊啊！祖国，伟大的母亲：

[①] 卜庆华：《关于郭沫若〈红痣·序〉和〈野火集·序〉》，《广西大学学报（哲学社会科学版）》，1987年第1期，第76页。

[②] 戴天恩：《甦夫和第一个中文全译本〈奥尼金〉》，《社会科学家》，1996年第2期，第58页。

冰河消解的一天，

也正是春风怡荡的时节，

你庄重的颜面上应该有朵笑云！

其次，甦夫的诗歌也往往具有鲜明的时代主题。留日期间，其所作《穷孩子》、Formosa 等诗，或以底层贫苦群众为歌咏对象，或对殖民统治发出谴责与控诉，均切合左联所倡导的"无产阶级文学"要求。及至抗战爆发，甦夫投身于救亡图存的革命活动之中，号召"时代的娇儿们""英勇地向真理追求"（《出国》），"在这战争烈焰燎原的日子"，为着"祖国的自由独立"，敲打战鼓，奏唱出一曲"真挚的大地之歌"（《大地之恋》），冲破"低压的墨云"和"窒息的浓雾"（《将军一夜话》），去争取胜利的早日到来。诗人进而在其诗论《展开诗歌创作的突击运动》中指出："我们的民族革命战争"，在"国际国内复杂变化"中，已进行了三年。为打破"渐形疲乏麻痹的社会状态"，应该"把诗和歌作为炸弹和旗帜使用"，"大大地要求展开诗歌的战斗性创作实践"，无论是诗的主题、诗的形式、诗的出版物，都要展开突击运动。

在总结抗战胜利以后新诗创作的得失时，冯剑南也从形式和思想两方面，提出自己的看法。他认为，"作为新文艺运动之一环的新诗创作，抗战以还，有过巨大的收获"，但也"有点混乱"。在创作上"开拓着新的路，找寻新的形式"来表现，这是"正确的道路"，但也"不能只是在诗句的字面上或是诗的形式上下工夫"，而是"真正要能够深入生活，活泼地运用起大众的口语"。不只是要求"感觉的新鲜"，"更应该强调的是思想底勇敢性以及生命的鼓舞力"。"新民主的时代"，应该是"新英雄主义的时代，波澜壮阔的时代"，因此也需要"大的气脉"，"克服诗章组织力的薄弱"，使"诗的生命泉源"，"常如长江大河"。① 这些主张和看法具有一定见地，值得珍视。

通过诗歌创作的实践，同时也得益于《奥尼金》的翻译，冯剑南对诗歌创作逐渐形成自己的主张。其《论长诗创作》认为，所谓"长诗"，就是长篇的"叙事诗"。"长篇叙事诗"的创作，"首先要能够见'事'而且见'诗'。所谓'事'就是故事（无论大小），所谓'诗'就是真正的要做到用诗的手法，以诗的语言去表现出自己所写的那桩'事'"。"长诗的创作应该要有一种事件的发展，在事件发展中构成各个场面，而且在诗中应该有人物的活现。"既然长诗的两大要素是故事和人物，则应该以何者为中心？冯剑南以为，"必须以人物为中心"。"诗篇的事件之发展，应以环绕着人物之生长发展为原则。"写长诗时，作者"必要储积""极大量的语汇"，"能够活用口语，在口

---

① 甦夫：《新诗底生命泉源往何处流？》，《文联》，1946年6月15日第2卷第7号。

语中提炼出那种最有艺术性的语言"。"只有能够运用活的口语通过匠心与技巧，才能使长诗走上健康的道路。"其次是"诗意"的问题。冯剑南认为，"诗意应该是诗的最主要的原素"。"诗人在万象庞杂错综的现实世界，采取材料时，应该把零碎的诗意组成蔚然大观的诗意，使得长诗的事件发展每个环节都紧密地连结着诗的境界，使其不致忽而远□跑进散文、小说的领域去。"冯剑南最后指出，抗战的时代，可以被称作"诗时代"。在此"历史的大激变"中，应该有"划时代的史诗"产生。因此，诗人必须具备"锐敏的时代感"，以"博大的诗灵来创造伟大的史诗"。

至于甦夫旅泰时的创作和翻译，周艾黎曾对二战胜利后赴泰华人的文学有过总体评价，认为：这批"新唐[①]作者"，大部分在刚刚复办的、或新建的华校担任教席。"由于直接经历过严酷的抗日战争，同祖国人民一起经受重重灾难，因此都有一种凝重的历史使命感——把家乡以及亲人的真情实况告诉海外乡亲"[②]，其作品，"严格遵循现实主义的创作方向，真实地反映故乡人民在抗日战争中的生活现象和思想内核，主题鲜明、内容沉实、感情丰沛、文笔清晰，为萎缩多年的华侨文坛注入新鲜血液"[③]。"所播下的种子：其一是文学的现实主义精神；其二是文笔清新，扫除半文不白的旧习；其三是提倡文学的严肃性，反对黄色、下流、低级的倾向，否定无病呻吟的消闲文学。"[④] 此番评价，同样适用于"老诗人"冯剑南。

综观冯剑南一生，就其革命活动而言，已在乡梓之地得到较为充分的关注。其著译方面，则凭借《奥尼金》的全文首译，在中国 20 世纪的翻译文学史上，尤其是普希金的译介史上，占有一席之地；其余作品，则多有散佚，如诗集《红痣》，现仅以目存。本文所辑篇目，虽得其大概，但因资料局限，仍有不少遗漏；而冯剑南在泰国时期的作品，更是期待有心人条件成熟时能完成汇辑。

[①] 新唐，又称"新客"，指初到东南亚各国的华人，区别于先至该国、已安居乐业的"老唐（老客）"而言。

[②] 周艾黎：《一段承先启后的文事——追记二战后"新唐作者"在泰华文坛的作用》，《槟榔花》（第三集），三环书画出版社，2005 年版，第 48 页。

[③] 周艾黎：《一段承先启后的文事——追记二战后"新唐作者"在泰华文坛的作用》，《槟榔花》（第三集），三环书画出版社，2005 年版，第 49 页。

[④] 周新心：《春在枝头已十分——周新心自选文集》，广东省归侨作家联谊会，2000 年，第 14 页。